대원군 5

대원군 5

펴낸날 | 2001년 8월 1일 초판 1쇄

지은이 | 류주현
펴낸이 | 이태권
펴낸곳 | 소담출판사
　　　　서울시 성북구 삼선동4가 37번지 (우)136-044
　　　　전화 | 927-2831~4　팩스 | 924-3236
　　　　e-mail | sodamx@chollian.net
　　　　등록번호 | 제2-42호(1979년 11월 14일)
기　획 | 박지근 이장선
편　집 | 조희승 이진숙 김묘성 김광자 김효진
미　술 | 박준철 김정희
본부장 | 홍순형
영　업 | 박종천 이상혁 안경찬
관　리 | 안근태 변정선 박성건 안찬숙 김미순

사　진 | 박준철

ⓒ 류주현, 2001
ISBN 89-7381-462-1 04810
ISBN 89-7381-457-5 (전5권)

● 책 가격은 뒤표지에 있습니다.

대원군 5

실각失脚의 장章

류주현 대하역사소설

소담출판사

차 례

류주현 대하역사소설

제5권 실각失脚의 장章

상소上疏를 올려라 권좌權座가 보인다	9
달도 차면 기운다던가	30
야로野老는 말하기를, 두고 보자	51
영화榮華는 짧고 보복報復은 가혹苛酷	91
노옹老翁 돌아와서 한 일이	104
수호修好는 일방통행一方通行이었다	130
군란軍亂과 운변雲邊과 왕궁王宮과	152
영화榮華의 말로末路는 처참했다	176
정情든 산천山川은 고국故國에 두고	197
굿도 잦고 괴물怪物도 많은 밤중에	219
왕비王妃, 왜 여자女子로 태어나서	244
추선秋仙은 사랑을 앓다가	259
대문大門을 닫아 걸어야지	279
아소당我笑堂 주인主人은 웃음이 없었다	305

❦ 제1권 낙백落魄의 장章

나는 왕손王孫이 아니로소이다
대감大監, 차라리 돌이나 되시지요
공명功名도 부귀富貴도 다 잊었노라
양귀비楊貴妃는 석양夕陽에 지는고야
낙엽落葉은 밟지 말라더이다
명주초원明紬草原엔 꽃사슴이 노닐고
가슴을 헤치고 전주全州 이가李哥다
하늘보고 주먹질 허무虛無하구려
동창東窓이 밝느냐 밤이 길고나

❦ 제2권 권좌權座의 장章

행운유수行雲流水, 길이 아득하외다
인왕하仁旺下의 괴노怪老가 말하기를
파계破戒 또한 미덕美德이 아니리까
만백성萬百姓아 내 이름은 대원군大院君
길은 왕도王道, 전하殿下라 부르오리다
산山너머엔 또 산山이더이다
태산명동泰山鳴動에 서일필鼠一匹이지요
금위대장禁衛大將 나가신다
동매冬梅는 피는데 여정女情 구만리九萬里
나를 따르는 자者엔 복福이 있나니

❦ 제3권 웅비雄飛의 장章

보복報復은 천천히 끈덕지게
꽃샘을 타고 눈보라가 온다
사랑이란 독점獨占하고픈 집념執念
죽은 자者엔 외면外面, 산 자者엔 충고忠告
공功을 세우라 출세出世할 게다
아무도 보지 않았다
궐기하라 왕부王府가 초라하다
치마를 둘렀거든 질투를 하라
장단長短을 쳐라 춤을 출 게다
심상心像이 흐리거든 하늘을 보라

❦ 제4권 척화斥和의 장章

운현궁雲峴宮 용마루에 십자가十字架를
절두산切頭山 밑에서 칼춤을 춘다
어느 정사情事가 종말終末이 날 때
가례嘉禮날 꿈이 괴상도 했단다
양함습래洋艦襲來, 비보飛報는 말을 타고
집념執念은 병病, 정情은 물일레라
외침外侵이다, 한강수漢江水를 막아라
나그네 반기는 강도江都 갈매기
꿈은 설익어 천년千年이란다
뭣인가 잘못돼 가고 있다

실각失脚의 장章

상소上疏를 올려라 권좌權座가 보인다

날씨가 꽤 서늘해졌다. 그 무덥던 여름이 갔으니 이제 가을이 아닌가.
창덕궁의 드넓은 궁원(宮苑)은 낙엽진 황금빛 은행잎으로 뒤덮여 있었다.
석양 무렵이었다. 해도 인왕산 마루턱에 턱을 걸치고 있었다. 바람이 선들거렸다.
스산한 가을의 풍경도 낙조 비낀 석양도 이 궁원에서는 유달리 쓸쓸했다.
이런 때는 누구라도 마음이 허전해진다. 뭣인가 그립고 아쉬워진다.
왕비 민씨는 연상(硯床) 위에 펼쳐 놨던 책장을 후르륵 소리나게 덮었다.
『춘추좌씨전』(春秋左氏傳)이 아닌가.
『춘추좌씨전』은 옛 중국 노(魯)나라 사람인 좌구명(左丘明)이 썼다고 전한다.
당시의 역사적 사건들이 파노라마가 돼서 전개되어 있다.
『좌씨전』 또는 『좌전』이라고도 부르는 이 책은 지략을 키우기 위해서 반드시 읽어야 하는 것으로 돼 있다.
그러나 여자가 즐겨서 읽는 책은 결코 아니라고 해왔다.
그렇지만 민비는 처녀시절부터 『춘추좌씨전』을 열심히 그리고 정성 들여 거듭 읽어온 여자다. 더구나 최근에 와서는 다시 흥미를 가졌다.
이유가 있다.

왕비 민씨는 그 어렵게 얻었던 왕자를 허망하게 잃은 다음부터는 생각이 더욱 많아졌다. 성정도 표독스러워졌다.
무서운 말을 서슴없이 뱉는 일이 잦았다.
「아기는 비명에 간 거예요.」
언젠가 오라버니 민승호와 마주 앉은 자리에서 민비는 그런 말을 했다.
누구의 소행이라고 구태여 지목할 필요는 없는 것이다.
그런 일이 있은 다음부터 민승호는 자주 민비의 부름을 받고 왕비의 침전에 무시로 드나들었다.
지금도 민승호가 자리에 앉기를 기다리면서 왕비 민씨는 입술을 잘근 씹었다.
심기가 불편해 보인다. 무슨 결심을 마음 속으로 굴리고 있는 게 분명했다.
민승호는 누이의 눈치를 조심스럽게 살폈다.
근래에 와서는 웬가 누이 앞에서 처신이 몹시 어려워졌음을 절실히 느끼고 있는 그다.
「오라버니!」
민비는 날카로운 눈초리로 민승호를 위압했다.
「오라버니는 지나치게 담소(膽小)해요!」
민승호는 두 손으로 방바닥을 짚었다.
「무슨 말씀이오니까?」
왕비 민씨는 외면을 했다.
「오라버니의 소망은 한껏 고을살이 정도라죠?」
민승호는 겸연쩍게 웃었다.
「예전 얘깁지요.」
민비의 두 눈꼬리가 파르르 경련을 했다. 잠시 후에 민비는 뇌까렸다.
「하긴 지금이야 다르겠죠만.」
사실이다. 지금은 다르다. 옛날의 민승호와는 완연히 다르다.
10년도 더 된 지난 일이 아닌가.

대원군이 한낱 흥선군 이하응이었을 시절, 천하를 호령하던 안동 김씨네의 위세는 기진할 줄을 몰랐다. 그 무렵의 이야기가 아닌가.

구름재의 이재선, 조대비의 친정조카 조성하와 셋이서던가.

흥국사가 마주 바라보이는 중랑천의 상류 한내(寒川)에서 천렵놀이를 한 일이 있지 않았던가.

그때는 뜬구름처럼 그저 아득하기만 하던 권좌였기 때문에 조성하와 농담처럼 주고받은 말이 있었다.

「대비마마께서 힘만 쓰신다면 시골 원 몇 자리쯤야 못 보내시겠나?」

그때 돌아와서 한갓 사가의 누이에 지나지 않았던 민규수에게 얘기삼아 그날의 화제를 들려줬었는데 민비는 지금까지도 그때의 그 이야기를 기억하고 있는 모양이다.

「예전 얘깁지요.」

분명 예전의 이야기다. 지금은 이 나라 국모의 오라버니인데 바라는 자리가 한낱 변방의 수령방백일 수는 없다.

「우리 민씨 집안에는 사람이 너무 없어요. 하긴 무욕(無慾)이 과욕보단 나을지도 모르지만.」

무슨 생각에서인지 불쑥 그런 말을 하는 민비의 눈빛은 무섭게 타고 있었다.

「우리 민씨 집안에도 사람이 있나, 어디 좀 찾아보세요.」

민비는 차갑게 선언하고는 또다시 눈길을 돌려 버렸다.

민승호는 알 듯 모를 듯 한 민비의 말을 명심하면서 침전을 물러났다. 벌써 오래전의 일인데 그후 민승호한테서는 이렇다 할 소식이 없는 것이다.

지금 민비는 그 일을 생각하면서 소리없이 한숨을 쉬었다.

마침 지밀나인이 조심스럽게 들어와 촛대에 불을 밝히고 나가려 했다.

「벌써 날이 어두웠느냐?」

몰라서 묻는 것은 아니다. 방 안이 어두운 사실을 왜 모를까. 단지 아무하고나 얘기를 하고 싶었던 것이다.

「마마, 날이 저문 지 오랩니다.」
나인은 스물이 됐을까 말까 한 나이였다. 살빛이 희고 눈이 크고 맑았다.
고상하게 생긴 여자다.
민비는 황송한 얼굴로 서 있는 젊은 나인에게 자리를 권했다. 파격적인 처우가 아닐 수 없지만 자주 있는 일이다.
나인 정씨는 민비의 심복이다.
대원군의 촉각에서 헤어나지를 못하던 중전 민씨는 그동안 그 '감시의 눈길'을 '이해의 눈길'로 돌리기 위해 어지간히 힘을 기울였다.
이제 지밀에만은 대원군의 촉각이 거의 없다.
정나인을 천거한 사람은 오라버니 민승호였다.
민승호는 정나인을 궁으로 들여보내기 전에 여러 차례 시험을 했다.
용모와 출신 성분이 왜 중요하지 않겠는가. 하지만 뛰어난 재기(才氣)는 더욱 소중하다. 그러나 그 재기에 앞서는 것은 충성이다.
정나인은 인물 좋고 재기 있고 충성스러웠다. 민비는 정나인의 조심스런 앉음새를 눈여겨보면서 엉뚱한 말을 꺼냈다.
「여자란 사내 한둘쯤은 오금을 못 펴도록 사로잡을 수 있어야 비로소 제구실을 하는 게다. 넌 어떻지?」
정나인은 영문을 몰라 어리둥절했다.
민비는 정나인의 반응에는 아랑곳없이 한마디 더 했다.
「너두 사가에 있었더면 지금쯤은 사내가 있겠지? 아이라두 낳았을지 모르구.」
사실이다. 정나인이 아직 사가에 있었다면 한 사내의 아내가 됐을 게고 톡톡히 여자의 구실도 했을 것이다.
민비는 앉음새를 고치며 정색을 했다.
「네가 할 일이 있다!」
정나인은 숙였던 얼굴을 들었다.
민비의 표정은 엄숙했다.
「들거라. 오늘 저녁 대전마마께서 침전에 듭신다는 전갈인데 네가 할 일이 있다.」
 정나인은 긴장했다. 중전의 다음 분부를 기다렸다.
 그러나 민비는 한참 동안 말이 없었다.
「무슨 분부이시오니까, 마마?」
 정나인이 물었을 때에야,
「이리 가까이 오너라!」
 중전 민씨는 자기 심복에게 은밀하게 이를 말이 있었다.
 그러나 민비는 잠깐 동안 망설였다.
 (공연한 짓일까? 자칫 잘못하면 궁인들 앞에서 체통이나 잃는 게 아닐까?)
 그러나 민비의 결심은 굳어져 가고 있었다.
 (상감은 전에 없이 주색을 가까이 하신다.)
 물론 왕의 행동에도 충분한 이유는 있다. 그의 심경은 이해가 간다.
 이궁인한테서 태어났던 왕자도, 중전인 자기한테서 태어났던 왕자도 너무나 물거품 같았던 수(壽)였다. 그러나 그의 외도는 인정할 만하다.
 그러나 민비 자기도 여자가 아니냐 말이다.
 여자이길래 초조했다. 할 일이 있는 것이다.
 민비는 음성을 죽여 정나인에게 심각한 분부를 내렸다.
 나인 정씨는 한껏 긴장한 얼굴로 듣고 있었다.
 와룡촛대에 대황촛불이 바지직 소리를 내면서 춤을 췄다.
 그때였다. 갑자기 침전 밖이 수런거렸다.
「대전마마 듭시오.」
 대전상궁의 연통이다.
 중전 민비의 입가에는 엷은 미소가 스쳐 갔다.
 당황한 사람은 정나인이었다.
 치마귀를 여미면서 움찔 일어서긴 했으나 다음 행동은 저절로 망설여졌다.
 그러자 민비는 조용히 자리에서 일어났다.
 정나인을 향해 엄격한 눈짓을 해보인 민비는 장지 앞으로 다가섰다.

왕은 주기(酒氣)로 해서 불그레해진 얼굴로 침전에 들어왔다.
「중전이 오늘은 더 아름답소!」
민비는 환하게 웃었다. 되도록이면 밝게 그리고 온화한 얼굴로 왕을 맞이하려는 게 틀림이 없었다.
그러나 분위기는 홱 변했다.
왕은 부액했던 시녀들이 물러가자 엉뚱한 곳에다 눈총을 쏘았다.
날카로운 눈총이었다. 북녘 벽을 가린 열 두 폭 일월운문(日月雲紋)의 병풍을 향한 왕의 시선은 날카롭기만 했다.
「왜 그곳을……」
민비의 얼굴에도 당황하는 빛이 떠돌았다.
「어서 좌정하시지요.」
그러나 왕은 대답이 없다. 뿐만 아니라 늘 온화하던 그 얼굴에, 너그럽던 안정(眼精)에 차츰 노기가 어리기 시작했다.
「상감, 침전에 드시면 어지러운 정사는 깨끗이 잊으시지요.」
그래도 왕은 굳게 입을 다물고 있었다.
민비는 자꾸 말을 꺼냈다.
「무슨 사단인지 말씀이나 해주세요.」
그러자 젊은 왕은 보료 위에 털썩 주저앉으면서 힐문하듯 입을 열었다.
「중전!」
「예!」
「인기척을 들었는데?」
「인기척이라뇨?」
왕비는 분명히 생급스러워하는 얼굴을 했고, 왕은 다시 병풍으로 시선을 쏘았다.
「병풍 뒤에 누가 숨어 있는 것 같은데?」
비(妃)의 얼굴을 쏘는 왕의 눈총에는 무서운 의혹의 불길이 활활 타오르기 시작했다.
민비는 더욱 생급스런 표정이 돼서 왕을 정면으로 쏘아봤다.

「농담이 지나치십니다. 여기는 구중궁궐, 지밀입니다. 상감과 제가 모르는 누가 감히 이 안에 숨어 있을 수 있단 말이에요.」
「그런데 분명히 인기척이 났소.」
왕의 말에 민비는 결정적으로 당황한 눈치를 보였다. 그러나 웃어 보였다.
「무슨 그런 말씀을 하세요.」
왕은 역정을 냈다.
「중전! 내 아직 환청을 할 연치(年齒)는 아니잖소?」
민비의 눈총이 핼끔해졌다.
「망측스럽게도 왜 그런 말씀을…….」
순간 민비는 벌떡 일어섰다. 성큼성큼 병풍 쪽으로 걸어갔다. 왕의 날카로운 시선을 등에 느끼면서 이 담대한 여자는 병풍을 화닥닥 걷어 젖혔다.
아주 자신만만하게 말이다.
「보세요. 여기 뭐가 있단 말씀인가요?」
물론 병풍 뒤에는 아무것도 없었다.
그러나 왕의 안색은 밝아지지를 않았다.
「지금이야 없겠지, 뒷문으로 달아났으니까.」
왕은 목격한 것처럼 말했다.
민비는 소리내서 웃었다.
「공연한 일에 신경을 쓰십니다. 지밀 안에 마마 말고, 신첩 말고 누가 있겠습니까. 마마, 오늘 밤엔 과음을 하신 것 같습니다.」
왕은 한동안 말이 없었다. 여전히 이마에 주름을 깊이 그은 채 마음의 갈등을 참는 눈치였다.
국왕도 한낱 남자다. 삼백을 헤아리는 여자, 궁인, 비빈들이 주위를 감싸고 있다.
그 어느 누구도 그 여인들을 범접할 수가 없다. 오로지 국왕 한 사람을 위해 아름답게 피었다가 지는 꽃들이다.
거기에 군림하고 그네들을 통어하는 게 중전이다. 아름다움에서만이 아니라, 덕망과 지혜가 모든 비빈들의 귀감이 돼야 한다.
그 중전의 침전에서 자기 아닌 다른 남자의 인기척을 느끼리라고는 도저히 생각할 수도 없고 생각해 본 일도 없는 것이다.
「중전!」
「예.」
「중전은 병풍을 걷어치울 때 느꼈을 게요.」
「뭣을 말입니까?」
「방 안 공기와는 다른 서늘한 외기(外氣)를 못 느꼈단 말이오? 누군가가 뒷문을 열고 나갔기 때문에 찬바람이 들어왔는데 그걸 모른단 말이오?」
왕의 추궁이 집요해지자, 민비는 점점 궁지에라도 몰리는지 얼굴에 곤혹의 빛이 역력했다.
민비는 돌아서서 삐뚜름해진 병풍을 바로 고쳤다. 그리고 억울하다는 눈물을 보였다.
누구고 여자의 눈물을 보면 마음이 약해진다.
「중전! 내 억측이 좀 지나쳤나 보오. 고만 자리로 듭시다.」
왕은 더는 추궁을 안 했다.
민비는 숨길이 고르지 못한 왕의 동정을 세심히 살피면서 자리에 들었다.
그리고 정성을 다해 왕의 투기 깃든 정염에다 부채질을 활활 했다. 그리고 자기의 계략은 주효했다고 만족스러워했다.
또 며칠이 지났던가. 계유년(1873년) 시월 중순이다. 죽동 민승호 집 사랑에서는 중대한 모의가 진행되고 있었다.
달밝은 밤이었다. 그러나 육중한 촛대에 켜놓은 방 안의 촛불이 더 휘황했다.
널찍한 사랑에는 민승호를 비롯해서 민규호, 민겸호 그리고 조성하, 조영하의 형제와 함께 이유원의 늙은 얼굴도 보였다. 밀담을 나누고 있는 중이었다.
주인 민승호가 두 손으로 장죽을 받들어 올려 옆에 앉은 이유원에게로 건넸다. 담배통에서는 뽀오얀 연기가 모락모락 오르고 있었다.

민승호가 말했다.

「대감께서 다시 한번 힘써 주셔야겠습니다. 면암(勉庵)을 움직이자면 아무래도 대감께서 직접 나서지 않고는 어려울 줄로 압니다.」

전에 없이 공손한 태도였다.

이유원은 받아든 장죽을 입으로 가져간 채 한동안 말이 없었다.

그는 이 자리의 좌장격(座長格)이었다. 육십을 바라보는 그 나이로 나, 지난날의 관록으로 보나 그는 다른 사람보다 웃어른이었다.

「그렇습니다. 대감께서 면암을 만나셔야 됩니다. 첫 단계는 이미 성사시켜 놓으셨으니…….」

조성하가 거들었다.

그들은 지금 면암 최익현을 움직여서 대원군을 규탄하는 상소를 올리게 하자는 의논을 하고 있었다.

상소를 올릴 계기는 만들어 놓았다는 것이다. 조성하가 말하는 첫 단계 말이다.

최익현은 화서(華西) 이항로의 제자로서 당대의 거유(巨儒)로 숭앙받는 인물이 아닌가. 일찍이 대원군을 공격하다가 미움을 사서 포천 벽지에 숨어 있는 그는 칼날 같은 성격으로 또한 당대에 이름이 높다.

그런 그에게 국왕은 갑자기 동부승지(同副承旨)라는 벼슬을 내렸다. 계략이었다. 그에게 충격을 주자는 계략이었다.

벼슬이 내려졌다고 해서 얼씨구나 하고 뛰어나올 그가 아니다. 더욱이 그가 미워하는 대원군이 섭정하고 있는 정부가 아닌가.

필시 그는 곧 사양하는 상소를 올릴 것이다.

그가 상소를 한다면 그 문면에서 시국을 논할 것이 뻔하다.

그가 시국을 논한다면 그 날카로운 붓끝은 대원군의 독주를 통매할 게 아닌가.

민비의 심모(深謀)에 곁들여서 민승호 일파의 원려(遠慮)가 거기에 숨어 있었다.

「해보지요. 내 곧 포천으로 내려가리다.」

한동안 담배만 피우고 있던 이유원이 승낙했다. 백여 리나 되는 포천에까지 최익현을 직접 찾아가겠다는 말이 된다.
「대감께서 내려가신다면야 일은 성사된 거나 마찬가집니다.」
남달리 심각해져 있던 민규호의 얼굴이 별안간 활짝 펴졌다.
「아마 지금쯤은 초(草)가 잡혀 있을 겝니다. 여지껏 머뭇거리고 있을 그가 아니지요. 다만 섭정공에게 들이댈 내용이 어떻게 됐는지……」
「염려 마시오. 내가 내려가는 이상 조목조목 따져보고 오리다.」
민승호의 말을 가로막는 이유원의 어조는 자신만만했다.
「상감께서 내리실 비답(批答)에 대해서는 조금도 염려 마십시오. 이미 은밀한 어의(御意)를 밝히신 바 있습니다.」
민승호도 자신만만했다.
「그야 상소를 가납(嘉納)하셔야죠. 면암의 벼슬도 높여 주고.」
「다 그렇게 하기로 상의(上意)가 굳어져 있습니다. 염려 마시고 편히 다녀오십시오..」
말하다가 민승호는 옆에 앉아 있는 민겸호에게로 얼굴을 돌렸다.
「자네 홍인대감 만나 봤나?」
「네, 언제고 필요하다면 직접 상감께 상주(上奏)하실 용의까지 있으시다고 그럽니다.」
민겸호가 오늘 홍인군 이최응을 만난 모양이다.
대원군의 형인 이최응도 그들의 포섭 대상인물이었다.
「조대감께는?」
조두순 말이다. 그는 영의정까지 지낸 정계의 원로였다.
「제가 뵈었는데, 별 반대 말씀이 안 계셨습니다. 오히려 찬동하시는 의양을 비치시었습니다.」
조성하가 한 손으로 방바닥을 짚으며 말했다.
「그 어른께서 그 정도로 나오신다면 일은 잘 돼갈 징조입니다. 그 어른이 제일 걱정스러웠는데…….」
조영하의 주석에 모두 고개를 끄덕거렸다.
사실 그렇다. 조두순이 반대하는 입만 열지 않아 줘도 크나큰 도움이 되는 것이다.

일찍이 대원군의 신임을 두텁게 받았던 그는 그만큼 정계의 비중도 컸고 영향력도 있었다.

그들은 그밖에도 지난날 안동 김씨 세도정치의 중심인물이었던 김병기와 김병국을 포섭해 놓고 있었다.

「예상외로 일은 잘 돼가는 것 같습니다. 이런 큰 일의 성사 여부는 하늘의 뜻이긴 합니다만.」

민승호의 눈꼬리에 웃음이 스쳤다.

「사필귀정이지요.」

이유원의 말이 채 끝나기 전에 창문 밖에 인기척이 났다. 그들은 긴장했다.

「게 누구냐?」

민규호가 민감하게 밖에다 대고 소리쳤다.

방 안에 모였던, 다섯 개의 큼직한 갓들이 일제히 움직였다.

「주안상 올릴깝쇼?」

어이없게도 이 집의 청지기였다.

모두들 멋적은 듯 다시 자세를 바로잡았다. 별수없이 주인 민승호의 불호령이 떨어졌다.

「네 이놈, 왜 게서 어슬렁거리느냐, 속히 올리도록 해라.」

주인이고 나그네고 다 식욕을 느꼈다. 서로 마주 보고 뜻있게 고개를 끄덕였다.

사실 그들은 허기져 있는 사람들이었다. 식욕에만 허기져 있다면야 공복이나 채우면 된다.

그러나 그들은 권력에 대한 허기가 극한상태에 있는 중이었다. 공복을 채우듯이 쉽게 메워질 수 없는 허기증이니까 이야기는 까다롭고 조심스러웠다.

또 며칠이 지났다. 저녁 무렵 운현궁의 화제는 엉뚱했다.

화제만이 아니라 엉뚱한 하나의 사건도 터졌다.

「계집이란 머리 쓰는 게 고작 그런 짓뿐이겠지! 하하하.」

대원군은 거리낌없이 웃음을 터뜨렸다.
「대감! 그게 무슨 말씀이세요? 이 나라의 중전을 두고 계집이라시니.」
부대부인 민씨가 대원군의 언투를 탓하자,
「중전은 계집이 아닌가? 하는 짓이 한낱 밴댕이 콧구녕 같은 짓이 아니냐 말이오.」
대원군은 얼굴에서 웃음기를 거두고는 씹어 뱉듯이 말했다.
아침 나절에 대궐에서 안상궁이 다녀갔다.
「어젯저녁 대전마마께옵서 지밀에 드셨다가 역정을 내셨습니다. 병풍 뒤에 인기척이 났으니 웬일이냐고 중전께 힐책하셨습니다.」
와서 보고하는 안상궁조차도 영문을 모르겠다는 표정이었다.
「그래 인기척이라니 대체 무슨 소리냐?」
「정나인이라고 있지 않습니까? 민대감께서 천거해 들여보낸 애입니다. 그 정나인에게 물어 봤더니 중전마마의 분부로 대전마마께서 침전에 듭신다는 연통이 있을 때 자기가 병풍 뒤에 몸을 숨겼다가 뒷문으로 빠져 나왔다는군요.」
「중전의 분부로.」
「예, 그렇다 하옵니다.」
「알았다.」
「온 너무나 엄청난 얘기라서…….」

부대부인은 안상궁을 대궐로 들여보내고 나서 대원군에게 안상궁의 말을 전했던 것이다.
대원군은 그 이야기를 듣고 그렇게 씹어 뱉은 것이다.
「어디 부인도 그런 연극이나 좀 해보구려. 그럼 나도 딴 계집들한테서 발을 씻을지도 모르잖소?」
「다른 여자들한테선 발을 씻으시더라도 추선이만은 애껴 주세요.」
「그건 왜?」
「너무나 착한 사람이니 말예요.」

추선의 이야기가 나오면 그는 엄숙해진다.
「아닌게아니라 추선이 만한 여자는 없어.」
대원군은 많은 여자를 알지만 민비만은 모른다. 민비의 속셈은 짐작하기가 어려웠다.
대원군이 민비의 속셈을 꿰뚫어보지 못하는 점이 민비가 노린 연극의 효과인 줄도 그는 모른다.
민비는 어젯저녁 자기가 연출한 연극 속에 두 개의 함정을 파놨던 것이다.
하나가 직접적인 효과를 가져온다면, 다른 하나는 간접적으로 실리를 거두리라고 예상했다.
그 계산은 적중하고 있었다.
왕의 마음에다 투기의 물결을 일으켜 놓는 데 성공했다.
그리고 다른 하나의 간접적인 효과는 철저히 위장한 덕분에 아직은 자기 아닌 다른 누구도 그 깊고 위대한 함정은 모른다.
대원군은 민비가 회심의 미소를 짓고 있으리라는 생각은 꿈에도 하지 못했다.
그는 자기의 정보망이 어김없이 움직이고 있다는 사실에 은근히 기뻐하기까지 했다.
대원군이 내실에서 부대부인과 그런 대화로 잠시 한가한 시간을 보내고 있는데 청지기 김응원이 뜰 앞에 와서 고했다.
「대감, 경상도 동래에서 급한 장계(狀啓)가 올라왔습니다.」
「동래에서?」
「예, 동래에서.」
대원군은 노안당으로 나왔다.
장계는 동래부사 정현덕이 띄운 것이었다.

왜국에서는 정한론이 묘의(廟議)를 지배하고 있다 하옵니다. 부산에 거류하는 왜인들을 통해 흘러 나온 정보는 허술히 넘겨 버리기 어려운 바가 있습니다.

「으음…….」

동래부사 정현덕의 보고는 심상하게 취급할 성질의 것이 아니었다.

그러나 대원군은 그다지 심각하지는 않았다. 그저 묵묵히 고개만을 끄덕였을 뿐이다.

그는 지난 8월 청나라를 다녀와 복명한 연경회환사(燕京回還使) 이근필의 장담을 굳게 믿고 있었다.

이근필은 말하지 않았던가.

「왜인들이 얼마 전 청국 조정에다 저들의 국서를 전한 일이 있었습니다. 그런데 하회도 기다리지 못하고 황망히 떠나고 말았습니다. 청국 조사(朝士)들의 견해로는 필시 왜국에 큰 변란이 있어났음에 틀림없으리라고 했습니다. 그런 추단은 맞을 것입니다. 그렇지 않고서야 수만 리 험한 뱃길을 건너왔던 그들이 청국 조정의 하회도 기다리질 않고 도망치듯 귀국할 까닭이 없습니다.」

이근필은 또 호언하지 않았던가.

「왜주(倭主)는 양이(洋夷)를 끌어들여 위태로운 권좌를 간신히 지키고 있다 합니다. 마치 산숲에 홀로 앉아, 호랑이더러 자기를 보호해 달라고 하는 거나 마찬가지가 아니겠사옵니까.」

내란이 일어났다는 일본이 어느 여가에 정한론을 주장하겠느냐는 생각이었다.

사람은 누구나 불안보다는 여유 있고 안전한 사고를 추구하려고 하는 게 아닌가. 그것이 비록 진실이 아니더라도 말이다.

대원군은 알고 있었다.

수 년 전부터 일본에서는 정한론이 꼬리를 물고 일어나고 있다는 사실을 여러 가지 정보를 통해 누구보다도 잘 알고 있었다. 일본에 내우(內憂)가 있다는 보고를 들은 것이 불과 몇 달 전이니 그들의 정한론을 믿기란 어려울 수밖에 없었다.

그게 잘못이었다.

사실은 그와 전혀 달랐다. 내란이란 허무맹랑한 낭설이었다.

오히려 동래부사 정현덕이 제보한 내용이 정확한 것이었다.
일본에서 정한론을 먼저 주장한 사람은 사이고 다카모리가 아닌가.
그 사이고 다카모리의 공언은 이미 이 나라에도 알려진 바 있었다.
─내가 전권대신(全權大臣)으로 조선엘 가겠다. 대원군이란 자는 나를 죽일 것이다. 그러면 일본은 조선을 치라.
그런데 그 사이고 다카모리에 못잖게 열렬히 정한론을 주장하고 나선 인물이 또 있었던 것이다.
후쿠지마 다네도미(副島種臣)였다. 일본의 외무경으로 외교의 실권을 가진 인물이다.
후쿠지마는 정한론을 추진하기 위해 청나라를 다녀오기까지 한 극성스런 사람이었다.
후쿠지마가 청나라에 건너가 조선과 청나라와의 관계를 타진했을 때 청조는 오래도록 장악해 온 한국에 대한 종주권 주장을 웬가 얼버무리고 말았다.
─조선의 내치(內治)와 화전(和戰) 여부는 오로지 조선이 자주적으로 이행하는 일일 뿐이지 우리 청국과는 무관한 일이다.
후쿠지마가 기대한 반응이었다.
청나라가 계속해서 종주권을 주장한다면, 일본이 조선을 정벌하는 데 귀찮은 장애가 될 것이기 때문이었다.
그는 제 나라 일본으로 돌아가자 의기양양하게 주장한 것이다.
─내가 조선으로 가겠다. 청국도 일본이 조선을 치는 데 방해하지 않을 뜻을 뚜렷이 했다.
일본 조야는 들끓고 있었다. 어디를 가나 화제는 정한론이었다.
심지어는 조선정벌의 선발대를 자원해서 혈서를 쓰는 과격파들도 나타났다.
그들의 조선정벌은 머잖아 실천될 분위기였다. 그것을 대원군은 몰랐다.
대원군은 동래부사 정현덕의 서찰을 깔고 앉은 보료 밑으로 밀어 넣었다.

그는 연경회환사 이근필의 말을 신뢰하고 있었으나 그러나 다소는 불안했다.
아무리 소문이라 하더라도 저들에게 정한론이 팽배하고 있다는 보고를 받고 안한하게 대책 없이 있을 수는 없다고 생각했다.
대원군은 입을 굳게 다물었다. 그렇잖아도 병비(兵備)를 정돈하고 국방을 강화해야겠다는 생각을 하던 참이 아닌가.
그는 청지기 김응원을 시켜 이 나라의 지도를 가져오게 했다.
지도는 비단으로 정성들여 배접을 한 것이었다.
대원군은 지도가 앞에 놓이자 남해 바다에서 시작해 동해와 서해를 서서히 훑어 나갔다.
그의 안광은 날카롭게 수많은 섬과 섬들을, 항만과 해안선을 세심하게 살펴 나갔다.
지도는 상세했다. 조선팔도 360주를 한눈에 알아볼 수 있도록 그려져 있었다.
대원군은 혼자 고개를 끄덕거리며 감탄하듯 뇌까렸다.
「참 섬세하게 그려져 있구나!」
누가 만든 지도인가. 자기 앞에 놓인 이 지도가 대체 누가 만든 것인가 말이다.
(내가 경솔했던가.)
대원군은 연죽을 끌어당겼다.
조심스럽게 그를 지켜보던 김응원이 얼른 성천초(成川草)를 은수복 담배통에다 담고 부싯돌을 쳤다. 대원군은 피어오르는 담배연기를 물끄러미 바라보다가 다시 시선을 지도로 가져갔다.
그는 자기 앞에 놓인 지도의 내력에 새삼 신경이 씌어졌다.
「사람은 더러 실수도 있어야 하렷다?」
「예?」
대원군의 심경을 김응원은 알고 있다.
이 지도는 황해도 사람 고산자(古山子)가 30년을 두고 전국 방방곡곡을 실측(實測) 답사한 끝에 만들었다고 했다.

고산자의 본명은 김정호, 그는 오직 조선의 지도를 만들기 위해서 살다가 지도로 인해 목숨을 버리게 된 사람이었다.

그를 죽인 사람이 누군가. 다름아닌 대원군 자신이었다. 지금에 와서 생각하면 김정호를 죽인 일이 마음에 몹시 걸렸다.

그는 이 지도를 요긴하게 쓸 때마다 김정호의 당당하던 모습이, 그 굽힐 줄 모르던 성벽이 마음에 지피는 것이다. 김정호를 이 나라 국토의 기밀을 누설했다는 죄목으로 죽였다. 그가 만든 만 육천 이백 분지 일로 축소된 조선강역(朝鮮疆域)의 지도를, 이 나라를 노리는 외적에게 국가 기밀을 누설한 장물이라고 단정했던 것이다.

김정호를 마지막 국문한 사람은 포도대장 이경하였다던가.

이경하가 무섭게 그를 닥달했던 것을 대원군도 알고 있다.

「네 이놈! 산맥, 하천, 성지(城址), 역참(驛站), 목소(牧所), 창고(倉庫) 할 것 없이 이렇게 빠짐없게 그려 넣자면 돈도 시간도 수월찮게 들었을 것, 그래도 어떤 이적(夷賊)의 재물 원조와 교사가 없다 하겠느냐?」

김정호는 자기 소신을 굽히지 않았고 변해(辯解)도 하지 않았다.

장독(杖毒)으로 죽어 가면서 그는 한마디 절규를 남겼다고 전한다.

―죽음이 두려운 게 아니다. 일을 두고, 정말 내 할 일이 태산인데 그냥 죽어야 하는 게 원통할 뿐이다. 뜻있는 사람 있어 내 뜻을 이어 주길 바란다.

대원군은 이경하로부터 김정호의 그런 최후를 전해 들었는데 오늘에서야 김정호는 범상한 인물이 아니라고 깨달았다.

대원군은 김정호가 만든 대동여지도(大東輿地圖) 위에서 아물거리던 시선을 거두었다.

그는 성급하게 설렁줄을 흔들어댔다.

앞에 있던 김응원이 두 팔로 방바닥을 짚었다.

「무슨 분부이십니까, 대감마님?」

대원군은 설렁줄을 한번 더 절렁절렁 흔들 뿐 김응원의 물음에는 반응을 보이지 않았다.

「대감마님, 필주 대령했습니다.」
 어느새 바깥 대뜰 아래에는 안필주가 허리를 꺾고 분부를 기다리고 있었다.
「병조판서께 드시라고 가 여쭤라!」
「예에.」
 안필주가 급히 물러가려고 하자 대원군은 다시 불러 세웠다.
「이놈아, 금위대장과 훈련대장도 불러라. 지체 말고 어서!」
 대원군은 굳게 입을 다물어 버렸다. 방 안에는 무거운 침묵이 흘렀다.
 대원군의 위압적인 침묵에는 습관이 돼 있는 김응원도 숨이 콱 막히는 분위기였다.
 예사로운 침묵이 아니었다. 웬지 불길한 예감이 감돌았다. 그것은 동래부사가 보낸 한 장의 서찰 때문만이 아닌 성싶었다.
 바로 그 무렵이다. 갑자기 운현궁 안팎이 수런거렸다.
 안필주의 전갈을 받고 병조판서 민승호가 달려올 시각은 아니다. 금위대장과 훈련대장의 준마가 아무리 날쌔고 빠르더라도 아직 필주가 전갈을 전하지 못한 이상 운현궁으로 뛰어왔을 리가 없다.
「누구요?」
 김응원이 일어나면서 밖에다 대고 소리쳤다.
「이상지올시다!」
 이상지가 왔다는 것이다.
「포천에 살고 있는 최익현이 소문(疏文)을 보내 왔습니다.」
「최익현이가.」
 대원군은 미닫이를 화닥닥 열어붙였다.
「예, 동부승지 최익현이 올린 것이라 하옵니다.」
「최익현이 또 소문을 내? 그놈은 소문이나 내기 위해 산단 말이냐?」
 대원군은 몹시 불쾌한 낯색으로 이상지가 가져온 최익현의 상소문을 펼쳤다.
 그것을 읽어 내려가는 대원군의 얼굴은 눈에 띄게 일그러지고 있었다.

강경한 논조였다.
그는 시폐(時弊)를 열거하고 있었다.

　정치는 점점 문란해 가되 대신육경(大臣六卿)은 이를 광정(匡正)할 의논이 없으며, 대간시종(臺諫侍從)은 눈치만 살필 뿐 바른말 하기를 꺼리는 실정이옵니다. 따라서 조정은 그릇된 속론이 지배하며 정은 소(消)하고 사는 넘치며, 곧은 선비는 모두 숨어 버리고 가렴주구가 예사로이 횡행하여 생민은 어육에 지나지 않고 사기는 저상하여 생업에 뜻을 잃고 있사옵니다. 정치가 민정을 보살펴 구휼함이 없으니 하늘조차 이 나라를 버렸음인지 천재지변과 흉풍(凶豊)이 무상하여 국세(國勢)는 날로 기울고 있지 않습니까……

최익현의 상소문은 도도히 계속되고 있다.
상소문을 펼쳐 들고 있는 대원군의 두 손은 분노로 부르르 떨렸다. 그러나 한참 만에 대원군의 입에서는 엉뚱한 호령이 떨어졌다.
「여봐라! 이 소문은 내게로 오는 것이 아니잖느냐?」
이상지가 깜짝 놀랐다.
「그럼 누구에게?」
「상감께 올린 게다. 냉큼 승정원으로 보내라.」
상소문이니까 물론 대원군 자기 앞으로 온 것이 아니라면 처음부터 보지 말았어야 한다. 내용을 다 본 후에 승정원으로 보내서 왕에게 전하라니 그의 자신은 너무도 당당한 게 아닌가.
사실 대원군은 최익현의 상소문을 꾸겨 버리고 싶었다. 그러나 왕에게 올린 상소문을 대원군이라 해서 마음대로 휴지를 만들 수는 없다.
그는 입맛을 쓰게 다셨다.
「어허, 그놈이 또 내게 화살을 쏘아?」
최익현은 6년 전에도 협박장과 같은 소문을 올린 일이 있었기 때문이다.
그때는 직접 대원군 자기 앞으로 보내 왔었다.

내용은 물론 그때도 격렬하고 도전적이었다.
(그놈을 그때 없앨걸!)
이번의 상소문은 국왕에게 직접이다. 받을 대상은 국왕으로 돼 있지만 그 목표는 예나 지금이나 대원군 자기에게다.
대원군은 현기증을 느꼈다.
그는 또 설렁줄을 흔들어 사람을 불렀다.
이상지가 계하에서 대원군의 눈치를 살폈다.
「아무도 만나지 않겠다!」
그의 말은 그뿐이었다.
실상은 그가 병조판서 민승호를 부른 것은 당치도 않은 오죽잖은 일이다. 그러나 대원군의 분부이니 병조판서 민승호도 오기는 온다.
금위대장, 훈련대장이야 물론 달려올 것이다. 하지만 그는 만나지 않겠다는 것이다.
노안당의 문이란 문은 김응원에 의해서 덜컹 드르륵 모두 닫혀 버렸다.
대원군은 혼자 사방침을 옆에 끼고 비스듬히 몸을 뉘었다.
그의 안면근육은 자꾸 씰룩거렸다.
「나는 지금부터 일을 해야 한다!」
그는 강경한 어조로 늘 입버릇이 돼 있는 말을 중얼댔다.
「왜국은 이 나라를 정벌하러 오겠다는데 어떤 놈들이 정정을 어지럽히려고 드느냐! 최익현, 네 이놈 다 살았다! 내 당장 입궐해서 명령을 내리게 하리라.」
그는 생각했다.
(왕은 나를 모욕한 최익현의 무례를 용서하지 않을 것이다. 그놈을 비호하는 무리들도 처단하겠지.)
대원군은 왕이 자기 아들이기 때문에 자신이 만만했다.
왕비가 정적(政敵)이라는 사실에는 신경을 쓰지 않았다.
그는 대신들과 대간(臺諫)이 벌떼처럼 일어나 최익현을 탄핵할 것도 의심치 않았다. 그들이 만일 최익현을 버려 둔다면 스스로 최익현이 지적한 내용을 그들 스스로가 인정하는 결과가 된다.
 (내가 안 나서더라도 잘들 처리해 주겠지.)
 대원군은 사태를 정관하리라고 마음먹었다.
 스스로 칼을 뽑는 것은 점잖지가 않다. 왕이 어련히 잘 처리하겠는가. 삼공육경(三公六卿) 중의 누가 그런 무례한 최익현을 용서하려 들 것인가.
 그런데 사태는 그의 자신과 예상을 완전히 뒤엎어 버렸다.

달도 차면 기운다던가

그의 당연한 기대가 의외로 허황한 것이었음을 실감케 하는 사태가 벌어졌다.

최익현의 상소문이 승정원을 통해 국왕에게 전달된 며칠 후였다.

정확하게는 10월 25일이었다.

그의 상소에 대한 국왕의 비답이 내렸다. 대원군이 복통을 치며 통분해야 할 국왕의 비답이 내렸다.

―동부승지 최익현의 상소는 충성심에서 우러나온 줄로 안다. 그 모두가 과인을 경계시키는 말들이니 극히 가상한 일이다. 최익현에게 호조참판을 제수하니 더욱 힘써 과인을 보필하도록 하라.

그날 대원군은 아재당에서 두문불출하고 있다가 국왕의 비답이 내렸다는 소식을 듣고 반사적으로 몸을 벌떡 일으켰다. 반가워서였다.

그러나 이상지에게서 내용을 듣는 순간 대원군은 자리에 펄썩 주저앉고 말았다.

「어허, 그럴 수가. 그럴 수가!」

그뿐이었다.

달리 할 말이 없었다. 정신이 얼떨떨했다.

국왕은 틀림없이 자기가 당한 모욕을 설분해 주리라고 믿었던 게 아닌가.

그런데 뭐라고? 아비를 모욕한 최익현을 충신이라고 칭찬했다? 더구나 그놈을 동부승지에서 호조참판으로 승진시켰다.

「어허, 이게 어찌된 셈이냐? 왕이 최익현과 한통속이라?」
그럴 리가 없는데 그렇단다.
(이건 일종의 반정이 아니냐?)
「여봐라! 삼공육경을 모조리 불러 들여라!」
운현궁의 하인들이 동서남북으로 뛰기 시작했다.
그러나 사실은 뛸 필요도 없었다.
이미 그가 신임하는 정객들이 운현궁으로 자진해서 모여들고 있었다.
우의정 한계원이 새파랗게 질린 얼굴을 하고 나타났다.
이어서 들어선 좌의정 강노도 평소의 그 위엄을 잃고 있었다.
영돈령 홍순목도 득달같이 달려왔다.
「어쩌실 작정입니까? 저하!」
강노의 다급한 물음이었다.
「뭣을 말이오?」
대원군은 정색을 하면서 강노에게 되물었다.
강노는 어이가 없어 대원군을 멍청히 바라볼 뿐, 입이 얼었다.
「동부승지 최익현이 무엄한 상소를 올린 사실을 모르고 계십니까?」
우의정 한계원이 따지고 들었다.
「그 얘긴 들었소.」
대원군은 딴청을 부렸다.
「오늘 상감께오서 그 허무맹랑한 소리를 가납하신다는 비답을 내리신 것을 알고 계십니까?」
「그러셨다는군.」
「그런데 아무 생각이 없으시단 말씀입니까?」
「글쎄……..」
대원군은 어이없게도 세 사람의 얼굴을 차례로 훑어보면서 연죽을 끌어당겼다. 담배도 안 담고 한동안 옥물부리만 빨다가 내뱉듯 말했다.
「대감들은 내가 어떻게 했으면 좋겠소?」
「저하!」
「내가 나서서 한갓 동부승지에 지나지 않는 녀석을 상대로 마주 싸워야 하겠단 말이오?」

대원군의 눈총은 세 사람을 무섭게 쏘았다.

「그런 게 아니옵니다.」

홍순목의 말이다.

「아니라면? 대감들이 빈손으로 나를 찾아오게 됐소? 최후의 과녁은 내가 분명하지만 대감들이 당한 모욕도 나만 못지않은데 내 눈치나 보러 쫓아와야 하느냐 말이오? 내가 믿었던 대감들이 그토록 무력했던가?」

「그렇게 말씀하실 일이 아니옵니다.」

「아니라?」

홍순목은 침묵했다.

좌의정 강노가 나섰다.

「최익현의 상소보다도 상감께서 내리신 비답이 문제이옵니다.」

그 말에 대원군은 더욱 언성을 높였다.

「허어, 답답한 말씀들이오. 비답이야 상감이 잘못 아시면 그릇 내릴 수도 있는 법, 그럴수록 소(疏)를 퇴척(退斥)하시게 하고 그릇된 비답을 거두시게 해야 할 임무가 대감들을 위시한 대간들에게 있지 않느냐 말이오!」

세 사람은 할 말을 잃었다.

그들은 대원군의 의도를 즉각 알아챘다.

그들은 자기네가 앞으로 무엇을 해야 할 것인가를 생각해야 했다.

「모두 바쁘실텐데 어서 돌아들 가 보시오!」

대원군의 그런 차가운 선언이 없었다 하더라도 그들은 할 일이 바빴다.

「엥이, 모두 병충이 같은 것들, 첫첫!」

대원군은 자기 앞을 물러나는 중신들에게 들으라는 듯이 혀를 찼다.

그리고 벌렁 보료 위에 누워 버렸다.

밖의 날씨는 몹시 음산했다. 구름이 무겁게 하늘을 덮고 있었다. 때늦은 가을비라도 쏟아질 것만 같았다.

좌의정 강노와 우의정 한계원은 운현궁을 다녀나오는 길로 자리를 옮겨 구수회의를 했다. 최익현의 처벌을 주장하는 상소문을 작성하기로 했고, 또 그것을 작성했다.

상소문 말미에는 두 사람이 나란히 기명날인을 했다. 말하자면 연대상소다.

그들은 국왕이 최익현의 상소를 물리치지 않는다면 그들 스스로 자진해서 인책하겠노라고 위협했다.

또한 그들은 사간원과 사헌부를 비롯해서 성균관 유생들을 모두 동원하는 일을 잊지 않았다.

벌집을 쑤셔 놓은 것처럼 정국은 소연하기 시작했다.

─최익현을 참(斬)해서 다시는 그런 무엄하고 발칙한 일이 재발하지 않도록 해야 한다.
─최익현은 상감의 총명을 흐리게 한 역신(逆臣)이다.
─최익현은 조정대신을 함부로 모욕함으로써 스스로의 영달을 획책한 사악하기 짝이 없는 인물이다.

삼사(三司)의 상소문은 계속해서 국왕 앞에 쌓여 갔다.
그러나 젊은 국왕은 동요하는 빛이 없었다.
좌의정과 우의정이 연대서명으로 올린 상소를 비롯해서, 삼사가 총동원돼서 빗발치듯 올린 상소문에 대해서도 간단히 비답을 내려 종래의 소신을 뚜렷이 밝혔을 뿐이었다.
─호조참판 최익현의 상소가 충성심에서 우러나왔음을 과인은 의심하지 않는다. 그렇지 않다고 하는 조신들의 말은 그대들 스스로의 판단이 아니겠는가? 과인은 과인이 생각한 바를 실행할 것임을 만천하에 천명한다.

문면이 비교적 완곡하다고 해서 왕의 결심을 의심할 수는 없다. 오히려 이 완곡한 표현 속에 감춰진 범치 못할 왕의 결심을 간취해야 했다.
조정대신들은 국왕의 비답을 놓고 오랫동안 의논이 분분했다.

해결책을 모색하기 위해 마련한 회집이 연일 자리를 바꿨다.
영돈령 홍순목의 넓은 사랑방 분위기는 무겁기만 했다.
전날 운현궁으로 모여들었던 세 사람 외에 또 이례적으로 형조참의 안기영이 참석하고 있었다.
「두 분 대감이 올린 상소를 상감께서는 물리치시고 말았습니다. 우리가 예상했던 것보다 더 심각한 국면이 벌어지고 있는 것 같습니다.」
홍순목의 침통한 목소리였다.
「그렇다고 그대로 좌시한다면 이 나라의 장래가 어찌 될 것이며 또 조정대신들이 면목은 어찌 될 것이오. 무슨 묘안이 없을까요?」
「길은 이제 하나밖에 없습니다.」
한계원이 미간에 주름살을 만들면서 단호한 어조로 길은 하나밖에 없다고 선언했다.
「말씀해 보시오, 대감!」
「모든 수단을 다해서 상감의 그릇된 판단을 돌려 놓아야 합니다. 이번 일에는 필유곡절이니 결단코 원임, 시임대신들은 물론 삼사와 승정원, 유림 등을 총동원해서라도 어의를 바로잡아야 합니다. 진실된 충언은 무쇠라도 능히 녹인다지 않습니까?」
우의정 한계원의 주장은 그들 모두가 공명할 수 있는 방법이긴 했다.
그 길을 두고 이제 와서 달리 묘책이 없음을 알고들 있었다.
그러나 사람들은 험로(險路)에 부딪치면 뚫고 나갈 생각에 앞서 돌아갈 길이 없는가를 살피게 마련이다.
「그런 방법이야 누군들 모르겠소?」
「안다면 실행해야죠.」
좌중에는 엄청난 긴장이 감돌았다.
그들은 눈앞에 태산준령이 가로막고 있음을 깨달아야 했다.
「그렇다면 이번에는 내가 나서리다!」
홍순목이 턱수염을 부르르 떨면서 선언했다.
모두들 그에게로 시선을 집중했다.
때는 같아도 곳에 따라 화제는 다른다.

마침 그 무렵, 중전 처소에서는 왕과 왕비가 마주 앉아 있었다.
밤이 깊어가고 있었다.
여염의 젊은 부부마냥 왕과 왕비는 도란도란 얘기가 정다웠다. 그러나 내용은 심각했다.
「일이 너무 시끄러워지는 것 같소. 오늘도 그 잘난 상소가…….」
장침에 비스듬히 기댄 왕의 얼굴엔 피로의 빛이 역연했다. 남자 나이 스물 한 살이다. 피로를 모를 한창 나이가 아니던가.
그러나 지금 그는 홍역을 치르는 고비에 있다. 권세를 독점하기 위한 투쟁의 홍역을 치르고 있었다. 누구와인가. 아버지 대원군과다.
그러니 젊은 왕의 홍역은 바야흐로 천도(千度)의 열기를 뿜으면서 숨가쁜 발반(發斑)을 내고 있는 고비라 해도 무방하지 않은가.
그런 고비에 있으니 아무리 청년의 혈기인들 피로가 없을 수 없었다.
「모조리 퇴척하셔야 합니다. 마음을 굳게 가지고, 어느 누구의 다른 상소라 하더라도 모조리 퇴척하셔야 합니다. 상감께서 초지(初志)를 굽히시지 않겠다는 결연한 태도만 보이시면 이 나라 만조백관과 천 이백만 백성은 오직 상감의 홍덕을 우러러 받들 것입니다. 이제부터는 의분 있는 대신들이 섭정공의 허물을 규탄하고 나오면 됩니다. 상감!」
왕비 민씨의 어조는 물론 왕보다 야무졌다.
만만찮은 투지가 느껴지는 말씨였다.
「성균관 유생들이 문제요. 몇몇 대신이 뒤에서 부추겨서 유생들이 들고 일어선다면 큰일이오. 조정의 늙은 대신들이야 이산(利算)에 밝으니 호령으로 움츠러들게 할 수 있지만 성균관 유생들은 혈기지용(血氣之勇)이 아니겠소. 그들이 복합(伏閤)이다 권당(捲堂)이다 하고 떠들어대면 나라 안이 시끄러워질 것이오.」
왕의 근심에는 당연한 일리가 있다. 일리는 있지만 왕은 유약한 말만 하고 있다.
가난한 낙척왕족 중에서 뽑혀 올라 왕의 자리에 앉은 지가 어언 10년이다. 이제 그의 안정(眼精)에는 개구장이 골목대장시절의 야성은 스러져 있었다. 대신 오직 순하디순한 '임금의 덕'만이 담겨져 있었다.

더구나 그는 오늘날까지 모든 정사에 대한 왕으로서의 '결정'을 단 한 번도 내려본 경험이 없지 않은가.
지난 10년 동안 생친인 대원군의 그늘에서 그저 왕이라는 이름만 지켜 왔다.
그런데 이제부터는 스스로, 국왕의 권위로서 모든 나랏일의 결정을 내려야 한다고 주위에서 강경히 요구하고 있다. 친재(親裁)하라는 것이다.
그는 지금 중대한 결정을 내려야 하는 것이다. 엄청나게 중대한 결정을 말이다.
「시끄러워진들 무엇이 두렵습니까, 상감. 유생들이 나라 안을 소란케 하면 그들은 상감이 믿을 만한 신하 되기는 틀렸습니다. 한낱 불충의 무리에 지나지 않습니다. 모조리 형벌을 내리셔도 조금도 사리에 어긋나지 않습니다. 이 나라는 모두가 상감의 것, 상감은 만승이십니다. 상감을 두고 누가 이 나라를 다스리겠습니까. 보령(寶齡)이 유충하시다면 섭정을 두는 것은 옛부터 있는 법이지만 상감의 보령이 이십을 넘으신 지금 뭣 때문에 섭정이 필요합니까. 이대로 섭정을 둔다면 필경 후세의 웃음거리가 될 것입니다. 오죽 불출하시기에 이십이 넘으셨어도 친정(親政)을 감당치 못했는가고. 깊이 통찰해 보십시오, 마마.」
왕의 눈길은 못박힌 듯 왕비의 얼굴에서 떠나지 않았다.
왕은 형용할 수 없는 충격으로 왕비 민씨를 바라보고 있다가 가슴을 활짝 폈다.
(이 여자가 아니었더면…….)
실로 이 여자, 중전이 아니었다면 나는 평생 왕 노릇 한번 제대로 못해 보는 왕이 됐을지도 모른다. 그럴 수는 없다.
(그렇다! 왕권 없는 왕 노릇은 할 수가 없다. 아무리 아버지라 하더라도 이제까진 너무 지나치셨지 않은가.)
민비는 왕의 그런 심경을 꿰뚫어보는 듯이 왕의 손등을 싹싹 쓸면서 말했다.
남다른 슬기가, 총명이 깃든 눈길로 왕을 쳐다보며, 그러나 단호하게 말했다.
「마마, 이젠 굳건히 다스리셔야 합니다. 비록 정승판서가 나서서, 그리고 삼사와 대간이 모조리 나서서 마마의 이번 비답을 거두시라고 주장하더라도 지엄한 호통으로 대답하셔야 합니다. 이젠 친정을 하셔야 합니다. 만일 상감의 그 뜻을 거역하려는 자가 있다면 역모로 다스리셔야 합니다. 그러시고 며칠 동정을 보시다가 만기(萬機)를 친재하시겠다는 윤지(倫旨)를 내리십시오.」
「그래서 될까?」
「됩니다.」
「괜찮을까?」
「누가 감히 불평을 말하겠습니까. 성년하신 국왕이 친정을 하시겠다는데 누가 감히 이의를 달고 나오겠습니까. 상감께서는 조금도 염려 마옵시오.」
조리정연한 권고였다.
왕은 그러나 침통한 표정 끝에 말했다.
「내 달리야 무슨 까닭으로 걱정을 하겠소. 다만 국왕도 인자(人子)인데 부자간의 정리에 금이 갈까 해서 괴로울 뿐이오. 허나 어찌하겠소.」
왕은 얼굴을 활짝 폈다. 믿음직스러운 아내에 대한 신임의 표시였다.
「승호한테 들라 일렀소?」
「곧 들 것입니다.」
민비의 대답은 새색시마냥 수줍었다.
「속히 들었으면 좋겠구려…….」
왕은 불현듯 잠자리가 그리웠다. 왕비의 향긋한 체취가 그를 들뜨게 하고 말았다.
「승호가 들거든 간단히 의논하고 내보내오.」
「알겠습니다, 마마.」
이렇게 젊은 내외가 서로 살결을 아쉬워할 무렵인데 인기척이 났다.
「병조판서 민승호 입시(入侍)요!」
지밀상궁이 장지 밖에서 조심스럽게 알려 왔다.

「들라 해라!」

왕은 뉘려던 몸을 일으켰다.

지밀에 든 민승호는 웬가 어설픈 분위기에 고개를 숙이고 꿇어앉았다.

젊은 부부의 침실에 잘못 뛰어든 친정오라비가 된 그는 어색해서 어쩔 줄을 몰라 했다.

「편히 앉으오. 요새 수고가 많소. 일도 잘 돼가는 것 같구.」

왕은 아주 의젓하게 입을 열었다.

「황공하옵니다. 일부 지각 없는 대신들이 다소 잡음을 일으키고 있지요만 곧 잠잠해질 것으로 봅니다.」

민승호는 자신이 만만했다.

「성균관 유생들의 동정은 어떻소?」

왕은 아무래도 성균관 유생들이 마음에 걸리는 모양이다.

「뭐 별 소란은 없을 것으로 아옵니다. 다소의 소란이 있더라도 전하의 어의만 확고하시다면……」

「그건 염려 말아요. 상감께서야 뜻을 변하실 리 없으니까.」

민비가 왕의 대답을 대신해서 그런 말을 하자,

「황공하옵니다. 이미 홍인군이 적극 호응하셨고 다른 모든 원로대신들이 찬동했습니다. 이제는 서정친재(庶政親裁)의 윤음(綸音)만 내려 주십시오, 전하.」

「때를 보아야 해요. 오늘내일은 안 되오.」

민비의 단호한 말에 왕도 고개를 끄덕였다.

왕은 흐뭇한 얼굴로,

「그럼 중전이 시기를 보아 일러 주구려.」

하고 말했다.

「그런데 윤음을 내리신 후 영상자리는 누구에게 내리실 작정이십니까?」

그런 말을 하는 민비는 민승호 앞에서 왕의 대답을 받고 싶었던 것 같다.

「글쎄, 아직 그런 것까지야.」
 실상 그것이 문제인 것이다. 정부 요직에 누구를 앉히느냐가 문제인 것이다.

 민비는 지금까지도 꾸준히 자기의 세력을 부식해 온, 정략적으로 지극히 치밀한 여자가 아닌가.
 대원군의 동정에 호소해서, 또는 대원군의 심복으로 위장시켜서, 민씨 일족을 여러 요직에 앉혀 놓은 그동안의 수완과 지모는 놀라운 솜씨였다.
 병조판서에 민승호, 이조참판에 민규호, 형조참판에 민겸호, 그만하면 어지간하지 않은가.
 이번에는 왕이 자진해서 민승호에게 물었다.
「영의정엔 누가 적합하겠소?」
 민승호는 지체없이 반문했다.
「홍인군이 어떠하올지요? 전하. 섭정공의 중씨(仲氏)시고…….」
 왕은 즉각 대답했다.
「안 되오. 위인이 모자라서 섭정공도 젖혀 놓았지 않소? 이번 일의 뒷처리를 못 해낼 인물이지.」
「그럼 이유원은 어떠하올지?」
「글쎄, 내 생각 같아선 판서 박규수를 등용하도록 하는 것이 좋을 것 같소. 유림의 지지를 얻자면 그가 가장 적격이 아닐까?」
「지당하신 말씀입니다. 실은 저도 그렇게 생각하고 있었습니다.」
 민승호는 감탄했다.
 민비의 입김은 벌써 조각(組閣)에까지 파고들어 있으니 놀라울밖에 없다. 그러자 민승호가 일어서려다가 말고 민비를 보고 말했다.
「참, 마마, 최익현의 신변이 위태롭다는 말이 있습니다.」
 그러나 민비는 놀라지 않고 태연했다.
「내 그럴 줄 알고 계획해 둔 바가 있소. 돌아가는 정세를 봐서 최익현을 하옥시키도록 하오!」

민비의 이런 주저없는 지시에 놀란 것은 왕이다. 그는 거슴츠레한 눈을 번쩍 뜨고는,

「하옥시켜? 충신을 하옥시킨단 말이오?」

지혜로운 아내에게 반발적으로 물었다. 그러나 민비는 대답이 준비돼 있었다.

「거기에는 두 가지 뜻이 있습니다. 첫째, 지금 우선은 조정대신들이 좀 시끄럽게 굴고 있지만 미구에 성균관 유생들이 또 들고 일어나면 수습이 난감해질 경우가 생길 것이니, 그들의 공격을 잠시 누그러뜨리는 방편으로 최익현을 슬쩍 하옥시키십시오. 하긴 이번 최익현의 상소문에는 다소 지나친 데가 있어요. 애초 섭정공의 실정(失政)만 탄핵하라고 했는데 막상 그가 올린 상소문에는 조정대신들을 모조리 공박하고 있고 이륜역상(彝倫斁喪)이니 사기저패(士氣沮敗)니 하여 조야(朝野)를 휩쓸어 들고 패는 말버릇이니 그에 대한 조야의 논박은 모면할 길이 없어요. 그러니까 섭정공의 실정은 인정하고 다만 조정의 체면이나 사림의 체면을 위해서, 그를 논박하는 일부의 새로운 상소만은 또 가납하셔서 최익현을 잠시 하옥시킨다면 우리 일도 성사시킬 수 있고 조야의 격론도 진정시킬 수 있습니다.」

민비의 이로정연(理路整然)한 논리에는 왕도 민승호도 침묵해 버렸다.

「둘째는 섭정공이 두문불출하고 계시지만 그렇다고 속수무책으로 가만히 보시고만 계시지 않을 것입니다. 필시 최익현에게 위해를 가할 것 아니겠어요? 그러니 최익현의 신분을 보호하기 위해서도 이쪽에서 먼저 그를 하옥시키는 것이 상책인 줄 알아요.」

용의주도한 계책이 아닌가. 어느 남자가 따를 것인가.

왕과 민승호에게는 듣는 귀만 있었다.

「그리고 또 한 가지 때를 맞춰야 할 일이 있어요. 최익현이 아무래도 상소를 한번 더 올려야 되오. 단 일격으로야 십년세도가 무너지나요? 거듭해서 치명타를 때려야지요. 그로 하여금 여태까지의 조정대신, 유생들의 논박을 한꺼번에 반격시키되 섭정공의 퇴정(退廷)을 분명히 밝히

는 소리가 나와야 하오. 그리고 그 때를 맞추어 상감의 만기친재(萬機親裁)의 윤음이 나가는 것입니다.」

이 자리에서의 명령권자는 여자 민비였다.

왕은 아직 행사해 보지도 못한 자신의 친재권이 또 다른 사람에게로 옮겨져 가고 있는 광경을 무심히 바라보고 있어야 했다.

민승호가 침전에서 물러갔다.

이제 두 진영의 대치는 첨예화했다.

하나의 권좌를 두고 방어하는 쪽과 공격하는 쪽의 격돌은 조만간에 불꽃을 튕겨야 할 단계에 들어서고 있었다. 쉽사리 승부가 결정될 성질의 싸움이 아니었다.

한쪽은 10년 동안 권력의 정상을 지키면서 삼천리 강토의 천 이백만 백성들을 호령해 온 완강한 지배자다. 그 세포는 도처에 수없이 새끼를 치고 뿌리를 박았다.

다른 한쪽은 어떤가.

정권욕에 눈이 충혈돼 있는 데다가 지배자의 허점을 누구보다도 정확히 파악하고 정곡을 노릴 줄 아는 인물들의 집단이다.

어디 그뿐인가. 그들 뒤에는 국왕을 움직이는 지모와 야망을 함빡 갖춘 중전 민씨가 도사리고 있다.

만큼, 어느 쪽도 만만히 기울 것 같지 않는 대치였다.

그러나 대원군 측에 불리한 점이 많았다.

그는 너무나 자신만만해서 적을 과소평가하고 있다. 국왕이 자기 아들이란 사실에 대해서 지나친 자신을 가졌다. 그리고 자기의 적이 누구인가를 아직까지도 정확히 알지 못하고 있고, 알려고 하지도 않았다.

적의 정체를 모르고 싸움에 휘말려 들었다면 그 결과는 십중팔구 패배를 각오해야 한다.

딱하게도 대원군은 자기를 파멸시키려는 적이 자기의 며느리인 중전 민씨인 사실에 대해서 심각하게 신경을 쓰고 있지 않았다.

대원군은 그동안 수많은 역사(役事)를 일으키고, 내정을 개혁했고, 밀려들어오는 막강한 외세의 물결을 막아 내느라고 지쳐 있었던 까닭인

지도 모른다.
 그렇다 하더라도 그가 전혀 등신행세야 하고 있겠는가.
 그는 국왕이 내린 상소문에 대한 비답 내용을 듣고는 한동안 망연자실한 바 있다.
 그는 예감이 불길했다. 갑자기 몹시 외로운 생각이 들었다.
 그는 오래간만에 천하장안 네 사람과 이상지를 불렀다.
 그는 자기의 분부를 기다리는 다섯 사나이들이 아직도 믿음직스러워 보였다.
 그들은 언제라도 소임을 어김없이 수행할 것으로 믿어졌다.
「너희들은 이제부터 은밀하게 할 일이 있다!」
「무슨 일이든지 하명만 하십쇼.」
 안필주가 대뜸 허리를 깊이 꺾으면서 그의 지시를 재촉했다.
 그러자 다른 네 사내도 덩달아 허리를 꺾었다.
「상지야!」
「예에!」
「너는 승지 조영하의 집으로 가서 그의 동정을 살피고 드나드는 사람들의 동태를 파악하라.」
「예에, 분부대로 거행하겠습니다.」
「필주야!」
「예잇, 필주 여기 대령했습니다.」
「너는 죽동대감의 집을 맡아라!」
「예잇, 어김없이 살펴 오겠습니다.」
「하정일!」
「예잇.」
「너는 홍인대감께서 누구와 어울리나 조사해 보도록 하구!」
「천희연!」
「예잇.」
「너는 시골 좀 다녀와야겠다.」
「시골이라뇨, 대감마님?」

「포천이다. 최익현의 집에 출입하는 인물들이 누구며 무슨 일들을 하고 있는가를 샅샅이 염탐해 오도록 해라. 거긴 시골이라서 낯선 사람이 나타나면 이상하게 생각할 것이니 각별히 조심하도록 해야 한다.」
「염려 마십쇼, 대감마님.」
그리고 장순규에게는 이유원이 배당되었다.
다섯 사람은 신바람이 나는 모양이다. 실로 오랜만에 신명나는 일거리가 생겨서 어깨에서 비파소리가 나겠는 모양이다.
정보를 물어 오고, 특정 인물을 감시하고, 풍문을 조작해서 관제 여론을 만들어 내는 재주야 이미 이골이 나 있는 그들이었다.
그들은 늦가을의 소슬한 밤바람이 비를 몰고 오거나 눈보라를 몰고 오거나 상관할 것 없이 우선 신바람이 났다. 뿔뿔이 흩어져 나갔다.
대원군은 그들이 물러가자 쌍바라지를 소리나게 탁타닥 닫아 버렸다. 그러고는 방 안을 혼자 서성거리며 별안간 추선의 생각을 했다.
그때 추선의 집안은 지나치게 조용했다.
앙상한 나목 몇 그루가 앙상하게 서 있는 정원 한구석에는 바람이 쓸어다 놓은 낙엽들이 소복히 쌓여 있었다.
댓돌 위에 가지런히 놓인 여자의 비단신 한 켤레가 유난히 정갈스러워진다.
계동 초입에 있는 추선의 집이다.
추선은 안방에 홀로 앉아서 요새 새로 깎기 시작한 목각불상을 이리저리 되만지고 있었다.

추선은 근래에 와서 그 모습이 아주 수척해져 있었다.
꼭 무슨 병자처럼 느슨하고 피로해 보였다. 날이면 날마다 밤이면 밤마다 머릿속에서 되굴리는 생각이 너무나 많았던 것 같다.
추선은 그것이 고칠 수 없는 병이었다. 언제고 끊임없이 정을 주어야겠는데 받으러 오는 사람이 없는 것이다.
추선은 대원군을 위해서 존재하는 여자였다. 날이면 날마다 밤이면 밤마다 대원군의 신변을 염려하고 대원군의 건강을 걱정하고, 대원군에 대한 세평에 신경을 쏟는 것으로 사는 보람을 느낀다.
추선은 오늘 오후에 다녀간 윤여인의 말이 자꾸 귓가에 되살아났다.
윤여인은 몰라볼 만큼 얼굴이 창백해 가지고 오랜만에 추선을 찾아왔었다.
「마마, 아무래도 세월이 수상한 것 같애요.」
윤여인은 그런 말을 꺼내 놓고 한동안 호흡을 조절했다.
추선은 언제나처럼 단아한 매무새로 단정하게 앉아서 윤여인의 다음 말을 기다리고 있었다.
그러나 초조로웠다. 윤여인의 말 거취가 수상하지 않은가.
세월이 수상하단다. 아무래도 수상하단다.
(어떻게 수상한가?)
윤여인이 가지고 온 화제라면 틀림없이 대원군에 관한 일일 것이다.
「아씨!」
윤여인에게는 마마도 되고 아씨도 되는 게 추선이다. 윤여인은 추선을 불러 놓고 동요의 빛이라곤 없는 그네의 해맑은 얼굴을 한동안 물끄러미 바라봤다.
「무슨 얘기죠, 별안간?」
추선이 아무래도 심상찮은 화제인 것 같아 그렇게 물으니까,
「풍문이니까 믿을 수는 없지만 말예요, 아씨!」
윤여인이 잠깐 뜸을 두는 바람에, 추선은 세우고 있던 한쪽 무릎을 앞으로 당기면서 치맛자락으로 버선코를 덮었다.
「글쎄, 동부승지라던가요, 하여튼 포천에 사는 최익현이라는 사람이 대원위대감을 비방하는 상소문을 올렸다는군요.」
「대원위대감을 비방해?」
추선은 가슴이 떨려 숨결마저 거칠어졌다.
「자세한 내용은 알 수 없지만 대원위대감께서 하시는 정치가 틀려먹었다고 했대요. 대원위대감뿐 아니라 조정의 모든 대신들이 썩고 병들어서 나라가 망하게 됐다고 상감님께 상소문을 올렸대지 뭡니까.」
추선은 자기가 당한 일보다도 더 심각하게 얼굴에서 핏기를 거뒀다.

「그래서 어떻게 됐대요?」
「듣기로는 최익현의 상소가 어떤 사람들의 뒷조종을 받았을 거래요. 더군다나 상감님이 그 상소 내용이 옳다구 하셨대요. 아씨께서 들으시면 언짢아 하시겠지만 항간에는 화무십일홍(花無十日紅)이요, 세불십년(勢不十年)이라는 불길한 노래가 또 퍼져 댕긴다나요.」
추선은 눈을 감으면서,
「관세음보살.」
하고 부지중에 뇌었다.
추선이 너무도 심각해진 것을 보자 윤여인은 민망스러웠던 것 같다. 그렇더라도 말은 해야 하겠는 모양이었다.
「허황한 풍설을 함부로 지껄이는 것은 대원위대감께 누를 끼치는 게 되겠지만서두요…….」
추선의 얼굴에는 차츰 화기(和氣)가 돌기 시작했다. 요새 분명히 수척해 있기는 하지만 덕성 때문일까, 추한 노여움이며 조바심이 없었다.
「마마, 글쎄 대원위대감을 실권시키려는 음모래요. 민씨네들이 주동이라고 하는군요.」
「민씨네가?」
추선은 놀라지 않았다. 예측하고 있었던 것처럼 놀라는 눈치를 보이지 않았다.
「아씨, 글쎄 죽동 민판서대감께서 주동이 됐다지 뭡니까.」
추선은 눈을 감고 있었다. 때가 왔을 뿐이라고 생각했다.
그게 언제였던가. 흥선군 이하응이 대원군이 된 직후라고 생각된다.
폐의파립으로 변장을 한 그가 다동 집으로 찾아왔을 때였다. 한 말이 있지 않은가.
「대감, 세도 십년이 흔치 않습니다. 때가 되면 언제라도 제게로 돌아오세요. 권세에 연연하시지 마시구요.」
기도하는 마음으로 충언을 했던 일이 새삼스럽게 기억됐다.
추선은 눈을 감고 있었으나 더운 눈물이 주르르 뺨으로 흘러내렸다.
추선은 그 무렵에 윤여인에게도 한 말이 있었다고 기억한다.

윤여인이 다동 집에서 하루 저녁 잠자리를 함께 했을 때였다.
추선은 대원군의 권세가 하늘을 찌르는 것을 보고 견딜 수 없는 외로움과 씨름을 하면서 윤여인에게 한 말이 있다.
「어느때구 그분은 내게로 돌아오실 거예요. 아마 외로워지면 내 생각을 하실 거예요. 방정맞은 소리지만 권좌란 영원할 수 없는 게 아니겠어요? 난 그 어른을 존경하지만 그분이라구 예외라곤 생각잖아요. 막말로 30년 뒤쯤 파싹 늙어 보세요. 반드시 새로이 움튼 세력한테 밀려서 외로워지실 거예요. 그때나 기다려 봐야지요.」
대원군의 그 외로워질 세월이 30년 뒤가 아니라 불과 10년 안팎이라고는 생각하고 싶지가 않았다.
「부탁이 있어요.」
추선이 꿈에서 깨어난 사람처럼 정신을 가다듬으면서 말했다.
「무슨? 제가 해드릴 수 있는 일이라면 물불을 가리지 않겠어요, 마님.」
「그렇게까지 어려운 일은 아니구요. 대방마님을 뵙고 싶은데…….」
「부대부인을 뵙겠단 말씀인가요?」
「안 될까 몰라!」
「안 될 거야 없지만…….」
「좀 다녀와요, 운현궁엘.」
「지금요?」
「지금 곧!」
윤여인은 치마귀를 여미면서 가볍게 자리를 차고 일어났다.
윤여인이 운현궁으로 들어간 것은 점심 중참 때쯤이다.
지금은 석양 무렵, 돌아올 시각이 됐는데도 아직 소식이 없다.
(왜 이리 늦을까?)
그런데 마침 대문소리가 삐거덕! 하고 들려 왔다.
추선은 반사적으로 몸을 벌떡 일으켰다.
「밖에 누가 오셨는지 나가 봐라!」
아래채 찬모방을 향해 나직하게 일렀다. 그러나 좀 전에 찬모는 심부름을 보냈다는 것을 까맣게 잊고 있었다.

추선은 하는 수 없이 방문을 열고 대청으로 나섰다. 대문 쪽을 향해 물었다.
「밖에 누가 오셨나 여쭤 봐라!」
집안에 아랫사람이 없어도 '여쭤 봐라'였다.
밖에 온 사람이 누군지 모를 때는 집안에 부리는 사람이 없어도 그런 간접적인 절차가 필요하다. 양반집에서는 말이다.
추선이도 이제는 대갓집의 풍습을 몸에 잘 익히고 있었다.
「쇤네예요, 아씨.」
어이가 없었다. 밖에 나갔던 찬모가 이제야 돌아온 것이다.
추선은 안으로 걸린 대문 빗장을 벗겨 주면서 찬모의 눈치를 살폈다.
「밖이 혹시 소란하지 않던가?」
「아뇨.」
추선은 내실로 돌아와 오래도록 만져 온 목각보살상을 손에 들고 소리없이 빌었다.
「대자대비하신 관음보살님, 대감을 지켜 주시고 대감을 저해하려는 무리들의 불충을 제거해 주시고…….」
좀 있다가 윤여인이 돌아왔다.
추선은 말없이 윤여인의 표정을 읽었다. 손으로는 염주알을 굴리고 있었다. 숨가쁜 기대를 애써 누르기 위해서였다.
「부대부인께서도 아씨를 만나시겠대요.」
「그래요?」
추선의 새카만 동공이 활짝 열렸다.
「언제쯤 뵐 수 있을까?」
「언제쯤이 아니라 지금 저하구 함께 들어가세요. 대감마님도 아씨를 만나시면 하시고 싶은 말씀이 많을 것 같더군요.」
「그래요? 그럼 같이 들어가 줘요.」
추선은 서둘러 채비를 차렸다. 분단장은 하지 않았다. 누가 분단장을 한들 추선의 살갗을 따를까. 옷섶에 노리개 삼작도 달지 않았다.
잠시 후 그네들은 운현궁 홍살문 앞에서 사린교를 내렸다. 추선은 사린교에서 내리자 쓰개치마로 얼굴을 가렸다. 어둠 속이라 누구도 그 표정을 분간하기는 어려웠으나 추선은 한껏 긴장했다.

윤여인이 먼저 협문으로 들어가 염탐을 하고 나오자 이어서 두 여인은 흡수되듯 운현궁 안으로 사라져 버렸다.

부대부인 민씨는 추선을 기다리고 있었던 것 같다. 큰방에 혼자 있었다.

「어서 오게!」

시앗에 대한 알은 체였으나 지극히 온유한 음성이었다. 남편의 시앗을 자기 처소에까지 불러들이는 것은 부대부인의 남다른 파격이었다. 있을 수 없는 파격이었다.

추선은 조심스럽게 부대부인을 향해 큰절로 인사를 했다. 절을 하고 일어서는 추선의 두 눈에는 까닭 모르게 눈물이 글썽하게 괴었다. 부대부인은 엷게 웃었다.

「그동안 종종 자네를 보고 싶었네.」

「송구하옵니다.」

「뭘, 우린 다 여자끼린데.」

불쌍한 여자끼린데, 라는 뜻으로 들렸다.

「어서 그리 앉게나. 이리 가차이 앉지 그래.」

자상한 시어머니 같다고 추선은 감격했다.

윤여인은 살며시 밖으로 나가 버렸다. 자리를 피한 것이다.

부대부인은 부젓가락으로 청동화로의 참나무 숯불을 뒤집더니 추선 앞으로 밀어 놓았다.

「날씨가 꽤 춥군. 군색한 일이나 없는가?」

부대부인의 얼굴에는 잔잔한 미소가 어렸으나 역시 퍽 피로해 보였다.

「무슨 군색한 일이 있겠사옵니까.」

추선은 묻는 말에나 분명한 어조로 대답할 뿐 자기 스스로는 말을 극도로 줄였다.

——감히 바로 보지 못할 얼굴.

늙어가는 얼굴이었다. 지체가 아무리 높고 생활이 아무리 유족해도 먹는 나이야 속이는 도리가 없다. 여자 나이 오십이 훨씬 넘어 섰으니 인생의 피로가 거기 있었다.
「아직도 새색시같이 곱군.」
「황송한 말씀을……」
「자네 나한테 할 말이 있다면서?」
부대부인의 표정은 갑자기 근엄해졌다.
「말씀을 올려도 괜찮을는지 모르겠습니다.」
「어려워 말고 무슨 일이든지 해보게나.」
「제 하찮은 목숨을 걸고 드리는 말씀이와요.」
「자네도 나도 대감을 위해선 아까운 게 없겠지.」
「이번 최익현의 상소는 대감마님을 실세시키기 위한 모모한 분들의 책략이라 하옵니다.」
「그런 것 같네. 거기 대해서 자네 달리 뭐 들은 얘기라도 있나?」
「마마께 말씀드리긴 송구하옵니다만 민판서대감께서 책동하신 일로……」
「판서대감? 죽동 민승호대감 말인가?」
「네, 중전마마와…….」
「중전과?」
「네, 그리구 중전마마가 대전마마께…….」
「대전과도 짰단 말인가?」
부대부인은 더 입을 열지 않았다. 차라리 눈을 감아 버렸다. 참담하리 만큼 고통스러운 빛이 얼굴에서 일렁거렸다.
대략 얘기는 듣고 있었다. 그러나 믿지를 않고 있었다. 하도 말 많은 세상이라, 하도 모략이 많은 권력의 주변이라, 귀에 들어온다고 금방 믿을 일이 아니라고 생각하고 있었다.
(그런데 이 추선이까지 그렇게 듣고 있구나. 사실인 게로구나. 시정에 쫙악 퍼져 있는 사실이로구나. 그런 것을 이제까지 혼자만 믿지 않고 있었구나.)

달도 차면 기운다던가 49

민승호는 친정집 동생이다. 중전 역시 친정 쪽 동생이자 며느리, 그리고 왕은 아들이 아닌가.

부귀의 극에 앉아 권력투쟁을 실감하는 한 여인의 고민이 거기 있었다. 그러나 희로애락을 그대로 표면에 나타내지 않는 것이 부녀자의 미덕이었다. 무거운 침묵이 흘렀다.

「황송하옵니다. 제 함부로 놀린 입에 벌을 내리시옵소서, 마마.」

추선의 말은 떨고 있었다. 한 발 물러앉아 사죄하듯 머리를 조아렸다.

「괜찮다. 그러나 말은 조심해야 하느니라.」

격렬한 분노를 억누르고 나오는 순하디순한 음성이었다. 추선은 몸을 떨었다.

그러나 할 말은 해야 했다. 설사 당장 한 목숨이 물고가 난대도 하고픈 말은 다 해야 했다.

「황송하오나 이미 사단은 벌어진 것, 쉬이 가라앉을 리 없사옵니다. 어쩌면 추한 권세다툼이 한집안에서 일어날 것 같습니다, 마마.」

「말이 지나치구나!」

순간 부대부인은 눈을 크게 떴다. 형용할 수 없는 분노가, 증오가 그 눈길 속에 타고 있었다.

추선은 감히 고개를 들지 못했다. 그러나 야무지게 더 덧붙였다.

「그러하오니 대감마님께 추한 싸움이 격해지기 전에 물러나시라고 사뢰고 싶사옵니다.」

「말 다 했거든 나가 봐라!」

부대부인은 신음소리를 냈다. 추선은 사뿐히 일어서서 절을 올렸다.

(다시는 뵈옵지 못할지도 모른다.)

가슴이 뭉클했다. 절을 하고 물러서는 추선의 등에다 대고 부대부인이 말했다.

「자네 행여 다른 사람한테는 그런 말 두번 다시 하지 말게.」

음성은 낮았지만 서슬이 엄한 분부였다.

야로野老는 말하기를, 두고 보자

　상소다 탄핵이다 해서 어수선했던 시월달도 저물어 갔다. 시월달이 저물었으니 이제 겨울이 아닌가.
　겨울의 티를 내는 것인지 날씨가 연일 흐리고 스산한 바람이 거리를 휩쓸고 있었다.
　겨울은 예년보다도 한발 먼저 온 것 같았다.
　솔가리짐이 서울의 골목을 누비고 장작바리들이 새벽 일찍부터 사대문으로 몰려들었다.
　「세상이 어수선하니까 추위도 일찍 오는군!」
　사람들은 추위와 정국과를 결부시키며 겨울준비를 하기에 바빴다.
　「이 겨울이 편안하게 넘어갈까?」
　편안하게 넘어갈 것 같지가 않았다.
　어느날 아침이었다. 두 사나이가 창덕궁 앞 넓은 거리를 가면서 화제가 수상했다.
　「저렇게 큰일도 해 놨으니 인제 물러가라고 한다?」
　「큰일을 한 사람일수록 권력에 대한 미련은 더 큰 게 아닙니까?」
　「싸움은 시작된게야. 양쪽이 다 녹록지가 않으니 어수선할밖에.」
　넓은 도포 소매를 휘저으며 두 사나이는 대궐 쪽을 향해 올라가고 있었다.
　「권세가 좋긴 하지만 부자간의 천륜이야 어쩔 수 있을라구. 아버지가 하면 어떻고 아들이 하면 어떤가. 쯧쯧……」

나이 지긋해 보이는 선비가 혀를 찼다.
잠시 후 두 선비는 발길을 딱 멈췄다. 길이 막히는 것 같아서였다.
젊은 선비가 물었다.
「대궐 앞에 웬 사람들이 저렇게 모여듭니까?」
아닌게아니라 광화문 앞에는 어수선하게 사람들이 모여들고 있었다.
「성균관 유생들일거야. 오늘 복합(伏閤)상소를 한다더군, 너무 소연해져.」
젊은 선비는 그제서야 고개를 끄덕이며 할 말이 있었다.
「하긴 면암은 좀 지나쳤습니다. 이륜역상이 뭡니까. 그렇다면 이 나라 백성이 모두 짐승이 돼버렸단 말씀입니까. 그리고 자기 이외의 선비는 모조리 속론에 빠져 정신이 나갔단 말씀입니까.」
젊은 선비는 별안간 격한 어조가 되면서 마구 열을 올렸다.
그들은 멀찌감치 서서, 대궐 쪽을 바라보며 이야깃거리가 심심치 않았다.
「꼭 그렇다는 말은 아니겠지. 다만 시폐를 논하자니 과격한 의견도 나왔을 게고……」
「하긴 지금 세상 돌아가는 형편이 좀이나 수상합니까. 면암의 그 상소가 나오자 상감께서는 부자간의 천륜도, 조정대신의 반론도 다 제쳐놓고 면암만 두둔하시구요. 거기다가 어찌된 셈인지 백성들도 최충신 최충신 하고 면암을 떠받드는 형편입니다. 그뿐이 아닙니다. 면암의 그 상소문을 다투어 베껴 가지고 조석으로 외워 보는 선비들도 있다는군입쇼. 참 한심한 세상입니다.」
젊은 선비는 메스껍다는 듯 길바닥에다 침을 탁 뱉었다.
「내 생각으로는 면암의 상소는 취할 점이 반, 버릴 점이 반이라고 보지. 백성을 돌보지 않고 사욕에만 급급한 벼슬아치들, 경륜도 배포도 없이 유유낙낙 국록만 탐내는 대신들에게 일침을 가한 것은 취할 점이고, 한편 사태를 지나치게 과장해서, 그 책임을 상감이나 국태공에게까지 물은 것은 잘못이 아닌가 생각해.」
연장자의 의견은 온건했다.

젊은이의 주장은 모가 났다.
「취할 점이 어디 있습니까. 그런 욕설 위주의 글은 누가 써도 통쾌합니다. 구태여 면암만의 특기는 아니란 말씀입니다.」
젊은 선비의 의견과 지금 대궐문 앞에 모여들어 국왕에게 진정사태를 벌이는 성균관 유생들의 뜻은 일치되는 것이었다. 백여 명의 유생들이 대궐문 앞 길바닥에 꿇어앉아 외쳐대기 시작했다.
「상감은 최익현의 무엄무례한 상소를 퇴하시고 그를 엄히 벌하십시오.」
「최익현은 우리 사림을 모독했으니 엄하게 다스리셔야 하오.」
유생들의 요구조건은 그런 것이었다.
그러나 대궐에서는 아무런 하회가 없었다.
유생들은 하루종일 궐문 밖에서 떠들어댔다.
저녁때가 돼서야 그들은 일단 물러날 구실을 얻는 데 성공했다.
——너희들의 충정은 과인도 이해한다. 최익현의 상소는 오직 과인을 경계한 말들이니 너희들이 나설 일이 아닌 줄로 안다. 행여 최익현의 상소문에 강륜(綱倫)을 모독한 말이 있으면 적의(敵宜) 처단할 테니 염려 말고 물러가 면학에나 힘쓸 것이다.
이러한 왕의 위무하는 말씀을 전해 듣고서야 유생들은 자리를 털고 일어섰다.
그러나 다음날도, 그 다음날도, 최익현을 처단한다는 왕명은 내려지지 않았다.
성균관 유생들은 다시 흥분하기 시작했다.
「상감이 우리를 속이신단 말이냐!」
그런데 이해할 수 없는 일이 생겼다. 같은 성균관의 유생인 이세우라는 선비가 돌연히 단독상소문을 올린 것이다.

　　대원군을 높여 대로(大老) 칭호를 내리시옵소서. 그렇게 하면 어버이를 높이는 도리에도 합당하게 되옵니다.

이러한 엉뚱한 상소문이 올려지자 이번에는 즉각 왕의 비답이 내렸다.

─이번 성균관 유생들의 상소는 지극히 타당한 의견이다. 과인이 알아서 처리하겠다.

이것은 순전히 연극이었다.

이세우는 다른 유생들과는 전연 의논도 없이 단독으로 그런 상소를 올렸던 것이다. 결코 성균관 유생들의 의견을 대변한 것은 아니었다.

그 내막을 아는 사람은 지극히 드물었다.

그는 대원군을 몰아내려는 민비의 뜻을 받들었을 뿐이다. 말하자면 민승호 쪽에서 작용한 결과였다.

그들은 대원군에게 대로라는 그럴 듯한 칭호를 주어 '높이 모셔 놓고' 정치에서는 손을 떼게 하자는 계략이었다.

전에도 그런 일은 흔히 있지 않은가.

현종 이후는 서인들이 전성을 누린 시기다.

그 피비린내나는 당쟁에서 승리를 거둔 그들은 백여 년 동안이나 정권을 독차지해 왔다. 그들은 자기네의 영수인 우암 송시열을 높여 대로라 일컬었지 않았는가.

우암은 예학의 대가였다.

그는 대정치가이기도 했지만 서인들이 특히 그를 숭배한 까닭은 자기네가 집권할 길을 터준 대공로자여서였다.

대원군도 대로와는 인연이 있다. 따지고 보면 대원군은 남인에 속했다. 그는 남인에게 동정적이었던 까닭에 언제인가,

「우암이 대로라면 나도 대로야.」

라고 소탈한 우스갯소리를 한 일이 있었다. 은연중에 서인 송시열을 비꼰 것이다. 그게 화양서원사건이 있었던 무렵이었던가.

아마도 그런 대원군의 풍자를 기억하고 있던 그의 정적이 이번에 대원군 대로설을 주장하는 데 작용한 모양이다.

「이세우는 어떤 꼬임에 놀아난 배반자다! 그의 의사가 어찌 성균관 전체의 의사냐!」

유생들은 더욱 격분했다.
「권당하는 길밖에 없다!」
그들은 최후의 수단을 쓰기로 결의했다.
권당은 유생들이 성균관을 물러나서 고향으로 돌아가는 것을 말한다. 말하자면 동맹휴학이었다.
그런 결정은 승정원을 통해 왕에게 통고됐다.
―주동자는 멀리 귀양보내고 나머지 유생들은 모조리 정거(停擧)처분에 처하라!
엉뚱한 유시가 내리고 말았다.
정거란 과거에 응시할 자격을 박탈하는 처분이 아닌가.
과거를 유일의 목표로 삼고 있는 유생들에게 정거처분은 그야말로 마지막으로 가혹한 형벌이었다.
결국 이번 최익현의 상소가 불러일으킨 파문으로 해서 억울한 희생자는 수백 명에 달했다.
사헌부, 사간원, 승정원, 옥당, 좌우의정, 그리고 그밖의 개별적으로 상소를 올렸다가 파직되거나 유배된 사람들, 실로 수많은 사람들이 예상치 않았던 왕의 강경정책에 부딪쳐서 희생이 되고 말았다.
조야는 국상이라도 난 것처럼 소연했다.
이런 소용돌이 속에서 최익현의 두번째 상소가 나왔다.
호조참판을 제수받은 데 대해 굳이 사양하면서 올린 상소문이었다.
첫번째 못지않게 격렬했다.
더욱이 이번에는 표적이 한층 선명하게 드러나 있었다.
―오직 상(上)의 어버이의 열(列)에 있는 분은 마땅히 그 위를 높이고 그 녹을 후하게 해서, 국정에는 일절 관여치 말게 하소서.
라는 말이 있었다.
왕이 기대하던 말 그대로였다.
민비가 노리던 구절 그대로였다.
민비는 대조전서, 온돌 따스한 온돌방에서 회심의 미소를 지었다.
「이젠 됐구나! 행동이 남았을 뿐이다.」

첫째, 최익현을 하옥시키고
둘째, 만기친재의 유지를 내린다.
두 가지 일을 시급히 실행에 옮길 기회가 왔다고 단정했다.
전날, 왕과 민승호에게 비쳐 보인 계략이었다.
스무 살을 갓넘은 젊은 왕후의 가슴은 기쁨으로 팽팽하게 부풀었다. 지모로 가득히 채워진 가슴이었다.
민비는 지체없이 민승호를 지밀로 불러들였다.
「수고하셨소, 오라버니.」
등을 두드릴 듯이 민승호의 노고를 칭찬해 줬다.
민승호는 침이 흐르도록 입이 벌어졌다.
「그런데 일은 지금부터예요. 가장 긴요한 시기에 이르렀어요. 정말 조심해서 처리해 나가야 돼요.」
민비는 음성을 낮춰 훈곗조로 나왔다.
기뻐 어쩔 줄을 모르던 민승호는 단박 긴장하면서 표정을 굳혔다.
「중전마마, 분부만 내려 줍시오. 어김없이 거행해 나가리이다.」
「가오실대감을 면암한테 한번 더 보내시오. 보신(保身)상 어쩔 수 없이 하옥되거나 유배당해야 된다고 일러 두도록…….」
가오실대감이란 이유원이다.
「알았습니다. 최익현이 오해하지 않도록 잘 말씀하라고 하겠습니다.」
「그리고……」
민비는 말을 일단 끊고 침을 삼켰다.
민승호는 긴장한 채 손아래 누이인 왕비를 빠안히 쳐다봤다.
민비의 새까만 눈이 한번 번쩍 빛났다.
「상감 친정(親政)의 윤지를 내리도록 하겠소. 내일이라도.」
실로 의연한 선언이었다.
「황공하옵니다, 마마.」
민승호는 감격에 찬 어조로 정말 공구 감격하며 머리를 조아렸다.
각장 장판 방바닥을 짚은 민승호의 두 팔목이 부르르 떨렸다.
「나도 감개무량하오. 이날이 있기를 얼마나 기다렸소. 이제 우리 민씨가문에도 아침해와 같은 서광이 비쳤어요.」
 민승호는 눈물이 날 만큼 더한층 감격했다.
「오직 마마의 홍덕이옵니다. 지하에 계신 조선(祖先)들도 흔감해 하실 줄로 아옵니다.」
 민승호는 오래도록 고개를 들지 못했다.
 민비의 표정은 갑자기 싸늘해졌다.
「윤지가 내리는 즉시로 섭정공의 사사로운 예궐을 금하시오.」
 민비는 냉혹하게 명령했다.
「각별히 수문장에게 일러 엄금해야 되오. 만일 놀란 섭정공이 즉시 입궐해서 상감과 대면하는 날이면 모든 일은 수포로 돌아가고 말 것이오..」
「그럴 리야…….」
「상감께서는 마음이 약하신 분이라 섭정공이 호소하면 초지를 꺾으실 분이오. 오늘날까지도 운현궁의 방자한 놀음에는 오직 유유낙종(唯唯諾從)한 분이에요. 이번에 실패하면 다시는 기회가 없으리다. 각별히 조심해야 되오. 수문장도 기개가 있는 사람을 골라 세우시오.」
 민비는 물샐 틈 없는 계략을 연속적으로 쏟아 놓았다.
「알겠습니다, 마마. 수문장은 이미 심복으로 갈아 세웠습니다.」
 민승호는 득의만만했다.
 민비의 지시는 더욱 엄격했다.
「그리고 가오실대감에게 잘 일러 두시오. 영의정에 배명되면 일거에 대원군의 손발을 자를 준비가 서 있어야 된다고.」
「마마, 그건 염려 마십시오. 이미 승정원에는 섭정공의 수하가 모조리 기명돼 있습니다. 그리고 그들의 죄목도 낱낱이 조사해 놓았습니다.」
 민승호도 더욱더 자신만만했다.
 스물을 갓넘은 여자의 지략은 다시 계속된다.
「외직도 갈아치워야 되오. 필요하면 우리 사람 중에서 암행어사를 뽑아 각 지방에 파견해서 저들의 가지와 뿌리를 모조리 자르고 뽑아 버리도록 수배해야 하오.」
「그거 참 명안이십니다. 마마의 총명엔 누구도 따를 길이 없사옵니다.

황공한 말씀을 올렸습니다, 마마.」

민승호는 진심으로 감탄하며 누이에게 머리를 숙였다. 참으로 교묘하고 완벽한 설계였다.

「그럼 모든 일을 오라버니에게 일임하겠소! 자주 들어와서 일의 진행을 알려 주시오.」

오누이는 일어나면서 눈길을 마주쳤다.

밖에는 바람소리가 스산했다.

민승호는 사람들의 눈을 피해 가며 대궐을 빠져 나왔다. 그러나 일은 자꾸 얽혀 갔다.

최익현의 두번째 상소가 올려지자 또다시 그를 규탄하는 상소문이 경향에서 쏟아져 나왔다.

연일 소용돌이치는 정정은 가라앉을 기미를 보이지 않았다.

매일같이 전국에서 빗발치듯 쏟아지는 최익현 탄핵의 외침에 왕은 드디어 처분을 내렸다.

— 최익현의 이번 상소의 문구가 또다시 교격(驕激)하니 그를 즉시 찬배(竄配)에 처하라.

그러나 그것은 민비가 설정해 놓은 순서 그대로를 실행하는 데 불과한 게 아닌가.

그러자 대원군측의 원로대신인 홍순목, 강노, 한계원 등과 삼사, 대간은 즉각, 일시에 들고 일어났다.

— 최익현을 찬배에 처하기 전에 국문에 붙이시옵소서. 그의 배후를 가려내고, 그의 의도를 캐내어 엄한 형벌을 내리도록 하소서. 대원군은 굳게 침묵한 채 운현궁에서 한발짝도 나오지 않았으나 그 자신 대원군의 뜻이었다.

강경하고 불 같은 성화가 하루에도 몇 차례씩 왕의 귓전을 때렸다. 왕명이 또 내려졌다.

— 최익현을 즉시 의금부에 하옥해서 국문하도록 하겠다.

왕은 갈피를 못 잡았으나, 뒷전에 앉은 민비는 미소를 지었다. 대궐에서 물러나온 대신, 대간들은 왕의 선선한 윤허에 승리라도 한 것처럼 마음을 놓았다. 기뻐했다.
「이제야 제대로 일이 돼가는가보오.」
그들은 운현궁으로 몰려가 보고를 했다.
「최익현을 국문에 처한다는 상감의 윤허가 내렸습니다.」
대원군은 우의정 한계원에게서 그런 보고를 받으면서도 감고 있는 눈을 뜨지 않았다.
「저하, 사필귀정으로 일이 잘 되어 가는 줄로 아뢰오.」
좌의정 강노도 흥분한 어조로 보고했다.
특히 그 두 사람은 이번 일에 목숨을 내놓았다. 어떻게 얻었던 영달이며 권세인가.
그들은 다 함께 전조 때부터 당쟁에 희생되어 불우하게 지내다가 대원군한테 발탁, 정승자리에 오른 사람들이다.
강노는 북인이고, 한계원은 남인이다.
그들은 서인천하에서 말못할 괄시와 설움을 받았었다. 만약 대원군이 집권을 하지 않았다면 지방의 미관말직 자리나마 얻었을지 유지했을지 모를 만큼 소외된 처지들이었다.
때문에 그들은 골수 대원군파라 할 수 있었다. 생사간에 대원군과 운명을 같이할 사람들이었다.
오랜만에 대원군은 눈을 떴다. 그는 기뻐하지 않았다. 고개를 가로저었다.
「사태가 그렇게 녹록하지 않아!」
그는 그 한마디를 했을 뿐이다. 연죽을 끌어당겼다. 옥물부리를 통해 뿜어 나오는 성천초의 파아란 연기가 그의 입가에 맴돌았다.
오랫동안 세 사람 사이에는 무거운 침묵이 계속됐다. 한계원이 방바닥에 두 손을 짚었다.
「저하, 예궐 하옵소서. 상감과 직접 대면해 보셔얍지요. 상감도 부자간의 정리야 어찌 저버리시겠습니까. 두 분이 마주 뵈오시면 만사가 의외로 쉽게 해결될지도 모릅니다.」

「그러시지요, 저하. 몸소 나서셔야 합니다. 상감께서는 중전을 에워싼 민씨 일족에게 꼼짝없이 잡히셨으니 저하께서 몸소 나서셔야 합니다.」
강노도 지성을 담아 권했다.
그러나 대원군은 발끈 역정을 냈다.
담배통으로 재떨이를 탕 때리며 소리쳤다.
「그 무슨 소리!」
그의 입술은 경련을 일으켰다.
「아비가 이렇게 곤욕을 당하는데도 위로의 말 한마디쯤 전할 줄 모르는 상감에게 지금 나더러 내 발로 찾아가란 말이오? 부자간의 정리는 이미 끊어졌어!」
대원군은 안석에다 몸을 기대면서 한 손으로 눈을 가렸다.
「한낱 시골 선비놈에게 농락을 당하다니!」
그는 복장을 쳐야 할 통분을 그 한마디로 표현했다.
「물러들 가시오!」
천장이 울렸다. 두 사람은 어깨를 움츠렸다.
「그러나 저하, 상감에 대한 예는 차리셔야 합니다. 노여움을 거두시고 이 난국을 수습해 주십시오. 연소하신 상감께서 주위의 간계로 해서 혹 총명을 잃으셨다 하더라도, 설혹 저하께서 몸을 굽히시더라도, 하루빨리 이 난국을 바로잡으셔야 합니다. 통촉하십시오.」
강노는 결사적이고 끈덕졌다. 고집이 있고 대쪽같이 곧은 성미였다.
「알았으니 물러들 가오, 좀 누워야겠으니.」
강노와 한계원은 물러갔다.
그러나 대원군은 누워 있을 사이가 없었다.
「대감마님, 제 놈이 다녀왔습니다.」
천희연이 밖에 와서 소리쳤다.
대원군은 미닫이를 열어 붙였다.
「올라오너라!」
대원군은 천희연을 직접 방으로 불러들였다.
천희연은 포천 최익현의 동정을 살피러 갔다가 이제 돌아온 게 아닌가.
「그래, 어떻더냐?」
대원군은 성급하게 물었다. 하인을 방에까지 불러들였을 만큼 그의 보고에 관심이 컸던가.
「내려가는 날부터 최익현의 집에는 서울로부터 사람들이 밀어닥칩디다요. 가만히 보니 죽동 민판서대감댁 청지기도 있고요.」
「죽동 민판서대감이 대관절 어느 놈이냐!」
대원군은 고함을 버럭 질렀다. 몰라서 묻는 것은 아니다. 지금 판서 벼슬을 지내는 사람이 민가 중에 민승호 말고 또 몇이나 되는가.
「민승호대감 말입죠.」
천희연은 코를 씰룩거렸다.
「그래서?」
「소인이 가던 날 웬 놈이 와 있길래 가만히 보니 낯익은 민승호대감댁의 청지기이더군요. 그놈이 다녀가고 난 뒤에 뒤따라 대전별감이…….」
「대전별감이?」
「네, 그 대전별감두 내 아는 녀석입지요. 제가 변복을 하고 있어서 그놈은 몰라보는 것 같았지만…….」
「음, 그래서?」
신음소리를 내며 대원군은 사방침에다 팔꿈치를 괴었다.
(대전별감까지 보냈다? 아주 공공연하구나!)
대전별감이 내려갔다면 왕이나 왕비의 직접 심부름이 틀림없다.
「그리고?」
「그리고 가오실대감이 어제 늦게 왔다가 오늘 돌아갑디다요?」
「이유원이가?」
「네, 대감마님께서 아첨꾼이다 간신이다 하시고 놀려대시던!」
「그래 어떤 낌새가 보이더냐?」
「건데 최익현과 단둘이서 얘기가 많더군입쇼. 소인이 어둠을 타고 마루 밑으로 슬쩍 기어들어 엿들었더니…….」

야로野老는 말하기를, 두고 보자 61

「엿들었더니?」

「네.」

「어떤 이야기더냐?」

「대감마님! 그런데 최익현은 충신인 것 같습디다요. 이유원은 간신이지만…….」

돌연 천희연은 엉뚱한 소리를 꺼냈다.

대원군은 어이가 없어서 호통을 치지 않았다.

「가만히 두 사람의 말을 들어 보자니 소인의 밴댕이 콧구멍 같이 좁은 소견에도 그런 생각이 들더군입쇼.」

천희연은 대원군의 눈치를 살피고는 좀 뒤로 물러났다.

「들은 말을 고대로 옮깁니다요. 이유원이 최익현에게 하는 말이, 이번에 국태공을 내쫓는 일엔 그대가 가장 큰 공을 세웠으니 일등공신 아닌가. 가까운 장래에 상감께 주상해서 이조판서 한자린 밀어 주리다, 그러더군요. 그러니까 최익현은 성을 발칵 냅디다요. 내가 그따위 벼슬이 탐나서 상소문을 쓴 줄 아느냐. 나는 정승자리를 준대두 탐나지 않는다. 내가 상소문을 올린 것은 기울어져 가는 국운을 바로잡고 조정에 득실거리는 무능부패한 무리들에게 경각심을 주기 위해서지 당신네들 일파를 이롭게 하기 위해서가 아니다, 이렇게 나왔단 말씀입니다. 대감마님.」

천희연은 침을 꿀꺽 삼켰다.

대원군은 말이 없었다.

「그리고 또 이유원이, 이번 재소(再疏) 이후 좀 시끄러우니까 부득이 당신을 일시 하옥시키거나 유배해야 되겠는데, 이는 상감의 본의가 아니고 실은 면암을 위해 내리시는 처분이니 오해 말고 잠시동안만 참으라고 하더군요.」

대원군은 묵묵히 고개를 끄덕였다.

「그 이유인즉슨, 운현궁 쪽에서 자객을 보낼 위험두 있구, 또 빗발치는 탄핵을 피하는 구실두 되구, 그렇다는 겁디다요.」

「알았다. 물러가거라!」

대원군은 혼자가 되자 뇌까렸다.
「내 그놈을 주륙(誅戮)을 내고 말겠다!」
정세보고는 계속해서 들어왔다.
조성하를 감시케 했던 이상지, 민승호의 동정을 염탐케 했던 안필주, 홍인군의 집 주변을 감시시킨 하정일, 이유원의 주변을 노렸던 장순규, 어느 보고나 다 만만치가 않았다.
그것은 미리 치밀하게 짜여진 계획이었고 순서대로 진행되는 음모임이 분명했다.
(어디 네놈들이…….)
그러나 대원군은 후회막급이었다.
모두가 상대방을 너무 얕잡아 봤기 때문에 저질러진 실수라고 생각했다.
그는 사태가 너무 위태롭다고 단정했다.
「계집에게 빠진 상감!」
그는 왕을 욕했다. 아들이기 때문에 더욱 욕이 나갔다.
「무연무척(無緣無戚)하길래 안심했더니!」
왕비 민씨가 사고무친인 외로운 여자이기 때문에 외척의 발호가 없으리라고 믿은 게 어리석었음을 깨달았다.
「좌시해선 안 되겠구나!」
상감과 담판해 보라는 강노 등의 진언이 허망한 소리는 아니라고 생각했다.
하긴 그럴지도 모른다. 왕은 어떻게 키운 자식이고 어떻게 해서 왕위에 올린 자식이냐 말이다.
「저도 알고, 세상도 알고, 하늘도 아는데 제가 나를, 이 애비를 거역해?」
십년 세월에 그렇게 변할 수는 없다.
「단연코 그럴 수가 없다!」
「중전 너는?」
아비도 어미도 없는 천애고아를 주워다가 국모의 자리에 앉혀준 게 누구냐.
　친처남인 민승호로 하여금 핏줄이 끊긴 가계를 잇게 해준 게 누구냐. 나다, 나다! 구중궁궐 속에서 외롭게 지내는 것이 애처로워서 변변찮은 놈들, 그 친정붙이들에게 벼슬자리를 마련해 준 게 누구냐.
「나다, 내가 다 마련해 줬다!」
　대원군은 벌떡 일어나면서 설렁줄을 요란하게 흔들었다.
「자비를 대령하라. 예궐하겠다.」
　그는 드디어 스스로 나섰다. 분연한 기상으로 적진을 향해 출동하는 장수의 심경이었다.
　밖에는 눈발이 희끗희끗 날리고 있었다.
「어디로 행차하십니까?」
　이례적으로 부대부인이 안에서 나와 근심스럽게 물었다.
「대궐!」
　그는 퉁명스럽게 대답하고는 평교자 위에 올랐다. 쌍초선이 앞장을 서고 군사들이 앞뒤를 옹위했다.
　그의 행차행렬은 급했다.
「물렀거라, 비껴 서라!」
　벽제소리도 전에 없이 다급했다.
　거리에는 사람들이 많았다.
　그의 행차가 궐문 앞에 이르자 거리의 백성들은 수군거렸다.
「대원군이 입궐하는군 그래.」
「그럴 테지!」
　궐문 앞에 이르자 그의 행차는 일단 멈췄다.
　대원군만이 혼자 이용하는 출입문이 따로 있었다. 협문을 만들어 놓았다.
　왕과 신하는 출입하는 문이 달라야 했다.
　왕의 사친인 대원군은 신하의 출입문을 사용하기가 싫었다. 그렇다고 왕이 거둥하는 정문을 번번이 열게 할 수도 없었다.
　그래서 운현궁과 가장 가까운 거리에다 협문을 만들었다.

「국태공의 행차시다. 문을 열어라!」
별배 한 사람이 수문장에게로 접근하며 호기있게 소리쳤다.
그러나 이 무슨 해괴한 일인가, 네 사람의 수문장들이 통용문을 가로막으며 대답했다.
「못 여오!」
문을 못 연단다. 국태공 대원군의 입궐인데. 그의 전용문을 못 열겠단다.
「뭐야? 문을 못 열어?」
구종별배들이 우르르 수문장을 둘러쌌다.
「네 무슨 무엄한 소리냐? 문을 열어라!」
그러나 수문장의 대답은 역시 같았다.
「못 여오!」
이런 일이 있을 수 있는가. 있을 수가 없다. 누가 감히 대원위대감의 행차를 멈추게 하고 그의 입궐을 막을 수가 있느냐 말이다.
「눈깔은 가죽이 모자라 뚫렸느냐? 국태공 저하의 입궐이시다. 문을 열라!」
그러나 수문장은 오히려 소리치고 나섰다.
「어명이오!」
「뭣이?」
순간 대원군은 평교자 위에서 몸을 솟구치다가 주저앉았다.
실랑이는 계속됐으나 문은 열리지 않았다.
대원군은 직접 호통을 쳤다.
「열라!」
「어명이오.」
대원군은 하늘이 온통 잿빛으로 보였다. 흐린 날씨기도 하지만 눈앞이 캄캄했다.
국태공인들 어쩔 것인가. 어명이라는 것을 어쩔 것인가.
「자비를 돌려라!」
칵! 붉은 선지피가 응어리로 묻어 나올 음성이었다. 행차는 말없이 되돌아섰다.
　호위 군사들도, 별배들도 신명을 잃어 말이 없었다. 벽제소리조차 내지 않았다.
　이튿날, 그는 자하문 밖 세검정에 있는 삼계동 산장으로 훌쩍 떠나 버렸다.
　그러나 그는 자신에게 소리높여 외쳤다.
「이대로 끝날 수는 없다! 이대로는.」
　하지만 일단 끝났다.
　십년세도가 꿈처럼 스쳐간 헛된 영화였다.
　그날 왕은 만기를 친재한다는 윤지를 내렸다.
　최익현은 제주에 유배하여 위리안치(圍籬安置)케 한다고 발표했다.
　대원군은 삼계동 산장에서 그 소식을 듣고 아연실색했다. 이틀을 더 그곳에서 묵지 못했다.
「내 정무에 바빠 선영 성묘도 못 했구나. 내일은 덕산으로 내려간다.」
　다음날 천하장안과 이상지, 김응원만 따르게 한 초라한 대원군의 행차는 덕산 가야산으로 향했다. 선친 남연군의 묘소로 갔다. 열 여덟 살에 상을 당했었지 않은가. 그때 어느 지사(地師)의 말을 듣고 가산을 몽땅 팔아 2만 냥을 만들어 손에 넣은 묘소가 아닌가.
　왕운을 띤 길지(吉地)라 했다. 권세가 얼마나 아쉬웠던 시절인가. 김씨 일족이 얼마나 밉던 시절인가.
　가산보다 더한 것을 털어도 아깝지 않았다. 위로 세 형이 만류하는 것도 귀에 들어오지 않았다. 수단방법을 가리지 않고 그 땅을 손에 넣었다.
　대덕사란 절이 들어서 있던 자리이다.
　2만 냥을 뿌려 중들을 매수해서 절에 불을 지르게 한 게 엊그제 일만 같다.
　그 지덕이 영검했던 것은 분명하다.
　아들 명복이는 왕위에 오르고 자신은 대원위에다 국태공이 될 수 있었다.

그런데 그 선영의 덕력이 불과 10년으로 끝이 났단 말인가. 10년, 10년은 너무도 짧다. 이제부터 일을 해야 하지 않는가. 너무도 할 일이 많다. 나만이 할 수 있는 일이 너무도 많다.

그는 성묘를 마치자 그길로 양주 곧은골(직곡)로 옮겼다.

오래전에 마련해 둔 직곡(直谷)산장이 거기 있었다. 쓸쓸했다. 그를 맞이한 것은 솔바람과 맑은 시내와 그리고 흰 구름이었다.

그는 서울을 향해서 피맺힌 음성으로 부르짖었다.

「내 여기서 썩을까보냐!」

그는 국왕의 거둥이 들이닥칠 날을 기다리며 뜰 연못가를 거닐었다.

묵화도 치고 글씨도 썼다. 그리고 기다렸다. 일각이 삼추와 같이 눈이 빠지게 기다렸다.

그는 사죄하러 오는 국왕의 거둥을 매일 밤 꿈에서 맞이했다.

아무리 왕이라고는 하더라도 아비한테 불효를 했으면 응당 사죄를 하러 와야 하지 않겠는가.

(왕은 반드시 찾아와서 나를 모셔갈 것이다.)

창문을 활짝 열면 도봉산의 깎아지른 듯한 멧부리가 눈앞을 탁 가로막는다. 무엇을 닮은 형국일까. 뾰죽뾰죽한 봉우리들이 겹겹이 겹쳐져 있다.

그 잿빛 산신(山身)이 풍기는 억센 한기, 산도 들도 꽁꽁 얼어붙어 있었다.

「외기가 너무 찹니다.」

김응원이 혼잣말처럼 중얼거리며 질화로에 묻힌 불씨를 돋워 놓았다.

그러자 대원군은 아무런 반응도 없이 창문을 덜컹 닫아 버렸다. 몹시도 신경질적인 동작이었다.

「난이나 치겠다.」

김응원은 대원군의 뜻을 헤아렸다.

「오래간만에 한번 쳐 보시지요.」

김응원은 연상을 대원군 앞으로 밀어 놓고는 소중스럽게 그 뚜껑을 열었다.

그는 서서히 먹을 갈기 시작했다. 새까만 먹물이 벼루 가득히 괴어 들었다. 방 안에 서리는 은은한 묵향이 그들의 마음을 다소나마 안정시켰다.

「오늘도 아무 기별이 없나 봅니다, 저하.」

김응원이 조심스럽게 그런 말을 하면서 대원군의 눈치를 살폈다.

대원군은 대꾸 대신 연상 위에서 붓을 집어 들었다.

붓술을 앞니로 잘근잘근 씹어서 풀었다. 아래위 앞입술에는 먹물이 까맣게 물들었다.

그는 황모 대필에다 새까만 먹물을 함빡 묻혔다.

「내 이리로 온 지가 며칠째냐?」

「오늘로 열흘쨴가 합니다.」

김응원은 두루마리로 된 화선지를 방바닥에다 깔았다.

대원군은 그 화선지 위에다 일필휘지로 한 획을 부욱 그었다. 옆으로 그으면 바위, 위로 삐치면 난초의 잎, 한동안 긋고 삐치고 하기를 쉬지 않았다.

난의 싱그러운 잎이, 줄기가, 하얀 종이 위에 살아났다.

기교는 없고 힘찬 필치였다. 이른바 석파란(石坡蘭)이다.

그는 곧 붓을 던지면서 발을 뻗었다.

마침 밖에서 인기척이 났다.

「게 누구냐?」

창문을 쏘아보며 대원군이 직접 물었다.

「소자 문안 드리옵니다.」

아들 재선이 밖에 와 있었다.

금상의 형이지만 서출이라 벼슬길에 나가지 못하고 있었다. 그러나 사람됨은 누구보다도 충직했다.

맏아들 재면은 아버지 대원군에 대한 불만으로 지금 민씨 일족에게 붙어 알랑대고 있지만 재선은 우직스러울 만큼 끝내 대원군을 따랐다.

대원군이 양주 곧은골 산장에 묻히게 된 지도 벌써 열흘째가 아니냐 말이다. 재선은 그동안 아침 저녁으로 운현궁과 곧은골 사이를 내왕하고 있었다.

이런 재선이 방으로 들어와 앉자 대원군은 넌지시 그를 바라보고 물었다.

「무슨 소식이라도 있느냐?」

그러나 재선은 두 손을 싹싹 비비면서 민망한 듯이 대답했다.

「별로 드릴 말씀이 없사옵니다.」

「할 말이 없어?」

「없습니다, 아버님.」

대원군은 김응원이, 입가에까지 대주는 담뱃대를 입술 사이에 깊숙히 물었다.

(할 말이 없다?)

그는 절망의 단애 쪽으로 한발 더 다가선 것이었다.

그는 이곳으로 숨어 버린 이래 눈이 빠지게 기다렸다.

(설마……제가 나를…….)

아버지로서 아들에 대한 믿음이었다.

왕은 불현듯 마음을 돌이키고 부랴부랴 이 산장으로 거둥해서, 자식과 아비로 돌아가서,

「아버님, 제가 잘못했습니다. 부디 다시 정사를 맡아 주셔야 이 나라 백성들이 안심하고 왕위에 습복할 듯싶사옵니다.」

깊이 사죄하기를 기다리고 있었다. 아니더라도,

「아버님, 그동안 얼마나 심기가 불편하셨습니까? 어서 운현궁으로 돌아가셔서 편히 쉬시옵소서. 비록 정사는 제가 맡아서 해보겠습니다만, 매사에 서투르고 어설픈 점이 많을 것이니 기탄없이 바로잡아 주셔야 하겠습니다. 어려운 일은 저도 자주 아버짐께 여쭤 보겠습니다.」

저도 남의 자식이라면 이렇게는 나와야 하지 않는가 싶어 기다려 왔다.

「아무 할 말도 없으면서 왜 왔단 말이냐?」

그래도 재선은 뭣인가 할 말이 있으리라고 대원군은 생각한 모양이

다.
　미상불 재선은 할 말이 있었다.
「그런데 아버님, 상감은 암행어사를 각 곳에 밀파하셨다는 소문입니다.」
「암행어사를?」
「예에.」
　이재선은 잦아드는 목소리로 대답했다. 사실 그는 될 수 있는 대로 자극적인 소식은 전하고 싶지가 않은 모양이다.
「암행어사라?」
　사실이었다.
　민비 일파는 소위 운변인물(雲邊人物; 대원군 주변의 인물)들의 죄과를 찾아 내기에 지금 혈안이 돼 있는 중이다.
「어허, 암행어사라?」
　대원군은 탄식조로 다시 한번 뇌까렸다.
　암행어사를 각처에다 풀어 놓았다면 그 의도는 뻔한 게 아닌가.
　조선팔도 3백6십 주에 대원군 자기의 손을 거치지 않은 벼슬아치가 어디 있는가. 그 심어 놓은 뿌리와 가지를 모조리 쳐버릴 모양이니 형세는 더욱 심각했다.
「누구 게 없느냐!」
　그는 샛문을 화닥닥 열어 붙였다.
　대청 건넌방에 뒹굴고 있던 천하장안이 우르르 몰려 나왔다.
　그들의 넉살은 예나 이제나 다름이 없다.
「대감마님! 필주 대령했습니다.」
「순규도 대령했소!」
「희연이도 여기 대령해서 분부를 기다립니다.」
　하정일도 뜰아래서 허리를 굽혔다.
　대원군은 아직도 넉살만 살아 있는 천하장안을 보자 더욱 울화가 치밀었다.
「도대체 네놈들을 급할 때 한구실 할 수 있는 놈들로 믿고 썼던 내가 청맹과니였다. 엥이!」
대원군은 대뜰 아래로 카악 가래침을 뱉었다.
「황송하옵니다. 대감마님.」
장순규가 어리둥절했다.
「이놈아, 뭐가 황송해?」
「글쎄, 뭐가 황송한진 소인두 모릅지오만 하여간 황송합니다.」
이상지도 끼어서 다섯 사나이가 된 그들은 덮어놓고 대죄하는 시늉을 했다. 운현궁에서와 조금도 다름이 없다.
「네 이놈들아, 네놈들은 도대체 나를 위해서 무엇을 할 수 있는 놈들이냐?」
「무엇을 해드려야 하겠습니까? 대감마님.」
이상지는 한옆에 서서 여유있게 반문했다.
「내 한 표독한 소부(少婦)의 독기로 해서 이렇게 병들었거늘 네놈들은 나를 위해서 무엇을 해야 할지 생각한 바도 없단 말이냐?」
소부, 그는 요즘 와서 중전 민씨를 소부라고, 표독한 소부라고 부르기 시작했다.
눈치로 살아온 다섯 사나이는 대원군의 말뜻을 알아차렸다.
「좀 기다리십쇼, 저하.」
언제부터인가 이상지가 천하장안 네 녀석을 통솔하고 있었다.
「내일 밝는 날 저희들은 서울로 들어가겠습니다.」
역시 이상지의 말이었다.
「그래?」
대원군은 그 한마디를 했을 뿐 미닫이를 화닥닥 닫아 버렸다.
그날 밤 아랫방에서는 밤새도록 관솔불이 꺼지지 않았다.
도란거리는 다섯 사나이의 말소리가 새어나왔다.
어디선가 부엉이소리가 밤새도록 구성지게 들려 왔다.
이따금씩 몰아치는 바람소리가 몹시 을씨년스러웠다.
「내일이 며칠인가?」
「여드레.」

그러나 바로 이틀 후인 열흘날이었다. 섣달 열흘 날이었다.
서울에서는 아무도 뜻하지 않은 사건이 발발했다.
「대궐이 탄다아!」
서울 장안이 발칵 뒤집힌 것은 열흘날 한밤중이었다.
불기둥은 중전 민비의 침전에서부터 거세게 솟아올랐다.
하늘과 땅을 뒤흔드는 엄청난 굉음과 함께 경복궁이 화염에 휩싸이고 말았다.
삽시간에 불바다로 화한 대궐 안은 그야말로 아비규환의 수라장이 됐다.
「사람 살리오!」
「불을 잡아라!」
「마마, 중전마마!」
「대전마마!」
궁녀들의 울부짖음과 내관들의 당황하는 모습은 혼란을 더욱 조장했다.
마침 민비는 잠자리에 들지 않고 있었다.
약방상궁이 올리는 탕약을 앞에 놓고 해산에 관한 진강(進講)을 듣고 있었다. 해산을 두 달 앞둔 무거운 몸이었다.
「중전마마를 모셔라아!」
극성스런 내전상궁이 민비를 업고 나섰다. 간신히 불바다 속을 헤치며 밖으로 빠져 나왔다.
홍수 때에는 물이 불보다 빠르지만 화재 때에는 불길이 바람결보다 빠른 것이다.
힘찬 불길은 어느새 자경전을 삼키고 자미당과 순희당으로 옮아갔다.
대원군에 의해서 새로 지어진 전각들이 아닌가.
오죽이나 잘도 말린 재목들인가. 솔가리숲에 불이 붙은 격이었다.
금위영 군사가 천 명이 달려온들 소용이 있는가.
탈 것이 다 타야 꺼질 불길이었다.
「상감께선 피신을 하셨느냐?」

「금위대장은 왜 안 보이느냐?」
「대전별감은 어디 있느냐!」
중전 민씨는 와들와들 떨면서도 호통이 대단했다.
그래도 남 먼저 민비 앞에 나타난 사람은 바로 민승호였다.
「마마, 황공하옵니다. 얼마나 놀라셨습니까?」
「황공이고 나발이고 이 어찌된 일이오?」
「마마 우선 저쪽으로 피신을 하옵시오.」
불길이 먼 상궁들의 처소로 민비는 들어앉았다.
「대관절 상감께선 어찌되셨소?」
「무사하십니다.」
「도대체 어찌된 불길이오?」
민비는 넋나간 사람처럼 민승호를 멀거니 바라볼 뿐이다.
「아직 자세히는 모르겠습니다만, 화인이 심상치가 않습니다.」
민승호는 민망할 정도로 겁에 질려 있었다.
「심상치가 않다니? 금위대장은 왜 안 보이오?」
「글쎄 아직도 보이지가 않습니다. 마마.」
「그런 금위대장은 뒀다가 뭣에다 쓰오? 바꾸도록 하시오. 젊고 팔팔한 사람으로 당장 바꾸시오.」
금위대장이 급히 달려와 자기를 구해 주지 않은 것이 몹시도 서운했던 것 같다.
중전 민씨의 분부에 병조판서 민승호는 대답했다.
「하긴 진작부터 금위대장에는 조영하가 좋으시다는 분부가 계셨습니다.」
「그건 내가 한 말이 아니오? 왜 모든 일이 그토록 지지부진 우유부단 하오? 그러니까 이런 변이 생겼고 내전이 잿더미가 돼도 금위대장의 코빼기조차 못 보지 않소!」
그러자 마침 문밖이 왁자했다.
「누구냐?」
민비가 날카롭게 소리쳤다.

「황공하옵니다. 영의정 이유원이 중전마마께 안후 여쭈오.」
 늙은 몸으로서는 어지간히 빨리 달려왔다. 숨을 헐떡이고 있지 않은가.
「중전마마께서는 무사하시오. 영상대감께서는 대전으로 속히 나가 보시오.」
 민승호가 민비 대신 창 밖을 향해 외쳤다. 그러나 곧이어 중전이 나섰다.
「영상 들소! 오늘 밤 이 화재는 아무래도 심상치가 않소. 어느 놈이 내전에다 자기유황(自起硫黃)이라도 묻었음이 분명하오. 영상도 짐작이 갈 것이오. 이 밤이 밝기 전에 그 대역죄인 일당을 반드시 색출해 놓으시오. 영상대감의 기민한 수완을 어디 두고 봅시다. 아셨소?」
 이유원은 대답을 하지 못했다. 머리만 조아렸다.
 민승호가 옆에서 한마디 거들었다.
「중전마마의 분부대로 즉각 거행하십시오.」
 그는 자기가 오히려 영의정에게 지시를 하고는,
「저도 속히 군사를 풀어 운현궁을 샅샅이 뒤져 보도록 하겠습니다.」
 엉뚱한 소리를 하는 것이었다.
 이유원은 민승호의 그런 소리를 듣자 물론 펄쩍 뛰었다.
「안 될 말이오. 설혹 운현궁이 미심쩍어도 은밀히 조사를 해야지 밤중에 군사를 풀어 뒤질 수는 없습니다. 아직도 운현궁은 그렇게 만만치가 않아요!」
「만만치가 않다니? 운현궁 안방엔 호랑이 가죽이라도 깔려 있단 말이오?」
 중전 민씨가 쨍 하는 음성으로 소리쳤다.
「황공하옵니다. 마마, 중전마마의 분부로 죄인은 속히 가려내도록 하겠습니다.」
 이유원이 물러가자, 민승호도 뛰쳐나갔다.
 이튿날 새벽부터 대대적인 범인 수사가 시작됐다.
 좌우포청의 포졸이 서울 장안에 쫙 깔렸다. 운현궁 주변에는 특히 철저한 수색의 손이 물샐 틈도 없이 뻗쳐져 있었다.
 그러나 하루 이틀이 지나도 유력한 용의자를 잡지 못했다. 단서도 포착 못했다. 애매하게 걸려든 잡범들만이 좌우포청을 가득히 메웠다.
 수사는 답보상태로 운현궁 주변에서 뱅뱅 맴돌고 있었다.
 화인도 범인도 오리무중으로 숨어 버렸다.
 그럴수록 수사방법은 가혹했다.
 지난날 대원군의 총애를 받았거나 그 연줄로 대궐 안에 들어간 환관, 궁녀들을 모조리 의금부에 잡아넣고 잔혹하게 국문을 했지만 이렇다 할 단서 하나도 잡지를 못했다.
 국왕은 조급했고 민비는 울화가 났다. 그럴 리가 없다고들 했다.
 영의정 이유원은 국왕이 아니라 민중전 앞으로 불려가 또 힐책을 당했다.
「이번 화재는 아무래도 심상치가 않소! 보통 실화 같으면야 순식간에 그토록 화염이 충천할 리가 없잖소. 필연코 누구의 음모와 책략이 있었을 게니 속히 가려내서 엄히 처벌하시오!」
 분명하게 운현궁의 음모임을 암시하기조차 했다.
 죽을 지경이 된 것은 이유원이었다.
「마마, 신의 불민 불찰로 해서 그런 크나큰 재변이 일어났으니 마땅히 대죄를 해야 하겠사오나, 우선은 화인을 밝히고 대역죄인이 있다면 속히 찾아내어 엄중 치죄하는 일이 화급한 일인 까닭에 신은…….」
 스스로 영의정자리를 물러나지 않고 있음을 토설했다.
 그는 코가 무릎에 닿도록 중전 민씨에게 사죄를 했다.
 그러나 난감했다. 무슨 꼬투리라도 잡을 수가 있어야 하지 않는가.
 의심가는 곳이 없는 것은 아니지만 증거가 잡히지 않으니 답답했다.
 이유원은 속으로 탄식했다.
 (내가 잘못 나왔구나!)
 그는 대궐을 나오면서 하늘을 우러러보고 가슴을 치며 탄식했다.
 그렇잖으냐 말이다. 아무래도 잘못 출사를 한 모양이라고 후회를 했다.

그의 아버지 이계조가 유언으로 남긴 말이 있다.
중국에 사신으로 갔던 이계조는 그곳 관상가에게 아들 유원의 관운을 물은 적이 있었다. 무슨 말을 들었는가.
「아드님이 만약 재상자리에 오르면 아마도 천수를 다하기가 어려울 것 같소이다.」
그후 이계조는 자기가 임종할 때 머리맡에다 아들 유원을 앉혀 놓고 간곡하게 유언했다.
「너는 어떠한 일이 있어도, 비록 왕명이 엄해도 재상자리에는 앉지 말아라!」
그러나 이유원은 출세욕이 만만찮은 사람이었다. 오히려 출세를 위해서는 방법을 가리지 않는 그였다.
그는 처음으로 재상자리가 떨어졌을 때는 그런대로 한두 번은 사양을 했지만 지금은 쫓겨날까 봐서 전전긍긍했다. 그리고 그의 치부는 조신들 중에서도 두드러지게 탐욕적이었다.
결국 유야무야로 시일만 갔다.
대원군이 곧은골에서 경복궁의 화재사건을 안 것은 바로 그 이튿날이었다. 그는 새벽 잠결에 인기척을 느끼고 잠자리에서 벌떡 일어나 앉았다.
「게 누구냐?」
발소리가 난 듯한 뜰아래 마루를 향해 그는 날카롭게 소리쳤다.
그는 요즘 신경이 지나치게 예민해진 탓인지 바람소리를 듣고도 잠을 깨어 헛소리를 지르는 수가 자주 있었다.
「저 순규란 놈입니다, 대감마님.」
장순규의 목소리였다.
이어서 여러 사람의 발소리가 들려 왔다.
「이 밤중에 웬일이냐?」
「지금은 밤중이 아니옵니다. 날이 밝았습니다. 대감마님.」
이번에는 안필주의 목소리였다.
「그래 날이 밝았으니 어쨌다는게냐?」

대원군은 심상찮은 분위기를 느끼고는 장죽을 들어 재떨이를 땅! 쳤다.
「어디를 갔다 왔느냐?」
「다녀왔습니다.」
「어딜?」
「제놈들은 지금 동태처럼 몸이 빳빳하게 얼어 있습니다.」
「그래?」
미상불 천희연의 노란 코밑수염에는 서리가 하얗게 엉겨 있었다.
안필주도 장순규도 허리를 펴지 못하는 시늉을 했다. 입에서는 입김이 확확 뿜겨져 나왔다.
「대감마님, 큰일 났습니다. 경복궁에 화재가 났다 하옵니다.」
안필주가 히죽 웃으면서 보고했다.
「뭣이 경복궁에 화재가?」
대원군은 눈망울이 두드러졌다.
「화재가 났단 말이냐?」
「네, 중전 침전이 홀랑 날아갔습니다.」
「중전 침전이 날아가?」
대원군은 놀랐다. 앉은 자리에서 벌떡 일어날 만큼 그는 놀랐다.
그러나 안필주는 태연히 지껄이고 있었다.
「국상은 나지 않았습니다. 대감마님.」
대원군은 사지를 벌벌 떨며 안필주를 무섭게 노려봤다.
「경복궁이 타다니?」
어떻게 그가 놀라지 않겠는가? 누가 어떻게 지어 놓은 경복궁이냐 말이다.
「경복궁이 다 탔단 말이냐?」
「그 넓은 경복궁, 그 많은 전각들이 다 타기야 하겠습니까, 대감마님.」
「닥쳐라! 아가릴.」
안필주는 찔끔 하고는 입을 닥쳤다.

대원군은 부들부들 떨고 있었다.

민비의 몸에서 원자(元子) 탄생의 보고가 온 것은 그로부터 두 달 후였다.

대궐에서 정식으로 소식을 보내온 것이 아니라 서자인 이재선이 서울에서 달려와 전해준 제보였다.

벌써 몇 해가 됐는가. 왕비 민씨는 첫아기를 낳아서 이내 요절을 시킨 후, 이번에 다시 왕자를 낳은 것이다. 대원군은 그 소식을 듣고는 씁쓸하게 입맛을 다셨다.

중전 민씨가 낳은 아기라면 그에게는 손자가 아닌가. 보통 손자가 아니라 왕위를 계승할 원자 왕손이다. 그런데도 그는 조금도 기쁘지가 않았다. 오히려 입맛이 씁쓸했다.

듣자니, 중전은 2월 초엿샛날부터 산기가 있어 산실청이 마련됐다고 했다.

산실청 근처에는 일체 잡인의 근접을 금하고 종실의 정결한 귀부인들만이 번갈아 가며 지켰단다.

전의는 밤낮이 없이 잠시도 자리를 뜨지 못하고 왕자 탄생만을 지켜보고 있었을 것이었다.

이틀을 그대로 그냥 넘겼다던가. 간헐적으로 산부의 신음소리가 흘러나왔을 뿐, 아기의 울음은 들리지 않았단다.

첫아기는 순산을 했던 중전이다. 이른바 이미 열린 문이라서 둘째 아기는 더구나 문제가 없으리라고 생각했었는데 이틀씩이나 진통으로 지새웠으니 모두들 초조했다.

그리고 산모인 중전은 아주 탈진해 있었다.

초여드렛날이 됐다. 산실청이 자리잡은 창덕궁 관물헌에서 아기 울음이 터져 나왔다. 경복궁의 화재로 해서 왕실은 다시 창덕궁으로 옮겨와 있었던 것이다.

「중전께서는 정신을 못 차리시도록 탈진했으면서도 아기 울음소리가 터지자 이내 조산(助産)한 심상훈의 모부인한테 묻더랍니다. 아기씨가 왕자냐고요.」
　재선이 옮기는 말에 대원군은 덤덤히 고개만 끄덕거렸다.
　심상훈의 모부인이라면 전에 현감을 지낸 심응택의 부인이 아닌가.
　심응택은 대원군 자기와 동서간이고 그 부인은 자기의 처제다.
　옆에서 듣고 있던 김응원이 오랜만에 입을 열었다.
「이제 증광시(增廣試)가 열리겠군요.」
「뭐?」
　이재선이 반문했다.
「왕자가 탄생하셨으니 경과(慶科)가 열리지 않겠습니까.」
　그제서야 이재선도 맞장구를 쳤다.
「그렇겠군, 논공행상 겸해서…… 민가놈들 또 때를 만나겠는걸.」
　그러자 담배만 빨아대고 있던 대원군의 눈꼬리가 빳빳하게 치켜졌다.
「죽일 놈들!」
　그는 그 한마디를 씹어 뱉었다.
「그런데 아버님.」
　이재선이 또 할 말이 있다고 했다.
「장안에선 소문이 파다합니다.」
「무슨?」
「탄생한 왕자는 첫 울음소리가 힘차지 못하고 기식(氣息)도 매우 약해서 젖도 제대로 빨지를 못한다고 하와요. 그래 항간에서는 아마 요절한 완화군의 살이 붙은 게 아니냐고 숙덕거린다나요.」
「미친 소리들을!」
「중전도 그게 불안해서 연일 무꾸리판을 벌인다는 소문이옵니다.」
「미친 지랄들을!」
「그러니까 궁중에 불려 들어간 장님 무당들은 서로 공을 다투어 별의별 수작을 다하는가 하면 천하의 날고 기는 점쟁이 판수들이 중전과 줄을 대보려고 아우성이라 하와요.」
「집안 꼴이 망하려면 그런 요물들이 꼬이게 마련이지, 사가에서도.」
　대원군은 지금까지도 잊지 않고 있다.

중전 민씨가 첫 왕자를 낳은 지 사흘 만에 어린 생명이 세상을 버리자, 민승호에게 아기는 비명에 갔다고 단언하더라는 말을 지금까지도 잊지 않고 있다.

말하자면 중전은 그것이 운현궁의 농간이라고 이를 간다는 말을 들은 바 있는 것이다.

대원군은 그때도 씹어 뱉었다.

「여자의 소갈머리라 놔서……」

그 이후 중전은 미신에 혹해 있다는 것을 들어서 알고 있다.

궁중 지밀에까지 무당을 불러들이고, 내탕금을 물쓰듯 뿌리고 있다는 사실도 알고 있다.

이제 왕자가 탄생했다. 약질이란다.

(중전의 미혹은 더욱 심해지겠지.)

대원군은 입 밖에 내며 중얼거렸다.

「판수 점쟁이 무당들이 때를 만나 활개를 치겠구나.」

그는 입맛을 쩍 하고 다셨다.

땅은 같은 한국땅이지만 남도(南道)의 남단이라 해서 이국풍경이 벌어지고 있었다.

동래 온천장 요정에서 일본인들이 한상 떡 벌어지게 벌여 놓고 거드럭대고 있었다.

주안상은 풍요로웠다. 마주 이어진 여러 개의 교잣상에는 주육어효가 그득했다.

양복 차림과 하오리 하카마 차림의 일본인들이 둘러앉아 주흥이 무르익고 있었다.

모리야마 시게루(森山茂)라는 사나이, 그가 주빈인 것 같았다.

그는 젓가락으로 생선회를 뒤적이며 희떱게 굴고 있었다.

「이것도 사시민가? 오카무라(岡村)군!」

오카무라라는 사나이는 콧수염을 마구 벌럭이며 대답했다.

「네, 그렇습니다. 말하자면 조선식 사시미죠. 하하하……」

생선회로서는 시원찮다는 투정들이었다.

부산 왜관에는 수많은 일본인 관리들이 주재하고 있었다.

그들은 자기네 외무성에서 밀파돼 온 모리야마 시게루 일행에게 푸짐한 술대접을 하고 있는 중이었다.

대원군이 갑자기 실각을 하자, 조선 내정에는 어떤 급격한 변화가 있을 것이라고 예견한 일본 외무성에서는 이사관급의 관리인 모리야마를 수령으로 한 일종의 첩보대 일당을 부산에 밀파해서 사태를 정탐케 했다.

「자아, 우리 유쾌하게 드십시다. 우선 모리야마님의 건강과 건투를 비는 뜻에서……」

오카무라가 술잔을 높이 들었다. 그러자 교잣상을 에워싼 6,7명의 사나이들이 일제히 술잔을 치켜들었다.

「대일본제국을 위해서!」

모두들 호기있게 술잔을 입으로 가져갔다. 낙자없이 일본인만 모인 자리였다.

왜관 주재 관리가 네 명, 모리야마 일당이 세 명, 그러니까 모두 일곱 명이었다.

그중의 모리야마 시게루는 저들의 외무성에서도 소위 조선통으로 인정했고 따라서 그는 서울에도 몇 번 드나든 일이 있는 인물이다.

「어떤가? 정현덕이라는 자의 모가지두 이젠 뎅겅 날아가는 게 아닌가?」

술이 거나해진 모리야마는 나가야마(永山) 통역을 보고 물었다.

「글쎄올시다, 아마 벌써 그렇게 됐을지도 모릅지오.」

나가야마는 동래부 출입이 빈번해서 이쪽 사정을 잘 아는 모양이다.

정현덕은 동래부사가 아닌가. 대원군이 신임하던 대일 강경파로서 알려진 인물이니 저네들에게는 눈 위의 혹과 같은 존재였다.

「위태롭다 뿐입니까. 그야말로 명재경각입니다. 아마 지금쯤은 민씨 왕실에서 보낸 암행어사에게 걸려 쥐구멍을 찾구 있을 겝니다. 하하.」

그들은 민씨 왕실이라고 서슴없이 말했다.

나가야마는 신이 나서 떠들었다.

「두고 보십시오. 조선 조정의 대일정책은 180십 도로 전환할 것입니다. 민비는 지금 대원군의 정책을 하나하나 뒤집고 있으니까요.」
오카무라도 끼어들었다.
「안동준이 볼장 다 봤을 게구…….」
「김세호라는 놈도 하늘이 노오랄 갭니다.」
그들로서는 의당 할 수 있는 대화들이었다.
안동준은 부산의 왜학훈도였고, 김세호는 경상도 관찰사다.
그들은 대원군의 쇄국정책을 받들어 7년, 또는 10년 동안이나 부산에 버티고 앉아 밀어닥치는 일본의 물결을 막아온 사람들이었다.
「정세를 자알 판단해야 할 게요. 이런 변동기일수록 정보수집이 정확하고 철저해야 할 것이외다.」
무슨 대화 끝이던가, 모리야마가 별안간 훈곗조로 나오는 바람에 좌중이 잠깐 조용해지자, 이번에는 마루 건너 저쪽 방에서인가 뜻않은 호통소리가 터졌다.
모리야마 일당은 소스라치게 놀라면서 귀를 기울였다.
「야, 이놈! 안동준, 이 죽일 놈아!」
우람한 호통과 함께 문 여닫는 소리가 요란하게 들렸다. 그리고 또 뒤미처 호통이 터졌다.
「이놈아, 간에 가서 붙구 쓸개에 가서 붙는 것도 분수가 있지, 그래 어디 가서 못 붙어서 왜놈한테 붙어먹어? 이 역적놈아, 대원군이 섭정할 때는 그 밑에서 갖은 요사를 다 부리구, 그가 실세하니까 이제 와선 왜놈한테 붙어먹어? 이 천하에 죽일 놈아!」
그러자 애원하는 안동준의 목소리가 들려 왔다.
「사또, 그건 너무도 억울한 말씀입니다. 어찌 그리 억울한 말씀을 하십니까.」
겁에 질려 벌벌 떠는 소리, 그것은 분명히 왜학훈도 안동준의 목소리였다.
조선말 통역 나가야마는 눈알을 부라렸으나, 그러나 얼굴에는 핏기가 가셨다.

(도대체 어찌된 셈이냐?)

모리야마를 비롯한 다른 모든 일본인들도 영문을 몰라 했다.

나가야마를 바라보고 눈만 멀뚱거렸다.

「저 죽어 가는 목소리는 안동준이 아니오?」

오카무라가 물었다. 그는 안동준과 여러 해 동안 맞붙어 있는 사이라서 그의 목소리는 귀에 익었다.

「이상한 일입니다. 안동준이 이 집에 드나드는 건 전부터 자주 있는 일이지만 암행어사가 여기까지 나타난 건 이상하군요. 그리고 암행어사가 안동준이한테 왜놈한테 붙었다구 지랄지랄인데 도대체 어떻게 된 건지 모르겠단 말입니다.」

나가야마의 설명을 듣자 모리야마가 눈을 실쭉 흘겨 떴다.

「왜놈이란 우리가 아닌가? 안동준이가 우리한테 붙었단 말인가?」

「글쎄 그렇다는 겁니다. 모리야마님.」

모리야마는 누구보다 긴장했다. 긴장하지 않을 수 없었다.

그는 부산으로 오자마자 우선 안동준 측근에게 접근을 했던 것이다.

그는 미리 점을 쳤던 것이다. 대원군이 실세를 했다면 안동준이 타격을 받을 것은 명약관화가 아닌가. 안동준은 불안과 불만과 공포에 사로잡혀 있을 것이다. 그를 먼저 때려 눕히자.

안동준 따위가 애초부터 대일 강경책을 신념으로 삼았을 리가 없지 않은가.

그는 오직 대원군의 뜻을 받들다 보니 그렇게 됐을 뿐인 것이다.

(됐다, 불만 불평에 싸여 있는 안동준을 역이용해 보자!)

그래서 모리야마는 안동준에게 포섭의 손을 뻗쳤던 게 아닌가.

(그게 탄로가 나?)

모리야마는 심각했다.

저쪽 방에서는 또 기세등등한 호통이다.

「네 죄는 대역에 해당한다. 네 좁은 소견으로는 대원위대감이 실세를 했으니까, 왜국에 대한 정책도 곧 변경되리라 생각했겠지만, 어처구니없는 오산이구나. 국시(國是)야. 배일정책은 이 나라의 국시란 말이다.」

그러나 안동준도 할 말이 있었다.
「사또, 저의 처지도 통찰해 주십시오. 소인은 단순히 직책상 왜사(倭使)를 한두 차례 만난 죄밖엔 없습니다. 제가 왜인과 내통하다니 너무도 억울합니다.」
「직책상 만났다?」
「직책상 만났습죠.」
안동준은 애원하다가 안 되겠으니까 항거를 시도하고 있다.
그는 그의 말대로 직책상 모리야마를 몇 번 만났는지도 모르긴 하다.
「뭐라고 하나? 서로 싸우는 게 아닌가?」
모리야마는 조바심을 했다.
나가야마는 숨을 죽이고 설명했다.
「큰일 났습니다. 안동준이가 당신과 만난 것을 실토하고 있습니다. 대원군이 실세해도 일본에 대한 강경책은 절대로 변경되지 않는다고 말하고 있군요.」
「누구의 뜻이 그렇다는 겐가?」
「저 친구가 누군지는 몰라도 아마 암행어사 같은데 조선정부의 정책이 그렇다는 말 같습니다.」
일본인들은 서로 멀거니 바라봤다.
도시 까닭을 알 수가 없다.
하필이면 오늘 밤 이 집에 안동준이 술마시러 온 것도 지나친 우연이며, 또 하필이면 암행어사가 그의 뒤를 밟아온 것은 뭣인가 말이다.
「조선의 암행어사란 굉장한 정보망을 갖고 있나?」
「그럴 겁니다.」
모리야마는 술잔을 입으로 가져갔다. 술맛이 있을 리 없다. 냉수를 들이켜는 시늉이었다.
정말 암행어사가 분명했다.
「네 죄를 네가 알겠거든 지체없이 내 영을 거행하라. 이 밤이 밝기 전에 당장 왜놈 밀정을 포박해서 내게로 끌고 오라. 나라의 허락도 없이 잠입해서 국가기밀을 정탐하는 왜국 밀정들을 한 놈도 빠뜨리지 말고 모조리 포박해서 대명천지에 대죄시키라!」
 안동준은 부복하는 것 같다.
「예에, 소인에게 30명만 붙여 주시면 이 밤 안으로 일망타진해서 사또 앞에 대죄시키겠습니다.」
 귀를 곤두세워 가지고 옆방의 동정을 정탐하고 있던 일본의 밀정 모리야마는 얼굴이 새파래졌다.
 사태가 심상치 않음을 직감한 다른 일본인들도 잔뜩 긴장하고는 무거운 침묵에 잠겼다.
 한참 만에 나가야마 통역관이 말했다.
「이곳에서 얼른 빠져 나갑시다! 암행어사가 안동준에게 우리를 체포하라고 협박질입니다. 안동준은 포졸 30명을 달라고 합니다.」
「뭐야? 포졸 30명? 포졸 30십 놈이 우리를 잡는다는게야?」
 그러나 모리야마는 벌떡 일어났다. 그는 품속으로 손을 가져갔다. 육혈포를 꺼내 들었다.
「이 새끼들을 모조리……」
 그는 눈알을 굴렸다.
「안 됩니다. 고정하십쇼. 여기서 싸움이 벌어지면 우리가 불리합니다. 객관으로 돌아가서 사태수습을 강구해야 합니다.」
 하오리 하카마를 입은 오카무라의 제의에 따라 그들은 슬금슬금 방을 빠져 나갔다.
 마침 어둠 속에 지켜 서 있던 주인 아낙네가 그들의 신을 챙겨 줬다.
 그네들도 오들오들 떨고 있었다.
 일본인들은 더욱 겁에 질린 채, 그러나 어깨를 으시대며 어둠 속으로 사라져 갔다.
 일본인들이 다 도망가고 나자 뜰에서 주인 아낙네가 소리쳤다.
「야들아, 술상 치우라이!」
 여자의 음성일망정 걸걸했다.
 그러자 이제껏 죽은 듯이 방 한구석에 웅크리고 있던 안동준이 별안간 얼굴을 획 들면서 빙그레 웃었다.
 그리고 이제껏 그에게 고래고래 소리치며 호령을 하던 사나이도 갑자기 만면에 웃음꽃을 피웠다.
「놈들, 혼비백산이구나.」
 그는 통쾌한 듯이 지껄였다. 누군가, 안필주였다. 또 한 사람의 동석자는 누군가, 천희연이다.
 그들은 다리를 뻗으며 벌렁 누워 버렸다.
 그들은 이제까지 그럴싸하게 연극을 하고 있었다. 주인 아낙네까지 동원해서 연극을 했다.
 대원군의 밀명을 띠고 안필주와 천희연이 부산으로 내려온 것은 바로 어젯저녁이었다.
「내가 뒷자리로 물러앉은 것을 알면 필시 왜적이 발호할 것이다. 너희들은 즉시 부산으로 내려가 그곳의 동정을 살피고 오거라. 특히 신철균, 정현덕, 안동준 등이 고생하는 모양이니 두루 실정을 조사해 오라!」
 대원군의 엄격한 분부였다.
 그들은 지체없이 양주 곧은골을 떠났다. 곧장 부산으로 가지는 않았다.
 진주에 먼저 들러 신철균을 찾았으나 이미 민씨 일족에 의해서 파직됐다고 했다.
「이건 지독하게 날쌔구나!」
 그들은 혀를 내둘렀다. 통분해 했다.
 신철균은 대원군이 임명한 진주병사가 아니었던가.
 그는 지난날의 영종첨사 신효철 바로 그 사람이 아닌가. 효철을 철균이라고 개명한 것이다. 대원군의 심복이었다. 그만큼 그의 파직은 남달리 빨랐다.
 안필주와 천희연이 진주에 들렀을 때는 이미 파직당한 신철균이 영남미색이라는 소실을 말등에 태우고 서울을 향해 떠난 후였다.
 그들은 곧 부산으로 달음질쳤다. 초량 왜관으로 곧장 가지를 않고 변두리의 허술한 주막집에서 안동준을 불러 냈다.

허겁지겁 달려 나온 안동준은 그들을 구세주라도 만난 것처럼 반가워 했으나 농담 한마디가 앞섰다.
「지금 내 모가지 붙어 있나, 떨어져 나갔나 똑똑히 좀 봐주시오.」
그는 안필주 앞에다 목을 쑥 내밀었다.
그 자리에서 일본 밀정 모리야마 일당이 화제가 됐다. 그들은 그 자리에서 오늘 밤의 연극대본을 꾸몄던 것이다.
「쪽발이들, 간이 콩만해졌을거야.」
안동준이 어지간히 통쾌한 듯 활짝 웃었다.
「영감두 몸조심하셔야 하오!」
안필주가 안동준에게 한마디 하고는 천희연을 돌아봤다.
「어째 목이 컬컬한걸.」
그들은 자리를 옮겨 술상을 벌였다. 길을 떠난 뒤 오랜만에 흠씬 취했다.
이튿날 아침 두 사람은 등짐장수로 변장을 하고서 동래 부중(府中)으로 잠입해 갔다.
어느새 겨울이 지나고, 봄도 가고 첫여름이었다. 아침부터 무더웠다. 남도에는 오래도록 비가 오지 않았다고 했다. 더욱 무더운 것 같았다. 남도뿐이 아니라 올해는 봄부터 비가 귀했다. 특히 삼남지방에는 식수조차도 귀하다는 가뭄이었다.
모심기철이 늦었는데도 농민들은 묘판 논두렁에 서서 하늘만 원망해야 했다.
하지(夏至) 전에는 모를 내야겠는데 틀린 노릇이라고 모두 한탄했다.
안필주와 천희연 두 사람이 동래 부중이 멀찍히 바라보이는 어느 조그만 산마을 앞에 이르렀을 바로 그때였다. 마을 앞 정자나무 아래에 대여섯 사람의 촌민이 둘러앉아 있었다.
그 가운데에 허술하게 차린 중년 사나이 하나가 앉아 있는 게 좀 수상했다.
안필주가 천희연의 옆구리를 쿡 찔렀다.
「야, 이 친구야, 좀 쉬어 가자꾸나!」

「어? 쉬어 가자구?」

그들은 정자나무 아래로 엉금성금 기어들었다. 몹시 지친 시늉으로 등짐 보따리를 벗어 던졌다.

「휴우!」

가쁜 숨을 내몰고는 두 사람이 다 거칠게 펄썩 주저앉았다.

그러자 선비 차림의 중년 사나이가 이제까지의 화제를 끊고 천희연에게 말을 걸어왔다.

「어디서들 오는 등짐장수요?」

말씨부터가 이 고장 사람이 아니었다.

두 사람은 가슴이 섬뜩했다. 육감에 진짜 암행어사라고 단정했다.

「온 데도 없고 갈 데두 없는 게 등짐장수죠. 팔도강산 안 가는 곳이 없굽쇼. 어제는 김해장을 봤소이다.」

안필주가 넉살좋게 주워 댔다.

두 사람은 번갈아 가며 등에 흐르는 땀을 닦아 냈다. 시커먼 무명수건으로 닦아댔다.

선비 차림의 사나이는 더 묻지 않고 촌사람들과의 이야기를 계속했다.

「정현덕이 동래성을 쌓는답시고 백성들의 고혈을 짰다지요?」

화제 자체가 수상했다. 분명코 암행어사다.

「예, 원망 많이 샀십니더. 3년 동안을 두구 사람 몬살게 안 했능교. 성 쌓느라 니내없이 고생 많았제.」

촌사람들은 서로 번갈아 가며 한마디씩 지껄이고 있었다.

「그래도오, 왜놈 막을라꼬 안 그랬는가. 성 쌓는 건 고생이 됐어도오 잘한 일이 아닌가베.」

「허허 참, 왜놈 막는데 성 쌓아가지고 되는 줄 아나? 그까짓 성벽쯤이야 댕구 한 방만 팡 쏘면 풍지박산 안 되는겨.」

「거 무슨 소립니껴? 댕구는 댕구고 성은 성이지예, 아무리 댕구불이 세도 성은 있어야 전쟁이 되는 법입니더. 누가 뭐라꼬 해도 정부사가 동래성 싼 것은 잘한 겁니더. 그저 성 쌓는다고 사람 많이 죽인 게 잘못이

램 잘못이지예.」
「잘못이구말구. 살인자는 사(死)라 앙그러는가. 그 양반도 와석종신(臥席終身)은 못 할기구만.」
촌사람들이 한마디씩 지껄이는 동안 선비 차림의 사나이는 가만히 귀 기울이고 있었다.
안필주와 천희연은 전연 무관심한 체 멍청히 앉아 있었다.
「정현덕이 사람 많이 죽있십니더. 동래성 밑은 시체로 채운 심이지예.」
「그뿐인가, 왜관훈도 안동준인 큰 부자가 됐다지 않는가베. 왜놈 장사꾼을 업고 갉아먹고, 우리 장사꾼을 등쳐먹고오, 그뿐잉교? 양민 꾀어다 왜놈한테 팔아서 뱃사람 만들고 죽일 짓 되게 많이 안 했습니껴.」
대관절 이 촌사람들은 뭣을 믿고 요새 와서 이처럼 대담한 말을 공공연하게 해대는 것일까.
안필주가 듣다 못하겠던지 천희연의 옆구리를 쿡 찔렀다.
천희연은 등짐 보따리를 다시 짊어졌다. 그러자 늙수그레한 촌로가 말했다.
「와들, 좀더 쉬어 가이소. 한양에서 왔십니껴? 한양 떠난 지가 오래 됐능겨?」
「달포 가량 되지요.」
안필주도 짐보따리를 걸머메면서 대답했다.
「그러믄 한 말씀 물어 봅시다. 경복궁이 지난 세안에 탔다는 말이 참말입니껴?」
안필주가 경상도 사투리로 얼른 받았다.
「자세힌 모르지만 쬐만큼 탔다 카지 않십니껴.」
그러자 촌로는 구지레한 눈을 손으로 비비며 또 물어 왔다.
「거 대원군 그 냥반이 메누리한테 쫓겨난 분풀이로 경복궁 메누리방에다 불을 질렀다는 말이 참말잉교?」
천희연이 눈을 부라리며 한마디 윽박질렀다.
「여보슈. 어쩔려구 헛바닥을 그렇게 함부로 놀리시오? 지금 암행어사가 도처에 쫙 깔렸다는데 그런 소릴 함부로 하다간 귀신도 모르게 죽소!」

하지만 촌늙은이도 할 말이 있었다.

「암행어사는 뉘 편인데? 메누리 편이 아닝기요?」

천희연은 시치미를 떼고 대답했다.

「메누리 편이든 아드님 편이든 대원위대감은 시아버지이고 친아버지가 아니오? 암행어사도 지각이 있으면 그쪽 편만 들지 못할 게 아니오? 낸들 아오. 이렇게 돌아다니다 보니 줏어들은 백성들의 얘기죠.」

그들은 미련없이 그 자리를 떴다.

그날 그들은 동래부사 정현덕을 찾아 은밀히 만나봤다. 이튿날은 곧 은골을 향해 떠났다.

그들은 미처 모르고 한양길에 올랐다.

일본 외무성의 촉각인 모리야마가 부랴부랴 본국으로 떠난 사실을 모르고 한양길에 올랐다.

모리야마 시게루는 저희들 정부에 제출한 보고문서 중에서,

―조선에 나가 정세를 살펴보니 대원군이 실각한 후 조선 정계는 대폭 개편되고 있습니다. 완강한 대원군의 세력이 물러가고 새로 등장한 민비의 측근인 민승호 일파는 정권을 완전히 장악하기 시작했습니다. 따라서 종래 대원군의 수하였던 경상도 관찰사 김세호, 동래부사 정현덕, 부산훈도 안동준이 미구에 파직될 것이니 앞으로 대일정책도 변동을 가져올 공산이 큽니다. 이 변동기를 잘 이용하여야 될 것으로 압니다. 더욱이 청국정부가 조선 조정에 통보하기를 일본과 더불어 실화(失和)하지 말라 했다고 합니다. 어느 모로 보나 사태가 일본에 유리하다고 사료됩니다.

지극히 낙관론을 편 것을 보면 그의 통찰력은 정확한 것이었다. 모리야마의 예언은 적중했다.

조정은 7월에 접어서자 김세호, 정현덕, 안동준 등 세 사람을 모조리 교린조격(交隣阻隔)의 죄목을 걸어 파직 유배시키고 말았다.

영화榮華는 짧고 보복報復은 가혹苛酷

일각이 삼추라던가.

대원군은 겨울, 봄, 여름을 양주 곧은골에서 칩거하고 있는 신세였다. 그럴 수가 없는데 그랬다. 초조하고 지루한 세월이었다.

인심도 천심도 그의 편은 아닌 것 같았지만, 그러나 그는 의욕과 희망만은 잃지 않고 있었다. 어느 날,

「부사과(副司果) 이휘림이 대감을 다시 모셔들이라는 상소를 올렸답니다.」

「그래?」

대원군은 서울에서 온 전 진주병사 신철균이 그런 보고를 했으나 남의 이야기라도 듣는 것처럼 시덥잖은 반응을 보였다.

「이제 유림 중에서 그런 상소가 나왔으니 도성으로 환차하시는 게 좋지 않겠습니까.」

「어허! 자네가 뭔가? 상감인가?」

대원군은 버럭 역정을 냈다.

국왕이 직접 와서 모셔가기 전에는 나가지 않겠다는 자존을 아직도 버리지 못하고 있는 것 같았다.

신철균은 무안해서 입을 다물어 버렸다.

그는 진주병사를 파직당한 후, 서울에 올라와서 하는 일 없이 소일하고 있는 중이었다.

타고난 건강한 체구에 야망도 만만치가 않은 그였다. 요행히 대원군

의 지우(知遇)를 얻어, 한번 크게 출세를 하려던 판에 민씨 일족에게 날벼락을 만난 그가 아닌가.

그는 이제 벼슬을 잃고 가슴 속에 응결된 울분을 주체할 길이 없지만, 그래도 외롭지는 않은 사람이다. 집안에서는 아름다운 소실이 아양을 떨었고, 사랑에는 문객들이 삐지 않았다.

그는 자주 곧은골로 대원군을 찾았다.

그는 본시 무부(武夫)라서 나는 듯이 말을 타고 삼십릿길을 달려오곤 했다.

갑자기 대문 밖에 말울음소리나 말발굽소리가 요란하면 으례 대원군은,

「철균이가 왔구나.」

하고는 몸소 그를 맞을 차비를 했다.

그만큼 그는 사람이 그리웠던 것이다.

「그래, 자네는 명색이 무반(武班)인데 그따위 무력한 선비 나부랑이의 상소문 쪼각에다 기대를 건단 말인가!」

대원군은 한참 만에 그런 소리를 했다.

신철균은 얼떨떨, 할 말을 잃었다.

대원군은 탄식했다. 주먹으로 무릎 위를 쿡쿡 쥐어박으면서 탄식했다.

「한심할세, 나는 이제까지 자네 같은 무용지장(無用之將)만 길러 왔어.」

대원군은 한숨을 토했다.

「내가 이 꼴이 되자 그래도 선비들은 줄을 지어 표독한 소부로 해서 총명이 흐려진 상감한테 충간(忠諫)하는 글을 올리고 있는 모양이나, 말타고 활쏘는 무반치고는 어느 한놈도 나서 주지를 않으니 생각할수록 괘씸하구나!」

「저하, 듣기에 송구스럽습니다.」

「자네도 다시는 나를 찾지 말게!」

「저하…….」

「어서 서울로 가서 승호한테나 붙어 보게! 한자리 또 할 수 있을지 아나.」
「저하, 분부를 내려 주십시오.」
「분부? 분부라니? 여긴 운현궁이 아냐.」
신철균은 많은 생각을 하고 대원군의 곧은골 산장을 물러났다.
가을이 가고 겨울이 왔다.
세상은 그런대로 조용하기만 했다.
삭풍이 윙윙대는 동짓달 그믐께가 됐다.
민승호는 그 무렵 생모상(生母喪)을 당해 집안에 들어앉아 있었다.
조부모나 부모상을 당하면 벼슬하는 사람은 그 직(職)을 사임하고 선비는 과거를 보지 않으며 일반 백성도 혼인을 중지하고 삼년상을 치러야 한다.
민승호도 벼슬을 사임하고 집안에서 상을 치르고 있었다.
그러나 세도재상으로서의 그의 권세야 어디를 가겠는가.
모든 정책은 그의 손을 거쳐야만 비로소 권위를 유지했다.
대궐과 죽동 민승호의 집 사이에는 하루에도 수십 번씩 기밀을 요하는 봉서(封書)가 오고갔다.
그날 그는 집에 있었다.
그날 그는 평소에 집에 드나드는 중으로 하여금 올해 열 살이 되는 그의 아들을 위해, 조용한 산사에서 치성(致誠)을 드리게 했는데, 그 치성에 관한 소식을 기다리고 있는 중이었다.
그가 안방에서 마악 저녁상을 받으려고 할 때였다.
청지기가 뜰아래에 와서,
「어떤 자가 산사에서 가져왔다면서 이 함(函)을 대감마님께 직접 바치라고 두고 갔습니다.」
하는 것이었다.
「함을?」
「예, 편지도 있습니다.」
민승호는 청지기가 올리는 붉은 비단보자기에 싼 조그마한 함 하나와 봉서를 받아 들었다.
 ─대감, 이 함 속에는 영묘한 복록(福祿)이 들어 있사오니 반드시 타인의 이목을 피하시고 대감 손수 열어 보셔야 합니다.
 거두절미하면 그런 내용의 글발이 적혀 있었다.
 다소 이상하게 생각한 민승호는 다시 청지기를 불렀다.
「지금 이 함과 편지를 가지고 온 자를 곧 이리 데려오너라!」
「예이.」
 곧 밖으로 뛰어나간 청지기가 잠시 후 혼자서 돌아왔다.
「근처 골목을 아무리 찾아봐도 어디로 갔는지 찾을 수가 없습니다. 아마 이미 멀리 갔나 봅니다.」
「그래?」
 민승호는 생각했다.
 그는 자기 아들을 위해서 치성을 드린 중이 보내온 물건임에 틀림이 없다고 단정했다.
 그는 비단보자기의 매듭을 끄르다가 중단했다.
 마침 내실에는 그의 양모(養母)인 한창부부인(민비의 계모)과 열 살 나는 아들이 함께 있잖은가.
「어머님, 그 애를 데리고 잠시 자리를 피해 주십시오.」
「왜 우리가 보면 안 될 물건인가?」
「그렇진 않습니다만……..」
「그럼 어디 보여 주게나. 보재기가 하두 예쁜 걸 보면 무슨 패물이 아닌지 모르겠네.」
「글쎄올시다.」
 한씨 부인과 아들은 호기심이 가득한 눈으로 함을 바라보고 있었다.
 민승호는 그도 그럴 성싶어서 무심히 그 붉은 보자기를 끌렀다.
 함에는 열쇠구멍이 있고 그 옆에는 노오란 색실이 달린 열쇠가 매달려 있었다.
 그는 열쇠를 열쇠구멍에 넣었다. 조심스럽게 이리저리 돌렸다. 자꾸 돌려댔다.

그 순간이었다. 엄청난 일이 터졌다.

하늘을 쪼개는 듯한 무서운 폭음과 함께 화약냄새가 확 풍기고 불이 번쩍 일어나고 천장과 벽이 와르르 무너져 내렸다.

무서운 폭발력을 가진 폭발물이었다.

온 집안이 발칵 뒤집혔다.

「대감마님은 어떻게 되셨느냐?」

「대방마님은 어디 계시냐?」

「아기씨는?」

처참한 광경이었다.

천장과 사면 벽은 무너졌고, 내실의 문이란 문은 모조리 어디론가 날아가 버렸고, 기둥에는 불길이 붙었고, 초연냄새는 코를 찔렀고, 움푹 두려빠진 방바닥에는 민승호가 피투성이가 된 채로 쓰러져 있었다. 그뿐인가.

한씨 부인의 얼굴은 새카맣게 그을러서 목불인견 그대로였다. 그뿐인가.

어린 아이는 팔과 다리가 떨어져 나간 참담한 모습으로 뒹굴러 있었다.

사람들은 공포에 떨고 넋이 나갔다.

민승호의 젊은 아내는 졸도를 하고 말았다.

아직 명맥이 붙어 있는 민승호는 입을 벌려 뭣인가 말을 하려고 애썼지만 안 되는 짓이었다. 사지를 비틀며 손을 허우적거렸다.

민규호가 달려왔다.

「어이쿠, 이게 웬일이시오?」

그는 통곡을 하다가 말고,

「대관절 어느 놈의 소행이오?」

그는 운명 직적의 민승호를 들여다보면서 물었다. 무슨 대답이 나올 수 있겠는가.

「말씀해 보오. 누구의 소행이오?」

그러자 민승호는 혼신의 힘을 모았다. 손가락으로 동남쪽을 가리켰다. 동남쪽이다. 운현궁이 있는 방향이 아닌가.

이튿날 새벽녘에 민승호는 숨을 거두었다.

너무나 짧은 영화가 아닌가. 그리고 너무나 가혹한 보복이 아닌가.

서설이 포근히 내린 새벽에 그는 지나치게 짧은 영화의 막을 그토록 참담하게 내려 버렸다.

이 참변을 전해 들은 중전 민씨는 치를 떨었다.

단마디로 외쳤다.

「운현궁이다!」

민비는 민규호를 불같이 채근해서 범인을 체포하라고 얼러댔지만 헛일이었다. 범인의 단서조차도 잡을 길이 없었고 오직 심증들만 굳혔다.

「운현궁이다!」

별의별 유언(流言)이 다 나돌았다.

「대원군이 민승호의 반역을 미워하여 그렇게 죽이고 말았단다.」

「아니래. 민규호가 전권을 쥐고 싶어서 승호를 없앴대!」

풍문이란 엉뚱한 방향으로 번지게 마련이다.

하여튼 세상이 한결 시끄러워졌다.

민비는 민승호에게 충정(忠正)이란 시호를 내리게 하고 그의 뒤를 이을 아들을 물색했다.

민씨 일족 중에서 영(泳)자 항렬을 가진 사람들은 어중이떠중이 모두 침을 삼키고 나섰다.

그러나 중전의 뜻은 태호의 아들 영익(泳翊)에게 있었다.

민영익은 민비와 촌수로는 먼 편이지만 천성이 총명하고 숙성했다.

하지만 그의 아버지 태호는 한사코 거절하고 나섰다. 그에게는 영익이 외아들이었던 것이다.

어디 그뿐인가. 동생 규호에게도 아들이 없으니 영익은 양가 독자인 셈이었다.

민비의 뜻이 꾸어져 있음을 눈치챈 민규호는 형 태호에게 들이댔다.

「중전마마의 뜻을 어찌 어길 수 있습니까. 어길 수 없을 바엔 영익을 들여보내서 민문(閔門)이 번영이나 누리게 하는 게 좋지 않습니까?」

일은 이미 그렇게 되기로 돼 있는 것이다.
민태호는 할 수 없이 아들 영익을 민승호의 양자로 보내는 데 동의하고 말았다.
중전 민씨는 기뻐했다. 민규호에게 이조판서 겸 도통사라는 벼슬을 내렸다.
결국은 그게 그거였다. 민승호의 뒤를 이어 민규호가 세도재상으로 등장했을 뿐 그게 그거였다. 더 잘됐는지도 모른다.
실상 죽은 민승호는 권모술수에는 능했지만 건망증이 심하고 성격이 지나치게 유순해서 나라의 기강을 총섭(總攝)해 나갈 능력이 부족했다. 더구나 갑작스럽게 대권을 쥐었었기 때문에 그는 자기의 가진 능력조차도 발휘하지를 못했었다.
그에 비해 민규호는 지략이 비범한 편이었고 특히 문필에 능했으며, 권모술수도 민승호보다 못지가 않았다.
이제 민규호가 할 일은 대원군의 남은 세력을 더욱 철저하게 뿌리뽑는 일과, 새로 탄생한 왕자를 왕세자(王世子)로 책립하여 민비의 지위를 확고하게 굳히는 일이었다.
을해년(乙亥年)이었다. 현왕이 위(位)에 오른 지도 벌써 20년째가 되는 해였다.
세자책봉도감제조(世子冊封都監提調)로 이유원이 임명됐다.
이풍익, 홍우길, 민치상을 제조(提調)로 임명해서 그 준비를 서두르게 했다.
그러나 딱한 노릇이었다. 왕자는 돌이 다 되어가도 걸음마는 고사하고 일어서지도 못했을 뿐더러 온몸에는 물마마(수두)가 생겨 부스럼투성이가 돼 있었다. 병치레가 심했다.
(내겐 왜 이리도 자식복이 없단 말이냐?)
중전은 왕자의 수복(壽福)을 빈다고 허구한 날 궁중에서 치성과 굿과 무꾸리에 여념이 없었다.
금강산을 비롯한 전국의 명산대찰에는 빠짐없이 사람을 보내어 산천기도를 드리게 했다.

중전 민씨의 귀에는 요사스러운 말만이 솔깃했다.
「중전마마, 어젯밤 아기마마의 성수무강(聖壽無彊)을 기원하고 있자니 홀연 하늘에서 소리가 있었사옵니다. 전국 모모한 명찰(名刹)에는 빠짐없이 사람을 보내시어 지극정성으로 부처님께 공양하옵시라는 분부였습니다.」
중전 민씨는 아들을 위해서 좋다는 일은 다 하라고 했다.
「어서 서둘러라!」
「중전마마, 지금 신단에서 옥황상제의 말씀이 내렸습니다. 쌀 삼백 석, 밤 삼만 상(床)을 물 속에 던져 용신을 공양하고, 옷 일만 벌, 돈 일만 냥을 지하에 버려 구천의 한귀를 배불리면 아기마마의 삼재(三災), 팔난(八難)을 면할 수 있으리라는 계시였사옵니다.」
「속히 그렇게 거행하도록 하라!」
이런 식으로 돈을 물쓰듯이 하는 중전 민씨는 어린 왕자를 위해서는 온 나라를 줘도 아까운 게 없었다.
그 비용은 실로 막대했다. 왕실의 금고격인 내수사(內需司)는 석 달이 못 가서 바닥이 났다.
호조 선혜청의 돈을 끌어다 썼다. 선혜청은 국고가 아닌가.
그 국고도 바닥이 나기 시작했다.
「선혜청에도 돈이 없습니다, 마마.」
「돈이 없으면 돈을 만들어야 하는 게 선혜청이 아니냐!」
중전 민씨와는 문답이 무용이었다.
할 수 없이 벼슬을 돈 받고 팔기 시작했다.
수령자리는 1만 냥에서 나중엔 2만 냥까지 올랐지만 경합이 심했다. 2만 냥이 아니라 3만 냥 5만 냥이라도 아우성을 치며 사려고들 덤볐다.

벼슬을 사는 데는 돈이 얼마가 들어도 밑질 염려들이 없었다.
2만 냥 주고 샀으면 부임하자마자 4만 냥을 긁어모았고, 5만 냥을 내어 한자리 얻었으면 10만 냥을 긁어모았다.
이래저래 죽는 것은 백성뿐이었다.

이래저래 죽는 것은 백성뿐이었다.
 어쨌든 이유원의 활약으로 세자책봉에 대한 청국의 동의도 얻어 냈다. 종주국의 허락이 필요했던 것이다.
 2월 18일에는 세자책례식(世子冊禮式)을 성대하게 올렸다.
 이제 돌잡이 어린애의 이름은 척(坧)이라 했다. 자는 군방(君邦)이라 했다. 왕세자라는 것이다.
 경회루에서는 성대한 하연(賀宴)이 벌어지고, 국왕은 이날을 기해서 전국에 대사령(大赦令)을 내렸다.
 최익현도 유배지 제주도에서 풀려 나왔다.
 그러나 봄이 되자 유생들이 또 들고 일어나기 시작했다.
 대궐에는 연일 수많은 상소문이 날아들었다. 심상치가 않았다.

 가정에 어려운 일이 있으면 부모가 그립고, 나라에 위난이 닥치면 어른이 새삼 생각나는 법입니다. 양주 곧은골에 깊이 은거하고 계시는 대원위대감을 청환(請還)하시어 국가 백년대계를 도모하셔야 합니다.

 민비는 눈썹 하나 까딱 안 했고 왕은 모르는 체 딴전을 봤다.
 그럴수록 승정원에는 계속해서 들어오는 상소문이 자꾸 쌓여 갔다.

 근래 일본이 양이(洋夷)의 풍속을 좇아 완연히 양이로 화하였소. 그들이 지금 와서 교린하자고 하다니 말이 안 되오. 전날 대원위대감께서는 그들의 국서까지 물리쳤소. 그럼에도 불구하고 지금 조정에서는 가양이(假洋夷)를 불러들이고 있으니 어찌 한심하지 않소. 대원위대감을 다시 환가(還駕)하도록 하시어 궁내의 화합을 도모하시고 외우에 대처토록 하셔야 하오.

 경상도의 유생 유도수, 이학수, 이상철 등이 먼저 일침을 놓았다.
 이어서 경기도 유생 조충식, 영남 유생 최화식, 전라도 유생 조병만이 연달아 상소를 올렸으며 서울의 임도준, 강원도의 이병악, 평안도의 이수 등이 줄지어 민씨 일족의 무능과 부패와 학정을 규탄하고 나섰다. 그들을 입을 모아 대원군을 다시 정부에 모셔들이라고 주장했다.

이에 대한 민씨 일족의 태도는 강경일변도였다.

「민심을 교란하는 무리들은 모조리 잡아들여 극형에 처하라!」

처음에는 그들을 원악지(遠惡地)로 귀양보내다가 그래도 여기저기서 자꾸 들고 나오니까 안 되겠던 모양이었다.

「허무맹랑한 소리로 왕위(王威)를 실추시키려는 무리는 용서없이 참형에 처하라!」

민씨 일족은 국왕의 입을 빌어 냉연히 선언했다.

그러니까 이번에는 조정의 원로대신들이 반발하고 나섰다. 그들은 단연코 선언했다.

「옛부터 유생은 왕의 총명을 계발하는 것을 스스로의 책무로 삼아 오거늘, 이제 충간하는 유생들을 참형에 처한다니 천부당 만부당한 일이오. 설혹 그들의 거센 말이 상감의 귀에 거슬리고 도리에 어긋났다 치더라도 웃사람은 오히려 순한 말씀으로 아랫사람을 개유시켜 그들로 하여금 깨달아 알게 해줘야 하지 않겠소? 나라를 사랑하는 나머지 그릇된 일에 대해서 상소를 올린 우국유생들을 가혹하게 벌준다면 이는 정당한 언로를 막는 일일 뿐 아니라 형벌을 남용하는 결과가 될 것이오!」

실로 만만치 않은 인물들이 민문(閔門)에다 대고 그렇게 호통을 쳤다.

영돈녕부사 김병학이, 판중추부사 홍순목이, 우의정 박규수가 연명으로 항의하고 나섰다.

왕비 민씨는 민규호에게 소리쳤다.

「그게 모두 대원군이 꼬드겨서 하는 짓들이 아닌가! 곧은골과 내통하는 놈들은 모조리 물고를 내도록 하오!」

그렇지만 이번에도 단서가 잡히지 않았다.

곧은골을 중심으로 한 대원군의 측근이 긴장을 한 것은 사실이지만, 그들이 누구를 어떻게 꼬드기고 있다는 증거는 나타나지 않았다.

곧은골에는 대원군이 김응원과 이상지만을 데리고 한적하게 들어앉아 있었다. 아무런 묘사도 꾸미는 것 같지가 않았다.

단지 이상하다면 천하장안 네 사람이 그곳에 보이지 않는 사실이었다.

그들은 쥐도 새도 모르게 서울을 벗어나 동에 번쩍 서에 번쩍 출몰하고 있었다.

미상불 그들에게 무슨 농간이 있는 것은 분명했다. 사실 농간을 부렸다.

유생들을 부추겨서 상소를 올리게 하고, 온갖 유언(流言)을 퍼뜨려 민심을 대원군 쪽으로 끌어들이는 것이 바로 그들 천하장안의 소임이었다.

대원군은 곧은골 깊숙이 들어앉았으나 각 지방의 민의와 유생들의 동태에 대한 정보를 착실하게 파악하고 있었다. 그러나 들리는 소식은 모두 암담했다.

어느날 서자 이재선이 서울에서 달려와 보고했다.

「경상도 유생, 소두(疏頭) 유도수와 제소자(製疏者) 이학수가 유배되었습니다.」

대원군은 그 소식을 들으면서 한마디의 대꾸도 하지 않았다.

일단 서울로 돌아갔던 이재선이 이틀 후엔가 또 숨이 턱에 차서 달려왔다.

「아버님, 안동준이 동래 유배지에서 효수당했답니다.」

대원군에게는 덜미를 치는 심각한 정보다.

그러나 그는 한동안 아들 재선을 멀거니 바라볼 뿐 역시 말이 없었다.

「아버님, 이유원과 민규호가 주장해서 그렇게 됐다고 합니다.」

이재선은 아버지의 일그러지는 얼굴을 보았다.

「하하하……。」

왜 그랬을까, 대원군은 갑자기 웃음을 터뜨렸다. 실소 같기도 했다.

「아버님!」

재선은 근심스러운 얼굴로 무릎을 당겼다.

「알았다!」
 대원군은 그 한마디를 하고는 피로한 듯이 몸을 뒤로 뉘었다.
 손발이 간단없이 떨리고 있었다. 입술이 하얗게 핏기를 잃어 가고 있었다.
 대원군은 불현듯 몸을 일으키더니 카악 하고 가래를 입 안에 물었다.
 재선은 황급하게 타구를 아버지의 턱 밑에다 갖다 댔다.
 대원군은 시뻘건 핏덩이를 타구에 뱉어 놓았다.
「아버님!」
「죽일 놈들!」
 아버지는 다시 자리에 눕고 아들은 주먹으로 눈물을 닦았다.
 지방 각처로 널렸던 천하장안이 저들의 소임을 끝내고 곧은골로 모여 든 것은 그 며칠 후부터였다.
 그들이 다 돌아온 이틀 후에 대원군은 중대한 결정을 내렸다.
「내 돌아가겠다! 이대로 앉아 만백성의 신고(辛苦)를 가만히 보고만 있을 수는 없다!」
 그날부터 곧은골 산장은 갑자기 활기를 띠기 시작했다.
 그날부터 대원군의 운현궁 환차를 위한 준비가 착착 진행돼 갔다.
 산장을 드나드는 인물들이 갑작스레 늘어나고 그들의 얼굴에 긴장한 결의가 감돌았다.
 대원군은 측근에게 명백히 선언했다.
「내 오랜만에 잃었던 나를 되찾았다. 서울이 지호지간(指呼之間)인데 천 리 같았다. 상감이 와서 나를 데려가지 않으니 내 스스로 가겠다. 그 동안 척족에게 시달린 무고한 백성들에게 내 면목이 없구나. 나를 의지하는 만백성들에게 나의 환궁을 알려라! 의장을 갖추라! 위의를 세워야겠다.」
 대원군이 드디어 서울 운현궁으로 돌아오는 날이 왔다. 실로 1년 반 만에 운현궁으로 돌아오는 것이다.
 다시 권좌에 오르기 위해 떠나는 길은 아니었다. 잃었던 세도를 되찾아 국태공의 권좌로 돌아오는 길도 아니었다.

그러나 그는 이 나라 국왕의 사친임에는 변함이 없는 것이다. 지존의 위는 아니지만 아무래도 아닌 생존한 대원군이다.

행차가 초라할 수는 없었다.

사인 남여를 탔다. 호위하는 군사 여섯 명과 수많은 구종별배들이 앞뒤를 둘러쌌다.

대원군은 현복사모에다 기린보수에 옥대를 띠고 수레 위에 높이 앉았다. 쌍초선도 비꼈다.

그는 감개가 무량했다. 눈마구니가 젖어 들었다.

연도에는 엎드린 자도 선 자도 있었다. 모두가 대원군의 환궁을 기쁘게 생각하는 무리들이었다.

「모두들 보라! 내가 무엇을 해내는가는 자세히 두고 보라!」

그는 소리내어 중얼거렸다.

「비켜라! 물렀거라! 게 모두 섰거라!」

호기스런 벽제소리가 한가롭던 전원길에 드높았다.

노옹老翁 돌아와서 한 일이

한가위를 지난 지 엿새, 노염(老炎)도 이미 꼬리를 사렸다.
바다를 지키던 병정 하나가 바위 위에서 부스스 일어나 사지가 늘어지도록 기지개를 켰다. 낮잠을 잤는가, 그는 아직 졸음이 가시지 않은 눈으로 바다를 멍청히 내려다봤다. 집에 두고 온 처자라도 생각하는가, 쓸쓸한 얼굴 표정이었다.
병정은 입을 크게 벌려 하품을 했다.
바다는 비교적 잔잔했다. 사위는 고요했다.
병정은 벼랑가를 어슬렁어슬렁 걷기 시작했다. 그는 포대(砲臺)가 있는 쪽으로 걸어갔다.
여섯 명이 번갈아 가며 번을 들고 있었다. 그러나 한가로웠다. 포대를 지키고 있는 병정은 없었다.
바위틈에 모여 앉아 투전판을 벌이고들 있었다.
강화도의 초지진(草芝鎭) 포대였다.
병인, 신미의 두 양요(洋擾)를 겪어 낸 포대였다.
병정은 바다에다 대고 오줌을 쏴아 뽑다가 기겁을 하듯 놀랐다. 오줌 줄이 딱 그쳐 버렸다.
「저게 뭐냐?」
어디서 불쑥 나온 것이냐 말이다. 시커먼 철선(鐵船)이 바로 눈앞에 우뚝 서 있었다. 귀신이 곡할 노릇이었다. 마치 물 속에서 솟아난 것처럼 철선은 눈앞을 딱 가로막았다. 뿐인가, 유유히 이쪽을 향해 다가오고 있다.

　병정은 동료들에게 소리도 못 질렀다. 몸을 바위 뒤에 숨기고는 철선의 동정을 살폈다.

　뱃머리에는 사람이 둘 서 있었다.

　흰옷에 흰 모자를 쓴 두 녀석이 뭔가 열심히 이쪽에다 대고 손짓을 하고 있었다.

　(이양선이다!)

　병정은 정신을 가다듬고는 고함을 쳤다.

「거, 어디 배요오?」

　병정의 목소리는 떨렸으나 제법 컸다.

　그러나 철선의 뱃머리에 선 두 사람은 손짓만 되풀이했다.

　(아하 저놈들이 물이 먹고 싶은 모양이구나!)

　배의 식수가 떨어져서 그러는가 싶었다.

　병정은 손을 저으면서 소리쳤다.

「물 없소, 없어! 여기가 어딘데 시원하게 먹을 물이 있겠소!」

　그러자 철선 뱃머리에는 다른 또 한 사람이 나타났다. 총을 겨누면서 나타났다.

「어이구!」

　병정은 날쌔게 몸을 날려 또 바위 뒤로 숨었다.

「이양선이다! 포를 쏴라!」

　병정은 대포 쪽에다 대고 자기가 지휘관인 것처럼 소리를 질렀다.

「포를 쏴라, 이양선이다!」

　그러나 이쪽의 포문이 열리기 전에 철선 쪽에서 먼저 대포를 쏴 왔다. 연거푸 쏘아 왔다.

　서해의 고요는 삽시간에 깨어졌다. 포대의 군사들도 재빨리 자기 위치로 돌아갔다. 포문을 열었다. 산이 울렸다.

　바다 위에는 물기둥이 치솟았다.

　그러나 그것은 잠깐 사이였다.

「이양선이 도망쳤다!」

포대의 군사들은 환성을 올렸다. 사실 그랬다.
철선은 어느새 자취를 감추고 없었다.
「이양선 격퇴요!」
포대의 군사들은 기뻐 날뛰었다.
「도대체 양이인가? 왜선(倭船)인가?」
그들은 포대를 떠나 바닷가로 나오면서 지껄였다.
그들은 대전(對戰)이 너무도 싱겁게 끝나서 어이가 없는 얼굴들이었다.
「내 보긴 왜선인 것 같소.」
「왜선이 아니라 양이요. 왜놈이 어디 흰옷을 입습디까?」
그러자 먼저 철선을 발견했던 병정이 또 소리쳤다.
「저것 봐라! 또 나타났다!」
포대의 군사들은 얼굴에서 핏기가 싹 가셔졌다.
엄청나게 큰 배가 하나 불쑥 나타난 것이다. 포대가 있는 산보다도 더 큰 것 같았다.
「지독하게 큰 놈이구나!」
산더미 같은 거구의 철갑선이 거침없이 이쪽으로 접근해 오면서 불을 뿜었다.
날아온 포탄은 바위를 때리고 작열했다. 연거푸 날아와 터져댔다.
미처 응사할 겨를도 없었다. 간신히 몇 발 쏘긴 했지만 대적이 되지 않았다.
포대가 산산조각으로 날아가 버렸고 군사들은 허둥지둥 도망치기에 바빴다.
도시 싸움이 되지 않는 싸움이었다.
일본 군함 운양호(雲揚號)였다. 그들은 올해 들어 쉴새없이 조선 연해에 군함을 보내 왔다.
민씨 세도가 등장해서 저들에게 유화정책을 쓰는 기미가 보이자 그들은 이 나라에 무력위협과 함께 연안 지리를 탐색하고 수심을 측량하기 시작했다.

그것은 전번에 부산에 왔던 모리야마 시게루(森山茂)의 건의로 이루어진 침략이었다.

―우리 군함 한두 척을 파견하여 대마도와 조선 사이를 왕래하면서 해로를 측량하는 동시에 우리측 의사의 소재를 시위하는 한편, 본국 정부에서 소관 모리야마의 실책을 묻는 체함과 아울러 힘을 과시함으로써 내외가 성원한다면 소관 모리야마의 맡은 바 임무수행이 뜻대로 됨은 물론, 교섭체결에도 우세한 권리를 획득할 수 있을 것입니다. 이런 좋은 기회에 한두 척 군함을 파견함은 타일에 대규모 동원을 아니하고도 제국이 뜻하는 바대로 무난히 성사가 되리라는 생각에서 감히 군함출동을 청하는 바입니다.

바로 지난봄이 아닌가. 모리야마 시게루가 부산에 왔다가 저의 본국으로 돌아가 저들 정부에 보고한 내용이 그러했다.

그의 청원에 의해서 군함 춘일(春日), 운양(雲揚), 제2 정묘(丁卯) 등 3척이 조선 연해로 침범해 온 것이다.

운양호는 초지진 포대가 침묵해 버리자 뱃머리를 돌려 이번에는 영종도 쪽으로 갔다.

함장 이노우에 가오루(井上馨)는 마구 포격을 명령해댔다.

운양호는 영종진에도 포격을 가해 온 것이다.

영종진 포대에서도 만만치 않게 포탄을 쏘아대기는 했다. 그러나 운양호에까지 닿지를 않으니 딱한 노릇이었다.

첨사 이민덕은 휘하 장병의 급보를 받고 성루로 뛰어올라갔다.

「쏴라! 쏴라! 어서 쏴라!」

그러나 역시 안 되는 싸움이었다.

운양호는 한동안 포격을 해대고 나더니 군사를 풀어 해안으로 기어올라오기 시작했다.

이민덕은 사오십 명의 휘하 군졸에게 독전(督戰)을 해서 소총으로 대항케 했다.

그러나 적의 육전대(陸戰隊)는 이미 성문까지 기어올라왔다.

「큰일 났소! 적이 성안에 들었소!」

첨사 이민덕이 부하의 그런 보고를 듣자 먼저 도망치기 시작했다. 군사들은 상관의 뒤를 충실하게 따랐다. 너나없이 갈팡질팡 도망치기 시작했다.

삽시간에 성안이 불바다가 됐다. 침략군은 닥치는 대로 성안에다 불을 지르고 총을 쏘아댔다.

길을 잃은 방위 군사들은 바닷속으로 뛰어들었다. 더러는 침략군의 포로가 되기도 했다.

저들의 전리는 컸다.

대포 36문, 화승총 130십여 정, 그밖에 수많은 약탈품을 싣고 운양호는 날이 어두워지자, 유유히 원양(遠洋)으로 떠나갔다.

그들은 경상자 두 명을 낸 데 비해서 이쪽은 전사 35명에 포로 16명이라는 창피한 꼴이었다.

파발말이 서울로 뛰었다.

그 소식을 전해 들은 조정에서는 곧 어전회의를 열었다.

「경기도 관찰사 민태호의 장계에 의하면 팔월 스무 엿샛날 영종도 앞바다에 이양선이 출현하여 대포를 쏘아 민가와 공해(公廨)를 모두 불태웠다 하옵니다만, 어느 나라 군함인지 알 길이 없다 하오.」

영의정이 된 이최응이 왕에게 어이없는 보고를 했다.

「어느 나라 배인지도 모른단 말이오?」

왕은 어처구니가 없다는 듯 백부 뻘이 되는 영의정 이최응을 내려다봤다. 이최응은 역정을 내는 듯한 왕의 힐문에 대답하지 못했다.

새로 좌의정이 된 김병국이 나섰다.

「어느 나라 배인지 아직 알 길이 없사오며, 그들이 포격을 해온 이유도 확실치 않습니다. 아무래도 신의 소견으로는 일본 배가 아닌가 하오.」

우의정 박규수가 듣다 못 하겠던지 깔끔하게 한마디 했다.

「이양선이든 일본군함이든 간에 내침한 함선 한두 척의 포격을 받고 영종도가 점령당하다니 실로 통탄할 일이오. 해마다 군대를 늘이고 포대를 수축해 온 것으로 아는데 경구(京口)의 중요 진지가 그토록 허약하게 실함되다니 말이 안 되오. 그 실태를 면밀히 조사해서 책임의 소재를 물어야 될 줄로 아뢰오.」

박규수가 힐난하자 왕은 묵묵부답, 할 말을 잃고 있었다.

정의(廷議)는 분분했다.

「우선 영종첨사 이민덕을 치죄해야 마땅한 줄 아뢰오. 중요 관방(關防)의 장수가 백성과 군사를 버리고 달아났다 하오니 용서치 못할 죄인 줄 아뢰오!」

영돈령부사 김병학은 영종첨사 이민덕을 규탄하고 나섰다. 그러나 회의는 어쩔 수 없이 싱거워질 수밖에 없었다.

이 나라의 중요한 요새의 하나인 영종도가 불과 한두 척의 외국 군함에게 점령당했는데 이쪽은 그 군함의 국적조차도 모르고 그들이 횡포를 부린 이유도 모른다니 말이 되는가.

왕은 답답한 듯 한숨을 쉬며 말했다.

「우선 영종첨사 이민덕을 파직하여 엄히 치죄토록 하고 이양선의 동태를 철저히 감시하는 한편 그 정체를 조사해 보도록 하오!」

왕도 무력했고 대신들도 무력했고, 변방을 지키는 장수들도 무력했다.

그들에게는 한결같이 단호한 대책이 없었다.

―너무 떠들면 민심이 소란해진다.

이것이 정의의 지배적인 결론이었다.

적함의 국적은 알아서 뭣하겠느냐는 말이 나왔다. 단순히 이양선이 영종도에 와서 장난질을 친 것으로 덮어 두자는 의견이 강했다. 국적을 알아도 대책을 세울 수가 없으니 말이다.

그러나 시비를 걸어온 쪽이 오히려 더 극성스럽고 강경했다.

바다 건너 일본의 조야는 그 흥분이 절정에 있었다. 침략은 생트집으로부터 시작되는 것이니까 그들의 흥분은 웃어 넘길 일이 아니었다.

정한론(征韓論)이 정당하고 결정적인 이유를 발견했다는 듯이 팽배했다.

―당당히 국기를 달고 있는 대일본제국의 군함에 대해서 포격을 해

노옹老翁 돌아와서 한 일이 109

온 조선의 행패를 용서할 수 없다. 마땅히 이 기회에 응징해야 한다.
―방자한 조선정부의 침략적인 행동을 좌시할 수 없다. 대일본제국의 정당한 권익을 옹호하기 위하여 육해군을 즉각 파견하라.
저들은 여론을 조작해서 민심을 선동했다. 침해된 저들의 권익을 옹호하기 위해서 조선과 일전을 각오해야 한다고 떠들었다.
일본 전국을 단박 전쟁분위기로 휘몰아 넣었다.
적반하장이 아닌가. 국민은 위정자에게 속아 춤을 쳤다. 칼춤을 쳤다.
더구나 그들은 소위 명치유신을 이룩하고는 서양의 근대적인 군대조직과 새로운 무기를 수입해서 그 힘이 한창 팔딱거리고 있었다. 이미 첫번째의 불장난은 성공적으로 치러 본 그들이었다.
이른바 대만사건(臺湾事件)이 있지 않은가.
지난해 4월이던가.
저들의 영토인 유구(琉球) 사람이 우연히 대만에 표류돼 갔다가 그곳 원주민에게 살해당한 사건이 일어났었다.
그 호기를 놓칠 까닭이 없는 그들이었다.
즉각 육해군을 동원하여 대만으로 침공해 갔다.
그러나 대만은 잠자는 사자라는 대청제국(大淸帝國)의 영토였다.
청국의 항의에 부딪쳐 대만을 차지하지는 못했지만 군사적인 승리는 거두었다. 배상금도 두둑하게 받아 냈다.
할 만한 장사가 아닌가. 그런 시빗거리만 찾고 있던 일본이다.
마침 조선에서는 쇄국정책으로 강경하던 대원군이 실각하고 대신 민씨 세도가 들어서서 유화적인 정치를 하고 있는 중이다.
―무대는 조선밖에 없다.
저들은 만반태세가 갖춰져 있는데 조선은 낮잠을 자고 있다.
도둑이 빈집을 노리는 심리와 다름이 없었다. 그들은 연일 내각회의를 열어 가지고 방법을 강구했다.
천황 메이지(明治)의 앞에서는 우선 외교교섭을 열겠다고 보고했다. 우선 거물급 대사를 조선에 파견해서 담판해 보겠다는 것이었다.
조선에 파견할 인원이 결정됐다.

특파전권변리대사(特派全權辨理大使)라던가, 정계와 군부의 거물로서 참의(參議)에다 개척장관(開拓長官)에다, 육군중장인 구로다 키요다카(黑田淸隆)를 수석으로 임명했다.

부사(副使)에는 이노우에 가오루(井上馨)를 선임했다.

그들을 보좌할 면면들이 또한 만만치가 않았다.

늘 밀명을 띠고 부산지구에 잠입했던 모리야마 시게루, 그리고 미야모도 고이치(宮本小一), 육군소장 다네다 마사아키(種田政明), 육군중좌 가바야마 쓰게노리(樺山資紀) 등이라면 쟁쟁한 패거리다.

한국이 일본에게 무슨 잘못을 저질렀기에 그들은 이렇게 서두르는 것일까.

딱한 노릇이었다. 바다 건너에서 그런 태풍이 일고 있거나 말거나 이 나라의 조정에서는 도통 알 바가 아니었다.

정적(政敵)끼리의 싸움이 더 악랄해지고 있었다.

어이없게도 또 화약이 폭발했다는 것이다.

이번에는 영의정 이최응의 집에서 화약이 터졌다고 했다. 사랑채가 풍지박산했으나 인명의 피해는 없었다고 했다. 집은 불타 버리고 말았다.

「어허! 소연한 세상이로군!」

정정(政情)이 또 다른 의미에서 소연해졌다.

이번에는 원인불명이라 했다.

대원군의 형이면서 민씨 척족에 붙어 영의정 벼슬도 따고, 재물도 긁어모아 한창 세력이 당당하던 홍인군 이최응은 혼비백산해서 벌벌 떨었다.

「어느 놈의 짓이냐?」

민비는 이번에도 운현궁 용마루를 노려봤다. 며칠 후 좌포청(左捕廳)에서는 화적(火賊)의 장물을 취급했다는 장(張)가 성을 가진 사람 하나를 잡아들였다.

중죄인에 속한다 해서 포장(捕將)의 손에 넘겨져 엄한 문초를 받았다.

「네 이놈! 바른 대로 말하라! 그 화적은 지금 어디 있느냐?」
「알 수 없습니다. 시구문 밖 객주집에서 만난 이후 종적을 모르고 있습니다.」
「그렇다면 네놈 집은 어디냐?」
장가는 머뭇머뭇 입을 열지 않았다.
「저놈을 몹시 쳐라!」
포장은 불호령을 쳤다.
장가는 또 흠씬 두들겨 맞았다. 나이 사십 줄인 그는 매를 이겨 내지 못했다.
「거처는 따로 없고 전 병사 신철균의 집 문객으로 드나듭니다.」
포장의 눈이 번쩍 빛났다.
「신철균의 문객이라?」
「그렇습니다.」
「정녕 신철균의 집 문객이렷다?」
좌포청은 아연 긴장했고 활기를 띠었다.
이최응의 집 폭파사건의 범인만 잡으면 아직 미제사건으로 남아 있는 민승호 폭살사건도 저절로 해결될 것이 아닌가. 모두들 그렇게 생각했다.
신철균을 누가 모를까. 신철균은 운현궁의 측근인 줄을 누가 모르겠는가. 그는 대원군의 다시없는 수하인 줄을 모를 사람이 없다.
그런 사실은 곧 세도재상 민규호에게 보고됐다.
민규호는 중전 민비 앞에 꿇어 엎드렸다.
「마마, 신철균의 집 문객이 흥인군댁 방화범의 진범인 것 같습니다.」
「신철균?」
'신철균의 집 문객'이 신철균으로 둔갑 압축되고 말았다.
왕비 민씨의 얄팍한 입술이 파르르 떨렸다. 짤막하게 명령했다.
「신철균을 지체 말고 체포해서 실토시키도록 하오.」
민규호는 공구 감격했다.
「마마, 이번에는 운현궁의 소행임을 완전히 밝혀낼 수 있을 것 같습니다.」
 그러나 민비는 다시 지시했다.
 「반드시 신철균의 입을 통해서 실토시키오. 살려서 실토시켜야 되오!」
 신철균을 어떻게 닦달하든지 운현궁과 관련이 있게만 만들라는 지시가 아닌가.
 민규호는 중전 앞을 물러 나오자 곧 포도대장을 불러 중전의 뜻을 전했다.
 그날로 신철균이 잡혀 들어갔다.
 「이놈! 운현궁의 사주를 받았지?」
 「아니오!」
 이 두 문답이 수없이 반복됐다.

 신철균은 운현궁만은 한사코 물고 들어가지 않았다.
 그는 의리 있는 사나이였다. 그리고 무부(武夫)가 아닌가. 일찍이 영종첨사로서 양이를 쳐부순 무부가 아닌가. 호락호락할 까닭이 없었다.
 그러나 어쩌겠는가. 심한 고문이었다. 혹독한 태형이었다. 제정신을 잃고 말았다. 저도 모르게 민승호 폭살사건과 이최응의 집 방화사건만은 자복(自服)하고 말았다.
 「대원군이 시켜서 했지?」
 「아니오!」
 「대원군이 시켜서 한 일이라면 너는 무죄다!」
 「아니오!」
 민씨 척족은 그를 대역죄로 다스렸다.
 그의 가산을 몰수했다. 처자는 경상도로 보내 남의 집 비복으로 만들었다.
 신철균의 그러한 몰락은 일찍이 예언한 사람이 있었다. 그는 방술(方術)을 좋아해서 사랑에는 늘 잡객이 들끓었다. 이번에 잡힌 장가도 그 중의 한 사람이었다.

신철균은 젊어서 아버지의 상을 당했었다. 어느 지관의 말에 따라 경상도 의령에다 산을 정하여 무덤을 파는데, 바로 그 자리에는 단단한 돌이 반듯하게 둘러져 있었다.

신철균은 이상하게 생각하고 지관에게 물으니까,

「몇 해 후에는 틀림없이 병사(兵使) 벼슬이 날 자리요.」

지관은 자신있게 대답했다던가.

「정말 그런 명당자리란 말인가요?」

「아마 진주병사가 될 것 같소이다.」

「진주병사?」

「맞거든 아끼지 말고 내게 천 냥 꾸러미쯤 내리시지요.」

지관의 말에,

「맞는다면야 여부 있겠소!」

신철균은 장담했다.

기묘한 우연이었다. 과연 그후 신철균은 진주병사로 부임했다.

부임하자 어느날 그 지관이 병영으로 그를 찾아왔다. 신철균이 반갑게 그를 맞아 응대했다. 그러나 그는 약속대로 돈 천 냥을 줄 기색은 보이지 않았다.

지관도 구태여 돈에 대한 얘기는 비치지 않았다.

서로 작별할 때, 지관이 말했다.

「의령 산소가 이미 영험이 지났으나 다시 사람의 손을 조금만 대면 왕좌 다음가는 자리에 오를 수가 있을 것 같습니다.」

신철균의 귀가 번쩍하지 않을 수가 있겠는가. 그는 지관의 소맷자락을 잡았다.

「선생님, 그 길을 가르쳐 주십시오.」

지관은 지팡막대로 땅에다 그림을 그리며 말했다.

「산소를 파고 그 돌의 왼쪽 모서리를 떼어내 보십시오.」

신철균은 지체없이 의령으로 달려갔다.

그는 손수 아버지의 무덤을 파헤치고 그 속에 묻힌 돌의 한 귀퉁이를 떼어 냈다.

그리고 세월을 기다렸다.

그러나 지관은 다른 사람에게 신철균의 어리석음을 빈정댔다.

「그 돌이 조천납촉(朝天蠟燭)인데, 이제 한 귀퉁이를 떼어 냈으니 기름이 새지 않겠는가. 그는 10년 안에 재화를 만나 망할 것이야!」

우연인지 아닌지 신철균은 그로부터 꼭 10년 만에 역적으로 몰려 죽은 것이라고 수군대는 사람들이 있었다. 영남에 말이다.

신철균은 또 하나의 화제를 남기고 죽었다.

그에게는 아름다운 첩이 있었다. 이름을 설화라 했다. 천하장안 중 장순규의 소개로 알게 되어 곧 서로 좋아하는 사이가 되었고 종내는 측실(側室)로 삼았다. 얼굴이 뛰어나게 예쁘고 마음씨가 곱다는 소문이었다.

그 설화는 전에 철종의 외삼촌을 자칭하고 나섰다가 가짜임이 드러나 복주(伏誅)된 염종수의 기첩이었다.

그 설화는 신철균이 참형을 당하자 또다시 남의 첩으로 들어앉았다. 이번에도 역시 대원군의 문객인 전 승지 안기영의 소실이 됐다. 그런데 안기영도 5년 후엔 역모로 몰려 비명에 죽게 된다.

미인박명이란 말이 맞는 수도 있었다. 설화는 세 사람의 남편을 얻었지만 연달아 역적으로 몰려 죽게 되는 박명한 미녀였다. 하필이면 공교롭게도 역적만 남편으로 고른 여자, 모두가 어지러운 세태의 탓이 아니겠는가.

신철균의 죽음은 대원군에게 있어서 크나큰 충격이었다.

「그의 시신이라도 거두어 후히 장사지내 주도록 해라.」

대원군은 천하장안을 불러 침통하게 명령했다.

그러나 장순규는 할 말이 있었다.

「저희들이 직접 나선다면 세상에서 더욱 의심하게 됩니다, 대감마님. 그는 이미 죽었는데 우리가 공연한 혐의를 받을 필요는 없잖습니까?」

장순규의 말에 대원군은 턱수염을 부르르 떨었다.

「야, 이놈아! 그래 세상 눈이 무서워서 의리도 정분도 다 저버려야 한단 말이냐!」

노안당의 마루청이 쩡 울렸다.

장순규는 그렇지 않아도 마음이 언짢아 있는 판이라, 평소의 그의 성격답지 않게 눈물을 주르륵 쏟았다. 사실 신철균과는 퍽으나 가까운 사이였다.

대원군은 장순규의 눈물을 보자 말했다.

「허허! 저놈이 우네……」

대원군의 눈에도 눈물이 수물수물 맺혔다.

안필주가 나섰다.

「신병사는 억울하게 죄를 뒤집어쓰고 죽은 줄을 세상이 다 아는데 우리가 나선들 어떤가. 되려 우리를 장하게 여길 걸세.」

안필주가 앞장 서서 서소문 밖 형장으로 나갔다. 천하장안 네 사람이 다 나갔다.

낙조가 비낀 형장에는 신철균의 효수된 머리가 아직 말뚝에 매달려 있었다. 시신에는 거적도 덮여 있지 않았다.

대원군은 그런저런 일을 겪고 나자 어느날 저녁 홀연히 운현궁을 나섰다.

「어디로 가십니까?」

이상지가 뒤따르며 물었다.

「계동으로 가자.」

계동은 추선의 집이었다. 잠시 후 그는 추선의 방에 앉아 있었다. 머리맡 병풍에 쓴 글은 누구의 것이며 누구의 글씨인가.

　　완전아미능기시(宛轉蛾眉能幾時)
　　수유학발난여사(須臾鶴髮亂如絲)
　　단춘고래가무지(但春古來歌舞地)
　　유유황혼조작비(惟有黃昏鳥雀悲)

그 병풍 밑에는 매화 한 그루가 단아하게 피어 있었다.

대원군은 장죽을 들어 그 매화가 심긴 분원백자 사기분의 모서리를 가볍게 쳤다.
그는 다시 병풍의 글귀를 훑었다.

　　　금년화락안색개(今年花落顔色改)
　　　명년화개복수재(明年花開復誰在)

──올해의 꽃이 지면 얼굴 더욱 늙으리,
　　오는 해에 피는 꽃은 그 누가 보려는가.
대원군은 혼자 소리내어 뇌까렸다.
「수유학발난여사라?」
어느새 흰 머리털은 실낱처럼 마구 흩날리네, 라는 뜻인가.
대원군은 자기도 모르게 손을 갈퀴처럼 벌리고는 흐트러진 뒷머리를 아래서 위로 쓸어 올렸다. 상투 끝을 매만졌다.
「여봐라!」
그는 나직하게 사람을 불렀다. 대답은 더 가까이서 났다. 대청마루로 향한 장지가 살며시 열리면서 언제 봐도 정겨운 추선의 얼굴이 조심스럽게 웃었다.
「저 여기 있어요.」
「어딜 갔던가?」
추선은 나비처럼 날렵하게 방 안으로 들어서더니 윗목에 사뿐히 앉았다. 준비해 둔 소반을 들었다.
「뭔가, 그게?」
「제호탕(醍醐湯)이에요. 요새 과음을 하신 것같이 보여서요.」
추선은 소반 위에 있던 주발을 두 손으로 공손히 받쳐 올렸다.
「여보게!」
「네?」
「이 병풍은 걷어치우게나. 어디 글이 없어서 저런…….」
추선은 말없이 웃었다. 글이 좋아서 친 병풍이 아니었다. 지난 겨울 외풍을 막느라고 윤여인이 어디서 가져다 친 것을 그대로 둬 뒀을 뿐이었다.
 추선은 새삼스럽게 병풍에 씌어진 사연을 바라봤다. 실상 추선은 그 병풍 따위에는 관심을 가져본 적이 없었다.
「마음에 안 드시나요?」
「자넨 마음에 든단 말인가?」
 추선은 그런 글귀에마저 마음을 쓰게 된 대원군을 넌지시 바라보며 눈물이 글썽거렸다.
(정말 늙으셨구나!)
 대원군은 조갈이 났던 것 같다. 주발을 두 손으로 받쳐 들고 제호탕을 단숨에 쭈욱 마셨다.
 추선은 얼른 명주수건을 그의 턱 밑으로 가져갔다. 서글퍼졌다. 대원군의 턱수염은 팔푼백(八分白)이 돼 있었다.
(늙으셨구나! 왜 이렇게 갑자기 늙으셔야 했는가.)
 추선은 가슴이 아팠다. 그를 붙잡고 통곡을 하고 싶은 충동이 일었다.
「대감, 어쩌다가 이렇게 수유학발난여사가 되셨어요?」
 추선은 그의 머리털을 쓸어 주면서 목이 메었다. 대원군은 어린애처럼 추선의 손길에 마음이 젖어 갔다.
「내 그래서 저 병풍이 보기 싫구나!」
「걷어치우겠어요.」
 당나라 시인 유정지의 대비백두옹(代悲白頭翁)을 헌칠한 초서체로 쓴 병풍이었다.
「대신 내 난초 병풍 하나 보내 주지.」
 대원군은 보료 위에 벌렁 누웠다.
 추선은 자기의 무릎을 살며시 그의 머리밑으로 밀어 넣었다.
「지금까진 저 글귀를 보면서도 무심했는데…….」
 추선의 그 맑은 눈은 자꾸 젖어 들었다.
 그러자 대원군은 뭣을 생각했는지 목청을 뽑기 시작했다.
「고인무복낙성동(古人無復落城東)이요,
　 금인환대낙화풍(今人還對落花風)이로다.

연년세세화상사(年年歲歲花相似)
　　세세년년인부동(歲歲年年人不同)이라.
　　하긴 그렇긴 하지……」
그는 지그시 눈을 감았다. 눈자위가 움푹 패었다.
추선은 가만히 그의 얼굴 위로 눈길을 떨구었다.
눈물 한 방울이 그의 입언저리에 떨어졌다.
「울고 있느냐?」
그러나 대원군은 감은 눈을 뜨지 않고 추선의 손을 꼬옥 쥐었다.
실세 후 오늘 밤 그를 처음 모신다.
부대부인을 만나고 나온 그날 밤엔 얼마나 가슴이 아팠던가. 밤새 잠을 이루지 못했었다.
그가 곧은골로 나갔다는 소식을 듣고 또 얼마나 혼자 울었던가. 무시로 불현듯 달려가고 싶었지만 꾸욱 참아 왔다.
그렇잖아도 말이 많은 세상이다. 조정의 온 신경이, 백성들의 모든 이목이 온통 그에게로 쏠려 있는데 만약 추선이 자기가 찾아간다면 또 얼마나 말이 많을까 싶어서 삼갔다.
「역시 대원군은 실덕(失德)이 많았어요. 그래 뭐가 좋아서 간 길이길래 그곳 곧은골에까지 기첩을 불러들여? 그 사이를 못 참아서 말야, 쯧쯧……」
남의 말 좋아하는 패들은 그렇게 떠들 것이었다.
그런 말이 떠돈다면 부대부인의 마음이 어떻겠는가.
그를 위해서 상소문을 올린 전국의 유림인들 좋아하겠는가. 사랑하는 이가 불우할 때일수록 더욱 그리운 게 여자의 마음이다.
추선은 그를 위해 염불로 밤을 지새운 일이 얼마나 많았는지 다른 사람들은 모른다.
양주 홍국사로 불공을 드리러 간 게 몇 번인가. 세 번인가 네 번인가.
곧은골도 양주, 같은 양주 땅을 밟아 보는 것으로 그리운 마음을 달래보기도 했다. 홍국사에서 북쪽을 바라보고 남몰래 절인들 몇 번이나 했던가. 불러본 것은 몇 차례나 될까.

「여보! 여보! 여보!」
 그는 그 그리움의 외침소리를 들었을는지도 모른다. 지성이면 감천이라는 말이 사실이라면 말이다.
 오늘 밤 그가 느닷없이 들이닥쳤을 때 추선은 스스로의 살을 꼬집어 보았다. 꿈인가, 생신가 의심스러워서였다.
「추선아!」
 그는 아이의 이름을 부르듯 추선을 부르며 대문을 들어섰다. 지금 그는 눈을 감은 채 추선의 무릎을 베고 누워 있다.
 그는 지금 무슨 생각을 하면서 이런 말을 하는 것일까.
「나도 늙었구나. 환갑이 내일모레야. 세월이 너무 빨러!」
 추선은 울먹이며 대꾸했다.
「그런 데다 마음을 쓰시면 더욱 늙으세요.」
「어느 조용한 산촌에 묻혀 너와 함께 여생을 보내고 싶구나. 밭에는 약초나 심고 울타리 밑에는 국화를 가꾸고…….」
 착 가라앉은 목소리였다.
 추선의 얼굴에 엷은 홍조가 피어났다.
「그게 진정이시라면 오죽이나 좋겠어요!」
「진정이다!」
「진정이 아니십니다. 진정이심 좋겠는데 진정이 아니십니다.」
 추선은 투정하듯 대원군의 어깨를 붙잡고 마구 흔들어대면서 목이 메었다.
 아침이 됐다. 대문 두드리는 소리가 요란하게 들려 왔다. 찬모가 신을 끌며 나가는 소리가 났다.
 이상지의 걸걸한 음성이 뜰아래에서 들려 왔다.
「대감마님, 아직 기침 전이신가?」
 추선이 사잇미닫이를 열었다.
 대원군이 벌떡 일어나 앉으며 물었다.
「무슨 일이냐?」
 이상지는 허리를 굽혔다.

「아닙니다. 궁금해서 뛰어왔습죠.」
「이 녀석아, 궁금해서 뛰어와? 무슨 일이냐?」
「환궁하시지요.」
「여기서 하루 더 쉬겠다. 물러가라.」
대원군은 이상지가 달려온 일에 대해서 무관심한 체를 해보았다.
「그러나 대감마님!」
「물러가 있거라.」
이상지가 침묵해 버리자 이번에는 대원군이 물었다.
「무슨 일이냐?」
「소인은 이대로 물러가겠습니다.」
「무슨 일이냐? 이리 들어오너라!」
대원군은 이상지를 내실마루에까지 올라오게 했다.
「무슨 일이냐?」
「저하, 하도 괘씸한 광경을 봤기로……」
「괘씸한 광경? 누가 내게 욕이라도 하더냐?」
「욕 정도라면 못 들은 체도 할 수 있습지요만.」
이상지의 보고는 아닌게아니라 괘씸하고도 맹랑했다.
「정말 기가 막힌 일입니다.」
대원군은 묵묵히 눈을 감아 버렸다.

어젯밤, 그는 대원군을 추선의 집까지 인도하고는 발길이 가는 대로 장안을 거닐었다.
　달이 밝았다. 청명(淸明), 한식(寒食)이 지난 봄밤이라 발길 가는 대로 무작정 걷고 있었다.
　경운궁 뒷담을 끼고 걸었다. 서민들이 사는 지대라서 마음을 쓰지 않고 한가롭게 거닐 수가 있었다.
　그는 자주 이렇게 걷는 것이 습관이 돼 있었다. 서민들의 화제도 귀담아 듣고 민심의 방향도 살피고 하기 위해서 일 없을 때는 곧잘 산책을 즐기는 그였다.

바람은 나긋하고 달빛은 푸르렀다. 오가는 사람들은 많았으나 아무도 그에게 관심을 갖지 않았다.

그는 어느 집 담장 밑에 이르자 문뜩 걸음을 멈추었다.

(이게 무슨 소린가?)

집 안에서 무슨 이상한 소리가 새어나왔다.

그는 귀를 기울이고 담 밑에 서 있었다.

휘익, 탁, 그리고 사이를 뒀다가 또 휘익, 탁.

고축(告祝)인가, 진언소리인가, 누가 신명나게 뭣을 외어대는 소리도 들렸다.

얼핏 듣기에 대원군이라는 소리가 섞인 것 같았다.

그는 담장을 훌쩍 뛰어넘었다. 서너 평쯤 되는 상치밭을 지나 중문이 있었다. 중문을 지그시 밀고 들여다보니 마주 뵈는 넓은 대청에 불빛이 환했다. 집은 그리 크지 않았으나 단청이 돼 있는 것으로 봐서 점장이나 무당의 집이 분명했다.

그는 중문 뒤로 몸을 숨기고 대청의 동정을 살폈다.

쌍촛불이 켜져 있었다. 제단이 있고 제단 앞에는 사나이 하나가 앉아 있었다. 등을 이쪽으로 돌리고 앉아 있기 때문에 얼굴을 볼 수가 없었다.

사나이는 바로 옆에 걸려 있는 북을 가볍게 쳤다.

북소리는 연하고 엷었다.

이상지는 숨을 죽이고 사나이의 동정을 주시했다.

(장님이로구나!)

그 고축이 기가 막히는 내용이었다.

「해동 조선국 한양부 경운동에 사는 경진생 이하응을 한이레(일주일) 안에 아비지옥(阿鼻地獄)으로 엄수(嚴囚)해 주소서. 해동 조선국 한양부 구름재에 사는 이하응을, 자는 시백(時伯)이고 호는 석파(石坡)인 대원군 이하응을, 한이레 안에 무간지옥으로 엄수해 가소서. 잡아가소서.」

이상지는 등골이 오싹했다. 이가 갈리고 몸이 부르르 떨렸다.

(세상에 저런 죽일 놈이!)
장님은 몸을 앞으로 굽혔다.
제단 앞에는 작은 젯상이 있었다.
장님은 손을 뻗어 더듬거리더니 젯상 위에 놓인 활을 집어 들었다. 화살을 찾았다.
(장님이 활을 쏜다?)
장님은 장님이지만 좀은 보이는 장님인 것 같다.
장님은 활을 높이 들더니 살을 활에 메겼다. 어디엔가 과녁이 있는 모양으로 활시위를 팽팽하게 당기더니 휘익 하고 쏘았다.
탁, 하고 과녁에 맞는 둔탁한 소리가 났다. 살은 젯상 위 벽에 꽂혔다.
이상지는 저도 모르게 문 안으로 성큼 들어섰다.
「어허!」
그는 저도 모르게 소리칠 뻔했다.
화살이 꽂힌 과녁은 그냥 과녁이 아니라 대원군의 화상(畫像)이었다. 제법 그럴 듯하게 그린 화상이었다. 그 화상에는 뭐라고 씌어져 있는가.
— 대원군 이하응지상(大院君李昰應之像).
「저런 죽일 놈이! 민중전의 끄나풀이로구나!」
기막히게도 화살은 왼쪽 눈알에 꽂혀 있었다.
장님은 일어서서 화살을 뺐다. 다시 쏘았다. 또 뽑아서 다시 쏘았다.
휘익, 탁. 휘익, 탁.
대원군의 화상은 벌집처럼 구멍투성이가 돼 있었다.
이상지는 두 주먹을 불끈 쥐었다. 당장 뛰어올라가서 '눈깔 먼 놈'을 한 주먹에 쳐죽일 작정이었다. 그러나 그는 주춤했다.
마침 안방에서 오만스런 여자의 목소리가 들려 왔기 때문이다.
「입궐할 차비를 하세요. 곧 가마가 올 것이오. 오늘 중전마마께오서 칠성당 건립비를 하사하시겠고 하셨으니까.」
젊은 여자의 목소리였다. 말씨로 보아 여느 아낙네 같지가 않다. 궁녀임에 틀림이 없다.
이상지는 정말 참을 수 없는 분노를 참으면서 그 집에서 빠져 나왔다.

(민중전, 죽일 년!)
그는 그길로 이웃으로 돌면서 염탐을 했다. 무당 점장이가 많은 동네였다.
그 장님은 이맹인(李盲人)이라 했다. 민중전과 줄이 닿아서 장님들 중에서도 콧대를 세우는 이봉사라고 했다. 그는 이따금씩 궁중에서 보내온 가마를 타고 가서 무꾸리를 해준다는 사실까지 알아 냈다.
이상지는 대원군에게 물었다.
「그 장님을 어떻게 할까요, 대감마님?」
「내버려 두려무나!」
대원군은 의외로 담담했다.
이상지는 울화가 뻗쳤다.
「내버려 두다뇨? 그자를 내버려 둔단 말입니까?」
「내버려 둬요!」
추선도 옆에서 같은 말을 했다.
「시켜서 하는 짓인데 그까짓 눈먼 사람 하나 없앤다고 일이 해결되나?」
역시 추선이 이상지를 보고 그런 말을 했다.
「그렇다구 그런 요망한 놈을 살려 둘 수야 없지 않습니까?」
「자업자득으로 스스로의 죄를 받을 거요.」
추선의 말에 대원군의 눈빛이 갑자기 빛났다.
「상지야!」
「예에.」
「네 말이 옳다! 죽일 놈은 죽여야지. 오늘 밤 쥐도 새도 모르게 그놈을 운현궁으로 잡아다 놔라. 도중에 방해를 받을지도 모르니 조심해서.」
오랜만의 '대원위 분부'였다. 좀 전과는 딴판으로 엄한 분부였다.
「예에. 분부대로 거행하겠습니다.」
이상지는 그 한마디를 남기고는 바람처럼 밖으로 사라져 갔다.
그날 밤 운현궁에서는 이맹인 납치 작전이 치밀하게 짜여졌다.
지휘는 물론 이상지가 했다. 보교(步轎) 한 채가 준비됐다. 이맹인을 태워 올 가마였다.
 운현궁 하인 중에 힘깨나 쓰는 날쌘 장정 여섯 명을 뽑았다. 네 명은 호위역을 맡고 두 명은 교군꾼 노릇을 하는데 교대로 하게 했다.
 요소요소에는 천희연, 장순규, 하정일, 안필주가 지켜서 있기로 했다.
 그들에게 그야말로 눈먼 장님 하나 잡아오기란 떡먹기보다도 쉬운 일이지만, 오래간만에 일을 한 가지 한다는 점에서 신바람이 나고 제법 그런 거창한 작전까지 짜면서 신명을 냈다.
 하긴 좀은 위험스럽기도 했다. 민중전 측근에게 알려지면 결정적인 방해를 받을 뿐 아니라 만만찮은 트집을 잡힐 것이니 조심스럽기는 한 일이었다.
 밤이 되자, 이상지와 안필주가 이맹인 집으로 달려갔다.
 그들은 보교가 이맹인의 집 대문 밖에 도착하기를 기다렸다가 담장을 뛰어넘었다. 두 사람은 발소리를 죽여 가며 중문 안으로 들어섰다.
 이맹인은 마침 뒷간에서 나와 허리띠를 매느라고 마당 복판에서 꾸물대고 있는 중이었다.
 이상지는 허리춤에서 무명수건을 꺼내자 날쌔게 이맹인한테로 덤벼들어 입을 틀어막고 목을 졸랐다.
 지체없이 들이덤벼 우악스럽게 이맹인을 등에 업었다.
 두 사람은 버젓이 대문을 열고 나와 이맹인을 보교 속에다 틀어박았다. 눈 깜짝할 사이에 벌어진 일이었다.
 보교는 유유히 장안을 누볐다.
 한식경 후에는 운현궁에 무사히 도착했다.
 이맹인은 자기가 잡혀온 곳이 운현궁이라는 사실을 알자 지레죽음이 돼 버렸다. 입에 물린 재갈을 풀어 주니까 거품만 흘렸다.
 이상지는 잡아온 이맹인의 얼굴을 들여다보다가 깜짝 놀랐다.
 그는 씹어 뱉듯이 소리쳤다.
「아하, 바로 네놈이구나!」
 이상지는 눈을 부릅뜨며 고개를 크게 끄덕였다. 원수는 외나무다리에서 만난다던가. 잘 만났다고 그는 생각하며 수없이 고개를 끄덕였다. 입술을 깨물면서 그는 뇌까렸다.
「네놈은 벌써 십 년 전에 내 손에 죽었어야 했다. 악운치고는 너무나 길었구나!」
척족 안동 김씨네의 세도가 하늘에 날으는 새도 떨어뜨릴 만큼 기세가 등등하던 시절이 아니던가. 그러니까 선왕인 철종 말년이었다.
그 당시 이상지가 스승으로 숭배하던 왕족 이하전의 집에 바로 이 이맹인이 느닷없이 나타나 요사스런 혓바닥을 놀리고 간 직후에 이하전은 역모로 몰렸던 게 아닌가.
뭐 왕기(王氣)가 서렸다고 했다던가. 이하전의 집에 말이다.
물론 안동 김씨네 중에서 어느 누가 시킨 모함인 줄로 지금껏 믿고 있지만 눈먼 장님의 그 한마디가 화근이 되어 이하전은 정말 역모로 때려잡힌 것이다.
그때 이하전을 사사하고 있던 순진한 청년 이상지는 불가불 하나의 오해를 품어야 했었다.
「그건 틀림없이 같은 왕족인 이하응의 짓이다!」
그렇게 단정했었다. 단정할 만했다.
후사 없는 철종이 승하하는 경우 왕위를 다툴 처지에 있는 사람은 이하전과 대원군 이하응이었다. 그러니까 이하응이 앞으로 정적이 될 수 있는 이하전을 미리 없애기 위해서 눈먼 장님을 시켜 왕기설을 조작하고는 계획대로 이하전을 처치한 것으로 믿었었다.
그때 이상지는 이맹인을 경복궁 담장 옆에서 우연히 만났다. 곯려 주기 위해서 동십자각(東十字閣) 근처 개천에다 이맹인을 밀어 떨어뜨렸지 않은가.
그때 그 일을 어떻게 우연이라고만 생각할 수가 있을까.
마침 그곳을 지나던 대원군이 개천바닥에서 허우적거리는 이맹인을 보고 뛰어들어 건져 주는 것을 목격했다. 그것을 목격하자 이상지는 심증을 굳혔다.
「역시 저놈들의 장난질이었다!」
그렇게 단정한 이상지는 그날 밤 구름재에 있는 운현궁의 담장을 뛰어넘어 대원군 이하응을 찌르려고 했던 게 아닌가.

결국은 운현궁 청지기한테 잡힌 것이 인연이 되어 대원군에 대한 오해는 풀었고, 오히려 오늘날까지 대원군을 모셔 오는 처지지만 그러나 이맹인의 혓바닥으로 해서 이하전이 억울하게 죽은 사실만은 지금도 변함이 없는 것이다.

그 이맹인이 이번에는 또 민씨네한테 매수되어 대원군에게 몹쓸 짓을 한 것이다.

「눈깔이 멀었기에 망정이지……」

이상지는 당장 이맹인에게 분풀이를 하고 싶었으나 안 될 말이었다. 이맹인의 뒤에는 왕비 민씨가 도사리고 있었기 때문이다. 대원군은 그날 밤이 늦어서야 추선의 집에서 운현궁으로 돌아왔다.

대원군이 돌아오자 이상지는 즉각 그에게 품신했다.

「대감마님, 잡아온 장님을 어찌 하오리까? 몸소 국문을 하시렵니까?」

대원군은 치가 떨릴텐데도 지극히 간단하게 대답했다.

「밤이 늦었다. 저녁이나 잘 대접해라!」

이튿날 아침이 되자 이상지는 또 대원군에게 가서 물었다.

「그 맹인놈을 저하께서 몸소 국문하셔야죠?」

그러나 대원군은 역시 간단하게 대답했다.

「내버려 둬라! 너희들은 일체 아무 말도 묻거나 해선 안 된다!」

저녁때가 되자 울화가 뻗친 이상지는 또다시 대원군에게 물었다.

「어쩌시렵니까? 맹인놈을. 뜰아래 끌어내다가 족쳐 볼까요?」

대원군의 대답은 역시 간단했다.

「내버려 둬라!」

사흘이 되던 날 저녁 무렵에야 대원군은 이상지에게 분부했다.

「그 맹인을 데려오너라!」

「인제 문초하시렵니까?」

이맹인이 즉각 노안당 섬돌 아래에 끌려 나왔다.

운현궁의 문객과 하인들은 이맹인의 국문 장면을 구경하려고 노안당 뜰로 모여들었다.

노옹老翁 돌아와서 한 일이 127

「맹인 이가놈을 대령시켰습니다!」
 이상지가 보고하자 한참 만에야 미닫이문이 열리면서 대원군이 얼굴을 내밀었다.
 (저놈이 이제 죽어 나겠지!)
 모두들 그렇게 생각하며 대원군의 불호령이 떨어지기를 기다리는데 어찌된 셈인가, 무슨 생각에서인가, 대원군은 한마디의 말도 없이 한동안 이맹인의 벌벌 떨고 있는 모습을 바라보고만 있더니 고개를 휙 돌리며 미닫이를 드르륵 닫아 버리는 것이었다.
 구경꾼들은 영문을 몰라 어리둥절하고 있는데 대원군은 엉뚱하게 이상지를 불렀다.
「너 저자를 저녁 대접이나 잘 해서 돌려보내라!」
 이건 너무나 엉뚱한 분부가 아닌가.
「그냥 돌려보내라십니까, 대감마님?」
 대원군은 부드러운 음성으로 대답했다.
「저녁 대접이나 융숭하게 해서 돌려보내라!」
 모두들 모를 일이라고 생각했으나 어쩌겠는가. 대원군의 분부가 그러한데 어쩌겠는가.
 이맹인은 날이 어두워지자 운현궁에서 풀려 났다.
 잠시 후에 이상지는 헐레벌떡 대원군에게 보고했다.
「대감마님, 이맹인이 운현궁 담모퉁이를 돌아나가자 금위영 군사들에게 에워싸여 곧장 대궐로 들어갔습니다.」
 그러나 대원군의 반응은 싱거웠다.
「그래? 알았다.」
 이튿날 이맹인은 민중전의 노여움을 사서 복주됐다는 소문이 퍼졌다.
 이상지는 또 그 소문을 대원군에게 보고하고는 물었다.
「그 장님이 중전마마의 노여움을 사서 참살당했다 하옵니다. 어찌된 노릇이옵니까, 대감마님?」
 대원군의 대답은 역시 간단했다.
「그래? 그렇게 되게 마련이지. 내가 죽이는 것보다 저들이 죽이는 게 낫지 않으냐.」
 대원군의 책모는 제갈공명의 뺨을 칠 정도라고 사람들은 감탄했다.
 왕궁에서 흘러나온 소문에 의하면, 그날 민중전 앞으로 불려간 이맹인은 중전 민씨와 동문서답을 했다는 것이다.
「그동안 고생이 심했겠구나. 그래 대원군이 네게 뭘 물으시더냐?」
 이맹인은 대답했다.
「아무것도 물으신 게 없사옵니다.」
 그 한마디에 중전 민씨의 눈썹은 위로 치켜졌다.
「아무것도 물은 게 없어? 국문을 당했는데 네게 물은 말이 없어?」
「국문도 당한 일이 없사옵니다, 마마.」
「물론 말도 없고 국문도 안 당했어?」
 중전 민씨의 눈까풀이 파르르 떨렸다.
「예에, 국문도 안 당했고 식사 대접만 잘 받았을 뿐 도대체 소인에게 물어온 말이라곤 없었습니다.」
「그럼 넌 운현궁엔 왜 잡혀 갔더냐?」
「소인도 잡혀간 곳이 운현궁인 줄 알았을 때는 죽어서나 나올 줄로 알았사온데 이렇게 아무 일도 없이 풀려 나왔습니다.」
 이맹인의 솔직한 보고를 듣자 중전 민씨는 서슬이 푸르게 소리쳤다.
「저런 죽일 놈이 있느냐! 내 저놈을 믿거라 하고 그동안 시킨 일이 많았는데 나를 배신하고 운현궁에 매수가 됐구나. 여봐라, 저놈을 당장 끌어내다가 오늘 해를 넘기지 말고 목을 쳐라!」
 대원군은 중전 민씨로 하여금 이맹인을 죽이게 했다.

수호修好는 일방통행一方通行이었다

새해가 밝았다. 병자년(丙子年)이다. 1876년 현왕(고종)이 등극한 지 10년이 되는 해다.

섭정 대원군을 그 권좌에서 내몰고 왕이 친정을 편 후, 세번째 맞이하는 신년이다.

그러나 왕은, 조정대신들은, 그리고 백성들은 경황이 없었다. 어수선한 풍문이 꼬리에 꼬리를 물고 번져 갔다.

「왜선이 부산 앞바다에 나타나서 대포를 쏘았단다.」

「아니 개운포(開雲浦)에서는 왜병과 접전을 해서 우리 군사 수십 명이 상했다는데…….」

민심의 날로 흉흉해지고 있었다.

「이 사람들아, 부산의 개운포가 아냐! 왜병이 지금 서울로 쳐들어오고 있단 말이야. 철선 10여 척에 수천 명의 군사를 싣고 인천항구에 올라왔단 말이야!」

멋대로들 수군거렸다.

「허튼소리 그만 하게, 그래 아무리 배가 크기로서니 불과 10여 척에 수천 명이야 실을라고!」

믿을 수도 없고 믿지 않을 수도 없는 문답들이 여기저기서 오갔다.

「답답한 사람 다 보겠네. 양인(洋人)들이 만드는 철선은 배 하나에도 수천 명이 탄단 말이야. 그게 군함이라고 하는 건데 크기가 인왕산만 하다니까.」

「하긴 왜놈도 양인이 다 됐다니까 그런 철선을 만들었는지도 모르지.」

허무맹랑한 소리들은 결코 아니었다.

사실이었다. 일본의 전권대신 구로다(黑田)는 6척의 군함과 800여 명의 병력을 인솔하고서 강화도의 앞바다로 위세당당히 침범해 오고 있었다.

서울 장안이 발칵 뒤집힌 것은 무리가 아니었다.

구로다 일행은 지난해 12월 19일이던가, 부산항에 도착한 이래 심상치 않은 거동으로 남해와 서해 연안을 횡행하며 이유없는 행패를 부리고 다녔다.

그들은 연안 항구를 지날 때마다 걸핏하면 대포를 쏘고 총질을 했다. 뭐, 신병(神兵)이라던가, 4천 명이 자기네 군함 속에 있다고 얼러댔다.

이 나라 변방지기들은 당황하지 않을 수 없었다.

이양선 출현의 치보(馳報)가 연일 서울로 조정으로 날아들었다.

때를 가리지 않고 뛰는 파발말소리에 서울에 앉아서도 저들의 총포소리가 귀청을 울리는 듯했다.

「대원위대감만 조정에 도사리고 계셨더면 왜놈들이 감히 저렇게 무법, 무례하게 굴지는 못할텐데, 쯧쯧.」

한탄하는 백성이 많아졌다.

조정대신들 중에서도 그런 의견을 가진 사람들이 있었다. 왕은 사세가 급하게 되자 생친 대원군 생각이 간절해졌다.

그는 여러 날을 두고 혼자 곰곰이 생각하다가,

「문안도 드리고, 계책도 여쭤 봐야겠소.」

훌쩍 일어섰다.

그러나 용포자락에 매달리는 손이 있었다. 중전 민씨였다. 민씨의 눈초리는 새촘하게 날카로웠다.

「상감! 시임, 원임대신들의 의견을 두루 하문하셔야죠. 뭐가 그리 답답하고 외로우십니까? 충성스런 신하들이 조정에 가득차 있지 않습니까? 물러앉은 분에게 뭣을 물어 본답니까.」

매서운 민중전의 힐난이었다.

사리에 어긋나는 말은 아니었다.

왕은 소리없이 제자리에 주저앉았다. 중전 민씨는 왕을 대신해서 내관에게 즉각 분부했다.

「시원임대신들을 속히 입궐시켜라!」

잠시 후에는 왕과 중전이 참석한 어전회의가 희정전에서 소집됐다.

중전 민씨의 의향이 왕의 입을 통해서 대신들에게 전해졌다.

「왜국은 저들의 전권대신과 부사를 보내 왔다니 이쪽에서도 그들을 접견할 정 부사를 임명해야겠소.」

곧 인선에 착수했다. 이미 민중전에 의해서 내정이 돼 있던 인선이었다.

풍신 좋고 글 잘하는 어영대장 신헌을 판중추부사(判中樞府使)로 임시 발령하여 접견대관(接見大官)에 보했다.

도총부 부총관(都摠府副摠管) 윤자승을 부관에 임명했다.

만일에 대비하여 물샐 틈 없는 방어책도 세웠다.

어영중군(御營中軍) 양주태와 금위중군(禁衛中軍) 신숙에게 각각 훈국보군(訓局步軍) 일 초(哨), 금영보군(禁營步軍) 일 초, 그리고 표하군(標下軍) 30명씩을 주어 고양군 행주목과 김포군 염창목을 지키게 했다.

이런 결정이 내려진 것은 정월 초닷샛날이었다.

먼저 부관 윤자승이 강화도로 내려가 구로다의 수원(隨員)인 모리야마 시게루와 만나 회담장소와 절차 등을 협의했다.

여러 차례의 아웅다웅 끝에 막상 정식회담이 시작된 것은 1월 17일이었다.

회담 장소로 정해진 강화부 연무당(鍊武堂)은 이른 아침부터 몹시 긴장해 있었다.

경비도 삼엄했다.

무위영 군사가 담너머에 쫙 깔려 있었고 언덕바지엔 몰래 대포까지 묻어 놓았다.

일본의 구로다 전권대신 일행은 전날 강화섬 내로 들어와 중군병영에서 묵고 있었다.
 신헌 접견대관이 마악 조반상을 물리고 회담장소로 갈 채비를 차리고 있을 때였다.
 어찌된 일인지 몰랐다.
 돌연 하늘이 쪼개지는 듯한 굉음이 객관(客館)을 뒤흔들었다.
「이 무슨 소란이냐?」
 부관 윤자승이 고함을 치면서 벌떡 일어섰다. 침착한 신헌도 얼굴색이 변했다.
 연달아 두 번 세 번 굉음이 터졌다. 저들의 대포소리였다.
 군사들이 객관 뜰안을 이리 뛰고 저리 뛰었다.
 신헌도 윤자승도 졸지에 당한 일이라서 턱수염과 팔다리가 벌벌 떨렸다.
 (왜놈들이 기어코 싸움을 벌이는구나!)
 회담이고 뭐고 다 틀어진 것 같았다.
 대관과 부관은 서로 마주 보고 눈만 껌벅거렸다.
 순간 뜰아래에 발소리가 요란했다.
「아룁니다. 지금 왜함에서 울리는 포성은 오늘이 왜국의 기원절(紀元節)이라나 뭐라나 해서 축하하는 포성이라 하옵니다.」
 늙은 군사 하나가 가쁜 숨을 헐떡거리며 그런 어이없는 보고를 해왔다. 신헌은 말없이 자리에 앉으면서 장죽을 앞으로 끌어당겼다.
「미친 놈들! 남의 나라에 와서 못 하는 수작이 없구나.」
 윤자승이 마음이 놓이는 듯 내뱉었다.
 양쪽 대표가 연무당에서 마주 앉은 것은 그 조금 후였다.
 접견대관 신헌이 먼저 착석했다. 부관 윤자승과 종사관 홍대중, 수원 4명이 한 줄로 앉았다.
 탁자 건너편엔 일본쪽 전권대신 구로다와 부사 이노우에, 그리고 그들의 수원 미야모도, 모리야마 등 4명이 자리를 잡았다. 눈알이 유난히 반짝였다.

양편의 수석인 신헌과 구로다의 사이엔 통역 현석운과 그리고 일본인 통역도 한 사람 끼어 앉았다.

연무당 뜰아래에는 장악원의 악인들이 줄지어 앉아서 양복 입은 일본 대표들을 흘금흘금 훔쳐 보고 있었다.

넓은 마당엔 수십 명의 일본 의장병들이 장총을 들고 당상을 지켜 보고 있었다.

서로 수인사가 끝나자 먼저 구로다가 발언을 했다.

「그동안 양국의 사이가 원만치 못했으니 오늘이 자리에서 두 나라의 국교를 원만하게 맺게 되기를 바랍니다.」

신헌이 그 말을 받았다.

「특별히 사이가 원만치 못했다고도 할 수 없지요. 다만 피차 3백년 이래 그렁저렁 통해온 사이니까 종전대로 해나가면 별 탈 없을 것이오.」

장중한 음성이었다. 칠십을 바라보는 나이라서 패기는 없었다.

그에 비하면 일본 대표 구로다는 퍽이나 팔팔한 젊은이였다. 나이 사십이 채 못 된 무골이라 어조는 경망스러웠다.

「우리 군함 운양호가 지난해 중국땅 우장(牛莊)으로 가는 길에 마실 물을 찾아 귀국 연안을 헤매는데 별안간 귀국의 연안 수비병이 대포를 쏘아댔으니 그것도 교린하는 정의인가요?」

벽두부터 운양호사건을 들고 나와 떼거리를 쓰자는 수작이었다.

「남의 국경에 들어오면 먼저 온 뜻을 통고해야 되고, 그것을 확인하기 위해서 이쪽에서는 검문을 하게 되는 것은 옛부터의 법이거늘, 지난 가을 귀국 군함은 애당초 국적조차 밝히지 않고 남의 나라 관문을 들어섰으니 우리의 수비병이 발포를 한 것은 당연한 처사라 생각하오.」

신헌은 결연히 대답했다.

「그건 말이 안 됩니다. 운양호가 귀국 연안을 지날 때 일본 국기를 달고 있었는데도 몰랐다고만 변명을 할 수 있단 말이오.」

「그때 귀국 배는 모두 황기(黃旗)를 달고 있어서 다른 나라 배로 인정된 것이오. 설마 그 황기가 귀국 국기일지라도 우리의 연안 수비병이 모를 수도 있는 게 아니오!」

구로다는 주먹을 탁자 위에다 놓았다.
「우리 대일본제국을 상징하는 국기에 대해서는 이미 귀국에 그 모양새를 알리지 않았소? 그런데도 연안 각처 수비병들에게 주의시키지 않은 것은 귀국의 허물이오!」
신헌은 몸을 뒤로 젖혔다.
「글쎄 우리는 도대체 국기라는 것에 대해 별로 아는 바가 없소. 그 당시 당신네들은 우리 영종진에다 포격을 가했을 뿐만 아니라 재물까지 약탈해 갔으니 그것이 양국간에 교린하는 방법은 아닌 줄로 알고 있소. 귀국 운양함에 대해서도 우리의 심문이 있어야 될 줄 아오!」
담판은 얼핏 보기에 명군 장군인 것 같았지만 실상 일본 사절은 주로 공격적이고 이쪽은 그것을 막느라고 땀을 뺐다.
나라의 표징으로 국기가 있고, 그 국기가 또 그렇게 알뜰하고 소중한 것인 줄을 비로소 짐작하게 된 이 나라의 전권들이었다.
구로다의 성급한 결론이었다.
「조약이라는 게 도대체 뭐요? 뭐하는 게요.」
신헌은, 나라와 나라끼리 맺는 조약이라는 것이 어떻게 맺어지는 것인지를 미처 몰랐다.
동문서답의 끝없는 설전이었다.
구미 각국의 노련한 외교술과 교묘한 상술에 닳을 대로 닳은 일본 대표들은 그들 나름의 교활한 언변과 수법으로 조선 대표들을 얼러대었고 세계 정세에 깜깜한 조선 대관은 그저 수구적이며 전통적인 이 나라의 왕도(王道)만을 내세웠다.
구로다는 산전수전 다 겪은 능글맞은 중년 사나이와 같았다.
신헌은 외출 한번 못 해본 숫보기 아낙네와 다름이 없었다.
중년 사나이는 때로는 위협적인 언사로, 때로는 달콤한 꼬임수로 온갖 수단을 다했지만, 숫보기 아낙네는 그저 어리숙하고 수줍은 말투로 몸을 끝내 사리기만 했다.
저녁이 되자 넓은 연무당 대청마루에는 화룡촛불이 휘황하게 밝혀졌다. 산해진미의 교자상도 나왔다.

연회가 시작되었다.

뜰아래의 악공들은 풍악을 울렸다.

늘씬한 허리의 강화 미기(美妓)들은 치맛자락을 휘날리며 한바탕 검무를 추었다.

사나이들은 마음이 탁 풀렸다. 갓을 쓴 조선의 대관들도, 양복을 입은 일본 대표들도 지금까지의 긴장을 흥으로 쓸어 버렸다.

취기가 오른 신헌이 통역 현석운을 보고 말했다.

(내 고만 있어야겠네.)

그 눈빛에서 현석운은 미리 귀띔이 돼 있는 신헌의 뜻을 알아챘다.

현석운은 옆에 앉은 구로다에게 귓속말을 했다.

「어떻습니까? 온돌방의 재미를 좀 보실까요? 다다미 위에서보다야 월등하지요.」

구로다의 벌건 얼굴이 넓죽히 웃었다. 눈알이 게슴츠레해졌다.

「그거 조오소!」

「고만 객관으로 드시지요. 우리 신대관께서는 노령이시라 고단하신 모양입니다.」

현석운의 말이 끝나기도 전에 구로다는 벌떡 일어섰다. 모두들 뒤따라 일어섰다.

손님이 일어서야 주인도 자리를 뜨는 것이 예의지국의 예절이었다.

나이 든 조선 대표들은 고단한 몸을 이끌고 각기 숙소로 돌아갔다.

술기운이 얼근해진 구로다는 객관으로 돌아가 아리따운 기녀를 앞에 놓고 눈알이 벌개졌다.

비단치마를 가만히 감싸 쥐며, 뽑힌 기녀는 구로다 앞에 바싹 다가앉았다.

구로다는 숨만 가쁘게 씨근덕거릴 뿐 말을 못했다.

말을 한댔자 알아들을 리 없는 이국의 여자다.

본국을 떠나 바다 위에서만 지낸 지도 근 한 달, 오랜만에 가까이 접해 보는 여자의 체취가 아니겠는가.

그는 윗목에 놓인 연상을 끌어당겼다. 붓끝에 먹물을 흠뻑 묻혔다.

─ 汝爲何事來.
너 뭣하러 왔느냐는 뜻이 아닌가.
그는 마음 속과는 달리 딱딱한 물음이었다.
글재주가 그뿐이니 어쩔 수 없었을 것이었다.
기녀는 한동안 종이 위를 말끔히 내려다보고 있다가 붓을 받아 들었다.
─ 少女依命接國賓.
저는 명에 의해서 국빈을 대접하러 왔습니다.
사실 명에 의해 온 것이었다. 엄한 관명(官命)이 아니라면 뭣 때문에 이 일본인의 구취(口臭)를 맡겠는가.
─ 幾歲耶(몇 살이냐?)
─ 二十歲矣(스무 살입니다.)
구로다보다 예쁜 글씨였다.
구로다는 빙그레 웃었다.
─ 汝朝鮮國 山川與人物好春世(너의 조선은 산천과 인물이 모두 아름답구나.)
─ 感謝(감사합니다.)
여자가 붓을 놓자, 구로다는 왈칵 여자를 끌어당겼다. 여자의 눈이 구로다의 시커먼 눈썹 아래를 훑고 지나갔다. 구로다는 미친 듯 주름진 여자의 치마폭을 더듬어 나갔다.
그렇다고 해서 한양의 흉흉한 민심이 안정될 까닭은 없었다.
오히려 묘한 일이 백주에 벌어졌다.
일찍이 대원군 탄핵상소를 올렸던 최익현이 이날은 날이 시퍼런 도끼 한 자루를 허리에 꽂고 창덕궁 대궐문 앞에 나타나 외쳤다.
「전 참판 최익현의 상소요!」
수문장이 놀라 뛰어나왔다.
최익현은 별안간 땅에 꿇어앉더니 소리내어 통곡을 했다. 도포 앞자락에 눈물이 뚝뚝 떨어졌다.
「상감마마, 어찌된 일입니까. 듣자오니 지금 강화에서는 왜국 사절과

회담을 하고 있다는데 그것은 천부당 만부당한 짓이오. 왜국은 근래 양이의 풍습을 배워 무지막지한 가짜 양인이 되었소. 상감마마, 그들과 무위한 거래를 벌이시다니 우리 동방예의지국의 깨끗한 백성을 끌어다가 가짜 양인으로 만들 작정이십니까? 상감마마, 서양 오랑캐를 본받은 왜인들을 속히 쫓아 보내고, 그들과의 왕래를 끊도록 합시오. 만일 조정내에 왜국과 통하자는 대신이 있으면 그는 매국하는 간신이오니 엄히 처벌하시오. 상감마마, 통촉하옵시오.」

최익현이 읽어 내리는 상소문은 좌충우돌 왕과 조정대신들을 호되게 후려치며 격렬한 어조로 이어져 나갔다.

정계는 발칵 뒤집혔다. 외우와 내환이 겹친 격이었다.

이틀 후에는 대원군을 받드는 구세력도 일제히 들고 일어났다.

― 왜국 사신을 축출하라!

― 가양인(假洋人)이 된 왜국과 통하면 조선사람들도 가짜 양인이 된다!

그러나 왕은, 조정은 들은 체도 하지 않았다. 바로 코앞에 강화 앞바다에 와 있다는 일본의 군함이 무서웠다. 그뿐이 아니다. 대원군 편에서 반대하는 일이라면 왕비 편에서는 무조건 찬성해야 했다. 그래야 체면이 섰다.

그들은 최익현의 돌변한 행동을 매도하고 나섰다.

「간에 가 붙고 쓸개에 가 붙는 놈이로고.」

결국 최익현을 체포해서 흑산도로 유배하고, 반대론자들에게는 더욱 철저한 박해를 가하기 시작했다.

최익현이 절해의 흑산도로 유배됐다는 소식이 전해지자 장안의 화제는 또 한번 대원군과 최익현의 이야기로 들끓었다.

「언제는 잘도 써 먹더니 결국은 그도 잡아먹는구나.」

최익현을 두고 조정을 욕하는 소리들이었다.

「애당초 대원위대감이 조정에 계셨다면 이런 일이 생기지 않았을거야. 그놈들이 강화에까지 오기 전에 때려잡아 수장(水葬)을 지내 줬을 게야. 대원위대감은 전에 미국 군함도, 법국(프랑스) 철선도 다 때려잡지 않았는가베.」
 사람들은 개탄하며 말했다. 세상은 이제 망했다는 것이다.
「며느리가 시아버질 잡아먹는 판국인데 왜 세상이 망하지 않겠소이까.」
 여론이야 어떻든지 역사상 최초의 한일회담은 숱한 곡절을 겪고는 이른바 그 해괴한 조약이라는 것을 맺기에 이르렀다.
 1876년 2월 2일이었다. 병자수호조약(丙子修好條約)이라고 불렀다.
 어쨌든 개국의 첫 막이 올려진 조약이라 해서 흐뭇해 하는 대신들도 있었지만 그 내용은 기가 막혔다.
 1. 조선국은 자주지방(自主之邦)이니 일본과 더불어 평등한 권리를 누린다.
 이 제1조는 그런대로 괜찮았다.
 2. 양국은 서로 사신을 상대국의 수도에 보내어 외교 통상에 관한 사무를 상의케 한다.
 제2조도 두 나라의 체면을 세운 평등한 문구였다. 그러나,
 3. 조선국은 경기, 충청, 전라, 경상, 함경 5도 중의 연해에 통상에 편리한 항구 두 곳을 일본에게 개방한다.
 이 3조 이하는 왜 모두 일본 위주의 조문이 돼 있는가.
 4. 일본국은 조선국의 지정된 각처에 수시로 관리일본국상민지관(管理日本國商民之官)을 설치한다.
 5. 양국 인민은 각자 임의로 무역하되 양국 관리는 털끝만큼도 그들을 간섭해서는 안 된다.
 6. 일본국은 조선국 연해의 해안측량, 해도작성권을 가진다.
 이렇게 해서 대원군의 오랜 쇄국정책은 굴욕적인 조건으로 어이없게 무너지고 말았다.
 너무나 일방적인 조약이 아니냐 말이다. 모두 조선국의 항구만 개방하기로 돼 있지, 일본의 항구를 조선인에게 개방한다는 구절은 눈을 씻고 봐도 없는 기형적인 침략적인 '수호조약'이었다.
 왜 그런 조약을 맺었을까. 아마도 이쪽은 국제간의 조약에 대해서 너

무나 무식했고, 저쪽은 지나치게 교활해서 그런 기형적인 결과가 나왔을 것이 아닐까.

그리고 저쪽은 힘이 강했고 이쪽은 너무나 약해서였을지도 모른다.

「죽일 놈들!」

누구보다도 그 소식을 슬퍼한 것은 대원군이다.

(이대로 보고만 있을 수는 없잖은가.)

강바람이 스산하게 선들거리기 시작했다.

대원군이 거처하고 있는 아소당의 가을은 외원(外苑)에서부터 찾아왔다. 담장을 끼고 늘어선 감나무에는 노오란 감이 푸른 하늘에 무더기져 열려 있었다. 그리고 중문 옆에 바싹 붙어선 대추나무에 풋대추가 어느새 빠알갛게 익어 있었다.

담장 너머는 들판이었다. 황금빛 파도가 일렁이는 들판이 전개되고 있었다. 그 들판 너머는 바로 마포강이 아닌가. 강가에는 늙은 삼나무 몇 그루가 서 있고 그 삼나무 가지 끝에 아스라하게 맴도는 깃털구름의 조각조각은 더할 수 없이 한가로웠다.

정말 한가로웠다. 어쩌면 야국(野菊)의 향기가 바람에 날려올 법도 한데, 고추잠자리가 분주히 처마 끝을 맴돌고 있었다.

분연히 곧은골 별장을 떠나 왔던 대원군은 다시 실의에 빠져 있었다. 운현궁의 생활도 싫증이 났다. 끈덕지게 따라다니는 그 지겨운 감시의 눈초리에 몸서리가 쳐졌다.

그가 이 공덕리(孔德里)의 별장으로 온 지도 벌써 2년인가 됐다. 그야말로 남보기에는 음풍농월의 한세월이었으나 살을 깎는 굴욕의 세월 2년이었다.

나라 형편도 세상 물정도 많이 변했다.

일본과 통하는 조약이 성립됐다더니 일본 공사(公使)라는 게 버젓이 핏빛 국기를 휘날리며 장안에 들어와 머무르게 되었다.

수신사(修信使), 신사유람단(紳士遊覽團)이라는 괴상한 이름으로 이쪽에서도 몇 차례 청년 관리들이 저들의 수도를 다녀왔다고 했다.

밀려들어오는 새 문물제도에 쏠려 조정은 통리기무아문(統理機務衙

門)이란 새 관아를 설치했다. 그뿐이 아니다. 신식무기 제조법과 종두법(種痘法)과 그리고 석유라는 것까지 수입이 되어 대관집 안방의 등화는 일대 변혁을 일으켰다.

하늘 높은 줄 모르고 치닫는 민씨 척족의 세력은 계속 거세어 가기만 했지만, 그러나 그 사이 세도재상은 두 번인가 갈렸다.

민승호가 죽고 나자 민규호가 나서서 설치더니 민규호도 지지난해에 그 영화로운 인생을 버렸다.

그가 병이 위중해지자 왕은 그가 죽기 전에 마지막 호강을 시켜야 된다고 부랴부랴 영의정의 감투를 제수했다.

그러나 그는 영의정 감투가 내린 지 꼭 7일 만에 숨을 거두고 말았다. 희극이었다.

이제 세도재상은 민태호라 했다. 민비의 친정에다 외아들 영익을 바친 민태호가 세도재상이라고 했다.

그러나 민태호는 알맹이가 없다는 말도 있었다. 알짜 권력은 민영익이 쥐고 있다는 것이었다.

마포 강변 아소당에 묻힌 대원군은 무료할 때면 외원을 자주 거닐었다.

그는 우수의 세월을 하품처럼 살고 있었다.

염량세태라던가, 참으로 그러했다.

바로 지난해였다. 그러니까 경진년(1880년)이 그의 회갑년이 아니던가.

이 나라에서 오직 한 사람의 살아 있는 대원군의 회갑이었다.

왕위를 거치지 않은 왕의 아버지가 회갑연을 차린 전례가 있지는 않았지만 어쨌든 이 나라 국왕의 생친이 회갑을 맞았었는데, 너무나 쓸쓸했었다.

만약에 대원군의 집정이 그대로 계속됐더라면 그야말로 거국적인 잔치가 벌어졌을 것이었다.

대궐 안에는 송수연(頌壽筵)을 위한 임시 관청이 설치됐을 것이고 전국의 방백수령들은 제 고장 자랑의 토산물과, 뽑고 고른 가기(歌妓), 무기(舞妓)들을 더불어 붙여서 불원천리 하고 말등에 실어 보냈을 것이었다.

그뿐이겠는가. 아마도 사흘낮 나흘밤의 연회에다가 금관자, 옥관자짜리 조정백관들이 그의 만수무강을 빌며 빌면서 옥잔, 금잔에 감로주를 가득히 따라 올렸을 것이 아니겠는가.

그러나 정말로 염량세태였다. 그의 회갑연에는 하례도감(賀禮都監)을 설치하지 않았다. 왕도 왕비도 왕궁에서 나와 그에게 절하지 않았다. 어느 지방의 방백도 토산물을 보내오지 않았다. 금관자, 옥관자, 누구 한 사람 문밖에 얼씬거리지를 않았다.

모두가 몸을 사렸다. 누구도 공덕리 별장 근처에 얼씬거렸다가는 당장 민비 쪽에서 보낸 군졸에게 덜미를 잡혀 의금부로 직행할 위험성이 컸다. 운현궁 주변과 아소당 근처에는 감시하는 눈이 너무도 많았던 것이다.

몇몇 종친이 그래도 잊지 않고 찾아왔었다. 거문고 한 곡조 타지 않은 초라한 잔치였다.

그는 지금도 무인도와 같이 한적한 아소당의 외원을 거닐면서 외로이 계절의 가을, 인생의 가을을 실감하고 있었다. 정말 그는 인생의 가을을 실감하고 있었다. 권력의 무상을 스스로의 늙음을 실감하고 있었다.

그러한 그도 지금은 누군가를 기다리고 있는 중이었다. 기다리기에 초조해서 방에 앉아 있지를 못하고 중문 밖으로 나온 것이었다.

마침 대문 밖에서 인기척이 나더니 천희연이 뛰어들며 외쳤다.

「대감마님, 안승지를 모셔 왔습니다.」

천희연의 말이 끝나기도 전에 그의 앞에 꿇어 엎드리는 사나이가 있었다. 작달막한 키에 구레나룻이 탐스러운 넓직한 얼굴이었다.

「저하, 시생 기영이 문안 드립니다.」

대원군의 지우를 얻어 일찍이 형조참의와 승지벼슬을 지낸 바 있는 안기영이었다.

「저하, 그간 옥체 무양하시옵니까. 자주 진배치 못해서 송구하오니다.」
 지난날 최익현이 대원군 탄핵상소를 냈을 때 그를 규탄하는 격렬한 상소를 마주 올렸다가 즉각 체포되어 유배를 당했던 안기영이다.
 말하자면 그는 골수파의 운변인(대원군 측근)이었다.
 그렇지만 지금 대원군은 그에게 대해서 노하고 있었다.
 대원군은 한동안 그를 노려보다가 짤막하게 한마디 했을 뿐이다.
「나를 따라오게!」
 그는 앞장을 서서 중문 안으로 들어섰다.
 나이로 봐서는 안기영이 한 살 위였으나 그러나 대원군은 그를 동생처럼 대하고 있었다.
 대원군은 아소당으로 걸어갔다. 안기영도 천희연도 천천히 그의 뒤를 따랐다.
 아소당에 정좌하자 대원군은 연죽부터 입에 물었다. 또 한동안 말이 없었다.
 안기영은 잔뜩 위축된 채 윗목에 쭈그리고 앉았다.
 천희연은 따라 들어오지 않았다.
「나는 자네가 좀더 지각이 있고 사려가 깊은 사람인 줄 알았더니 아니었던가?」
 대원군의 힐책이었다. 만만찮은 분노가 그의 눈에 깃들여 있었다.
 안기영은 피하지 않았다. 그의 시선을 정면으로 되받았다. 그에게도 결연한 의지가 움직인 것 같았다. 그는 말했다.
「황송합니다, 저하. 무슨 말씀이시온지?」
 그는 노인답지 않게 카랑한 목소리였다.
「그런 일에 실수가 있어서 되겠는가.」
 대원군의 어조는 여전히 차가웠다.
「안 되지요.」
 안기영은 비굴하지 않았다.
「충신이 아니면 역적이야. 실수를 하다니!」
「저하, 무슨 풍문을 들으셨습니까?」

「온 장안에 소문이 쫙 퍼졌네.」
안기영, 권정호, 강달선, 이철구 등이 대원군의 서자 이재선을 앞세워 역모를 꾸미고 있다는 소문이 퍼져 있다고 했다.
「다 틀린 노릇 같네.」
안기영의 얼굴빛은 단박 핼쑥해지고 말았다.
그는 무릎을 당겨 대원군 앞으로 다가앉았다.
「진담이시옵니까, 저하?」
대원군은 대답을 않고 담배연기를 깊숙히 빨아서 한숨처럼 내뿜었다. 안기영은 심각했다.
「대감, 어떻게 하면 좋겠습니까. 아마도 채동술배가 경망하게 동한 것 같습니다.」
「자네 실수야!」
「황송하옵니다. 대감, 사태를 어떻게 수습해야 됩니까?」
「수습이 되겠는가?」
「안 되면 어찌합니까.」
대원군은 한동안 침묵하고 있다가 대답했다.
「재선인 내가 처리하겠네.」
「소인은 어찌하면 되겠습니까?」
「자네는 자네가 알아서 처리해야지!」
실로 냉연한 선언이었다.
안기영은 방바닥에 푹 엎드렸다.
미상불 사태는 이미 수습하기 어려울 만큼 악화돼 있었다.
처음 민씨 척족의 박해에 견디다 못한 이른바 운변인물 중의 안기영, 권정호 등의 남인 계통 인물들과, 영남의 선비 강달선, 강화 선비 이철구, 그리고 관리 출신인 이두영, 이종학 등이 이재선을 왕으로 추대할 음모를 꾸민 사실이 있었다. 원래는 대원군의 재집권을 획책하던 모의가 차츰 발전해서 국왕의 폐립음모(廢立陰謀)로 변질한 것이었다.
안기영, 채동술 등은 자기네의 가산을 팔아서까지 그 자금을 마련했고, 새로 도입되기 시작한 신무기를 손에 넣기 위해 왜별기군(倭別技

軍)의 영관인 윤웅열, 한성근에게도 비밀리에 교섭을 폈다. 왜적을 토벌한다는 명목으로 군사를 모집할 계획도 짰다.

그러나 그들은 일이 서툴렀다. 안기영은 물론 권정호, 채동술은 모두가 백면서생이었다. 군대조직이나 전술, 신무기에 조예가 있는 사람이 하나도 없었다.

그저 막연하게,

「우리가 일어나기만 하면 호응할 사람이 구름같이 모여들 것이오. 하루빨리 거사를 합시다!」

흥분 끝에 함부로 말들을 앞세운 것이 결정적인 실책이었다.

「거사일은?」

8월 20일일이었던가. 경기도 감시(監試) 초시(初試)가 곧 있겠다는 정보를 얻자 그들은 안기영의 사랑방에 모여서 거사계획을 구체적으로 세웠다.

주인 안기영이 주장했다.

「이렇게 합시다. 그날 과장(科場)에 우리 동지들이 잠입해서 과유(科儒)들 속에 섞여 있다가 기회를 잡아 토왜의거(討倭義擧)할 것을 큰소리로 외치십시다. 그러면 필시 모든 선비들이 너도 나도 호응할 것이오. 지금 왜놈들을 쳐야 한다는 공론은 이 나라 선비들 사이에 쫙 퍼져 있지 않소?」

이철구가 물었다.

「그래서 어떻게 하자는 것이오? 우리의 목적은 토왜가 아니라 토민(討閔)인데 말씀이오…….」

안기영은 회심의 미소를 흘렸다.

「그게 다 계책이지. 토왜든 토민이든 일단 유생들이 호응하면 곧 대궐로 쳐들어가는 것이야. 선비들에게 설명하기를, 지금 민씨 일족은 상감을 에워싸고서 왜놈들과 밀통하고 있다. 왜놈이 군사를 이끌고 오면 곧 성하지맹(城下之盟)을 맺을 언약이 돼 있단다. 일각을 유예 말고 그런 매국노들을 먼저 처치하자! 그렇게 선동을 하면 되지 않겠느냐 그 말이오.」

수호修好는 일방통행一方通行이었다

안기영은 스스로의 슬기에 만족했었다. 모두들 귀가 솔깃했다. 그럴싸한 방법이라고 생각했다.
「거 좋은 계책입네다. 과장에는 내가 나가겠소.」
이종학이 나섰다.
「나도 나가 볼랍니더. 이 사람과 지면 있는 유생들도 많이 모이지 않겠습니꺼.」
영남에서 올라온 강달선이었다.
그는 영남유소의 지도자로서 서울에 올라온 지가 꽤 오래된 인물이었다.
그는 전에도 상소를 준비한다고 동분서주한 일이 있어서 전국 각처의 유생들과 안면이 넓었다.
「그러자면 종로 일대에서도 일어나야 합니다. 선비들만으로는 힘이 약해서 미덥지가 못해요. 시정 무뢰배를 많이 동원해서 행동대로 앞장을 세워야 할게요.」
중군을 지낸 조중호가 그런 엉뚱한 제안을 했다.
「그것도 그렇군요. 그러면 조중군이 종로 일대의 소동을 맡도록 하시겠소? 선비들이 대궐로 몰려갈 때 호응을 해서 우익(羽翼)이 돼주시구려.」
아무래도 안기영이 총수격이었다.
결국 과장에서, 종로 일대에서 유생들과 무뢰배, 그리고 일반 군중을 휘몰아 가지고 이재선을 앞장 세워서 대궐로 진입한다는 계획이었다.
조종호가 이끄는 제1대는 대원군의 입궐을 외치면서 창덕궁으로 난입하여 왕을 왕좌에서 몰아내고 대신 왕의 서형(庶兄)인 이재선을 왕위에 앉힌다.
제2대는 광주 산성별감 이풍래가 인솔하여 왜국과 그 수치스런 조약을 맺고 좋아하는 민씨 척족 일파와 조정대신들을 습격, 모조리 처치해 버린다.
제3대는 빙고별제(氷庫別提) 이병식이 이끌고 서대문 밖에 있는 일본공사관인 청수관과 평창교련장을 습격하여 일본인을 살해하고 신무기를 탈취한다.
 계획은 그럴싸하게 짰지만 누구 하나 실패를 예상하지도 않았고 성공을 확신하지도 못했다.
 그들은 그런 일에는 애초부터 서툴렀다. 우선 병력동원 계획이 너무 허술하고 허무맹랑했다. 군중의 호응을 얻을 방법도 자신도 없었다.
 더구나 과거 보러 온 선비들을 선동해서 그들을 이끌고 대궐을 친다는 계획은 너무도 무모했다.
 그나마 그날로는 거사계획이 구체적으로 확정되지 못했다. 다음날도 모였고 그 다음날도 의논이 분분했지만 말씨름만으로 침을 튀겼다.
「함경도 물장수들을 동원합시다.」
 그것도 방법이 될 것인가.
「그보다는 봇짐장수들이 더 단결력이 강하고 날쌔게 움직일게요.」
 말이 안 되는 것은 아니다.
「별기군 일대(一隊)만 빌어도 좋은데……그 윤웅렬이를 구슬러 보면 어떨까요?」
 이런 식으로 결말없는 공론만 되풀이하는 사이에 막상 예정일이었던 경기도 초시날인 그달 21일을 흐지부지 넘기고 말았다.
 그들은 보안조치를 등한히 했다. 말이 퍼지기 시작했다. 어떻게 한번 퍼진 말을 걷잡을 수가 있을 것인가. 입에서 입을 건너 시정으로 흘러 나가기 시작했다. 풍문이 됐다. 풍문에는 살이 붙고 날개가 돋치는 게 아니던가.
 ─이제 이재선이 왕으로 등극한다오.
 미리부터 기맥을 알고 지켜보던 대원군은 몹시 당황했다.
 실상 그는 서자 재선의 첫 귀뜸으로 그런 움직임을 알았으나 일절 관여하지 않은 채 눈을 감고 있었다.
 안기영한테서도 대강 그 내막은 보고받고 있었다. 그러나 끝내 적극적인 응원은 하지 않았다. 그저 추이만 지켜보고 있었다.
 그는 싫지는 않았지만 대의에 어긋나는 일이라고는 생각하고 있었다. 대의에 어긋나기는 하지만 민비의 방자한 행동을 막고 나라를 건지기 위해서는 못 할 짓도 아니라고 생각했다. 더구나 민씨 일족에게는 하루빨리 주벌(誅罰)이 내려져야 한다고 믿는 그였으니까 그들의 계획을 팔 벌려 막을 필요는 없었다. 대원군은 천하장안의 입을 통해 민간에는 그 풍문이 파다하게 퍼져 있다고 들었을 때, 실로 착잡한 심경이었다.
 (실패하는구나!)
 어차피 실패하게 되어 있었다. 그렇게까지 널리 비밀이 새어나갔으니 민비 일파가 눈치를 채지 못할 까닭이 없는 것이다.
 「틀려먹었다!」
 일이 실패한다는 것은 눈에 보였다. 차라리 마음을 돌려 잘됐다고도 생각했다. 아비가, 서형이, 아들왕을, 동생왕을 쫓아내지 않게 되었다는 결과는 잘된 일일 수도 있다고 생각했다. 그는 아까 외원을 거닐면서 이런 생각을 한 바 있었다.
 (늙었다. 내 나이 쉰 살만 되었더라도……)
 그는 그런 생각 끝에 인생의, 권력의 무상함을 절감했던 것이다.
 천희연을 시켜 안기영을 불러오게 한 것은 사태를 확인해서 그 나름의 처리를 단행하자는 결심에서였다.
 어물어물하다간 그 자신까지 역모에 몰려들게 될지도 모르는 험악한 판국이었다.
 「대감, 저는 이제 죽었습니다그려.」
 안기영은 대원군에게로 무너져 왔다.
 대원군은 덤덤히 말했다.
 「자네도 나도 망칠십(望七十)의 나이, 오래도 살았네. 그렇지만 역적의 누명을 쓰고 죽을 수야 있는가. 내가 내 생각대로 일을 처리하겠네.」
 끝내 서릿발처럼 차가운 그의 태도였다.
 안기영은 더 견디지 못하고 벌떡 일어섰다.
 실제로 하나의 신념이 있어서 역모를 한 사나이가 아닌가. 안정(眼精)에 날카로운 빛이 번뜩였다.
 「대감, 물러가겠습니다. 대감의 뜻대로 제 처신은 제가 알아서 결정하겠습니다.」

그는 섭섭해 하는 말투를 남기고 미련없이 사라져 갔다. 대원군은 안기영이 자기 앞을 물러가자 혼자 길게 한숨을 뽑았다.
마침 밖에서 김응원의 음성이 들려 왔다.
「대감마님, 진사 채동술이 문안 드리겠답니다.」
그 소리를 들은 대원군은 미닫이도 열지 않고 말했다.
「듣거라! 채동술은 속히 안기영댁으로 가라고 일러라. 그리고 너는 운현궁으로 가서 재선나으리를 급히 불러오너라!」
김응원의 발소리가 멀어져 갔다.
아소당에는 바닷속 같은 정적이 밀려들었다.
김응원의 전갈로 채동술은 안기영의 집으로 갈 것이다. 서로 모여 사태수습책을 의논하든지, 오늘 밤이라도 서둘러 거사를 해서 결판을 내보든지, 그렇지 않으면 다 함께 모여 자결이라도 해야 할 것이 아닌가.
(알아서들 하겠지.)
이재선이 달려왔다. 운현궁에 있다가 부름을 받고 급히 달려온 것이다.

아들 재선이 윗목에 어설피 꿇어앉는 것을 본 대원군은 말없이 일어서더니 벽장문을 열었다.
다시 돌아서는 그의 손에는 빛 잃은 은장식의 칼집이 들려져 있었다. 군도(軍刀)였다.
대원군은 묵묵히 그 군도를 아들 재선에게 내주었다.
영문을 모르는 채 그것을 덥석 받아드는 아들을 보고 대원군은 비장하게 선언했다.
「왕가에 누가 돌아가기 전에 네 손으로 네 목숨을 끊는 것이 좋겠다.」
이재선의 얼굴에는 핏기가 가셨다.
대원군은 어수룩하게 생긴 아들을 한참 동안 묵묵히 바라보다가 다시 말했다.
「운현궁이 좋겠다. 몸을 깨끗이 하고 열성조께 사죄하고 가거라!」
그는 말을 마치자 홱 돌아앉았다.

이재선은 오랫동안 혼자 앉아 있었다. 오른손으로는 방바닥을 짚고 왼손으로는 얼굴을 가린 채 오랫동안을 혼자 비창하게 생각하고 있었다. 간헐적으로 입술이 일그러졌다.

「어서 가봐라!」

대원군은 채근을 했다.

재선은 꼭 한마디 아버지에게 애원을 해봤다.

「아버님, 살려 주십시오.」

그때였다. 대문께서 와자한 인기척이 나더니 기어코 그 소리가 대원군 부자의 귀청을 때렸다.

「어명이오!」

이재선은 벌떡 일어나려다가 그 자리에 주춤 물러앉았다.

「아버님, 소자를 살려 주십시오.」

대원군은 방문을 열어붙였다.

「무슨 일이냐?」

나장이 뜰아래에서 외쳤다.

「대역부도죄인(大逆不道罪人) 이재선은 어명에 의한 포박을 받으시오..」

대원군은 아들을 보고 말했다.

「모반자가 있었구나!」

아들은 어느새 결심이 돼 있었던 것 같았다. 칼을 뽑아들고 있었다.

대원군은 고개를 가로저었다.

「안 된다, 왕명이 이미 내려졌다. 인제는 네 목숨이 네 손에 있지 않어.」

이재선을 칼을 방바닥에 떨어뜨렸다.

「가 봐라! 이담에 만나자!」

대원군은 눈을 감아 버렸다. 턱수염이 떨고 있었다.

그날, 안기영을 비롯한 일당 20여 명이 의금부에서 체포되었다. 정말 모반자가 있었다.

광주 산성별감 이풍래의 고변(告變)으로 모사가 사전에 탄로된 것이었다.

 이날 중전 민씨는 눈에 물기를 머금고 기뻐했다. 대원군의 수족을 자를 절호의 기회라고 기뻐했다.

 이튿날 조정은 위관(委官) 한계원을 시켜서 죄인들을 심문했으나 실망했다. 사건이 대수롭지 않아 보였다. 민비는 보고를 받고 아랫입술을 깨물었다. 그럴 리가 없다는 것이다. 취조관인 한계원이 마음에 안 들었다. 그는 대원군의 지우(知遇)를 받던 인물이었고 또 남인이었다.

「위관을 바꿔 봐라! 그럴 리가 없다.」

 홍순목이 대신 위관이 되어 사건을 확대시켜 나갔다.

 10월에 들어서자 안기영, 권정호, 이철구를 대역부도죄(大逆不道罪)로, 강달선, 이종학, 이종해, 조중호 등은 모반부도죄(謀反不道罪)로, 채동술, 임철호 등은 지정불고죄(知情不告罪)로 참형에 처하고 말았다.

 이재선은 국왕의 사친이라 하여 너그러이 처분한다고 제주도로 유배시키라는 명이 내렸다가, 대신들의 상소를 핑계삼아 사약을 내리고 말았다. 서대문 밖 어느 빈 집에 이재선이 약사발을 받는다는 소식을 들은 대원군은 말없이 아소당 누마루로 나섰다.

 묵은 잣나무 가지 사이로 서대문 쪽의 하늘이 파랗게 전개되어 있었다.

「자식두, 제 명에 못 죽다니…….」

 덤덤하게 뇌까린 대원군은 별안간 주먹으로 벽을 탕 쳤다. 그의 턱수염이 부르르 떨렸다.

군란軍亂과 운변雲邊과 왕궁王宮과

사나이는 좀 멋적은 듯이 사방을 두리번거렸다. 아무도 없었다. 주변에 사람이라고는 그림자도 보이지 않았다.

별안간 그의 발끝을 뭣인가 휙 스쳐 가는 게 있었다.

사나이는 반사적으로 흠칫 놀랐다. 어이가 없었다. 고양이가, 새까만 고양이 한 놈이, 나는 듯이 그의 앞을 가로질러 달아났다.

「야옹!」

사나이는 긴장을 풀면서,

「제에길헐!」

중얼거리고는 땅바닥에다 걸쭉한 침을 탁 뱉었다.

「오늘도 재수 옴 붙었구나!」

그의 이마에는 굵은 주름이 가로 불거져 올랐다. 그는 몹시 불쾌한 표정이었다.

그는 터덜터덜 서너 걸음 발길을 옮겨놓더니만 높다란 담장을 등에 지고 풀썩 주저앉았다.

선혜청 도봉소의 담장이었다.

사나이는 품속에서 짤막한 곰방대를 꺼내 가랑잎 같은 마른 담배를 꼬기꼬기 담아 입에 물고는 부싯돌을 탁탁 쳤다. 부싯깃에 붙은 파란 불에서는 타는 냄새가 말씬 났다. 파르스름한 엷은 연기가 그의 바짝 마른 얼굴을 싸고 맴돌았다.

그는 누가 봐도 흉상이었다. 광대뼈가 툭 불거지고 시커먼 눈이 움푹 패인 험상이었다. 거기다가 얼굴빛은 누우렇게 떠 있었다. 굶주림에 지친 얼굴이었다.

잠시 후 그의 머리 위 높다란 담장 너머에서는 찬란한 아침 햇살이 퍼져 나오기 시작했다.

(오늘도 비오긴 틀렸구, 되게 찌겠구나!)

사나이는 곰방대를 입에서 쑥 뽑아 짚신 발바닥에다 대고 툭툭 털었다.

해가 뜨자 금방 더위가 턱밑에 몰려드는 것 같았다.

일륜(日輪)은 차라리 이글거리는 불덩이였다.

이 해에는 봄부터 비가 오지 않았다. 날이 밝으면 허구 한날 불덩이 같은 태양이 이글거렸다. 가뭄이 정말 심했다.

전국의 묘판이 타들어 갔다. 농부들은 하늘을 쳐다보고 한숨만 쉬었다.

여름이 돼도 비가 오지 않았다. 마른 논을 갈아 놓고 하늘을 원망하는 농부들은 살아갈 일이 막연했다.

논밭은 갈라져서 거북의 잔등처럼 됐다. 균열이라는 거다. 먼지가 풀썩거렸다.

「올 농사는 다 지었다!」

이것이 시골사람들의 한결같은 한탄소리였다.

시골사람들만이 가뭄을 근심해야 할 형편이 아니었다.

서울사람들도 식수에 궁해 하늘을 우러러봤다. 우물이란 우물은 모조리 말라 들어가는 판국이었다. 우물 근처에마다 물동이의 장사진이 쳐지고 자리다툼 차례다툼으로 아우성들이었다.

그대로 5월이 가고 6월이 됐다.

백성들은 조갈이 나고, 그리고 배가 고파서 목만 자꾸 길어져 갔다.

「그래도 대궐에선 허구헌 날 먹자판이라는데.」

「왠놈의 경사는 그렇게도 겹친다는 게야!」

백성들은 하늘을 원망하다가 이제는 왕실을 욕하기 시작했다.

「백성 없는 임금이 어디 있어. 백성들 사정을 모르는 임금은 있어서

뭘해!」
 그렇지만 왕은 그런 여론을 들을 수가 없었다. 뿐만 아니라 창덕궁 안에서는 연일 술향기가 풍기고 고깃냄새와 풍악소리가 그 높고 긴 담장 밖으로 새어 나왔다.
 임오년이니까 1882년이 아닌가.
 이 해따라 왕궁에는 경사가 겹쳤다.
 정월에는 세자의 관례식을 올렸다. 세자의 나이 아홉 살이었다.
 관례를 했으니 세자빈을 간택해야 했다.
 2월에 들어서자 책빈례가 올려졌다.
 세자빈은 물론 여흥 민씨, 민씨 집안에서 나왔다. 민씨 세상이니 영락없었다. 다른 집안에서는 나올 수가 없었다.
 민태호의 딸이 장래의 왕비로 맞아들여졌다. 민비의 친정 조카로 들어온 민영익의 누이동생이었다. 그저 민씨로만 꽁꽁 얽히고 굳혀지는 판이었다.
 정월에 관례, 2월에 책빈례, 막중한 국가의 의식이었다. 그러니 왕궁에서는 연일연야 잔치가 없을 수 있겠는가.
 세자가 그렇게 탈없이 장성하는 것은 모두가 천지신명의 도움이라고 했다.
 그러니 중전 민씨의 할일은 더욱 많아졌다.
「세자의 명복을 빌기 위해 산천 기도를 드려라!」
 또다시 전국의 명산과 대찰에는 불공과 치성으로 떠들썩했다.
 금강산에는 지난해에 이어서 이 해에도 일만 이천봉 봉우리마다에 돈 일천 냥, 쌀 한 섬, 소머리 하나, 베 한 필씩 공양되었다. 그리고 밤마다 횃불과 같은 대황촛불이 밝혀졌다.
 나라의 재정이야 어떻게 되든 알 바가 아닌 중전 민씨의 소행이었다.
 궁중이 그러니까 대신들은 한술 더 떴다. 큰 감투는 큰 대로, 작은 감투는 작은 대로 나라의 재정을 마음대로 파먹어 들어갔다. 흡사 파먹기 대회였다.
 큰 감투는 중간 감투를 등치고, 중간 감투는 작은 감투를 시켜 갈퀴질

했으며, 말직들은 눈에 보이는 게 없이 백성들을 쥐어짰다.

더욱 중대한 사태가 불씨를 숨긴 채 방치돼 있었다.

군인들의 급료가 자그마치 13개월 동안이나 밀렸는데 주려고 하지도 않았다.

그렇지 않아도 훈련, 용호, 금위, 어영, 총융의 오영 군문을 폐지하고서 무위, 장어의 두 영을 설치하는 바람에 많은 군인들이 실직이 돼서 밀려 나갔다.

이유가 많았다. 나이 많은 탓에, 몸이 약한 탓에, 군문을 떠나야만 할 사람이 너무도 많았다.

「이 죽일 놈들이!」

불만이 너무도 많은 세상이 되고 말았다.

남아 있는 군인들이라고 해서 불평이 없었을까. 봉급도 안 나오는 데다가 언제 자기네도 쫓겨날지 모르는 판국이니 세 사람만 모이면 모두 불씨를 안았다.

더구나 두 종류의 군대가 생겨났다.

젊고 건장한 사람들을 따로 뽑아서 초록색 군복을 날렵하게 입히고는 일본의 신식 총에다 신식 훈련을 시키면서 신식 군대라고 위해 줬다.

구식 군인들은 불평과 불안과, 그리고 열등감에 휩싸였다. 그뿐이 아니었다.

이른바 신식 별기군(別技軍)한테는 후한 급료를 꼬박꼬박 거르지 않고 주면서 구식 군인들에게는 자그마치 13개월 동안이나 쌀 한줌을 지급하지 않았다. 구식 군인들은 부모처자와 함께 기아선상에서 허덕여야 했다.

그러다가 6월 초닷샛날이 됐다.

한달치 급료로 쌀을 배급한다는 방문이 나붙었다. 얼마나 기다린 쌀인가. 모두들 쌀 구경이라도 하고 싶어서 아침부터 눈에 충혈들이 됐다.

지금 선혜청 담장에 기대앉은 사나이는 너무 일찍 나온 것 같았다.

아침해가 제법 높직이 떠올라도 건너편 도봉소의 대문은 열리지 않았다. 동료 군인들도 얼씬거리지 않았다. 시장기와 초조감을 달래려는 듯

다시 곰방대를 입으로 가져갔다.
 그때였다. 담장 저쪽에서 왁자한 소리가 나더니 한떼의 남색 군복들이 쏟아져 나왔다. 자세히 봐서는 뭣하는가. 헙수룩한 구식 군복을 입은 군인들이었다.
 사나이는 벌떡 일어섰다. 너무도 반가운 몸짓이었다. 그가 발걸음을 옮기기 전에 저쪽에서 한 사나이가 뛰어왔다.
「이놈아, 너 혼자 뭣하고 있었니? 자아식 첫새벽부터 혼자 육갑이라도 했냐?」
 뛰어온 군사는 손에 든 커다란 자루를 흔들어 대면서 싱글거렸다.
「난 또 도봉소로만 오는 줄 알았지. 젠장 아침부터 나만 허탕을 친 건가?」
 사나이는 좀 멋적어했다.
「우린 동별영에 집합했었네. 같이 오려고 자네 집엘 들렀더니 벌써 나갔더군. 그런데 만복이!」
 금새 낮은 목소리가 되었다.
 이제까지의 사나이는 홍만복이었다. 지금 나타난 사나이는 김춘영, 둘이 다 날리던 포수였고 군사였다. 훈련도감에 소속된 군인들이었다.
「자네 아침밥 굶고 왔지?」
 김춘영은 홍만복의 후줄근한 표정을 연신 훑어봤다.
 홍만복은 내뱉듯이 대답했다.
「오늘 아침뿐이겠나. 우리 집 솥뚜껑한테 가서 물어 보게나. 낟알 구경한 게 언제더냐구 말야.」
 홍만복은 곰방대를 허리춤에 꽂았다.
「하긴 자네나 나나 같은 처지지. 어떤 놈의 집 당나귀는 약과도 거들떠보지 않는다데만.」
 그러자 거기 또 불쑥 또한 사나이가 뛰어들었다. 역시 훈련도감에 소속되어 있던 유복만이었다. 걸기가 있는 사나이였다.
「혜당댁(선혜청 당상의 집) 당나귀 말이지? 그놈의 당나귀 죄받을 거야. 약과를 주면 싫다고 코만 씰룩거린다면서?」

「당나귀가 무슨 죈가. 생선이며 약밥이며 신물이 나도록 먹이는 주인이 죽일 놈이지! 아 그래 백성들은 풀뿌리도 못 씹어 굶어죽는 판인데 그런 것들을 썩이다 못해 짐승한테 던져 준다니 그놈이 죽일 놈이 아니고 뭔가? 영상이고 호판이고 모두 한칼에 싸악!」

「쉿!」

홍만복이 유복만의 말을 가로막았다.

「그만 가 볼까? 도봉소의 문이 열렸구만!」

김춘영이 앞장서 갔다. 홍만복도 유복만도 땀에 찌들은 군복을 너덜거리며 도봉소 안으로 들어갔다.

도봉소 안은 난장판이 벌어지고 있었다.

저마다 빈자루를 들고 쌀을 먼저 타려고 아우성들이었다. 쌀을 보자 모두 눈이 뒤집힌 것 같았다.

성질이 괄괄한 김춘영은 우악스럽게 사람들을 헤치고 앞으로 나갔다. 홍만복이 그 뒷자리를 놓칠세라 따랐다. 유복만이 또 그 뒤를 따랐다.

그러나 소동이 벌어졌다.

「쌀이 뭐 이래! 모래가 반이 섞였잖아!」

누군가가 큰 소리로 외쳤다. 연이어,

「모래쌀이다! 이건 썩은 살에다 모래를 절반이나 섞지 않았느냐?」

분노에 찬 아우성이 터지기 시작했다.

김춘영은 어느새 사람들의 앞으로 썩 나섰다. 홍만복과 유복만이 그의 뒤로 바싹 붙어서면서 그래도 자루 아가리를 벌렸다.

김춘영 역시 그 괄괄한 성격대로 허리춤에서 자루를 쑥 뽑더니 창고지기 앞으로 홱 던졌다.

「잘 봐 주게!」

좋은 쌀로 되를 넉넉하게 해 달라는 부탁이 아니었을까.

그러나 창고지기는 눈을 희번덕거리며 김춘영에게 소리쳤다.

「거 혓바닥이 빗나가는구려. 군대 급료 타러 온 양반이 어따 대고 반말이야!」

창고지기는 됫박을 쌀더미 위에다 홱 팽개쳤다.

「여보시오, 거 너무하오. 저 사람 혀가 짧아서 말이 좀 헛나갔기로서니…….」
뒤에 있던 유복만이 보다못해서 소리쳤다.
그러자 창고지기는 또다시 눈알을 굴렸다.
「뭣이 어째? 말이 헛나갔다구? 난 그런 사람에겐 쌀을 줄 수 없다!」
제 쌀이나 주는 것처럼 거드름을 피웠다.
「그러지 말고 어서 주소!」
「못 주겠으니 맘대루 하시오!」
어떻게 하겠는가. 아니꼬와 치가 떨리더라도 김춘영이 사과를 하지 않을 수 없었다.
「내 잘못했소. 이놈의 눈깔이 사팔이라 놔서 사람을 잘못 봤소.」
하긴 명색이 창고지기이지 당대의 세도 재상 민겸호의 하인이었다. 민겸호가 바로 선혜청의 당상이 아닌가.
주인을 닮아서 하인까지 세도를 부리는 세상이다.
김춘영의 자루에 쌀이 주르르 들어갔다. 쌀 한 말을 되는데 말을 반도 채워 주지 않았다. 김춘영은 참았다.
그러나 쌀자루를 받아 든 김춘영은 자루에 든 쌀을 자꾸 만져 봤다. 쌀빛이 이상했다. 거무죽죽한 것이 전연 흰빛이 없었다.
(정말 썩은 쌀이구나!)
다음에는 유복만의 차례가 됐다. 역시 반말로 되는 한 말 쌀이었다.
「거 되 좀 잘 주시오. 기껏해야 서너 말 받아 갈 건데!」
그도 받아 든 쌀을 한줌 집어 보고는 놀랐다.
「아니 이게 사람 먹으라구 주는 쌀이야?」
시커멓게 썩은 쌀이었다. 거기다 모래가 쌀보다 많아 보였다.
쌀자루를 쥔 유복만의 손이 부르르 떨었다.
「이 죽일 놈들아, 이것두 쌀이냐?」
유복만의 입에서가 아니라 김춘영의 입에서 먼저 욕설이 터져 나왔다.
「여보시오!」

그러자 유복만이 분노로 이글거리는 눈총을 창고지기에게 쏘아 대고 소리쳤다.
그러나 창고지기는 유들거렸다.
「왜 그러시오? 받았으면 빨랑빨랑 나가지, 게서 웬 잔소리가 많소? 유감이 있으면 그 쌀 도루 쏟아 놓으시구려!」
유복만이 어떻게 그 소리를 듣고 참겠는가.
「아니 당신 쌀을 주는 거야? 나라 재물을 가지고 당신 맘대로 주구 안 주구 하는 거야?」
그러나 이 말은 홍만복이 한 것이었다.
그는 이왕 나선 김에 한마디 더했다.
「그리구 왜 반말씩 주는 거요? 나머지는 누가 가로채 먹는 거야?」
이렇게 되니까 모두들 한마디씩 안 지껄일 수가 없었다.
「썩은 쌀을 어떻게 먹으라고 주는 거야! 우리가 개 돼지 새낀 줄 아는 겐가?」
「모래는 왜 섞었어? 군량미를 어느 놈이 해먹었길래 모래루 채웠느냐 말이야!」
막혔던 봇물이 터진 것 같았다. 여기저기서 항의와 욕설이 쏟아져 나왔다.
유복만은 눈알을 부라리며 쌀자루를 창고지기에게로 홱 던져 버렸다.
「너나 썩은 쌀 처먹구 잘 살아라! 모래두 오독오독 다 깨물어 처먹으란 말이다!」
창고지긴들 가만히 있겠는가. 날아든 쌀자루를 되받아서 군인들을 향해 던졌다. 그리고 소리친 말이 불순했다.
「이 천하에, 역적 같은 놈들아! 어디에다 대구 거역이냐!」
창고지기의 그 일갈은 사태를 급전직하로 악화시키고 말았다.
「뭣이! 역적 같은 놈이라? 그래 누가 역적이란 말이냐. 나라 재물을 중간에서 농간질해 처먹는 놈들은 충신이구 그나마 썩은 쌀을 타러 온 우리가 역적이란 말이냐?」
한번 터진 중구는 난방이 아니겠는가.

군란軍亂과 운변雲邊과 왕궁王宮과 159

「그놈 죽일 놈이다! 혜당대감 자세(藉勢)하고서 도적질하는 놈이로구나!」
「그놈부터 때려죽여라. 큰 도적놈 밑의 작은 도적놈 아니냐!」
삼총사와 흡사했다.
먼저 유복만이 자기 앞에서 밉상을 부리던 창고지기를 덮쳤다.
뒤미처 김춘영이 다른 또 한 녀석의 창고지기를 움켜잡았다.
「그놈 죽여라!」
홍만복의 커다란 주먹이 유복만에게 잡힌 창고지기의 면상을 후려쳤다.
창고지기의 얼굴에서는 피가 주르르 흘렀다. 코가 으깨진 것이다.
삽시간에 군량미 배급 현장은 수라장이 되고 말았다.
군인들은 너도 나도 아우성을 치며 도봉소로 밀려들었다. 됫박이 날고 돌이 튕겼다.
여섯 사람의 창고지기들은 피투성이가 된 채 뒷문으로 빠져 달아났다.
도봉소의 문은 덜컹 닫히고 말았다.
어쩌겠는가. 군인들은 닭 쫓던 개모양 멍하니 서있다가 뿔뿔이 흩어져 갔다.
「이눔의 세상, 어서 망해야지!」
그들은 울고 싶은 심정이었다. 어떻게 빈손으로 돌아갈 수가 있는가. 그러나 빈손으로 돌아가는 그들이었다.
홍만복은 곧장 집으로 돌아가지 못했다.
아침에 그를 보내던 아내의 눈길이, 자식새끼들의 굶주린 얼굴들이 눈앞에 선해서 진종일 거리를 헤매고 있었다.
그날 저녁때였다. 홍만복이 자기 집 근처인 왕십리 고갯길에서 머뭇거리고 있는데 마침 맞은편에서 다급하게 달려오는 유춘만을 만났다. 그는 바로 동료 유복만의 동생이 아닌가.
「어디서 오시는 길이세요?」
유춘만은 홍만복의 앞을 막아섰다.

「도봉소에서 오는 길인데. 왜 그러나?」
홍만복은 힘없이 대답했다. 허기증으로 기어들어가는 목소리였다.
그러자 유춘만이 말했다.
「소식 모르세요? 우리 형님하구 김포수(김춘영)가 잡혀 갔어요. 지금 막 포도청에서 포교들이 쏟아져 나와서……」
홍만복은 눈앞이 캄캄했다.
유복만과 김춘영이 잡혀 갔다면 아까 도봉소에서의 소동 때문이 아니겠는가. 그렇다면 자기도 무사하지는 못할 것이 아닌가.
밤을 뜬눈으로 새운 홍만복은 이튿날 아침 일찌감치 동별영으로 나갔다.
어떻게 된 일인지 그에게는 포교의 손이 미치지 않았다. 소란중이었기 때문에 사실 누가 누군지 구별도 없었을 것이다.
동별영에는 옛 훈련도감 군사들이 웅성웅성 모여 있었다.

모두들 수군댔다. 어제 도봉소 소요사건의 수모자(首謀者)로 유복만, 김춘영, 강명준, 정의길 등이 잡혀 갔다고 했다.
화제들은 좀더 자세했다.
마침 대궐 안에서 기우제를 지내고 있던 선혜청 당상 민겸호가 하인한테서 도봉소 소요사건의 전말을 보고받자 한 마디로 불호령을 내렸다는 것이다.
「포도청은 그 수모자를 모조리 체포해서 엄형에 처하라!」
누구의 명령인가. 즉각 포도청 포교들이 사면팔방으로 뛰었다.
「잡혀 간 동지들이 큰일났네!」
군사들은 아무런 대책도 세우지 못하고 와글대기만 했다.
몇몇 혈기 있는 패들은,
「당장 포도청을 들이쳐서 그들을 구해 내자!」
땅땅 큰소리도 쳤지만 대부분이 꽁무니를 슬슬 빼는 판국이었다.
흐지부지 날이 저물고 말았다.
「설마하니 죽이기야 할라구. 곤장 몇 대 쳐서 내보낼 테지.」

군사들은 결국 격한 마음을 달래며 가난이 기다리고 있는 집으로 돌아갔다.
그러나 그 이튿날이 되자 사태는 심상치 않게 번져 나갔다.
「네 사람을 다 목베어 죽인단다!」
어느 경로로 어떻게 새어 나온 말인지는 아무도 몰랐다.
「아니 두 사람은 참형이고, 나머지 두 명은 곧 풀린대!」
더욱 무서운 이야기가 오고 갔다.
「모르는 소리 말어! 두 사람은 이미 장살됐구, 살아 있는 두 사람도 곧 참형이란 말야.」
소문은 바람을 타고 서울 장안을 휩쓸었다.
홍만복은 그 이상 더는 숨어 지낼 수가 없다고 생각했다. 그는 유춘만과 함께 이태원에 있는 김춘영의 집을 찾았다.
김춘영의 아버지 김장손을 만나러 갔다.
홍만복은 잘 알고 있었다.
김장손은 사리 판단이 빠르고 강직한 성품의 퇴역 군인인 것이다. 그래서 그는 군졸간에 신망이 높았다. 선배로, 스승으로 모시는 사람이 많았다.
그 김장손은 홍만복을 보고 말했다.
「별로 죄가 없는 것 같네. 내일 대표 몇을 뽑아 이경하대감께 직소해 보기로 하세. 역적질을 해도 애비가 가서 빌면 감동해서 감형이 되는 법인데, 이번 사건이야 그런 것에 비길 일이 아니잖은가. 애초 잘못이 창고지기에게 있었고, 이쪽 사정이 절박했으니까.」
결국 김장손의 의견에 따를 수밖에 없었다.
김장손과 유춘만, 그리고 홍만복이 대표가 되어 무위대장 이경하를 찾아가기로 했다. 그들 모두가 지금은 무위영 소속 군사였기 때문에 무위대장 이경하는 말하자면 직속 상관이다.
그날은 6월 9일이었다.
동별영에는 무위영 소속의 옛 훈련도감 군사들이 들끓고 있었다.
그들은 벌써 김장손 등이 대표로 나섰다는 소식을 듣고 미리 모여든 것이었다. 아마도 통문을 만들어 모이게 한 것 같았다.
 그러나 김장손과 홍만복은 애초 동지들이 그렇게 많이 모이기를 원히지 않았다. 행여나 군중 심리의 발동으로 해서 엉뚱한 소동이 벌어질까 두려워한 때문이었다.
 김장손 일파가 낙동에 있는 이경하의 저택 대문 앞에서 기다리고 있는 동안에 그리로 모여드는 군사들은 자꾸만 불어나기만 했다.
 잠시 후 김장손, 홍만복, 유춘만이 이른바 낙동대감 이경하의 앞에 허리를 굽히고 섰다.
 이경하는 비교적 담담하게 말했다.
「그놈들이 죄를 졌으니 벌을 받는 건 당연하지 않느냐? 일개 창고지기라도 조정의 관원이거늘 관원에게 여럿이 작당해서 폭행을 한 것은 용서할 수 없는 소행이다. 단지 그놈들이 내 수하에 있는 군졸이고 정상이 참작될 여지가 있어 내 변백하는 서찰을 써 줄 것이니 너희들이 혜당대감께 직소하도록 해 봐라!」
 뜰아래 엎드린 대표들은 그만해도 마음이 좀 놓였다.
 그러나 그들이 이경하의 의외로 부드러운 태도에 감격한 것은 어리석은 노릇이었다.
 이경하는 그들의 직속 상관이면서 자기는 슬쩍 빠지고 모든 책임을 민겸호에게로 미뤄 버린 것에 불과했다.
 하긴 이경하로서도 어쩔 수가 없었다. 세도 재상 민겸호가 한 노릇인데 자기로서 무슨 방도가 있겠는가.
 세 사나이는 이경하가 몇 줄 적어 준 봉서를 쥐고 대문 밖으로 나왔다.
 밖에 모여섰던 수많은 군졸들이 그들의 뒤를 따랐다.
 대열을 이루고 등등한 기세로 거리를 행진했다.
 그러나 모두가 오합지졸들이 아니던가.
 전동 민겸호의 호장(豪壯)한 저택은 그들 수많은 군졸을 위압하고도 남음이 있었다. 높은 솟을대문은 굳게 닫혀 있었다.
 김장손이 앞에 나서서 문지기 군사에게 공손히 연통을 했다.

「혜당대감을 뵈옵기 위해서 낙동대감의 친서를 가지고 왔소이다.」
 문지기의 연통으로 청지기가 나왔으나 퉁명스럽게 대답했다.
「대감께서는 예궐하고 안 계시우.」
 늙은 청지기는 훌쩍 안으로 들어가 버렸다.
 군졸들은 어이없이 다시 닫혀진 대문만 쳐다봤다.
 그런데 좀 있다가 다시 대문이 삐이걱 열렸다. 젊은 하인 하나가 얼굴을 쑤욱 내밀었다.
「이놈들아, 또 작당해서 뭣하러 왔느냐!」
 눈알을 부라리며 소리치는 것이었다. 보니, 그는 전날 도봉소에서 봉변을 당한 창고지기의 한 사람이었다.
「저, 저놈이!」
 군인들 속에서 누군가가 소리쳤다. 연달아 노호가 터졌다.
「저놈이 죽일 놈이다!」
「저놈 때문에 우리가 굶주렸다!」
「저놈 때문에 네 사람이나 죽게 됐다. 저놈을 때려잡아라!」
 노한 군중은 제각기 한마디씩 하면서 우르르 앞으로 밀려 나갔다. 걷잡을 새가 없었다.
「저놈을 잡아라! 끌어내 능지를 해라!」
 으레 앞장을 서는 사람이 있게 마련이다.
 한 군졸이 날쌔게 뛰어들자 창고지기는 다급하게 대문을 덜컹 닫아 버렸다.
「대문을 부셔라!」
 아무리 높고 웅장한 대문인들 이 수백 명의 분노를 당할 수가 있겠는가.
 눈깜짝할 사이에 대문이 나가떨어지고 밀물처럼 밀리는 군인들이 집안으로 쏟아져 들어갔다.
 그들은 눈이 충혈이 돼서 떠들어 댔다. 넓은 집안을 뒤졌다.
「아하 쌀밥 봐라. 양지머리가 걸려 있구나. 이건 육포, 이건 어포, 저건 술독들이다, 술독!」

「금은보화다!」
 이제 그들에게는 거치는 게 있을 수 없다. 모두들 이성을 잃고 눈이 뒤집혀졌다. 닥치는 대로 때려부수고 짓밟았다.
 무엇 하나 화려하지 않은 것이 없었다. 어느 물건 쳐놓고 값지지 않은 것이 없었다.
 김장손도 유춘만도 휩쓸려 들었다.
 홍만복은 그래도 냉정했다. 그는 군졸들이 마당에 비단이며 가장집물들을 내어 놓고 불지르는 것을 망연히 서서 바라보고 있었다.
 마침 그때 어떤 사나이 하나가 그에게로 접근해서 어깨를 툭 쳤다.
 홍만복은 흠칫 놀라면서 사나이를 노렸다. 사나이는 군복을 입고 있지 않았다.
 홍만복은 그를 기억하고 있었다. 아까 가장 먼저,
「대문을 부셔라!」
 고함치며 내닫던 사나이였다. 그만이 유독 군복 차림이 아니어서 기억에 남아 있었다.
「나 모르겠소? 당신 만복대감이 아니오?」
 깨끗하게 생긴 그 사나이는 희고 고른 이들을 드러내보이며 웃었다.
 이 판국에 웃음이 나오다니, 미친놈이 아닌가 싶었다. 그렇지 않으면 대단한 배짱을 가진 사람이 아닐 수가 없다.
 홍만복은 그 사나이의 부리부리한 눈에 어떤 기억이 있는 것 같았다. 어디서 많이 본 얼굴이라고 생각했다. 홍만복을 만복대감이라고 부르는 걸 보면 어느 색주가 집에서 만났던 작자인지도 모른다고 생각했다.
 훈련도감의 군사들도 좋은 시절은 있었다.
 대원군 집정시대였다. 대원위 분부로 관원들은 기생방 출입이 금지돼 있기는 했었지만 그래도 많이들 드나들었다.
 그 무렵에는 홍만복이 만복대감으로 불려질 만큼 호탕했었다.
「아하……알겠소. 이참봉 아니오?」
 홍만복이 그를 알아보자, 그는 더욱 크게 웃었다.
 홍만복은 소름이 쭉 끼쳤다.

「너무 떠들썩하게 웃지 마오. 성난 군인들이 달려들겠소.」
「하하하……군인들이 달려들어? 내가 누구 편인데? 민겸호 놈 모가지 떼러 온 사람이 누군데?」
 사나이는 단박 험상궂은 얼굴이 되더니 품속에서 칼을 쑥 뽑았다. 시퍼런 칼이 햇볕을 받고 번쩍 빛을 발했다.
「이 칼 보시오. 간신놈들을 죽일 칼이지. 대원위대감이 내렸소!」
「대원위대감이?」
 홍만복은 눈이 휘둥그래지면서 한발 뒤로 물러섰다.
「그렇소. 오늘의 의거는 이대로 그쳐서는 안 되오. 이대로 흐지부지했다간 우리 모두가 개죽음을 당할 게요. 내 칼은 이미 뽑은 것, 우리는 이제 물러설 수가 없소. 끝장을 보지 않으면 안 된단 말이오. 자, 대원위대감한테로 갑시다. 가서 대원위대감을 모시고 궁중으로 들어가 민중전을 에워싼 간신놈들을 모조리 처치합시다!」
 이상지였다. 이상지의 선동은 홍만복을, 다른 군인들을 감동시켰다.
 이상지는 다시 홍만복에게 일렀다.
「당신은 대표로 나온 사람이니 어서 군인들을 모아 놓고 명령을 내리시오. 그렇지 않고 흐지부지 흩어져 버리면 모두가 새남터의 까마귀 밥이 될 것이오!」
 홍만복은 어느 틈에 대표가 돼 있었다.
 그는 이상지에 의해서 어떤 행동을 강요당하고 있었다.
 홍만복은 몸을 훌쩍 날려 중문 지붕 위로 뛰어올랐다.
 넓은 정원이 한눈에 내려다보이는 민겸호의 집 용마루 위에 섰다.
 군졸들의 소동은 차츰 가라앉고 있는 중이었다.
 가장집물에 붙었던 불길도 사위어 가기 시작하고 있었다.
 태풍이 지나간 뒤에 어수선하고 불쾌한 정적이 마악 찾아드는 그런 순간이었다.
 수백 명의 군졸들은 비로소 자기네가 저지른 일이 얼마나 무서운 짓인 줄을 깨닫고는 아연실색하고 있을 무렵이었다.
 홍만복은 용마루 위에서 소리쳤다.

「여러분! 이리 모이시오. 내 말 좀 하리다!」
모두들 하늘에서 들리는 소리로 알았다. 일제히 고개를 젖히고는 지붕 위를 쳐다봤다.
「뭐요?」
누군가가 지붕 위에다 대고 소리쳤다.
홍만복은 우선 이마에 쏟아지는 땀을 주먹으로 문댔다.
그는 다리가 후들후들 떨렸다. 왈칵 겁이 치밀었다. 수백 개의 충혈된 눈동자들이 자기를 쏘아보고 있는 바람에 새삼 사태의 중대성을 절감했다.
홍만복은 어쩔 수 없이 영웅이 되지 않을 수 없었다.
「여러분, 오늘 우리는 큰일을 저질렀소. 우리는 별다른 뜻이 없이 홍분 끝에 저지른 짓이지만 나라에서는 틀림없이 우리를 반란죄로 다스릴 것이오. 그렇게 되면 우리는 모두 참수형감이외다.」
홍만복은 단숨에 지껄이고 나서 숨을 모았다.
군중 속에서 누군가가 맞장구를 쳤다.
「하긴 그렇게 됐소. 그러면 어떻게 해야 좋겠소?」
이렇게 되면 별수없이 홍만복은 지도자가 되는 것이다.
「그걸 이 자리서 의논하자는 것이오. 이대로 우리가 흐지부지 흩어지고 나면 나라에선 우릴 모조리 잡아들일 것이오. 결국 우리는 개죽음만 당한단 말이외다. 여러분, 우리가 뭘 잘못했단 말입니까? 잘한 놈은 누구며 잘못한 놈은 누구냐 말입니까. 우리가 왜 역도로 몰려 삼족이 멸해야 하겠소?」
「우린 충성된 백성들이외다. 간신집을 격몰했으니 우린 충신이란 말이오.」
유춘만이 마주 소리쳤다. 그도 눈에 핏발이 벌겋게 서 있었다.
「어리석은 소리 마오. 당신 형도 충신이라서 포도청에 잡혀 갔소? 역적이 아닌데 왜 사형이 내렸소? 겨우 창고지기 멱살 한번 잡고서 그 지경인데 지금 우리는 세도 재상 집을 분탕질했단 말이오!」
이상지가 나서서 또 그들을 선동했다.

모든 사람의 얼굴에는 공포의 빛이 역연하게 나타났다.

미상불 사태는 중대했다.

군중은 바람결처럼 술렁거리기만 했다.

그러자 홍만복이 또 지붕 위에서 외쳤다.

「여러분, 우리가 살기 위해서는 대원위대감을 모셔 와야 되오. 대원위대감께서는 옛날 우리를 극진히 생각해 주셨소. 급료도 후했고 기일도 어긴 일이 없소. 우리 이 길로 대원위대감을 찾아뵈옵고 우리의 사정을 호소하기로 합시다. 어떤 일이 있어도 대원위대감을 모시고 궁중으로 들어가 간신배와 음탕한 계집을 몰아냅시다!」

홍만복의 말이 떨어지자 군인들은 길길이 뛰었다.

「그거 참 명안이오!」

「그렇게 합시다!」

어쩔 수 없는 대세였다. 계획되고 짜여진 순서는 아니었으나 필연적인 추세였다.

수백 명의 고삐 풀린 광마들은 운현궁을 향해 우르르 내닫기 시작했다.

이때 대원군은 공덕리 아소당에서 운현궁으로 돌아와 있었다.

군인들의 소동은 천하장안을 통해서 시시각각으로 그에게 보고되고 있었다.

대원군의 곁에는 허욱이 붙어 있었다. 그는 중군을 지낸 건장한 무변이었다. 오늘의 사태에 대비해서 긴급하게 특별히 불러들인 인물이었다.

대원군은 온종일 침묵만 지키고 있었다.

이상지가 아침에 나갈 때도, 천하장안이 쉴새없이 들락거려도 들어오는 정보만을 묵묵히 귀담아 듣고 있는 그였다.

군인들이 운현궁 대문 밖에 몰려들고 있다는 보고에 접하자 대원군은 분연히 앞에 있는 허욱을 보고 말했다.

「나가서 그들을 잘 타일러 보내도록 하게. 국법이 엄하거늘 이 무슨 소동이냐고 호통을 엄히 쳐 보내란 말야.」

「대감마님!」
「나 하라는 대로 해!」
허욱은 일어섰다.
과연 운현궁 대문 밖을 메운 군인들의 떼는 멀리 골목길에까지 꽉 차 있었다.
허욱은 대문 앞으로 선뜻 나섰다.
「여러분은 오늘 장한 일을 했소!」
허욱은 대원군의 지시와는 달리 엉뚱한 첫마디를 꺼냈다. 군중의 입이 일제히 벌어졌다.
「어서 대원위대감을 만나게 해 주시오. 그러고 우리를 살려 주시오!」
허욱은 자신만만하게 대답했다.
「염려 마시오. 대원위대감께서는 여러분의 충성에 감동하고 계시오. 이제부터는 내가 대원위대감의 말씀을 대신 전갈해 줄 테니 내 말만 따르시오. 여러분이 다함께 대원위대감을 뵈올 수는 없지 않소?」
「그러니 우리들 중에 대표를 뽑아 직소하리다!」
홍만복이 앞으로 뛰어나왔다. 유춘만도, 김장손도 뒤미처 밀려 나왔다.
「당신들이 대표요?」
「그렇소이다.」
허욱은 고개를 끄덕였다.
결국 김장손, 유춘만, 홍만복이 대표가 되어 허욱과 함께 운현궁의 대문 안으로 사라져 들어갔다.
대원군은 아재당 대청마루에 나와 앉아 있었다.

숨이 막히는 무더위였다. 그러나 그의 표정은 차디찼다. 냉기가 돌 만큼 싸늘했다. 깊숙이 물고 있는 연죽을 입에서 뽑지 않았다.
뛰어든 군졸들은 그러한 그를 보자 등골이 오싹했던 것 같다. 허리를 깊숙이 꺾은 채 몸을 사시나무 떨듯 떨었다.
「대원위대감마님.」

연장자인 김장손이 간신히 그 한마디를 뇌까렸다.

그러나 대원군은 딴전을 보면서 일체 반응을 보이지 않았다. 그의 입에서는 노리끼리한 자연(紫煙)만이 쉴새없이 뿜어져 나오고 있었다.

「이 자들이 대표로 들어와 부복했습니다. 저하께오서 특별하신 교유(教諭)를 내리시길 바라고 들어왔습니다.」

허욱이 옆에서 대원군에게 그런 말을 했다.

그러나 대원군은 역시 냉연한 채 말이 없었다.

「저하!」

허욱이 또 대원군의 발언을 채근했다.

대원군은 그제서야 입에서 옥물부리를 쑥 뽑았다.

「네놈들이 멋대로 저지른 일에 내가 무슨 말을 하겠느냐.」

그의 태도는 얼음장보다도 더 싸늘했다.

대하에 엎드린 세 사나이는 전전긍긍했다.

한동안 무거문 침묵이 흘렀다.

대원군은 드디어 한마디 했다.

「나라에는 국법이 있거늘 누구도 국법을 어기는 무엄한 짓은 삼가해야 한다.」

대원군은 또 한동안 말을 끊었다가 잇는다.

「오직 나약한 상감 곁에 교활한 간신들이 무리지어 붙어 있으니 그게 걱정이다. 너희들은 이 나라의 간성(干城)이니 항상 파사현정(破邪顯正) 하는 정도(正道)에 살고 죽어야 한다!」

짤막했다. 그는 그 이상 말을 하지 않고 무서운 눈초리로 세 사나이를 쏘아보더니 벌떡 일어나 아재당 안으로 들어가 버렸다.

대표들은 어이가 없어 대원군이 사라진 발 저쪽만 물끄러미 바라봤다.

그러자 허욱이 세 사람을 데리고 뒤뜰로 돌아갔다.

네 사람은 뒤뜰에서 한동안 주고받는 말이 많았다. 주로 허욱의 지시였다.

대표 셋은 간간히 질문만 했다.

잠시 후 운현궁 대문 밖으로 나오는 세 대표의 얼굴에는 생기가 돌았다.
그들을 맞이한 군졸들의 얼굴에도 새로운 용기가 솟았다.
군중은 일단 뿔뿔이 헤어졌다. 그러나 그들은 모두 종로거리로 쏟아져 나갔다.
수백 명 군졸들은 다시 무리가 되어 동별영에 이르렀다. 무기고의 문이 활짝 열렸다.
군복 차림을 한 허욱이 거기 무기고 문 앞에 버티고 서 있었다.
녹이 벌겋게 슬었다고 총이 아니고 칼이 아닐까, 무기가 아닐까.
총, 칼, 창이 마구 군인들에게 하나씩 분배되었다.
총을, 칼을 받아 쥔 군졸들의 눈엔 이미 살기가 번뜩였다.
동별영 넓은 뜰엔 살기등등한 군인들로 해서 6월의 폭염도 서릿발이 되었다.
돌연 정문 쪽에서 말발굽소리가 요란하게 울렸다.
10여 기의 기병을 거느린 한 사람의 무장이 위세있게 마당 한복판으로 뛰어들었다.
바라소리 같은 우람한 음성이 군졸들 머리 위에서 터졌다.
「듣거라, 너희들의 충정은 내가 알고 있다. 이번 사태는 순리적으로 너그럽게 처리해 줄 것이니 오늘은 모두 온순히 해산하도록 하라! 각자 손에 든 무기를 무기고에 넣고 집으로 돌아가면 이제까지의 죄는 묻지 않겠다!」
무위대장 이경하였다.
그러나 군졸들은 그를 뼁 둘러쌌다.
「당신 말을 누가 믿겠소?」
한 군졸이 소리쳤다. 무위대장 이경하에 대해서조차 그토록 대담해진 군졸들이었다.
「옳소! 낙동 바람도 이젠 무섭지 않소!」
이경하를 호위하고 있던 기병 하나가 고함을 쳤다.
「무엄하구나! 무위대장 이경하대감을 몰라보느냐?」

군란軍亂과 운변雲邊과 왕궁王宮과 171

그러나 소용없었다.
「이놈아, 아가리 닥쳐! 지금이 어느 판이라구 네놈이 나서는 게냐!」
유춘만의 고함에 모두가 와아 함성을 올렸다.
이경하는 의외의 사태에 당황하는 기색이 역연했다. 어쨌든 그는 직속 대장이 아닌가.
그보다도 그는 포도대장으로 훈련대장으로 무위대장으로 천하에 위세를 떨치던 이른바 낙동대감이다.
그는 어제까지만 해도 군졸들의 수령이고 우상이고, 그들에게 군림했던 영웅이다.
그러나 이제 그들 노한 군중의 눈앞에는 우상도 영웅도 없었다. 대장도 대감도 무섭지가 않았다.
이경하는 사세가 몹시 험악한 것을 알자 전가의 비도를 뽑았다.
그는 엄숙하게 소리쳤다.
「어명이다. 냉큼 해산해라! 온순하게 물러가는 자는 중죄라도 불문에 붙인다!」
이경하의 말은 앞발을 번쩍 들고 후루루 울었다.
그러나 어이없게도 군졸들은 마이동풍이었다.
「어명이 뭐요? 당신 말을 누가 믿는답디까!」
와하하 하고 야유의 폭소들이 터졌다.
「뭣이?」
이경하는 말 위에서 얼굴이 새파래졌다. 더욱 어처구니없는 소리가 그의 귓전을 때렸다.
「어명이다. 네나 냉큼 물러가라. 속히 떠나지 않으면 골통을 깰 테다!」
허욱이 외치자,
「그놈을 끌어내려라!」
군중의 고함이 또 터졌다. 이경하를 끌어내리라는 것이다.
사세가 험악해지자 이경하는 채찍을 허공으로 번쩍 쳐들었다. 말엉덩이에 채찍이 내리쳐지자 놀란 말은 쏜살같이 군중 속을 빠져 달아났다.

「저놈을 잡아라! 어명이다!」

그의 뒤를 군복의 야유와 노도가 따랐다.

종로거리는 먼지와 함성으로 범벅이 되었다.

그때였다. 아무도 예기치 않았었다. 잠시 전까지만 해도 쨍쨍하던 하늘에서 쏴아하고 한줄기의 소나기가 퍼붓기 시작했다.

몇달 만에 보는 빗줄기인가. 군중은 더욱 흥분했다.

「하늘이 우리를 도우신다. 우리의 의거에 감격하셔서 하느님도 비를 내리신다!」

그들은 스스로 의거라고 말을 쓰고 있었다. 의거라 해서 잘못된 것도 없는 그들의 행동이었다.

「우리의 통한을 씻어 주는구나. 하늘이 씻어 주는구나!」

감격이 북받쳐 엉엉 우는 사람들도 있었다.

그야말로 하늘이 도우는 게 아닐까.

국왕이 비를 빌고 조정이 기우제를 지내도 날이면 날마다 불볕만 쏟던 하늘이었다.

그런데 난데없이 비가 쏟아지고 있다. 어떻게 흥분들을 하지 않겠는가.

난군들은 더욱 용기백배해서 포도청이다, 의금부다, 하고 가릴 것 없이 몰려들었다.

그들은 포도청에 갇혔던 동료 네 명을 구출하는 데 무난히 성공했다.

유복만, 김춘영 등의 팔팔한 패거리가 가세되자 그들의 행동도 더욱 신속해졌다.

그들은 두 갈래로 나뉘어졌다.

한패는 서대문 밖 경기감영을 습격한 다음 천연정 일본공사관으로 몰려들었다.

「왜놈들을 죽여라!」

또 한패는 별기군이 있는 하도감으로 달려가 일본 교관 호리모도 레이소와 일본 사람 몇 사람을 죽여 버렸다.

난군이 겹겹으로 둘러싼 일본공사관은 그야말로 풍전등화의 위급한

군란軍亂과 운변雲邊과 왕궁王宮과 173

사태로 몰렸다.

　공사관 안팎은 수라장이 됐다. 얼굴이 새파랗게 질린 관원들은 허둥지둥 숨을 곳을 찾아 헤맸다.

　그들은 죽음을 깨닫고 자결을 각오하기까지 했다.

　일본공사관에는, 공사 하나부사를 비롯한 관원 16명과 공관 호위를 위해 본국에서 데려온 순사 10명 등, 모두 28명의 일본인이 죽음 직전의 공포에 떨고 있었다.

　공사관을 포위하고 있는 것은 군졸들뿐이 아니었다. 일반 시민들도 많이 끼여 있었다.

　일본인들은 언제부터인가 증오의 대상이었다. 모두 이를 갈고 있었다.

「왜놈들은 모조리 잡아죽여라!」

　하늘과 땅을 흔드는 듯한 함성과 함께 엄청난 수의 돌멩이가 공관으로 날아들었다.

　그들은 공사관의 뒷산을 넘어 양화진으로 빠질 계획을 세웠다. 양화진에서 배만 얻어 타면 인천으로 달아날 수 있다는 계산이었다.

　그러나 하나부사 공사는 일단 망설였다.

　그는 생각했다.

　무사히 도망치기에는 난군의 형세가 너무 크다. 도망치기가 어렵다면, 조선정부가 정 힘이 없다면, 어쩔 수 없는 일이지만 경기감영이 가까이 있으니 일단 그곳으로 피난해 보는 방법도 있다고 생각했다. 감영에는 적지 않은 군사가 있고 무기도 있는 것으로 알고 있었다. 거기까지만 갈 수 있다면 생명의 보호는 받을 수 있을지도 모른다는 계산이었다.

　그러나 사세는 너무도 급했다. 벌써 공관의 문 밖에는 불기둥이 치솟았다.

　난군이 공사관 옆 민가에다 지른 불이 공사관 구내로 번진 것이었다.

　하나부사 공사는 곧 자기네 관원을 지휘하여 공사관의 기밀과 서류 일체를 불태우게 했다. 그리고 그들은 만단 준비를 하고는 단총과 단도 등의 무기를 나누어 가졌다.

그들은 공사관 무관인 미즈노 대위를 선두로 하고 전원이 돌격 태세를 취해서 정문으로 뛰쳐나갔다. 결사적인 탈출이었다.

그러자 공관을 포위했던 군중들이 와르르 밀려들었으나 일인들이 휘두르는 칼질 총질에 놀라 어이없게 모두 물러나 버렸다.

일본공사 일행은 공사관 탈출에는 성공했으나 다시 앞길이 막혔다.

경기감영까지 난군에 의해 점령당했다는 것을 알자 그들은 곧 양화진으로 도망칠 수밖에 없었다.

비가 억수로 쏟아지고 있었다.

그들은 물에 빠진 새앙쥐의 몰골이었다. 문자 그대로 구사일생이 되어 인천까지 달아날 수 있었다.

인천이라 해서 평온할 까닭이 없었다.

인천사람들은 일본인들이 서울서 피해 왔다는 소문을 듣자 역시 군사들이 중심이 돼서 들고 일어났다.

일본공사 관원들은 또다시 혼비백산해서 가까스로 어선 몇 척을 탈취해 타고 남양만으로 도주했다.

그들은 죽을 운명은 아니었다.

마침 영국의 측량선을 만나 저들의 본국 나가사끼로 탈출할 수 있었다.

영화榮華의 말로末路는 처참했다

   정국은 걷잡을 사이가 없이 뒤챘다.
   누구도 이 난국을 타개할 자신이 없었다.
   이튿날은 6월 10일이 아닌가. 첫새벽부터 운현궁 대문이 활짝 열렸다.
   「왕명을 받은 영접사가 드오!」
   대궐에서 특사가 왔다고 했다.
   원체 사세가 다급하니까 운현궁에다 특사를 보냈다는 것이다.
   대원군은 서두르지 않고 태연자약했다.
   그는 의관을 정제하고 아재당에서 왕의 특사를 영접했다.
   큰아들 이재면이 오늘따라 돋보였다. 사위 조경호도 의젓했다.
   천하장안은 대하에 시립하고 있었다.
   오랫동안 숨을 죽이고 있던 그의 측근자들이 어젯밤부터 사랑채에 꽉 차 있었다.
   대원군의 큰아들이며 국왕의 친형인 이재면은 어젯밤에 벌써 무위대장으로 임명돼 있었다.
   다급해진 국왕은 선혜청 당상 민겸호를 파직시켰다. 도봉소 당상 심순택도 무위대장 이경하도 그 직에서 파면했다.
   대원군은 의젓했다. 그의 곁에 시립한 사람들은 어느 누구도 간밤에 눈을 붙이지 못했다. 더욱이 허욱은 뜬눈으로 밤을 밝혔다.
   대궐에서 나온 특사는 내시였다. 마루 위로 성큼 올라섰다.

「속히 입궐하옵시라는 왕명이시오.」

대원군은 대답을 하지 않았다. 그는 얼굴을 들어 천정을 한번 쳐다보고 그리고 멀리 남산 마루에다 시선을 던졌다.

궁중에서 나온 내시는 다그쳤다.

「난병의 기세가 심상치 않고, 무엄하게도 범궐(犯闕) 할 기미조차 보이므로 왕명이 지급하옵니다. 국태공께오서는 지체없이 입궐하시오.」

오랫만에 들어 보는 국태공의 호칭이었다.

발등에 불이 떨어지니까 비로소 왕은 아버지의 생각이 났단 말인가. 야(野)로 내몬 지 벌써 10년, 그동안 따뜻한 인사 한마디 보내 오지 않았던 아들이었다.

아무리 아버지 아들의 사이라도 배알이 안 날 수가 없었다.

「알았소!」

대원군은 냉연하게 대답했다. 그리고 그는 큰아들 재면에게 소리쳤다.

「넌 이제 무위대장이 아니냐? 소임이 막중하다. 냉큼 입궐해서 상감을 모시도록 해야지!」

이재면은 허리 굽혀 아버지에게 인사하고 황급히 운현궁을 나섰다.

허욱이 방바닥에 한손을 짚고 가만히 대원군에게 아뢴다.

「시생도 나가 보겠습니다. 묘시초(卯時初)까지는 만사가 끝나 있을 것으로 아옵니다.」

「나가 봐라!」

허욱이 나가고 천하장안도 거리로 나갔다.

운현궁은 다시 정적으로 돌아갔다.

아침해가 찬란히 솟아오르고 있었다.

솔가리 타는 냄새가 가난한 운현궁의 아침을 알리고 있었다.

입궐하라는 왕명을 받고도 대원군은 서두르지 않았다.

세모시 치마저고리로 단장한 부대부인이 안마당을 서성거리고 있었다.

대원군은 내실로 들었다.

내실 대청에는 빛잃은 와룡촛불이 펄럭 하고 춤을 추었다. 이른바 일진청풍이 넓은 대청을 거처 뜰로 빠져 나갔다.
「자리끼를 드셔야지요.」
부대부인은 상 위에 놓인 반합을 열었다. 알맞게 식힌 잣죽이었다. 어차피 오늘 아침 식사들은 궐하게 될 것을 짐작하고 있었는지도 모른다.
여름인데 잣죽이니 말이다.
「좀 뜨셔야죠?」
부대부인은 조심스럽게 권했다.
「예궐할 채비를 하시오!」
그는 아내에게 일렀다. 함께 대궐로 들자고 했다.
대원군은 부인 민씨에게는 비교적 자상하게 말했다.
「이 판국에 중전이 또 무슨 성질을 부릴지도 모르겠소. 분별없는 군졸들이 또 어떤 일을 저지를지 모르겠소. 왕가의 체통이 중하니 예궐해서 중전을 보호하오.」
미움과 분노를 억제한 음성이었다.
부대부인은 아무 말 않고 자리를 떴다. 이 중대한 고비에 자기가 해야 할 일이 무엇인가를 알고 있었다.
별안간 운현궁 담 너머에서 함성이 터졌다. 질서 있는 함성이었다.
「대원위대감 만세!」
반사적으로 대원군은 벌떡 일어섰다.
김응원이 다급하게 아뢰었다.
「군사들이 궁 밖에 찼습니다. 그리고 대궐에서 또 사람이 나왔습니다.」
국왕은 또 다른 내시를 보내 왔다. 바로 이민화였다. 대원군의 촉각이라 해서 서리를 맞았던 내시 이민화를 보내 왔다.
「왕명이 급하오. 곧 예궐하옵시오. 난군이 그여코 범궐을 했소!」
「범궐을 해?」
대원군은 놀라는 체했으나 놀라지는 않았다.
「채비를 차려라!」

그는 평교자 위에 올랐다. 쌍초선도 일산도 곁들이지 않고 운현궁을 떴다.
부대부인의 사린교가 그 뒤를 따랐다.
군사들의 환호성이 터졌다. 그 혼잡하던 길이 물살처럼 쫙 갈라졌다.
「대원위대감 만세!」
그의 앞뒤로는 수백 명의 군사들이 에워쌌다.
그러나 대원군은 고개를 숙였다. 웬지 떳떳한 태도가 아니었다. 아들의 수치는 자신의 수치라고 생각하는 어버이의 착잡한 심경이었기 때문일지 모른다.
아침 햇살은 싱그러웠다. 간밤에 내린 비로 거리는 맑고 깨끗했다.
연도에는 시민들이 들끓었다. 너나없이 이상한 감동을 가지고 지켜보는 것 같았다.
「대원위대감 만세!」
시민들도 군사들도 연달아 기세를 올렸다.
돈화문의 안팎은 남색 낡은 군복들로 꽉 메워져 있었다.
대원군의 행차가 나타나자 그들은 길을 텄다.
아비규환의 수라장으로 들어가는 느낌이었다.
순간, 대원군의 눈에는 시퍼런 불똥이 튀었다.
「어허, 죽일 놈들!」
그는 분노를 느꼈다. 누구를 향한 분노일까.
이렇게 만든 민씨 척족에 대해선가, 아니면 지엄한 대궐을 범한 군사들에 대한 분노일까.
대궐 안에서는 궁녀들의 비명이 터지고 있었다.
군사들의 진흙발이, 금각옥루(金閣玉樓)를 짓밟고 있었다.
「중전을 찾아라!」
군사들의 외침이 대원군의 귀에도 들렸다.
「민비년이 어딨느냐!」
부대부인도 군사들의 욕설을 귀에 담아야 했다.
광란하는 난군들의 눈동자에는 핏발이 서 있었다. 피묻은 칼날이 여

영화榮華의 말로末路는 처참했다

기저기서 마구 번뜩였다. 여기저기에 남녀 시체가 뒹굴고 있었다. 화사한 비단옷도, 점잖은 관복도 피에 엉켜 있었다.
　대원군은 급히 희정전으로 향했다.
　왕은 거기 없었다.
「별전으로 피신하신 모양입니다.」
　무감 하나가 얼른 나서서 말했다.
　마침 그때였다. 옆으로 몰리던 군사들이 우르르 흩어져 갔다.
「민겸호 저기 있다!」
「저놈 민겸호를 잡아라!」
　대원군은 고개를 홱 돌렸다. 순간 그의 소맷자락을 잡는 사람이 있었다.
「대감, 살려 주십쇼!」
　민겸호였다. 몸을 사시나무 떨듯 떨고 있었다.
　대원군은 묵묵히 그를 내려다봤다.
「대원위대감, 살려 주십시오!」
　민겸호는 다시 애원했다.
「상감은 어디 계신가?」
「모르겠습니다, 대감.」
「몰라?」
　대원군은 왕을 찾아 사면을 두리번거렸다.
　그 순간 한 군사의 우악스러운 손이 민겸호의 뒷덜미를 낚아챘다.
「이놈! 내 칼 받아라!」
　참담한 광경이었다. 십여 개의 칼과 창이 한꺼번에 그의 몸을 노렸다. 유혈이 낭자했다.
　대원군은 고개를 돌리고 눈을 지그시 감았다.
「김보현이도 잡혔습니다그려. 대감!」
　언제부터 대원군 옆에 붙어서 있었던가. 허욱이었다.
「저기 끌고 옵니다. 침전 앞에서 붙잡았답니다.」
　대원군은 발길을 옮겼다. 왕을 찾기 위해서였다. 김보현은 먼저 상투가 잘려졌다. 그러자 마구 내리치는 칼들, 김보현은 비명 한번 지르지 못하고 참화를 당했다.
「이놈은 되게도 돈을 좋아했것다. 죽어서도 돈이 탐나겠지.」
군사 하나가 김보현의 몸에서 엽전 꾸러미를 찾아 내더니 한 닢을 떼어 그의 입을 벌리고 쑤셔 넣었다.
「야아 그놈 돈 잘 처먹는다.」
군사들은 기성을 울리며 날뛰었다.
바로 선혜청 당상을 지낸 김보현이 아닌가. 원한들이 컸다.
왕은 별전에 숨어 있었다. 정신이 다 나가 있었다. 그는 생친인 대원군을 보고도 그저 멍청한 표정이었다.
김병시가 그를 업고 조영하가 뒤에서 부축하여 겨우 이 별전으로 피신했다고 했다.
「상감, 놀라셨겠소!」
대원군은 짤막하게 한마디 하고는 맞은편에 앉았다.
측근에 있던 김병시, 조영하, 신정희, 이경하 등이 대원군에게 인사를 올렸다.
「속히 난병들을 퇴거시켜야 되겠습니다, 대감.」
김병시의 첫 호소였다.
대원군은 지체없이 대답했다.
「퇴거시켜야죠. 여기 무위대장, 장어대장 등의 장신(將臣)들이 있는데 뭐 걱정할 게 있겠소?」
대원군의 거침없는 대답에 이경하와 신정희는 얼굴에 핏기를 잃었다.
왕의 앞이니 이것도 어전회의가 되는 게 아닌가.
김병시가 또 대원군에게 호소했다.
「황송하옵니다. 대원위대감의 현책(賢策)이 있으시길 바랄 뿐입니다.」
대원군은 이번에도 선뜻 대답했다.
「내게 무슨 방법이 있단 말이오! 왕명에 의해서 책임을 맡은 대신들이 있는데.」

영화榮華의 말로末路는 처참했다 181

사실 그러했다. 대원군에게서 권력이 떨어져 나간 지가 벌써 10년 세월이 아닌가.
 지금 그가 다시 천하에 호령을 하려면 왕명의 뒷받침이 있어야 하는 것이다. 그런만큼 그는 간접적으로 왕에게 그 무엇인가를 요구하고 있는 것이다.
 역시 조영하의 눈치가 빨랐다.
 그는 멍청히 앉아 있는 왕 앞으로 바짝 다가갔다.
「전하, 국태공께 윤지를 내리시옵소서!」
 왕은 묵묵히 고개를 끄덕이었다.
 지필묵이 준비됐다.
 왕은 손수 붓을 들었다. 아직도 공포가 가시지 않은 그의 손은 떨렸다.

 이제부터 대소국무(大小國務)를 국태공에게 품결하라.

 왕명이 밖으로 전해 나가자 군사들은 일제히 환호성을 올렸다.
 대원군은 곧 교태전으로 나와 사태 수습에 나섰다.
 그는 우선 허욱을 불렀다.
 허욱은 실상 이번 대궐 침입의 지휘자가 아닌가. 대원군이 시킨 일은 아니지만 말이다.
 대원군은 허욱에게 첫 명령을 내렸다.
「모든 군사들을 대궐 밖으로 퇴거시키도록 하라!」
 왕의 시선이 허욱에게로 떨어졌다.
「예에, 분부대로 거행하겠습니다.」
 허욱은 공손히 대답하고 물러나갔다.
 그러나 허욱은 상을 잔뜩 찌푸리고 이내 되돌아왔다.
 보니, 그의 뒤에는 5, 6명의 군사가 뒤따라 왔다. 유복만, 김춘영, 홍만복 등이었다.
 그들은 대원군 앞에 일제히 꿇어 엎드렸다.

「대감마님, 우리를 죽여 주십시오!」
김춘영이 그런 엉뚱한 말을 했다.
「죽여 달라?」
대원군은 못마땅한 듯이 허욱을 돌아다봤다.
허욱이 입을 열기 전에 유복만이 주저없이 나섰다. 엄청난 소리를 함부로 지껄이고 있다.
「대원위대감께 아룁니다. 제놈들은 분부대로 퇴궐 못 하겠습니다. 중전이 아직 살아 있습니다. 아무리 찾아도 종적을 알 수가 없습니다. 중전이 살아 있는 한 저희들의 목숨은 온전할 리가 없습니다. 저희들은 중전을 찾는 날까지 대궐을 물러서지 못하겠습니다. 대감마님께서 꼭 물러가라 하신다면 저희들을 모조리 죽여 주십시오.」
만만찮은 결의가 서린 어조였다.
국왕 앞에서 일개 군졸이 왕비를 '중전'이라고 함부로 불러 버린다.
대원군은 입을 다물었다.
「중전이 살아 있는 한 저희들은 죽습니다. 이대로는 못 물러납니다.」
국왕은 외면을 하고 눈을 감았다.
대원군은 호통을 쳤다.
「무엄하구나!」
허욱이 이어 소리쳤다.
「물러가라!」
세 사나이는 하는 수 없이 물러갔다.
대원군도 왕 앞에서 물러났다.
허욱이 그의 뒤를 충실하게 따라섰다.
「중전은 어찌됐는지 모르느냐?」
「아직 밝혀지지 않았습니다.」
허욱은 면구스런 표정을 지었다. 그는 말했다.
「아무도 행방을 모르고 있습니다. 다만 중전마마가 타고 계셨다는 사린교만이 부숴진 채 나둥그라져 있었답니다.」
「그래?」

중전이 잡히지 않으면 난군을 진압시킬 방법이 없었다. 본의거나 아니거나 대원군은 우선 중전의 행방을 가려 내서 어떤 조처를 하고 그 사실을 발표해서 사태를 수습하는 길밖에 없는 것이다.
　대원군은 허욱에게 분부했다.
「중전의 행방을 속히 찾아 내라!」
　허욱은 대원군의 뜻을 알아듣고는 즉각 행동을 개시했다.
　대원군은 곧 큰아들 이재면을 불러들였다.
「중전의 행방이 묘연하다. 난군한테 해를 입은 줄 알았더니 확실한 추측을 내리기 힘들구나. 곧 영을 내려 사대문을 엄히 단속하고, 군사를 풀어 대궐 주위 사대부가는 물론 갈 만한 민가를 샅샅이 수색하도록 하라. 한강 나루도 일체 건너다니지 못하게 할 것이다, 알겠느냐.」
　대원군은 눈을 내려뜨고 아들 재면을 노려봤다. 과히 탐탁하게 여기지 않는 아들이었다. 그러나 아무리 무능한 사람이더라도 과도기(過渡期)에는 줄을 탄다.
「아버님, 어떤 일이 있어도 중전만은 꼭 찾아 내겠습니다.」
　그는 대원군의 눈치 살피기가 급했다.
　그는 대원군을 배신도 했다. 민비에게 붙어 운현궁의 비밀을 귀띔해 주기도 한 위인이었다. 그러나 이제 그런저런 일을 따져서 뭐하겠는가.
「중전을 찾아라!」
　쉽게 찾아질 단계가 아니었다. 중전 민비는 바로 그 시각에 왕궁을 벗어나 화개동 윤태준의 골방으로 숨어 버렸던 것이다.
　처음 난군이 궁중으로 밀려 닥쳤을 때 중전은 어지간히도 당황했다.
　난군이 자기를 목표로 하고 있다는 것을 너무도 잘 알고 있었던 것이다.

　중전은 황급히 궁녀 복장으로 갈아입은 후 왕궁에서 빠져 나갈 길을 궁리했다.
　그러나 난군은 벌써 내전에까지 들이닥쳤다. 피할 겨를이 없었다.
　중전이 낭패했다. 갈팡질팡하고 있는데 군사들의 칼끝은 바로 지척에서 번뜩였다.
「중전은 나오라!」
정신이 아찔했다.
「대원군이 입궐했답니다.」
어떤 궁녀가 중전에게 알렸을 때, 중전은 치마를 머리에 들쓰고 있었다.
중전은 쓰개치만 줄로 알고 머리에 썼던 치마를 내렸을 때에는 벌써 곁에 시녀 하나도 얼씬거리지 않았다. 모두 자기 생명만 가지고 뿔뿔이 도망친 것이다.
「이년들이 나만 남겨 놓구!」
중전은 하늘이 노오랬다. 웅장한 전각의 용마루가 눈앞에서 빙글빙글 돌아갔다.
그때 그네 앞에 한 채의 사린교가 멈추어 섰다.
중전은 몸을 숨기고는 그 사린교를 쏘아봤다.
황망히 내리는 여인은 누군가.
바로 부대부인이었다.
겁도 나고 반갑기도 했을 것이다.
부대부인은 중전 민씨를 보자 서둘러 손짓을 했다.
「속히 이 속으로 드시오!」
부대부인은 며느리를 밀어붙이듯 자기의 사린교 안으로 넣었다.
이내 난군들의 발소리가 요란하게 들려 왔다.
「중전이 어디 있느냐?」
한 군사가 도망치는 궁녀를 붙들고 다그쳤다.
새파랗게 질린 궁녀는 턱으로 사린교를 가리켰다.
군인들이 와르르 사린교로 몰렸다. 한 녀석은 사린교의 문을 발길로 걸어찼다. 다른 한 사람은 칼로 교장(轎帳)을 부욱 찢었다.
(애그머니나!)
중전은 그런 비명소리도 지르지 못했다.
사린교 속에서 발딱 튕겨나왔다.

단박 우아한 손이 그 칠칠한 머리채를 휘감아 쥐었다.
「네가 중전이지?」
그들이 중전의 얼굴을 알고 있을 리 없었다.
그때였다. 한 군관이 뛰어들었다.
「아니오! 그건 궁녀로 있는 내 누이동생이오!」
「당신 누이야?」
「내 누이요. 세자궁에 있는 궁녀요.」
되는 대로 둘러대며 재빨리 중전을 등에 업었다. 그리고는 뛰기 시작했다.
군사들은 멍청히 보고 있을 수밖에 없었다.
의심이 나지 않는 바는 아니지만 더 캐볼 여유가 없었다.
이렇게 해서 중전을 등에 업은 무감 홍재희는 그 길로 전에 사어(司禦) 벼슬을 지낸 화개동 윤태준의 집으로 달려갔다.
놀라 자빠진 것은 윤태준이었다. 어느 판국인데 하필이면 민중전을 자기 집으로 데려왔나 싶어서 벌벌 떨었다. 그러나 그는 곧 깊숙한 골방을 치우고는 왕비를 들여앉혔다.
비밀리에 민씨 척족인 민응식, 민긍식을 불러들여 의논 상대가 되게 했다. 그들은 자주 외출하여 바깥 소식도 물고 왔다.
아무래도 서울은 불안했다.
대원군의 명령으로 장안의 웬만한 사대부가는 모조리 뒤지고 민가까지 샅샅이 수색한다고 했다.
「어디 조용한 시골로 내려가 숨어야겠다. 좀 주선해 봐라.」
민비는 불안한 하룻밤을 지내자 윤태준에게 지시했다.
「여주로 내려가시지요.」
중전 여씨의 고향이다. 아직도 민씨네가 많이 사는 경기도 여주로 내려가기로 의논이 됐다.
여주 민영위의 집이 목표였다.
그러나 그곳까지 몰래 빠져 나갈 자비도 여비도 없었다.
모두가 가난한 선비였다. 좀 유족한 편인 두 민씨도 갑작스레 큰 돈을 변통할 길은 없었다.
 생각다 못해 윤태준이 나섰다. 친지인 전(前)승지 조충희를 찾아가 조용히 의논을 했다.
 일이 되느라고 마침 말[馬]을 팔았었다. 5백 냥의 돈이 조충희에게 있었다.
 조충희는 그 아까운 돈을 흔연히 내주었다. 잘만 되면 팔자 고칠 도박이 아닌가.
 그만하면 몇 사람의 여비는 충분했다.
 가마 한 채를 세내고 건장한 교군꾼도 구했다.
 민응식, 민긍식이 멀찍이 뒤에 따르고 종자 차림을 한 이용익이 가마 뒤에 바싹 붙어섰다.
 광나루 나루터에 이르렀다. 배를 부르니까 좀처럼 나오는 사공이 없었다.
 겨우 붙잡은 늙은 사공은 고개를 절레절레 흔들었다.
「안 됩니다. 어느 누구도 건네 주지 말라는 대원위대감의 분부가 내려 있소!」
 퉁명스럽게 대답하는 사공은 완강하게 배 낼 것을 거부했다.
 민응식이 사공의 소맷자락을 잡았다.
「한 번만 봐 주시오. 시집간 색시가 날 받아 신행가는 길인데 늦으면 큰일이오. 제발 사정 좀 봐 주시구려.」
 사정사정 했지만 늙은 사공은 들어 주지 않았다.
「신행길이야 늦출 수도 있지만 내 날아가는 모가지는 누가 붙여 주구요?」
 실랑이를 지켜보고 있던 중전이 가마문으로 손을 쑥 내밀었다.
「사공양반, 이것 받고 건네 주구려.」
 하얀 손가락에 끼었던 두툼한 금가락지를 빼어 던졌다.
 사공의 눈이 번쩍 빛났다. 곧 노를 잡았다. 한강은 무사히 건넜다.
 광주로 빠지자 마음이 좀 놓였다. 길가에서 좀 쉬어 가자고 했다.
 매미가 한가롭게 울고 있었다.

교군꾼들의 등이 땀으로 흠뻑 젖어 있었다.
길가 나무 그늘에다 가마를 놓아 두고 교군꾼들은 땀을 닦았다.
민응식, 민긍식도 주저앉아 무거운 다리를 폈다. 처음 걸어 보는 장거리 여행이었다.
촌아낙네 서넛이 어정어정 다가오더니 가마 안을 기웃거렸다.
「신행가는 색시가?」
아이를 업은 아낙네가 중전을 보고 말했다.
노파 하나가 또 가마 안을 들여다보며 말했다.
「피난 가는 새댁인가베.」
그 정도의 관심이었다면 오죽이나 좋았을까.
「쯧쯧……저런 얌전한 새댁마저 난리통에 저 고생이구려. 모두가 중전인가 뭔가 하는 그년의 지랄 때문이지.」
「글쎄 젊은년이 시아버지를 잡아먹구두 또 극성을 부리다가 그 꼴이 됐지 뭐유. 나라를 망해 놨어요. 암탉이 울면 집안이 망한다더니 맞는 말이지 뭐유.」
가마가 다시 뜰 때까지 그네들은 멋대로 지껄여 댔다.
민비의 심중은 어떠했을까. 이 가는 소리가 밖에까지 들렸을지도 모른다.
몇 달 후 대궐로 다시 들어온 민비는 그때 그일을 생각하고 그 마을을 집 한 채 남기지 않고 불태워 버리게 했다. 뒷날의 이야기다.
애초부터 썩고 썩은 정정(政情)으로 해서 곪아터진 군란이었다.
대원군이 나서서 수습을 한다고 해서 조건없이 쉽게 가라앉을 성질의 난리가 아니었다.
강요당한 국왕은 일찍이 어느 왕에게서도 볼 수 없었던 처량한 사과문을 국민에게 발표했다.

오늘의 일을 어찌 차마 말로 다하리요. 돌아보건대 과인은 덕없이 외람되게 왕업을 이은 후 백성을 어루만져 따르게 하지 못하여 이와 같은 공전(空前)의 변이 일어나게 하였도다. 어찌 저들이 공연한 화란을 일으켰을 것인가. 첫째도 과인의 허물이고 둘째도 과인의 죄과 인즉 이제 사태가 이에 미치매 스스로도 한심하기 짝이 없도다. 정원 승지들은 나서서 일일이 그들을 효유(曉諭)하여 그들로 하여금 제자리로 물러가게 하라.

 왕은 목이 메인 채 자신의 어리석음을 만천하에 공표했다. 스스로를 책망하는 내용이었다.
 군사들은 이러한 왕의 사과문을 읽고도 콧방귀를 뀌었다.
「흥, 그 마음 언제 변할지. 조석이 틀릴걸. 신세가 처량해지니까 죽는 소릴 다 하는구나.」
 민비를 잡아 시해하지 못한 것이 분해서 그들은 왕을 더욱 미워했다.
「민중전의 시체가 나오기 전엔……..」
 물러갈 수 없다는 게 난군들의 태도였다.
 그들은 계속해서 피묻은 신발로 궁전의 이 방 저 방을 뛰어다니며,
「중전은 나오라!」
「중전을 없애라!」
 살기 띤 노성으로 또 하루해가 저물도록 대궐 안을 뒤져 댔다.
 그러나 중전의 시체가 나타나겠는가. 행방이 알려지겠는가. 누구 하나 보았다는 사람이 있을 리 없었다.
 초조해진 것은 대원군이었다.
 어쩔 수 없이 임기응변의 교지를 내렸다.

　왕비께서는 금일 오시경(午時頃), 난군중(亂軍衆)에 의해서 승하하시었다. 다만 사태가 어지러워 그 체백(體魄)을 잃었으니 그리알고 군중은 퇴산하라.

 군병들은 믿는 자도 있었고, 믿지 않는 자도 많았다. 또 떠들었다.
「거짓말이다. 어디다 감추어 놓고 우리를 속이는 수작이다.」
「죽었을 게다. 살아남았을 턱이 없다. 어디 구석진 곳에서 시체가 썩

고 있을 게다.」

멋대로들 떠들었다.

결국 그들은 허욱의 간곡한 설유로 흩어져 가기 시작했다.

밤이 이슥한 뒤였다.

「난은 이것으로 일단 평정된 것 같소. 앞으로의 일이 걱정이오, 상감.」

대조전으로 돌아온 왕과 대원군은 단둘이 대좌했다.

아버지는 그런대로 너그러웠고 아들은 죄스러워 낯을 들지 못했다.

「그간 소자의 실정으로 왕가의 체통을 더럽혔습니다.」

「지난 일이야 따져 뭐 하겠소. 다만 내가 염려되는 것은 상감의 심약한 점이외다.」

아버지가 왕이고 그 앞에 세자가 꿇어앉은 것 같았다.

대원군은 그 한마디만은 꼭 하고 싶었던 것 같다.

「중전의 실덕(失德)이 너무 심했소. 조정에서 민씨 척족들의 행패를 일소하도록 하시오.」

왕비의 말이 나오자 왕의 얼굴에는 슬픔이 눈에 띄게 번져 나갔다.

대원군은 차츰 잔인해졌다.

「중전은 아마도 승하한 것 같소그려. 그렇지 않았더라면 폐비시켜야 될 일이었는데.」

「폐비를?」

왕은 분노했으나 이내 목이 메어 버렸다.

「그렇소.」

대원군은 더욱 결연한 어조로 나갔다.

화제를 바꿨다.

「이 강토에서 일본인들을 몰아 내야 하오. 큰일을 저질러 놓았소. 저들의 꾀에 넘어가 수교라는 것을 하기로 했다니, 앞으로 어떤 화단(禍端)이 생길지 모르는 일이외다.」

왕은 나라 일을 생각하는가, 부인 민씨의 죽음을 슬퍼하고 있는가, 아니면 대원군의 타이름에 반발을 느끼고 있는가, 오직 묵묵부답이었다.

대원군은 다시 입을 열었다.
「셋째로는 공연히 조정 기구를 개폐(改廢)해 놓았소. 옛부터 내려오는 기구를 정당한 이유도 내세우지 않고 일조일석에 경솔히 뜯어고치는 법이 아니오.」
그는 좀더 차근차근 타일러 갈 심산이었으나 왕의 심기가 몹시도 불편한 것 같아 그만 그쳐 버렸다.
「신, 신정희 복명이오.」
신정희가 돌아온 모양이었다. 그는 조금 전에 대원군의 지시를 받고 황급히 대궐 밖으로 나갔었다.
대원군은 그에게,
「난군이 조정대신들의 사저를 찾아다니며 분탕질을 하는 모양이니 실정을 알아 오라!」
하고 명령했던 것이다.
대원군은 신정희의 보고를 말없이 기다렸다.
「영돈령부사 홍인군께서 난군의 습격을 받아 돌아가셨습니다.」
「홍인군이?」
대원군은 심각하게 침묵해 버렸다.
국왕도 놀랐으나 역시 침통한 표정을 지었을 뿐 입을 열지 않았다.
홍인군은 대원군의 친형이 아닌가. 민중전에게 붙어서 정적노릇을 했지만 그래도 혈족이다. 대원군 하야 후 민비의 끔찍한 신임으로 영의정까지 지낸 소행이야 밉다 하더라도 같은 어버이를 가진 동기다.
「홍인군이?」
대원군은 똑같은 말을 한번 더 뇌까렸다.
그는 주견(主見)도 없었고 영민한 재질도 없었다.

다만 대원군의 중형이라는 지체로 해서 민씨 일족은 그를 대원군과 대적(對敵)시켰을 뿐이었다.
유난히 재물을 좋아했었다. 뇌물에는 지나치게 탐욕스러웠다.
"홍인군댁 당나귀는 약밥도 먹지 않는다!"

이 소문은 너무도 유명했지 않은가. 극도로 호사스런 생활을 했다.
난군이 사동에 있는 그의 저택을 습격한 것은 아침나절이었다.
이최응은 그때 마침 곳간을 점검하고 있었다. 인색하고 의심 많은 성품이어서 그 많은 곳간 열쇠를 누구에게도 맡기지 않았다. 늘 몸에 열쇠 꾸러미를 주렁주렁 차고 다녔다.
그날 그는 열심히 곳간 점검을 했다.
병정들이 난동을 부린다니 한번 점검해 둘 필요가 있다고 생각했던 것인지도 모른다.
곳간이 다섯 채나 있었다던가. 첫째 곳간은 쌀, 둘째는 비단, 셋째는 인삼 녹용 등의 약재, 넷째는 금은보화, 다섯째는 음식물, 이렇게 점검을 해가고 있는데 돌연 담 너머에서 난군의 아우성이 들려 오기 시작했다.
「대문을 때려부셔라!」
「홍인군을 끌어 내라, 그 자를 죽여라!」
그는 눈앞이 아찔해서 담장 밑으로 꽁무니를 감췄다.
대문 부서지는 소리가 들렸다. 담 무너지는 소리가 났다. 돌이 날아오고 기왓장이 굴렀다.
그는 혼비백산해서 뒤뚱뒤뚱 후원 쪽으로 뛰었다.
어떤 지체의 양반이며 대관인가. 마음이 급하다고 해서 날래 뛸 수 있는 그가 아니잖은가.
그는 이내 난군에게 발견이 되고 말았다.
「도적놈 저기 간다. 저놈을 잡아라!」
난군이 당장 등덜미를 잡아당길 것만 같아 그는 얼결에 담장에 매달렸다. 두 길이 넘는 높은 담이었다. 씨근덕거리며 결사적으로 두 다리를 버둥댔다.
그는 어떻게어떻게 해서 담장의 반쯤 기어올랐다.
그러나 그 소중스러운 열쇠 꾸러미가 화근이 됐다. 그렇지 않아도 그는 비둔한 몸에다 열쇠 꾸러미까지 찼으니 말썽이었다. 열쇠 꾸러미가 담장돌 모서리에 걸려 몸의 자유를 방해했다.

그는 온갖 힘을 다해 바둥댔으나 그만 쿵 아래로 떨어져 버렸다.

정말 치사스러운 액운이었다. 창피한 죽음이었다. 그는 나무 그루터기 위로 떨어졌다. 사타구니에서 피가 콸콸 뿜어져 나왔다. 고환이 터져 버린 것이었다. 엄청난 영화와는 달리 너무도 참혹한 최후였다.

「달리 또 누가 화를 당했는가?」

대원군이 한참 만에 물었다.

「호군(護軍) 민창식은 노상에서 피살되었다 하옵니다.」

「민창식도?」

이번에는 왕이 신음소리를 냈다. 눈을 감았다. 입술을 깨물고 침통해했다.

민창식은 민비와는 종파가 다르지만 같은 여흥 민씨로서 노봉(老峰) 민정중의 사손(祀孫)이었다.

그도 민비의 권력에 힘입어 어지간히 거드름을 피우던 사람이었다. 참판도 지내고 높고 좋은 벼슬도 여러 개를 거쳤다.

그는 색력(色力)이 비상했다는 소문이었다. 믿어도 되는지는 모르지만 언젠가 정원(政院)에 입직(入直)하는 밤, 그는 양경으로 문에 구멍을 뚫어 그 실력을 과시한 적이 있었다던가.

그것도 그의 복이라고 측근에서 칭찬해 주는 것을 그는 거짓없이 좋아했다.

신정희의 보고에 의하면 거드럭거리던 민씨 일족의 집은 거개가 다 불벼락을 맞았다고 했다.

민영주, 민영준, 민영소, 민영익 등의 집도 평지풍파가 됐다고 했다.

특히 세도 민영익은 머리 깎고 승립(僧笠) 쓰고 짚신 감발 바람으로 도망을 쳤다.

그는 중전의 지극한 사랑을 독차지했던 중전 친정 쪽의 조카가 아닌가.

민영익은 얼마나 급했던지 그날 하루에 80리 길을 걸었다. 평소 그의 집에 시객으로 드나들던 오위장(五衛將) 김기준이란 사람의 집을 찾았다. 양주라기도 하고 포천이라고도 했다.

주인은 그 귀한 손님에게 꽁보리밥과 나물반찬을 차려 내왔다.
세도 재상 민영익을 순식간에 물장수 상을 만들어 놓았다.
「참 맛있게 먹었네.」
주인 김오위장이 웃으며 대답했다.
「대감께서 오늘이 아니고서야 어찌 그런 맛을 알 수 있겠습니까. 그렇지만, 제가 차려 드린 진지는 비록 조식(粗食)이지만 대감댁 진수성찬보다 낫습니다. 서울에 돌아가시거든 밥짓는 종년부터 단속하십시오.」
그집의 식객으로 드나들면서 비복들한테 어지간히 구박을 받은 모양이었다.
민영익은 부끄러워 더 말을 잇지 못했다.
군란 수습에 나선 대원군은 간단하게 난군을 무마하기가 어려움을 깨달았다.
난군들은 끝내 중전 민씨의 죽음을 의심하면서 소동을 그치지 않았다.
대원군은 결단을 내렸다.
왕비의 시체가 나오지 않으니 할수없이 의대만 대신 재궁에 넣기로 하고 곧 정식 국상(國喪)을 발표케 했다.
이 대원군의 결정이 알려지자 원로 대신 홍순목이 반대하고 나섰다.
김병국, 강노도 역시 정면으로 반대 의사를 표명했다.
홍순목이 인정전에 나가 있는 대원군 앞으로 나가 강경하게 말했다.
「왕비의 흉변이 발생했다는 장소가 대궐 내외로 불과 백보(百步)의 지경인데 유해도 못 찾은 터에 재궁을 봉안할 수 있겠습니까. 옛사람 중에는 난군에게 부모를 잃고 해가 바뀌도록 길에서 통곡하다가 그여코 유해만이라도 찾아 냈다는 얘기가 흔하게 많습니다. 이번에도 좀더 시일을 두고 후(后)의 옥체를 널리 찾아 본 뒤에 장의 절차를 밟도록 함이 마땅한 줄 아룁니다.」
대원군은 거세게 고개를 가로저었다.
「이미 승하했음이 분명해진 이상 국상을 천연(遷延)시킬 수 없소이다.」

지체없이 도승지 조병호에게 국상 발표문을 쓰라고 분부했다.
조병호는 대원군 앞에 엎드려 자기의 죄를 빌었다.
「저로서는 그런 글 쓰지 못하겠습니다. 그런 막중한 글을 소홀히 초할 수가 없습니다. 죄를 내리옵소서.」
조병호는 붓을 던지고 일어섰다.
그렇다고 대원군이 한번 결정한 뜻을 변경할 사람인가.
「김승지 어디 갔느냐. 김승지가 대신 쓰도록 하라!」
승지는 한두 사람이 아니었다. 또 승지가 없다 해서 국상 발표를 못할 것인가.
지체않고 명정전에 망곡처(望哭處)를 마련하여 문무백관이 우러러 곡하는 장소를 설치했다.
환경전을 중전 민씨의 빈전으로 정했다.
오래간만에 대원위 분부가 내려졌다.
「영의정 홍순목이 총호사가 되라!」
이재면, 조영하, 김병시를 국장도감제조에 임명했다.
예조판서 이회정이 빈전도감제조로 임명되었으며, 이인명, 한경원이 산릉도감제조로 임명됐다. 묘 자리를 준비하는 소임이다.
6월은 더디도 갔다.
11일에 소렴(小殮), 14일에 대렴(大殮), 18일에 성복(成服), 살아 있는 민비를 생매장시킬 준비가 착착 진행되어 갔다.
(장사까지 지낸 뒤에야 제가 살아 있던들 무슨 낯으로 세상에 나오겠는가.)
대원군의 속셈이었다. 정말 그럴밖에 없는 노릇이었다. 설사 민비가 죽지 않고 살아 있더라도 영영 매장되는 길이 아니냐.
문무백관들은 어쩔 수 없이 상복을 입기 시작했다.
백성들도 백립(白笠)을 쓰고 나다니기 시작했다.
새로운 개혁이 하나하나 착실하게 이루어져 갔다.
조정의 크고 작은 권세가 다시 대원군의 손아귀에 쥐어져 가고 있었다.

왕의 윤지가 연일 내려졌다.

　대원군은 팔인교(八人轎)와 흰바탕에 푸른 테 일산(日傘)을 행차에 쓰도록 하라. 대신 이상은 그의 앞에서 자기를 시생(侍生)이라 일컫고 보국(輔國) 이하는 소인이라고 자신을 낮추라.

이러한 대원군에 대한 처우가 다시 왕명에 의해서 확인됐다.
일본을 배척하는 상소를 올렸다가 투옥된 선비들이 모조리 풀려 나왔다.
민비의 실덕(失德)을 논하다가 유배된 유생들도 방면돼 돌아왔다.
대원군을 옹호하다가 먼 섬으로 귀양살이를 간 사람들도 의기양양하게 서울로 올라왔다.
두고두고 학대를 받던 이른바 운변인(雲邊人)들이 줄을 지어 떼를 지어 운현궁으로 몰려들었다.
권세는 좋은 것이었다. 그토록 피폐했던 운현궁에는 다시 인마(人馬)가 득실거리기 시작했다. 새벽부터 밤늦게, 내실에서 외사에서 웃음소리가 터져 나왔다.
다시 운현궁에 봄이 오고 영화가 깃든 것인가.
운현궁 앞의 홍살문은 칠이 새로워졌다. 군사들이 삼엄하게 운현궁 주변을 지키기 시작했다.

정情든 산천山川은 고국故國에 두고

「저하, 알고 계셨습니까?」
 허욱이 다급하게 노안당으로 들이닥치며 대원군에게 물었다.
 대원군은 마침 점심 식사 후의 휴식을 즐기고 있다가 긴장하면서 반문했다.
「뭣을?」
 허욱이 두 손을 방바닥에 짚고는 눈을 치뜨며 좀더 황급히 말했다.
「내일 청군이 입성한다는 사실 말입니다.」
 대원군은 펄쩍 몸을 가누면서 놀랐다.
「청군이 입성을 해?」
「그럼 저하께서는 모르시고 계셨습니까?」
「청군이 어디 있었길래 별안간 또 입성을 한단 말인가? 누구의 허락을 맡고?」
 허욱은 침묵해 버렸다.
 대원군의 턱수염이 파르르 경련을 일으켰다.
「청병(請兵)을 했다는데요?」
 한참 만에 허욱이 그런 소리를 했다.
「청병을 해? 누가? 뭣 때문에?」
「군란을 진압시키기 위한 명목이라고 들었습니다. 조정에서 청원문을 냈다는 풍문입니다.」
 대원군은 그 소리를 듣자 불같이 격노하고 말았다.

「군란은 이미 진압됐는데 이제 뭘 또 진압시킨단 말인가? 그리고 내가 모르는 청원문을 조정에서 누가 낼 수가 있단 말이냐? 도대체 누가 누구의 맘대로?」

「상감께선 알고 계시지 않겠습니까?」

이번에는 대원군이 침묵하고 말았다.

착잡한 심경이었다. 왕이 단독으로 그런 결정을 내렸을 리가 없는 것이다. 조정 대신들과 짜고 대원군 자기만 모르게 그런 중대한 일을 저질렀을 리가 없는 것이다.

대원군은 눈을 부릅뜨고는 어떤 직감과 대결했다.

(중전이 어디엔가 살아 있구나.)

중전 민씨의 책동이 아니고서는 그런 일이 있을 수가 없는 것이다.

「시생이 오늘에사 듣기로는 주진영선사(駐津領選使) 김윤식과 문의관(問議官)으로 천진에 머물러 있는 어윤중이 청국 조정에 원병을 청했다고 합니다.」

「중전의 행방에 대해서는 그래 아직도 감감하단 말인가?」

대원군은 동문서답을 하고 있었다.

「여주와 장호원 일대로 사람을 보내어 민문 일족의 동태를 탐색케 했으나 별다른 낌새가 없다는 제보였습니다.」

「입성할 청군의 규모는 알아 봤나?」

「4천 5백 가량이며, 육군의 총수는 광동수사제독 정여창이라고 들었습니다.」

「원세개란 놈이 또 중간에서 책동을 한 게로구나?」

「이홍장에게 직접 청원을 했겠습지요.」

「내요(內擾)에 외병을 자진해서 차입해? 큰일날 짓들을 저질렀네.」

대원군은 심각했다. 담뱃대로 재떨이를 요란스럽게 두드렸다.

「내일이 며칠인가?」

「오늘이 7월 열 하루가 아닙니까.」

「내일 입성을 해?」

「과천으로 해서 남대문으로 입성을 한다 합니다.」

대원군은 다시 침묵해 버렸다.

말매미가 마당 앞 늙은 느티나무에서 찌르르륵 하고 더위를 쥐어짜듯 울었다.

「훈련대장을 부르지!」

새로 훈련대장이 된 사람은 바로 자기의 큰아들인 재면이다.

「곧 들라 하겠습니다.」

훈련대장 이재면이 지체없이 운현궁으로 들었다.

그는 근엄하게 이재면을 보고 지시했다.

「내일 과천으로 나가 입성하는 청군을 영접하되, 저들의 수효와 무장과 군기(軍紀)를 소상히 파악할 것이다. 알았느냐?」

「분부대로 시행하겠습니다.」

이재면이 명을 받고 나가자, 대원군은 허욱을 돌아보고 짤막하게 말했다.

「아무래도 중전의 짓이야. 중전이 아니고선 이 나라의 누구도 그런 대담한 짓을 나 모르게 저지를 만한 사람이 없어.」

허욱도 동감이었다. 그러나 그는 대원군에게 물었다.

「글쎄올시다. 중전께서 살아 계실까요?」

중전이 난군에게 참화를 입어 살해되었다고 국상도감(國喪都監)까지 설치케 한 대원군이기 때문에 허욱은 일부러 대원군의 속마음을 떠본 것이다.

「죽었다고 생각하나?」

대원군은 오히려 허욱에게 반문했다.

「글쎄올시다……。」

「어딘가에 살아 있네. 살아 있을 뿐 아니라 민문(閔門)과는 이미 비밀히 내통이 되고 어쩌면 상감한테까지 줄이 닿아 있을 게야.」

대원군은 청군을 끌어들인 장본인이 다른 사람 아닌 중전 민씨라고 단정했다.

이튿날 아침 청군의 대부대는 정말 서울에 입성했다.

정오가 조금 지나자 운현궁의 안팎이 수런거렸다.

이상지가 뜰아래에서 다급하게 연통을 했다.
「대감마님, 오늘 입성한 청군의 장수들이 인사차 내방했다 하옵니다.」
대원군은 입에 물고 있던 담뱃대를 쑥 뽑았다.
「청군 장수들이?」
마침 와 있던 허욱이 벌떡 일어나면서 문에 늘였던 발[簾]을 걷어 올리고 마루로 나섰다.
대원군은 앉은 그대로의 자세를 고치지 않고 합죽선을 화라락 펼쳐 느릿느릿 부채질을 시작했다.
잠시 후에 대원군은 싫거나좋거나 꼼짝없이 불의로 내방한 청병 수괴들과 대좌해야 했다.
수인사들을 교환하자 대원군은 무겁게 입을 열었다.
「원로(遠路)에 오시느라고 수고들이 많으셨소. 폐방의 국운이 기구해서 이렇게 상국에게 번거로운 폐를 끼치게 된 것을 민망하게 생각하오. 이왕 우리를 도우려고 오신 이상엔 너그럽고 긴밀한 협찬이 있기를 바라는 바이오.」
대원군은 좌중을 쭈욱 둘러봤다. 모두가 범상치 않은 풍채고 위풍이었다.
대원군 바로 맞은편에 어깨를 쩍 벌리고 앉은 사람이 바로 광동육사 제독 오장경이었다. 입국한 청국 군대의 육군 지휘자라 했다.
그 옆이 정여창, 허욱의 말대로 수사제독인 그는 해군의 지휘자라 했다.
그들 아래로 마건충, 오조유, 황사림, 원세개 등의 막료들이 기라성처럼 늘어앉아 있었다.
그들은 오늘 아침, 그러니까 7월 12일, 4천 5백의 군사를 이끌고 입성한 것이다.
군란을 일으킨 난도(亂徒)를 평정하여 왕가를 수호해 준다는 것이 표면적인 이유라고 했다. 그러나 그럴까.
그렇지가 않았다. 그들의 목적은 달라야 했다.

이 기회에 일본에 앞질러서 대거 군대를 투입함으로써 조선을 완전히 자기네의 손아귀에다 넣자는 계산이 아니었을까.

「태공께선 이제 안심하셔도 좋습니다. 그동안 크게 낭패를 당하신 줄로 압니다마는 그런 일은 왕왕 있는 일이지요. 곧 난도를 소탕하여 왕가의 체면을 세워 드리리다. 우리 천제(天帝)의 칙지를 받들고 온 저희들은 추호도 사심없이 귀국의 병란을 수습해 드리지요.」

오만한 말투였다. 오장경의 수작이었다.

대원군은 어쩔 수 없이 본의 아닌 말을 하고 있었다.

「병란은 이미 수습이 되었습니다만, 그러나 이렇게 신속히 구원병을 보내 주신 상국 황제폐하께 깊이 사의를 표하오.」

정여창이 한마디 끼여들었다.

「영선사 김윤식대감과 어윤중 문의관의 진정(陳情)이 각별하였소.」

「그래요?」

군란 발발의 보(報)를 받자 제일 먼저 청국 원병을 청하고 나선 것이 김윤식과 어윤중이었다.

그러나 그들이 아무리 텐진(天津)에 가 있는 외교관이었다 하더라도 자의로서야 원병을 청할 수가 있었겠는가.

여주에 피신중인 중전의 특명이라는 전제가 전해지지 않았다면 될 노릇이 아니었다.

대원군은 오장경을 보고 말했다.

「군란은 거의 진압되었소만, 또다른 두통거리가 있소이다.」

「우리도 짐작하지요.」

「짐작하시다시피 왜군의 동태가 심히 우려되오. 저들의 나오는 기세가 심상치 않단 말이외다.」

대원군은 이왕 끌어들인 외세이니 그 외세를 이용해서 다른 외세를 견제해야겠다는 생각이었다.

일본군은 이미 지난 7월 3일 밤으로 진고개 일대로 들어와 있지 않은가.

그야말로 군란 첫날밤에 물에 빠진 새앙쥐 꼴이 돼서 도망쳐 갔던 하나부사 공사는 저희 외무대신인 이노우에 가오루와 만나 강경한 지령을 받고서 서둘러 조선으로 되돌아왔던 것이다.

다시 조선으로 돌아오는 그의 위세는 필요 이상으로 어마어마했다.

육군 병력은 다카시마 육군 소장이, 해군 병력은 히도레이 해군 소장이 인솔했다.

1개 대대의 육군 병력과 군함 4척, 수송선 3척을 거느리고 온 것이다.

그는 조선정부의 여러 차례의 만류에도 불구하고 위풍당당히 서울에 입경해서는 협박을 계속중에 있었다.

정말 그것은 일방적인 협박이다.

1. 호리모도 중위 이하 13명의 일본인을 살육한 흉도를 체포하여 일본국 대표의 입회 아래 처단하라.

1. 재한 일본국 관리로서 재화를 입은 자의 장례를 각별한 우례(優禮)로써 치러라.

1. 조선국은 일금 5만 원을 즉각 보상함으로써 이번 난에 희생된 일본국 관리의 유가족 및 그 부상한 자에게 급여토록 하라.

1. 조선국은 이번 흉도의 폭거로 입은 일본국의 손해에 대해 50만 원을 지체없이 배상하라.

1. 개항장(開港場)을 더 많이 확대하여 무역을 왕성하게 하라.

1. 일본공사관에는 필요한 수의 일본군 병력을 상주케 하라.

그들의 요구는 날이 갈수록 극성스럽게 불어나고 있었다.

이 나라의 조정은 아직까지는 이 핑계 저 핑계로 사건의 처리를 미루어 오고 있지만 여간한 골칫거리가 아닐 수 없었다.

지난 7일에만 해도 하나부사는 2개 중대의 군사를 자신의 호위병이라 사칭하고는 방약무인하게도 창덕궁에까지 들이닥쳐 국왕을 만나겠다고 협박을 해댄 일이 있잖은가.

「내가 만나겠다!」

대원군이 국왕 대신 접견하겠다고 했으나 하나부사는 막무가내였다. 할수없이 중희당에서 국왕이 그를 접견하긴 했지만 하나부사의 언동은 불손하기 짝이 없었다.

그들은 소위 7개 조항의 요구 조건을 책자로 만들어 가지고 와서, 왕에게 직접 전달하고서야 물러갔던 것이다.

그런 일본의 세력을 꺾기 위해서 이왕 들어온 청군의 힘을 빌자는 것이 대원군의 내심이었다.

「태공께서는 이제 과히 염려 마십시오. 이상국(북양대신 이홍장)께서 외교 경로를 통해 잘 처리하실 것입니다. 그리고 우리가 여기 와 있는 한, 일본군은 숨을 죽이고 있을 것입니다.」

이것은 주한 청국 총리라는, 젊은 원세개의 장담이었다. 방자했다.

그는 그 부리부리한 눈을 굴려 대원군의 심중을 훑고 있잖은가.

「어쨌든 이번 군란에 있어서 태공의 심노가 대단하신 것으로 알고 있습니다. 앞으로 자주 만나뵙고 여러 가지 일을 상의드리지요. 오늘은 입경 인사차 찾아뵈었습니다.」

정여창이 그런 말을 하고는 오장경을 돌아보았다. 그만 일어서자는 눈짓인 것 같았다.

그들이 이렇게 떼를 지어 운현궁에 나타난 것은 그들의 말대로 순전한 입경 인사차였을까.

아니었다. 그들의 숨겨진 목적은 다른 데에 있는 줄을 대원군은 미처 몰랐다.

「그럼 오늘은 이만.」

「그럼 안녕히들.」

가고 보내는 인사가 끝났을 때였다.

마건충이 별안간 탁자 위에 놓인 붓을 집어들었다.

통역이 없이 잠깐 필담을 하자는 눈치였다.

마건충은 붓에 먹을 묻혔다. 김응원이 내놓은 서간지 위에다 붓끝을 놀리기 시작했다. 생김새에 걸맞지 않는 섬약한 글씨다.

  군무(軍務)에 대해 상의할 일이 있으니 오늘 저녁 무렵에 오흠사(吳欽使)의 장중(帳中)까지 왕림해 주시면 대단히 영광이겠습니다.

남대문 밖 남단(南壇)으로 모셨으면 합니다.

그는 알겠느냐는 표정으로 대원군을 쏘아봤다.
대원군도 붓을 들었다.

諾(그렇게 하지요.)

청장(淸將)들의 얼굴에는 웬가 안도의 빛이 떠돌았다.
대원군이 거절을 할 줄 알았는데 쾌히 승낙을 한다는 표정이었다.
그들은 일제히 자리에서 일어났다.
「그럼 오늘밤에 다시 뵙지요.」
오장경은 몹시 은근했다.
「알겠소이다. 그럼 다시 뵐 때까지.」
대원군도 은근할 수밖에 없었다.
청국군 장성 일행이 물러가고 나자, 대기하고 있었던지 이재면이 노안당으로 들었다.
그는 훈련대장에다 호조판서에다, 선혜청 당상까지 겸하고 있었다. 군란 덕택에 갑자기 요직을 혼자 도맡은 셈이었다.
「그래 어제 오늘 본 청군의 기강이 어떻던가?」
대원군은 성급히 청군의 기강부터 물었다.
이재면은 어제 훈련대장의 자격으로 군사 6백명을 이끌고 과천까지 나가서 오장경 군(軍)을 인도해 왔다.
「기강이 놀랄 만큼 정연했습니다. 군복도 총기도 모두가 신식으로 통일된 막강한 군세(軍勢)였습니다.」
대원군은 이재면을 무서운 눈초리로 쏘아봤다.
「다른 장졸들도 모두 영민해 보이더냐?」
「예, 오늘 오장경 일행을 만나 보셔서 아시겠지만, 그를 비롯해서 소대장에 이르기까지 한결같이 체구가 늠름하고 눈알에 정기가 번쩍이는 것 같았습니다.」

「그래?」
「왜군은 거기다 비하면 오합지졸인가 합니다.」
「알았다!」
대원군은 냉연하게 말을 잘랐다.
이재면은 황망히 물러났다.
저녁 무렵이 되자 대원군은 정장을 하고 나섰다.
「청진(淸陣)에 다녀와야겠다. 채비를 차려라!」
그는 김응원에게 분부했다.
「청진엔 무슨 일로 가십니까?」
마침 정현덕이 와 있었다. 그 정현덕이 의아한 듯이 물었다.
「자넨 알 일이 못 돼.」
「무슨 일인데 몸소 청진엘.」
「내 대신이 있느냐?」
정현덕은 침묵했다. 사실 대원군을 대신할 사람은 없는 것이기 때문이다.
정현덕, 그는 동래부사로서 대원군의 척왜정책(斥倭政策)을 일선에서 추진하던 인물이 아닌가. 대원군이 실세(失勢)하자 그도 실각 유배되었다.
그는 이번 군란으로 형조참판에 기용됐다.

대원군은 그 정현덕에게 설명했다.
「저들이 내게 인사를 왔으니 나도 답례로 가 줘야 하지 않겠느냐.」
정현덕은 사세판단이 비교적 빠르고 정확한 사람이다.
그는 대원군의 청진 방문을 만류했다.
「저하, 사리는 그렇더라도 저들의 갑작스러운 입경 진의가 분명하지 않습니다. 그리고 오늘 부랴부랴 저하를 뵈오러 온 저의가 있을지도 모르니 자중하십시오. 일국의 국태공께서 어찌 가볍게 외국 군진으로 드실 수가 있습니까?」
정현덕의 말투에는 진정이 넘쳐 흘렀다.

대원군은 어쩔 수 없이 그에게 털어놓았다.
「그들은 돌아가면서 군무에 대해 상의할 일이 있으니 자기네 진중으로 꼭 와 달라네. 뭐 타의야 있을라구.」
대원군은 별로 의심을 품지 않은 기색이었다.
그러나 정현덕은 불복했다.
「그렇다면 더욱 수상하옵니다. 군무에 대한 의논이라면 반접관으로 나간 훈련대장이 있는데 왜 저하를 외람되게 제놈들의 진중으로 오라가라 한단 말입니까. 그리고 설사 상의할 일이 있다면 아까 서로 대좌했을 때 공식으로 할 일이지, 엉뚱하게 제놈들의 진중으로 모시려는 그 속셈을 시생은 이해할 수가 없습니다.」
대원군은 웃었다. 뜰아래로 내려서면서,
「과히 염려 말게. 별일이야 있을라구.」
아주 태연하게 운현궁을 나섰다.
그는 통역 겸 수행으로 이용숙과 이조연을 대동했다. 이상지도 따라나서는 것을 그는 말리지 않았다.
하늘은 흐려 있었다. 당장 비가 내릴 것 같았다.
거리는 눈에 띄게 한산했고 행인들은 뭣엔가 쫓기는 듯 침착하지가 않았다.
청국군은 남별궁과 하도감과 그리고 남대문 밖에 있는 남단, 이 세 곳에 나뉘어 유진(留陣) 중에 있다고 했다.
대원군이 가는 곳은 남대문 밖 남단, 말하자면 남묘(南廟) 황사림의 진이었다.
약속이 그렇게 돼 있었다.
그들은 입성한 지가 불과 이틀도 되지 않아 그런지 아직 막사도 변변히 갖추지 못하고 있었다.
대원군은 영문(營門)에 들어서자 아들 재면의 말이 터무니없는 것임을 알았다. 군복을 벗어던지고 내의 바람이 된 군인들이 와글대고 있었다.
(이건 장마당 같구나!)

대원군은 첫눈에 그들의 군율이 엄하게 서 있지 않다는 것을 알았다.
외국에 진주한 군대니까 군복은 새것을 입혔는지 모르지만 병졸들의 얼굴은 누렇게 떠 있었고 행동은 규제되어 있지 않았다. 모두 불량기가 든 눈알을 굴리고 있었다.

대원군 일행이 그들의 제2 영문 앞에 이르자 문을 지키던 군사가 교자 앞을 가로막았다.

「대원위대감께서만 들어오시라는 명령이 있었다고 합니다.」

청국말을 아는 이용숙이 문지기 군사와 몇 마디 주고받은 다음 그런 말을 했다.

황사림이 뛰어나왔다.

「존귀하신 어른이신데 이렇게 찾아 주셔서 대단히 영광입니다.」

그는 만면에 웃음을 띠고 지껄였다.

어쩔 수 없이 수행원과 교꾼들을 영문 밖에다 버려둔 채, 대원군은 혼자 안으로 들어갔다.

황사림이 안아 모실 듯이 친절하게 인도했다.

장중(帳中)에는 오장경과 마건충이 뭣인가 수군대고 있다가 벌떡 일어나서 대원군을 맞아들였다.

대원군은 그들의 친절한 접대에 만족했다.

대원군이 좌정하자 오장경은 엉뚱한 말을 성급하게 꺼냈다.

「태공께선 일본군을 겁내지 마십시오. 이제 막 우리 이상국께서 보낸 전문을 접수했는데, 일본에 대해선 톈진에서 직접 압력을 가하고 있답니다.」

대원군은 그들이 내놓은 녹차를 마시면서 간단하게 대꾸했다.

「감사하오.」

오장경은 웬지 자꾸 대원군의 눈치를 살폈다. 이야기가 씨가 먹지 않았다. 마건충이 말했다.

「귀국 병란도 우리가 온 이상, 문제될 것이 없습니다. 국왕께서도 안심하시라고 전하십시오.」

「그렇게 하지요. 그런데 원지(遠地)에 오셔서 불편한 일이나 없으신

지? 불편한 일이 있으시면 수시로 말씀해 주시오. 힘 닿는 대로 변통해 드리겠소.」

대화는 역시 필담이었다.

대원군은 침착했으나 그들은 침착하지가 않고 저희들끼리 연신 눈치를 보는 게 아무래도 수상했다.

「잠깐만 자리 뜨겠습니다.」

오장경이 자리를 떴다. 이어 황사림도 곧 자리를 떴다.

대원군은 더욱더 분위기가 수상하다고 생각했다. 그는 장막 밖을 내다봤다. 장막 밖에는 특히 건장하게 생긴 군사 10여 명이 총을 어깨에다 멘 채 지키고 있었다.

대원군은 예감이 좋지 않았다. 의혹이 생겨났다.

(이녀석들이 무슨 수작을 꾸미고 있는 겐가?)

혼자 남은 마건충이 붓을 들고 대원군에게 말을 걸어 왔다.

「귀국의 군제(軍制)에는 좀 소루(疏漏)한 점이 있는 것 같습니다. 삼면이 바다로 에워싸인 나라이니 육군보다도 수군을 많이 키우는 것이 어떠하올지…….」

「재정이 허락치 않소. 워낙 작은 나라가 돼서.」

「해마다 군함 한 척씩만 사들인다면 삼사 년 후엔 삼사 척이 되지 않겠습니까.」

「글쎄 생각해 보지요.」

대원군은 여물지 않은 대화라서 여물지 않은 대답을 했다.

그때였다. 돌연 마건충의 태도가 표변해 버렸다. 붓을 든 그의 손은 까닭 모르게 긴장하면서 떨리는 듯했다.

「이번 병란은 태공께서 직접 일으켰다는 소문이 있는데 사실이오?」

이것은 누가 누구를 신문하는 말버릇이 아닌가.

대원군은 눈앞이 캄캄할 만큼 아니꼬웠으나 어쩌겠는가.

「천만의 말씀, 내가 뭣 때문에 병란을 일으키겠소!」

청군의 진중(陣中)임을 생각하고 분노를 참으며 대답했다.

그러나 마건충은 대원군의 눈치를 흘겨보고는 또 어이없는 소리를 한다.
「하지만 병란 후에 태공께선 스스로 정권을 잡지 않았습니까?」
대원군은 분연히 소리치는 대신 떨리는 손으로 붓을 휘갈겼다.
「그런 것이 아니오. 내가 나선 것은 순전히 국왕의 간청에 의해서요.」
「그래요? 그렇지 않다던데요?」
「그렇지가 않다니, 누가 그런 소릴 합디까?」
마건충은 입가에 뜻모를 웃음을 흘렸다.
「하여간 우리 황제께서는 그렇게 생각하고 계시오. 귀국의 왕은 우리 황제에 의해서 책봉된 왕인데 태공이 정권을 가로챘다는 소식이 들리니 우리 황제의 노여움을 산 것은 당연합니다.」
대원군은 어처구니가 없어서 마건충의 벗겨진 이마를 멀거니 바라봤다.
마건충은 대원군의 태도엔 아랑곳없이 이미 예정된 순서대로 결정된 발언을 했다.
「오늘밤 남양만으로 가셔야 합니다!」
「남양만으로? 내가 왜 남양만으로 간단 말이오?」
대원군의 수염은 마구 떨렸다.
「선편이 있으니 텐진(天津)으로 가셔서 우리 황제께 친히 사죄하고 처분을 받도록 하시오!」
「처분을 받아?」
「처분을 받아야죠.」
「어허, 내가 속았군. 이럴 수가 있나!」
대원군은 벌떡 일어나려고 했으나 마음뿐이었다. 사지가 떨려서 몸을 일으킬 수가 없었다.
마건충이 빙긋이 웃으면서 일어섰다.
「나를 따라 나오시오!」
그것은 오만한 명령이었다.
대원군은 자기가 포로가 되었음을 알고 눈앞이 캄캄했다.
「일어나시오!」

마건충이 독촉을 하고 있다. 그의 눈엔 살기가 번뜩였다.
「어허, 이럴 수가!」
그럴 수가 없지만 엄연한 현실이니 어쩔 것인가.
누가 무슨 신호를 했을까. 청군 군사들이 우르르 몰려 들어왔다.
대원군은 눈을 감았다. 불가항력임을 깨달았다. 자기를 보호해 줄 아무도 주위에 없다. 완전히 단독이 아닌가. 상말로 독안에 든 쥐였다.
(비루하게 행동할 수는 없다.)
그는 아무 말 않고 마건충을 따라 장막 밖으로 나왔다.
밖은 어느새 어두워 있었다.
비가 부슬부슬 내리고 있었다.
(세상에 이런 일도 있을 수가 있는가?)
대원군은 걷지를 못했다.
마건충이 친절하게도 부액을 했다.
대원군은 그들의 강제에 의해서 보교(步轎)에 몸을 담았다. 보교는 즉각 자리를 떴다. 보지 않아도 경비가 삼엄할 것이다.
(이렇게 아무도 몰래 끌려간단 말인가.)
대원군은 차라리 두 눈을 감아 버렸다.
그를 태운 보교는 뒷문을 빠져 나와 나는 듯이 달리기 시작했다.
서울을 빠져 나가는 동안에 아무런 기적도 일어나지 않았다.
밤비는 소리내어 쏟아지고 있었다. 얼마를 갔을까. 돌연 보교가 멈춰졌다.
귀에 선 청국말이 뒤마디 들려 왔다.
청병 하나가 교장을 들추고 험상궂은 얼굴을 불쑥 들이밀었다. 순간 대원군의 입에는 뭔가가 물려졌다.
계피(桂皮)였다. 맵싸한 계피향내가 코에 맴돌았다. 청병은 연죽에 불을 붙여 줬다.
대원군은 받아서 옆에다 던졌다. 교꾼이 교대하는 모양이었다. 미리 계획적으로 배치돼 있었던 것 같다.
밤새도록 어둠을 뚫고 달렸다.

그들은 아침 식사도 저들의 호떡 두 조각을 보고 속으로 디밀었다. 역시 받아서 옆에다 던져 버렸다.

이튿날 오후에야 남양만에 이르렀다.

바닷가 조그만 주막에서 잠시 몸을 풀게 한 그들은 저녁 무렵이 돼서야 대원군을 저들의 군함 '제원(濟遠)'에 태웠다.

(이제는 꼼짝없이 잡혀 가는구나!)

망망한 바다에도 비가 내리고 있었다.

대원군은 허허롭게 시상(詩想)을 가다듬었다. 여유를 가지려는 의식적인 노력이었다.

  정든 산천 고국에 남겨 두고
  가없는 바다가 내 집이 됐구나.

 (有意山川依故國
  無邊江海是吾家)

열이레의 달이 휘영청 밝을 텐데 비가 오니 어두웠다.

그는 선실 안에 앉아 긴 한숨을 뿜어 냈다.

(내 운명은 지나치게 기구하구나.)

그는 난생 처음 팔자타령을 하지 않을 수 없었다.

그는 전에도 외국인에 의해서 이런 수모를 당한 사람이 있었던가, 생각해 봤다.

이렇게야 어처구니없게 당하지는 않았으리라고 생각했다.

인조조 때 청음(淸陰) 김상헌도 잡혀 갔지만 이런 방법은 아니었다.

병자호란이 끝나자 척화신(斥和臣)으로 몰려 청나라로 끌려가면서,

  가노라 삼각산아 다시 보자 한강수야,
  고국 산천을 떠나고자 하랴마는
  시절이 하 수상하니 올동말동 하여라.

그는 그렇게 읊었으니 미리 끌려가는 줄을 알고 있었던 게 아닌가.

대원군은 바다를 건너 저들의 텐진으로 끌려갔다. 그리고 유폐되었다.

치욕의 며칠이 지루하게 흘러갔다.

대원군은 어느 날 아침 오래간만에 모국어를 귀에 담을 수 있었다.
그러나 정말 듣기 싫은 말을 들어야 했던 것이다.
「저하, 이번에 청국에 온 상사(上使)와 부사(副使)는 이상국이 허락치 않아 저하를 뵈오러 올 수가 없다 하옵니다. 너무도 황송한 일이오라 소인으로 하여금 저하께 사뢰어 달라는 부탁이었습니다.」
찾아온 동포, 변원규가 들려 주는 모국어였다.
대원군은 멀거니 변원규를 바라볼 뿐 말을 하지 않았다.
변원규는 연죽에다 담배를 담아 대원군에게 바치면서,
「참고 견디셔야 합니다.」
주먹으로 눈물을 닦았다.
옆에는 통사(通使) 이용숙이 앉아 있었다. 전날 서울에서 청국군 진중을 찾아갈 때 데리고 갔던 그 이용숙이 아닌가.
상사란 조영하를 말한다. 부사는 김홍집을 두고 하는 말이다.
조정에서는 대원군이 청국으로 잡혀 가자 곧 조영하, 김홍집을 사은겸진주사(謝恩兼陳奏使)로 삼아 이용숙, 변원규, 이조연 등과 함께 텐진으로 파견했던 것이다.
허울은 원군을 보내 준 데에 대한 사은 사절이고, 아울러 대원군을 하루속히 본국으로 귀환시켜 달라고 간청하기 위한 진주 사절이라 했다.
그러나 사실은 그렇지가 않았다.
원국 파견에 대한 사의 표명은 사실이지만 대원군의 환송 교섭이란 거짓 구실이었다. 오히려 대원군을 납치해 간 수고에 대해서 사의를 표하러 간 사절이고, 되도록이면 그를 오래오래 청국에 잡아둬 달라는 진주사절이었다. 그러기 위한 상사가 조영하였고 부사가 김홍집이었다.
그러니까 그게 7월 18일이었던가.
청국 군함 제원에 실려 황해를 건넌 대원군은 20일 밤중에 텐진에 닿았다.
22일에는 텐진을 출발해서 베이징(北京)으로 갔다.
청국의 세도 재상인 북양대신 이홍장을 만나게 하기 위해서였다.
그러나 대원군이 25일 저녁때 베이징에 닿고 보니 이홍장은 텐진으로 내려간 뒤라고 했다.

　대원군은 부랴부랴 다시 온 길을 되돌아 26일에는 텐진으로 가야 했다.

　텐진에 돌아가 객관(客館)에 드니까 뜻밖에도 본국에서 사신들이 와 있다고 했다.

　조영하, 김홍집, 이조연이 와 있다고 했다.

　대원군은 그들이 다 낯익은 이름이고, 한때는 자기의 앞에서 벼슬을 한 바 있는 사람들이라 눈이 번하게 반가왔다.

　(나를 데릴러 왔구나!)

　정말 반가왔다.

　(그러면 그렇지.)

　이역만리에 홀로 잡혀 와서 갖은 고초를 다 겪고 있는데 고국에서 사신들이 왔단다.

　그는 반가움으로 눈물이 글썽해서 초조로이 그들을 기다렸다.

　그러나 그들은 좀처럼 나타나지 않았다.

　「조선 사신들을 속히 만나게 해 주시오!」

　대원군은 청국 관리에게 간곡히 부탁을 했다.

　「오겠지요.」

　오긴 왔다. 기껏 통사 나부랑이의 미관말직들이 찾아왔다.

　와서 하는 말이, 이홍장의 허락을 못 얻어서 조영하와 김홍집은 오지 못한다는 게 아닌가.

　「본국 사신들이 예까지 와서 나를 만나는데도 이중당(李中堂; 이홍장)의 허락이 꼭 있어야 한다던가?」

　대원군의 관자놀이에는 힘줄이 팽팽하게 돋아났다.

　이용숙이 거침없이 대답했다.

　「그런가 봅니다, 저하.」

　「허, 괘씸한 것들!」

　대원군은 홱 돌아앉고 말았다.

　이용숙은 자진해서 본국의 정정(政情)을 설명했다.

「본국은 평온해졌습니다. 난도들은 다 포박되고 일본과도 다시 새로운 조약을 맺었습지요.」
「새로운 조약을 맺어?」
「그렇습니다. 제물포조약이라고 부릅지요.」
7월 17일 제물포(濟物浦)에서 새로운 조약을 맺었다는 것이다.
조선의 전권대신으로는 이유원, 부관으로는 김홍집이 나섰다고 했다. 일본공사 하나부사와의 사이에 소위 제물포조약이라는 게 맺어졌단다.
일본의 강압적인 요구를 그대로 받아들인 제물포조약이 맺어졌다고 했다.
「중전께서도……」
이용숙은 더 말을 잇지 않고는 변원규를 돌아다봤다. 차마 대원군에게 들려 주기는 난처하다는 표정이었다.
「중전이 어쨌다는 겐가?」
대원군은 불쾌한 낯빛을 하고는 다그쳤다.
「중전께선 무사히 생존해 계시답니다.」
「그래?」
대원군은 놀라지 않았다. 단지 불쾌할 뿐이었다.
「피난지에서 곧 환궁하신다는 소문이옵니다.」
「환궁을 해?」
대원군은 침묵했다. 눈을 감아 버렸다.
(제가 환궁을 하면 어쩔 것인가?)

국상이 이미 반포됐고 국상도감까지 마련됐고 조정 대신들은 물론 백성들이 모두 상복을 입고 있는데 생존했다고 해서 환궁을 하면 어쩔 것인가. 다시 국모노릇을 할 수 있는 체통이 선단 말인가. 일개 병졸들에게까지 직접 입에 담지도 못할 욕설을 들은 왕비가 어떻게 제자리로 돌아와 만백성의 어머니노릇을 하겠는가.
(마땅히 폐비가 돼야 할 게 아닌가.)

그러나 그럴까. 민문 일족에 둘러싸인 왕이 그만한 용단을 내릴 수도 없을 것이며, 첫째 본인 자신이 꿈엔들 그런 체모를 생각할 여자인가.

대원군은 더욱더 절망의 나락으로 떨어져 가는 자신을 깨닫고는 한마디 중얼거렸다.

「청군을 끌어들인 게 중전의 소행인 줄을 내 이리로 끌려오면서 이미 짐작했었다.」

「황공하옵니다.」

「너희들이 황공할 거야 있느냐.」

두 사람은 어색하게 물러갔다.

대원군이 북양대신 이홍장을 만난 것은 7월 29일이었다.

조선과 청나라의 두 영걸이 마주 대좌했다.

그러나 사람이 아무리 영걸이면 뭣하겠는가. 배경이 되는 제 나라가 강대해야 영걸도 영걸 행세를 할 수가 있는 것이다.

이홍장은 큰 나라를 배경으로 한 큰 호랑이로 보였고, 대원군은 작은 나라에서 그나마 실세(失勢)를 하고 끌려온 고양이의 몰골을 벗어나기 어려웠다.

속마음이야 대원군이 이홍장에게 뒤질 사람인가. 다부진 자세로 마주 앉았다.

그러나 분위기부터가 대적이 안 됐다.

이홍장은 그의 막료들을 거느리고 주인답게 거드름을 피고 있었다. 황색 관복으로 위의를 갖추고 말이다.

주복, 장제태, 원보령 등이 시립(侍立)하고 있었다.

거기에 비해서 대원군의 행색은 너무도 초라했다.

벌써 끌려온 지가 보름이나 되지 않는가. 마음 고생 몸고생을 어떻게 형용인들 할 수가 있을까.

더구나 그는 지금 단독이었다. 어디를 돌아봐도 그를 섬길 사람이라고는 단 한 사람도 없는 외롭고 무력한 불모의 신세다.

그렇다고 기백마저 죽을 대원군은 아니다. 눈에서는 형형한 빛이 발산되고 있었다. 좌절감을 표면에 나타내지 않았다. 강렬한 의지가 상대편을 오히려 위압하고 있었다.
 서로의 수인사가 끝나자 이홍장은 통역을 통해 거만하게 입을 열었다.
「아방(我邦)의 물색이 귀국과 비해서 어떻소?」
 대원군은 허리를 곧게 편 채 대답했다.
「대륙이라 놔서 인정도 산수도 모두 크고 넓다고 보았소이다.」
「아하, 그래요? 허나 대감에겐 인정도 산수도 서투른 곳이라 불편한 일이 많지요?」
「글쎄올시다. 대감께서 특별한 호의를 베풀어 주시고 계시니까 걱정할 필요가 없겠지요.」
 대원군은 은근한 역설로 이홍장의 덜미를 쳤다.
 그러자 이홍장의 표정은 갑자기 굳어지면서 입에서 나오는 말이 여물었다.
「몇 마디 묻겠소이다.」
 그는 역시 신문하는 태도로 나왔다.
「6월 초9일의 귀국 군란은 어떻게 돼서 일어났소이까?」
 대원군은 그를 지그시 노려보면서 침착하게 대답했다.
「군인들의 급료를 오래 주지 않아서 일어난 소란이지요.」
「그럼 수괴는 누군가요?」
 이홍장은 대원군을 노려봤다.
「모르겠소.」
「몰라요?」
 이홍장이 반문했다.
「오랫동안 시골 별장에서 기거하다가 난이 일어났다는 소식을 듣고 비로소 궁으로 돌아간 몸이니 그 자세한 내막을 알 수가 없지요.」
 이홍장은 다시 대원군을 쏘아봤다.
 대원군도 똑바로 그를 마주봤다.
 이홍장은 옆에서 피어 올리는 담뱃대를 입에 물다가 도로 측근에게 넘겨 준다. 눈까풀이 떨렸다.

「군사들이 난을 일으켜 왕비를 죽게 하고 대신들을 살륙했는데도 왜 수괴를 체포하여 죄를 묻지 않았소? 숨기지 말고 바른 대로 말하시오. 나는 지금 칙지를 받들어 대감을 사문하고 있는 것이오.」

사문을 하고 있단다. 사문을 당하라는 것이다. 대원군은 뱃이 뒤틀렸으나 어쩌겠는가.

「폐방(弊邦)의 조정이 알아서 처리하고 있을 것이외다. 지금 좌우 포도청에 엄명을 내려 난도들을 수색하고 치죄하는 중이오. 대감께서 관여하시기 전에 폐방 조정인들 왕궁을 범한 무리들을 죄주지 않고 덮어둘 수가 있겠소?」

대원군의 얼굴에는 항거의 빛이 역연히 떠올랐다.

그러나 이홍장은 다그쳤다.

「공연히 멋대로 꾸며 대지 말고 진상대로 대답을 하시오..」

「양국의 대장부끼리 대좌한 자리인데 어찌 허언이야 하리까. 사실이 아닌 것을 꾸며 댈 수도 없는 일이고.」

「당일에 대감이 군졸들을 사주하는 것을 본 자가 있다는데, 어찌 하겠소? 그래도 숨기시오?」

「그런 허언을 귀국에까지 전한 자가 누구인지는 모르겠소만, 이 자리에서 대질시켜 주시오..」

「지금 텐진에 있지 않소.」

「텐진에 있지 않더라도 관직 성명은 알 것이 아니오?」

「대감이 난도의 괴수를 모른다는 것은 이치에 맞지 않는 말씀이외다. 이번 난동은 시종 대감의 지휘로 된 것이라는 확증을 입수했소이다!」

대원군은 고개를 돌리고 분노를 새겼다.

「조작된 모함이나 믿을 수 없는 풍문으로 일국의 왕부(王父)를 납치해다가 사문하다니, 대국의 취할 바 태도가 아닌 줄로 아오. 일찌기 어디에 아들의 나라에서 아비의 역모지변이 있었다는 말을 들으셨소?」

대원군은 공박했으나 이홍장은 한귀로 흘리는 태도였다.

대원군과 이홍장의 첫날 대담은 그 정도로 끝났으나 연사흘을 계속해서 입씨름을 했어도 결론은 내려지지 않았다.

대원군은 유폐된 채, 답답한 나날을 보내야 했다.

진주사 조영하 일행은 8월 3일에 이르러서야 비로소 대원군 앞에 나타났다.

그들은 어처구니없게도 청국 황제의 다음과 같은 결정을 보고하러 대원군 앞에 나타났던 것이다.

1. 대원군을 보정부(保定府)에 유수(幽囚)시킨다.
2. 대원군을 그곳에 유리안치하여 귀국을 허락치 않는다.
3. 본국인과 어떤 이유로라도 사사로이 접촉하는 것을 일절 금한다.
4. 대원군의 신변은 청국 관리로 하여금 경호케 하며, 타국인과도 사통(私通)치 못하며, 또한 허락 없이는 누구와도 사사로이 접견할 수 없다.
5. 음식이나 의복은 물론, 본국과 왕래하는 서한은 봉함을 하지 못하며 경호원이 일일이 검열한 뒤라야 수수를 허락한다.
6. 일개월에 한두 번 정도의 외출은 허락하지만 한계를 정해 놓고 그 이상은 넘지 못하며 또한 경호원이 따라야 한다.
7. 음식의 양은 후하고 정할 것이나 정한 양 이외는 비록 사소한 것이라도 일체 공급하지 않는다.
8. 금전 옥백(玉帛) 등속은 일절 가질 수 없다.
9. 만약 질병이 나면 경호관원의 알선으로 치료케 한다.

기가 막힐 일이었다. 칼을 씌워야 옥살인가.

싸움끝에 생포되어야만 포로인가.

이로써 대원군의 화조월석(花朝月夕)을 등진 일천여 일의 유수생활이 시작됐다.

기후와 수토(水土)가 나쁘기로 중국 천지에서도 이름이 나 있는 보정부에서 말이다.

그는 그 일천여 일을 밤이나 낮이나 〈고왕관세음경〉을 외우는 일로 시종했다. 사람이 가장 어려운 일에 부딪쳤을 때 이 〈고왕경〉을 열심히 독송하면 재화를 모면하게 된다는 불설(佛說)을 알고 있었다.

그는 십만 번을 목표로 고왕경 외우기에 열중했다.

굿도 잦고 괴물怪物도 많은 밤중에

 창덕궁 대궐 안엔 전각도 많았다. 그 수많은 전각마다에 밤마다 대황 촛불이 대낮처럼 휘황하게 밝혀졌다.
 대조전 서온돌 뜰앞에는 일월학록(日月鶴鹿)을 그린 높직한 병풍이 둘러쳐졌고 그 앞에는 한 자 닷푼 높이의 유과(油菓)가 빽빽하게 임립(林立)한 큼직한 젯상이 놓여져 있었다.
 꿀에다 계피, 밤, 대추를 박은 약식이 있었다. 송편과 백설기 떡도 있었고 어육, 자반은 물론 수육, 조육(鳥肉)의 마른 포도 즐비했다. 어란, 계란에 약과, 정과, 화채, 식혜, 배, 사과, 감, 잣, 귤, 은행 그리고 소탕(素湯), 어탕, 육탕도 있었다. 산해진미의 현란한 제물이었다. 거기 청동 향로에서 모락모락 오르고 있는 푸른 연기가 맴돌고 있었다.
 그 뜰 아래에는 좌우 양편으로 40여 명의 무녀들이 대령하고 있었다.
 푸른 소매에 붉은 저고리, 흰 동정에 옥색 앞섶, 남치마에 녹색 웃옷, 입고 있는 무복들은 가지각색이었다. 쓰고 있는 갓도 전립도 패랭이도 가지각색이었다. 악공(樂工)들이 가진 자바라, 제금, 장고, 북, 방울 영선(鈴扇), 징, 피리, 단소 등 풍악의 기구도 저마다 색달랐다.
「중전마마 납시었소! 곧 제를 올리도록 하오!」
 카랑한 궁녀의 연통이 있자 춤을 추듯 날렵하게 한 무당이 젯상 앞으로 다가서면서 두 손을 머리 위로 높이 쳐들었다.
 둥 둥 둥.
 울려 퍼지는 완만한 북소리가 사람들을 바짝 긴장시켰다.

태자의 명복(命福)을 비는 굿이 대궐 안에서 공공연히 벌어졌다.
태자의 생년(生年)은 갑술이던가.
원무당(元巫堂)은 진령군(眞靈君)이라 했다.
진령군의 활달한 춤은 차츰 요기를 띠기 시작했다.
40여 명의 다른 무당들도 일제히 춤을 추며 현란하게 돌아갔다.
풍악소리가 사양없이 대궐 안에 울려 퍼졌다.
중전 민씨는 두 손을 모아 아들의 수명장수를 빌어 대면서 무당들에게 에워싸인 채 얼굴이 상기돼 있었다.
중전 민씨가 피난지 장호원에서 문무백관의 봉영을 받아 가며 개선하듯 환궁한 것은 지난해 8월 초하루다.
시아버지인 대원군을 쥐도 새도 모르게 청국으로 붙들려 가게 하는데 성공했고, 사람 좋은 국왕이 죽었다는 영악한 아내를 다시 맞는 기쁨으로 해서 어쩔 줄을 몰라하게 한 것도 민씨의 솜씨였다.
그 좋은 권세가 다시금 그네들을 기다리고 있었다.
국상 치른다고 백립 쓰고 망곡하던 백성들은 기가 차서 연도로 몰려나와 멀거니 바라보고만 있는데, 눈치빠른 문무백관들은 중전이 탄 보련의 좌우전후를 다투어 호위하느라고 눈들이 빨갰었다.
중전 민씨가 그 장엄한 행차로 돌아와 앉자 궁중에서는 연일 액을 쫓는 굿이 잦아졌다. 복을 비는 치성이 꼬리를 이었다.
지금 굿을 하고 있는 진령군이라는 무녀는 민비의 환궁 행차 뒤에 바짝 따라서 서울로 올라온 중년 과부다.
시골의 무당이지만 대단한 여자였다.
민비가 장호원에서 초조하고 무료한 나날을 보내고 있을 때 어느 날 불쑥 나타난 이 중년 과부무당은 대뜸,
「아이고 하늘의 해보다도 더 귀하신 마마께서 이런 벽지에 와 계시는군요. 그 대원군인가 뭔가 하는 영감 때문에 저 고생이시군.」
중전 민씨의 정체를 미리 눈치채고 와선 능청스러운 수다를 떤 것이 인연이 됐다.
무당은 민씨의 혹하는 눈치를 보고 덜미를 쳤던 것이다.

「마마, 길조가 보입니다. 바로 이댁 뒷산의 이름이 뭔지 아십니까. 국망봉(國望峯)이에요. 마마는 국망봉 아래에서 늘 국운을 바라보고 계시는 왕비의 상(相)으로 보이는데, 8월 안으로 소원성취하시리다.」
 우연이겠지만 과연 8월에 민비는 창덕궁으로 돌아왔다. 환궁 행차에 과부무당을 달고 왔다. 군(君)을 봉(封)해서 진령군이라고 부르게 했다. 시골 무당에게 공신이나 종친에게 내려지는 봉군(封君)을 한 것이다.
 왕가에 질환이 있으면 진령군을 불렀다. 아픈 곳에 진령군의 손만 닿아도 낫는다고 했다.
 그 진령군은 너무도 요사스러운 여자였다.
「중전마마, 소녀는 관성제(關聖帝)의 여식이옵니다. 사당을 하나 지어주시면 아비관성제를 모시고 마마와 세자의 신변을 보호하겠습니다.」
「그래?」
 대궐 뒷담 너머에는 지체없이 조그만 사당이 섰다. 북묘(北廟)라고 부르게 했다.
 진령군의 위세는 대신보다도 당당했다.
 그네의 혀끝에 의해 벼슬길이 열리기도 하고 닫히기도 했다.
「내 누이가 되어 주소서. 진령군을 누이로 모시는 게 내 소망입니다.」
 옥관자를 단 사람들이 진령군이라는 무당에게 아첨을 떨기 시작했다.
「아주머니가 돼 주십시오. 진령군마님께서 내 아주머니가 돼 주신다면 얼마나 영광이리까.」
 그네에게는 아우도 많았고 조카들도 많았다.
 그럴 수가 없는 현관(顯官)들이 시골 무당을 누이로 모시고 아주머니로 섬기며 아첨함으로써 출세의 길을 트려고 하는 판국이었다.
 실상 진령군의 아우로 조카로 작정되면 그날부터 벼슬길이 열리고 영달의 문이 트이곤 했다.
 밤이 깊어서야 굿이 끝났다.
 무당들은 궁내에서 잠을 잤다. 한밤중인데, 삼경(三更)이 지났는데 진령군이 서온돌로 와서 중전을 만나겠다고 했다.
「이 밤중에 웬일이오?」

대신들한테도 반말을 쓰는 중전 민씨는 진령군에게만은 군(君)의 대접으로 반말을 쓰지 않았다.
「중전마마, 오늘밤은 소녀가 마마를 모시고 싶습니다. 북묘에 진인이 내도했사옵니다.」
처성굿을 끝낸 밤인데 북묘에 진인(眞人)이 와 있단다.
민비의 눈에는 광채가 번뜩였다.
「진인이?」
「네에.」
「북묘에 가 보시겠습니까?」
중전 민씨는 선뜻 일어섰다.
밤은 칠흑같이 어두웠다. 별빛도 없는 흐린 날씨였다.
「가 봅시다!」
여자의 호기심은 다른 모든 욕심보다 앞선다.
「상궁을 따르게 할까?」
「혼자 납시오.」
민비는 침전을 나왔다.
진령군은 민비를 부액했다.
「오늘밤에 진인이 나타나다니, 다 마마의 홍복이옵니다.」
「오호, 그래요?」
홍복(鴻福)이라니 좋지 않은가.
비원 쪽으로 두 여인은 걸어가는데 발소리들을 죽였다.
봄이 무르익은 궁원(宮苑)에는 풋내가 싱그러웠다. 싹이 트고 그리고 돋아 오르는 생명의 내음이 싱그러웠다.
「옥교(玉轎)로 모시지를 못해서 송구스럽습니다, 마마.」
「아니오. 이 길은 걸어야 운치가 있지 않소.」
하긴 그렇다. 산책길로서는 안성마춤의 거리였다. 어둠은 오히려 비길 데 없이 아늑했다. 밝은 날에도 이 길은 연이나 옥교를 타고 나선 적이 없었다. 북묘를 지은 후로는 이틀이 멀다하고 오가는 길이었다.
북묘는 북쪽 담장 밖에 있었다.

이윽고 짙은 수풀 속에서 새어 나오는 희미한 불빛이 보였다.
도란도란 사람의 말소리도 들려 왔다.
「누가 여럿이 있소?」
「아닙니다. 혼자 있을 겝니다.」
「저 소리는?」
「마마를 위해 축수하는 소리겠지요.」
「누가요?」
「진인입죠.」
사실 축원하는 소리였다.
「하늘에 계신 옥황상제께 비나이다. 민씨 성을 가지신 중전 마마의 무병장수를 옥황상제께 비옵니다.」
소리의 방향을 잡을 수가 없었다.
북묘에서 불빛을 따라 새어 나오는 음성 같기도 하고 숲이 끝나는 캄캄한 허공에서 들려 오는 하늘의 소리 같기도 했다.
장중한 목소리이다. 그리고 마디마디가 가락이 되는 맑은 말소리였다.
민비는 발걸음을 멈췄다.
「누군지 가상하군그래. 사내로군.」
「예, 사냅니다.」
「밤중에 이런 곳에서 사내를 만나도 괜찮소?」
그렇게 묻고 있지만 중전 민씨의 숨소리는 높아져 있었다.
「중전마마를 위하는 마음씨가 소녀보다도 두터운 사내입죠. 법력(法力)이 신접(神接)해서 마음대로 귀신을 부리고 비와 바람을 일게 하옵니다.」
「그래요, 대단한 도력을 가진 사람이군 그래.」
「만나 보셔야죠, 마마.」
「그래서 예까지 온 게 아니오?」
진령군은 별안간 몸을 아스스 떨었다.
「왜 몸을 떠오?」
「마마, 그럴 일이 있사와요..」

「그럴 일?」
민비는 긴장했다.
「말씀드릴 순 없사오나 그럴 일이 있습니다.」
진령군은 지난 밤의 공포가, 흥미로운 사건이 되살아났다.

진령군이 진인이라고 부르는 사람은 이유인이다. 불과 사흘 전에 만난 사람이다. 북묘에 자주 와서 진령군에게 아첨을 하는 어떤 벼슬아치한테서 들은 말이 있었다.

「굉장한 도술을 가진 진인이 있습니다. 명귀(冥鬼)가 모두 그의 손아귀에서 놀고 있을 뿐 아니오라 풍우조화(風雨造化)를 마음대로 부리고 있는 사람이 있습니다.」

「풍우조화를?」
여자 진령군은 귀가 번쩍 틔었다. 정말이라면 굉장한 흥밋거리가 아닐 수 없었다. 벼슬아치를 졸라 그 날로 그 도술을 한다는 사나이를 북묘로 청했다.

보기에도 당당한 사나이였다. 건장한 체구였다. 늘씬한 키에다 희멀건 얼굴에다 코가 대단히 커서 더욱 사내다왔다.

관운장의 뺨을 칠 대장부라고 진령군은 흥분했다. 과부로서의 흥분이 앞섰다.

「도술을 보고 싶소.」
「도술이라고야 할 수 있겠습니까만.」
이유인은 전에 무과(武科)에 오른 경력도 가졌다.
경상도 김해가 고향인 향반(鄕班)이었다.
「대단한 도술을 가지고 있다던데?」
과부는 두 뺨이 발그레해졌다. 음성마저 떨렸다.
「글쎄올시다. 언제고는 보여 드리겠습니다만, 혹시 진령군께서 놀라실까 해서.」
음성이 어찌 그리도 사내다우냐고 진령군은 감탄했다.
「내가 놀랠 것 같소? 관성(關聖)을 어버이로 모신 내가 조만한 일에 놀랄 듯싶소?」

「하긴 그렇긴 합니다만.」
「보여 주시오. 잡귀 놀리는 구경이나 합시다.」
「정 보시겠다면 사흘 안으로 보여 드리지요. 준비를 합지요..」
「준비를 해야 하오?」
바로 어젯밤이 아닌가. 느지막해서 이유인이 다시 북묘에 나타났다.
「귀장(鬼將)이 노니는 곳으로 모시겠습니다.」
진령군은 따라 나섰다.
이유인은 북악산 깊은 골짜구니로 진령군을 데리고 갔다.
역시 오늘밤과 같이 별빛도 없는 어둠이었다.
부엉이가 지척에 울고 있는 괴괴한 숲속으로 남녀는 깊숙히 들어갔다.
승냥이가 아이의 울음 소리를 흉내내며 울었다. 여우가 캑캑거렸다.
어쩌겠는가. 진령군은 사나이의 팔소매를 잡을 수밖에 없었다.
「이렇게 무서운 곳으로.」
진령군은 이유인을 원망하듯 매달려 걷다가 자기의 발끝에서 시퍼런 불빛이 앞으로 획 뻗치는 것을 봤다.
「에구머니!」
이유인은 여자를 감싸안았다.
「아하, 고놈의 여우 새끼가 장난을 하는군요.」
과부무당은 사나이의 체온을 느끼자 당황했다. 체면은 차려야겠다고 안간힘을 썼다.
사나이 가슴을 밀어 붙이고는,
「괜찮소! 돌부리를 찼소그려.」
이유인 못지않게 태연했으나 두 다리는 마구 후들거렸다.
이유인은 다시 걸으면서 말했다.
「송구합니다. 제 도력이 부족한 탓으로 여우란 놈의 장난을 보여 드리게 했군요. 하하하.」
또 꽤 많이 산속으로 걸어 들어갔다.
이유인은 어험 하고 큰 기침을 뒤번 했다.

「이제 내 귀장을 대령시켜 볼까요?」
「어디 재주를 보여 주시오.」
「놀라진 마십시오.」
「놀라다니!」
그러나 한낱 과부무당은 사나이께로 바싹 붙어설 수밖에 없었다.
이유인은 우선 넓직한 바위를 더듬어 여자 진령군을 앉혔다.
그는 진령군 옆에 시립하듯 서더니 품속에서 조그마한 수건을 꺼내 허공에다 서서히 휘저으며 입을 열었다.
「동방청제장군(東方靑帝將軍), 게 있거든 냉큼 나오라!」
엄숙한 음성이 밤하늘에 메아리쳤다.
순간 한줄기의 냉기(冷氣)가 진령군의 뺨을 선득하고 스쳐 갔다.
「보십시오!」
진령군은 보았다. 똑똑히 보였다. 바로 십여 발짝 앞에 전신을 푸른 옷으로 휘감은 한 장수가 우뚝 서 있지 않은가.
「보셨습니까?」
「보았소!」
진령군은 이가 마구 딱딱 부딪쳤다.
청제장군은 공손히 두 손을 앞으로 모아쥐고 이유인에게 읍(揖)을 했다.
다음 명령을 기다린다는 태도로 다소곳이 이쪽을 쏘아보는 그 푸른 눈빛을 보았다.
여자는 어쩔 수 없이 옆에 서 있는 사내의 아랫도리를 휘감아쥐고는 벌벌 떨었다.
「듣거라, 청제 그대는 곧 거기서 물러가거라!」
이유인이 소리치자 그 괴물은 깊숙히 고개 숙여 절을 하고는 어디론가 사라져 버렸다.
「무서우십니까?」
「무섭소.」
「그럼 나를 꼭 붙들으시오.」

「이렇게 붙들지 않았소?」
「내 앉아서 잡아 드리리까? 떠시는 것 같군요..」
「잡아 주시오. 여기 앉아서.」
이유인은 여자 옆에 앉아서 여자의 어깨를 꼬옥 안아 줬다.
「다시 다른 귀신을 보여 드리리까?」
「또 있소?」
「있지요..」
이유인은 좀더 큰 음성으로 소리쳤다.
「듣거라, 남방적제장군(南方赤帝將軍) 게 있거든 어서 나오라!」
이번에는 와그르르 돌산이 무너지는 것 같은 소리가 진령군의 귀청을 때렸다. 뜨거운 바람이 혹 끼치는 것 같더니 비린내가 코를 찔렀다.
진령군은 너무도 놀라서 두 눈을 꽉 감고는 이유인의 세우고 있는 허벅지를 왈칵 안아 버렸다.
시뻘건 놈이었다. 온몸이 시뻘겋다. 북통만한 대가리에 수세미처럼 헝클어진 머리카락이었다. 왕방울 같은 툭 불거진 눈알에서는 붉은 물줄기를 내뿜고 있었다. 키가 일곱 자는 넘지 않겠는가. 엉성하게 뻗쳐진 앞니 사이로 흥건하게 흘러내리는 피비린내는 거기서 풍겨 나오는 것 같았다.
여자 진령군이 다시 눈을 떴을 때 귀장이라는 괴물은 키질이라도 하듯 두손을 번쩍 들어올려 꺼불꺼불하기 시작했다.
「어서 보내시오! 보기 싫소!」
「무섭습니까?」
이유인은 더욱 힘있게 여자의 어깨를 안고는 뜨거운 입김을 그 귓불에다 불어 주었다.
「무섭진 않지만 흉하오.」
이유인은 벌떡 일어나면서 소리쳤다.
「남방적제장군은 우리 진령군마마를 놀라시게 했다. 냉큼 물러가거라!」
이유인의 명령이 떨어지자 그 괴물은 이내 자취를 감춰 버렸다.

그것이 바로 어젯밤의 일이었다.
진령군과 함께 북묘로 돌아온 이유인은 어젯밤에 북묘를 떠나가지 못했다.
진령군이 혼자는 무섭다고 그를 안아 버린 것이다.
그는 진령군의 시들어 가는 육신에다 봄기운을 함빡 불어 넣어 줬다.
진령군은 오늘 아침에 그에게 자진해 말했다.
「목사(牧使) 자리라두 하나 줄까?」
자기가 영의정이라도 되는 듯이 자신 있게 말했다.
이유인은 넓쩍한 가슴으로 과부를 안고는 코방귀를 뀌었다.
「그까짓 목사 자릴 가져서 뭘 하겠소. 이렇게 진령군마마와 즐기는 게 낫지…….」
「욕심두 어지간하구나!」
나이로 본다면 자식뻘밖에 안 됐다.
그는 진령군을 어머니라고 부르기로 했다.
「어머님!」
「자식두!」
그게 바루 오늘 아침의 일이었다.
사당으로 오르는 층계는 가파르게 높이 이어져 있었다.
「발끝을 조심하십쇼, 마마.」
「괜찮소.」
그러나 괜찮지가 않았다. 민비는 앞으로 폭 꼬꾸라졌다. 무릎으로 돌을 때렸다.
「에그머니나!」
여자의 비명이 어두운 밤의 공간을 날카롭게, 그러나 나직하게 찢었다.
진령군이 질겁을 해서 안아 일으켰다.
「옥체 상하시지 않으셨습니까.」
「무릎이 아프오.」
「이를 어쩌나, 송구스러워서.」

민비가 허리를 폈을 때, 우람한 이유인의 음성이 두 여자를 맞이했다.
「누구시오니까?」
이유인은 손에 황촛불을 들고 서 있었다.
순간 여자 민중전은 넋을 잃고 그를 멀거니 바라봤다. 참으로 잘생긴 사내라고 생각했다. 불빛을 배경으로 서 있는 늠름한 그의 체구를 보고 민중전은 압도당한 느낌이었다.
그날 밤, 민비는 새벽 닭이 울도록 북묘에서 웃음을 흘렸다.
그날 이후, 밤이 되면 왕비의 잠행이 사흘이 멀다고 북묘로 향했다.
이유인은 두 여자의 지극한 사랑을 얻었다. 불과 한 해가 못 되어 양주목사의 관인을 제수받았다. 그러나 그의 몸은 북묘를 떠나지 않았다.
(중놈의 허튼 수작이라고 생각했더니……)
이유인은 진령군을 끼고 누워서 때로는 지난 일을 회상하고 혼자 웃기를 잘했다.
얼마나 가난했던가. 끼니를 잇지 못하던 시절이 쇠털처럼 많았었다.
김해 고향에 살 때였다. 어느 달 어느 날이었던가. 눈이 하얗게 내린 겨울의 어느 날 하오였다. 늙은 중 하나가 초라한 행색으로 마을을 싸다니고 있었다.
마침 허기진 배를 안고 역시 마을을 싸돌아다니던 이유인은 그 늙은 중을 보자 무슨 생각에선지 집으로 데리고 들어왔다.
수수와 좁쌀도 떨어져 가고 있었으나 닥닥 긁어서 밥을 지어 먹였다. 어쩐 일인지 아내도 상을 찌푸리지 않았다.
굶주림에 지쳤던 늙은 중은 허기를 모면하자 부처님의 공덕을 빌어 주고는 표표하게 다시 길을 떠나갔다. 그러나 그 중은 이내 발길을 돌려 이유인의 집으로 되돌아오고 말았다.
옆방에서 곡식 그릇을 탁탁 털어 내던 소리가 귓가에 맴돌았던 게 분명했다. 더구나 한마디 불평도 없이 악식이나마 밥을 지어 주던 가난한 주부의 마음씨에 감복했던 모양이다.
「소승은 일찌기 풍수설을 익힌 바 있는데 따라 오시겠소?」
중과 이유인은 마을 뒷산으로 올라갔다.

「여기가 명당이지요.」
 늙은 중은 묵은 무덤들이 총총히 박혀 있는 한복판의 빈터를 가리키고는 말했다.
「이곳에다 산소를 쓰면 머지않아 가운이 트이리다.」
 그러나 이유인은 대수롭지 않게 대꾸했다.
「우리 고을 김씨네의 산소들입니다. 날으는 새도 떨어뜨리는 세도인데 어떻게 나 같은 가난뱅이가 그 복판에 산소를 쓸 수 있단 말이오.?」
 늙은 중은 딱한 듯 곰곰이 생각하더니,
「그렇다면 몰래 선영의 면례를 했다가 곧 다른 데로 옮기시오. 그렇게 하면 미구에 집안에서 부사 하나쯤은 나올 테니 그때 가서 김씨네를 잘 타일러 봉분을 만들도록 하시구려. 그러나 천기(天機)는 지나치는 것을 미워하는 법이외다. 산솟자리만 믿지 말고 김씨네를 잘 대접해 주도록 하시오. 그렇지 않으면 반드시 화가 있을 것이니까.」
 이유인은 곧 중의 말을 따랐다. 그리고 서울로 올라왔다. 진령군의 평판을 듣고 꾀를 생각해 냈다. 건달 몇 녀석을 사서 어느 날 밤에 북악산에서 진령군의 눈을 홀려 줬다. 그리고 양주 목사가 된 게 아닌가.
 그는 진령군을 통해서 민비와의 접촉이 더욱 밀접해지자 자기 아우를 김해부사로 만들었다.
 그 후 그는 김해의 김씨네를 윽박질렀다.
 그들의 묘를 말끔히 파내게 했다. 지난 날의 늙은 중의 말을 잊고 화(禍)을 스스로 부른 것이다. 그의 종말은 비참했다.

 딱한 일이었다. 군란을 겪고도, 대원군을 청국으로 잡혀 가게 해 놓고도 왕실에서 하는 일은 그랬고, 왕비 민씨가 하는 짓은 그랬다. 나라 꼴이 어떻게 되겠는가. 더구나 외세가 이 나라의 약점을 노리고 호시탐탐하고 있는 판국에 말이다.
 대원군의 시름은 노래가 됐다.
　고향은 구름 너머 삼천리 밖인데,
　기러기는 서릿발 도는 구월 하늘을 나네.

(家鄕雲外三千里
　　鴻雁霜邊九月天)
베이징에선 가까운 4백 리다.
톈진에선 먼 4백 리였다.
한양에선 파도 거센 서해를 건너 3천 리가 넘는다.
이곳은 남의 나라 청국 땅, 성(省)의 이름은 하북이라 했다. 보정부는 그 하북성에 있었다. 하북성에서는 톈진 다음가는 대처라지만 잡혀 온 조선의 노호(老虎)에게는 삭막하기 비길 데 없는 고장이었다.
갑갑해서 방문을 열면 눈앞을 막아서는 우람한 돌산들. 서쪽도 북쪽도 산과 산이 이어져 병풍이 되어 있었으나 아늑한 곳은 아니었다.
몇십 년이나 되는 고옥(古屋)인가, 지붕의 기와 사이에는 잡초가 무성했다.
황폐한 후원으로 돌아 발돋움을 하면 그런대로 남으로 훤히 트이는 전망이 있었다. 강줄기도 보였다. 여름이면 수양버들이 가지를 늘어뜨린 운치도 있었으나 겨울에는 바람이 너무도 거세고 봄이면 먼지가 너무도 많은 박토(薄土)였다.
대원군은 외로움에 지쳐 있었다.
어지간히도 답답한 세월이었다.
날이면 날마다 부엌에서 그릇소리를 달그락 대는 늙은 여인도, 마루끝에서 맥없이 조으는 늙은 하인도, 그리고 칼을 차고 대문에 기대선 병정들도 모두가 말이 통하지 않는 청국인뿐이었다.
그래도 세월은 흘렀다. 그가 이곳에 와 갇힌 몸이 된 지도 2년, 이미 두 돌이 지나갔다.
이제는 그래도 좀은 익숙해졌지만 처음에 가장 괴로왔던 것은 뭣보다도 음식이었다. 하고한날 돼지냄새가 비위를 뒤집어 놓았다. 기름기 많은 중국 음식은 끝내 입에 맞지가 않았다.
어쩔 수 없이 고국과의 발길이 있을 때마다 쌀이며 두태(豆太)며, 그리고 평소 구미에 맞던 김치와 젓갈을 가져오게 했다.
식수가 말이 아니었다. 잡충이 들끓는 뿌연 황토물을 먹어야 하는 고장이었다. 소금처럼 짜기라도 하다면야 간국이라도 되지만 흙내가 풍겨 도무지 마실 재간이 없었다.

언젠가는 손수 후원을 파헤쳐 우물을 파기도 했다. 보다못해 중국인 병정들이 거들어 줬다. 닷새만에 물이 솟았다. 맑은 물이었다. 물맛도 제법 차갑고 순했다.

「귀하신 분의 손끝은 다르다니까.」

「하늘이 알아 그분에게 주시는 물이다.」

이웃 주민들이 몰려와 저마다 물맛을 보고는 떠들었다. 삽시간에 소문은 쫙 퍼져 나갔다.

담 밖의 엄한 경계 담 안으로 이어진다.
시름없이 홀로 앉아 마음만은 한가롭다.
  (墻外戒嚴連墻內
  悄然獨坐意悠悠)

처음에는 그렇게 엄하게 굴던 경비병도 낯이 익고 정이 통하니까 양처럼 온순해져 갔다. 대원군의 인품에 꼼짝없이 눌려서 그를 존경하고 따르고 했다.

본국 사람을 보기란 극히 어려웠다. 가뭄에 콩나듯 띠엄띠엄 다녀가긴 했다.

민비가 보낸 정탐꾼이 아니면 장사하러 텐진에 왔던 상인이었다. 상인들은 대원군을 경모(敬慕)하는 일심에서 먼 길을 찾아왔다가 대부분 문지기 병정에게 그대로 쫓겨가는 수가 많았다.

사위 조경호가 몰래 바다를 건너와서 대원군을 만나고 간 것이 죄가 되어 먼 섬으로 귀양을 갔다는 소문을 들은 날 밤엔 뜬눈으로 지새웠다.

김응원이 천신만고, 민씨 일파의 경계를 뚫고 찾아왔을 때는 눈물이 왈칵 쏟아지도록 반가웠다.

그날부터 그의 입은 자주 열렸다.

청국 각지에서 찾아 주는 선비들은 마다 않고 접견했다.

은자(銀子)를, 토산물을 가지고 와서 석파란(石坡蘭)을 청하는 사람에겐 붓을 들어 흔연히 화폭을 만들어 줬다.

갑신년이 됐다. 1884년 10월도 다간 그믐날이었다. 바람이 썰렁했다. 김응원은 마루끝에다 질화로를 내놓고 차를 달이고 있었다.

방문이 열리며 대원군이 얼굴을 내밀었다.

「응원인 내일 텐진으로 나가서 이중당(이홍장)을 만나보고 오게나!」

무슨 속셈에서인지 불쑥 그런 말을 했다.

「소인이 가도 만나 줄까요?」

「내 편질 써 주지.」

그들의 대화는 그것으로 끊어졌다.

대원군은 속이 바작바작 타고 있었다.

「귀국에서 우리 청군과 일군(日軍)이 전쟁을 했는데 일군이 일패도지 했답디다.」

벌써 열흘 전에 전해 들은 고국의 소식이 아닌가.

텐진에 나갔던 청국의 벼슬아치가 얻어듣고 와서 전해 준 말이었다.

그러나 그뿐, 그 후 더는 자세한 소식을 들을 길이 없었다. 어떻게 속이 타지 않겠는가.

마침 중문이 열리더니 호가(胡哥) 성을 가진 호위병이 일러 연통을 해 왔다.

「손님이 오셨습니다.」

「손님?」

「치난(濟南)에서 왔다는 예쁜 여자 손님입니다. 모셔 들일까요?」

그는 히죽거리며 능글맞게 웃었다.

「그만 두게나. 오늘은 몸이 불편해서 접객은 못 하겠네.」

김응원이 대답하기 전에 얼른 딱 잘라 버렸다.

호위병은 의외라는 듯한 얼굴로 돌아섰다.

(잘해야 은자 몇 닢 받아먹을 게다.)

또 어떤 얼굴의 풍류 여인이 찾아왔다는 것인가 싶었다.

잠시 후에 대원군은 연죽을 깊숙이 문 채 마루로 내려섰다.

첫겨울의 냉기가 오싹 피부에 스며들었다.

이곳의 추위는 한양보다 훨씬 매웠다.

그는 마당을 거닐면서 뇌까렸다.
(청군과 일군이 싸웠다?)
있을 법한 일이긴 했다. 남대문 밖에는 청군이 진을 치고 있었고, 진고개에는 일군이 도사리고 있는 것을 보고 고국을 떠났지 않은가.
두 나라 군사가 총질을 하고 싸웠다면 조선 사람이 상하지 않았을 리가 없다. 얼마나 상했을까.
그의 발걸음은 후원으로 옮겨졌다.
붉게 물들었던 단풍나무도 어느 새 잎이 시들어 그 빛깔을 잃고 있었다.
조그만 조산에 올라 봤다. 들판이, 강물이 한눈에 들어왔다. 황량한 풍경이었다.
대원군은 별안간 귀가 번쩍 틔었다. 그는 귀에 익은 음성, 여자의 음성을 들었다. 추선의 음성이라고 단정했다.
「추선이가?」
그는 소년처럼 가슴이 두근거렸다.
「추선이가 어떻게 여길……」
그러나 못 올 까닭도 없고 못 올 여자도 아니라고 생각했다.
대원군은 발돋움을 하고 목을 뽑았다. 담장 밖에서 수레에 오르는 여자의 모습을 봤다. 앞모습은 보이지 않았다. 뒷모습은 영락없이 추선이었다. 착각일까.
대원군은 다시 한번 발돋움을 했다.
여자가 탄 수레는 어느 새 뽀얀 먼지를 일으키며 멀리 달려가고 있었다. 잠시 전에 면회를 청하던 여자임에 틀림이 없었다.
(아니었구나. 역시 여자의 몸으로 예까지 올 수 없는 게지.)
그렇더라도 그는 후회를 했다.
(만나 볼걸, 추선을 닮은 여자!)

그는 불현듯 추선이 그리웠다. 얼마나 애를 태우고 있을까 싶어서 눈물이 났다.

「바싹 늙었을 게다.」
 그의 망막에는 뿌연 안개가 서렸다. 영원히 지워지지 않을 것 같은 안개였다.
 마침 머리 위로는 한떼의 갈가마귀 떼가 날아가고 있었다. 그는 가슴이 허전해서 소년처럼 엉엉 울고만 싶은 심정이었다.
 김응원의 편으로 추선이 보내 온 정표를 만지작거렸다. 부적과 향료가 담긴 주머니를 만지작거렸다. 육포, 어포를 보내 왔다. 그리고 직접 깎은 관세음보살의 목상(木像)도 보내 왔다. 아마도 호신상(護身像)로 그것을 보냈을 것이다.
 추선의 말도 전해 왔다.

　　돌아오시기 전에는 죽을 수도 없사옵니다.

 짧은 초겨울의 해가 넘어가고 있었다.
 김응원은 차를 달인 질화로의 불이 사위어 가니까 유황을 지펴 불을 일으켰다. 마루 위에다 등롱을 매달았다.
 대원군은 침실로 돌아와 연상(硯床)의 뚜껑을 열어제쳤다.
 진한 묵향이 방 안에 가득 찼다.
 대원군은 두루마리로 된 시전지(詩箋紙) 끝을 김응원 앞으로 밀어 붙였다.
 김응원은 가만히 종이 귀를 잡고 고개를 숙였다.
 대원군의 붓끝은 날렵하게 종이 위에서 노닐었다.
　　시름 잠긴 새들은 석양에 울고
　　밤 들어 다시 보니 등불만 밝고나.
　　(愁中鳥鵲夕陽鳴
　　入夜更靑燈火明)
 김응원은 한참만에야 시전지에서 눈을 들었다.
 대원군은 그를 마주보면서 눈에 눈물이 글썽했다.
 「오늘 밤에는 추선에게 소식이나 쓰겠네. 그 싯귀도 동봉해야지.」

대원군은 혼잣말로 중얼거렸다.
그때였다. 중문 밖에서 와자한 소란 소리가 터졌다.
중국인 호위병이 고함을 치고 있었다.
「안 돼! 안 돼! 몸이 불편해!」
「엉터리 수작 말라. 난 본국에서 온 운현궁의 청지기다. 몸이 불편하다면 더욱 만나뵈야 한다. 냉큼 비켜서지 못하겠나!」
「저건 상지의 음성이 아닌가?」
대원군은 눈을 부릅뜨며 김응원에게 물었다.
「글쎄 그런 것 같습니다.」
김응원이 꽁무니를 벌에 쏘인 사람처럼 벌떡 일어섰다.
대원군은 앉아서 밖에다 대고 고함을 쳤다.
「상지냐?」
「대감, 네에!」
이상지는 성난 짐승처럼 중문 안으로 뛰어들더니 땅바닥에 넙죽 엎드리며 절을 했다.
「네 이놈, 상지로구나!」
모두들 말이 나오지 않았다. 눈시울이 젖어서 서로 바로보지도 못했다.
「올라 오너라!」
이상지는 성큼성큼 방안으로 들어섰다.
그는 자리에 앉자마자 다시 대원군에게 문안을 드렸다.
「심한 고초를 겪고 계시다는 말씀을 듣고 고국의 백성들은 한결같이 대감마님의 무사 환국을 축수하고 있습니다.」
세 사람은 다시 목이 메어서 한동안 침묵하고 있었다.
「그런데 대감마님, 고국에는 또 난(亂)이 일어났사옵니다.」
대원군의 안면 근육이 단박 더할 수 없이 경직되고 말았다.
「어서 소상한 내용을 여쭙게.」
김응원도 채근을 했다.
「개화당이, 일본을 본받아 개화하자는 주장을 가진 젊은이들이 일어나서 수구당 대신들을 많이 죽였습니다.」
「수구당 대신들을 죽여? 이번엔 민란(民亂)이냐?」
이상지는 사건의 자초지종을 차근차근히 이야기했다.
10월 17일 새로 전동에 개설된 우정국의 개국연(開局宴)을 이용하여 개화당이 혁명을 일으켰다고 했다.
「혁명이라?」
수구당의 거두(巨頭)들인 조영하, 민태호, 민영목, 윤태준, 이조연, 한규직 등이 개화당의 자객들에 의해 살해됐다고 했다.
「조영하, 민태호가 살해됐어? 상감은?」
「상감을 속이고 경우궁으로 옮기시게 한 뒤에 그런 일들을 저질렀습니다.」
국왕을 경우궁으로 옮기게 한 개화당은 우선 일본군 2백명을 불러 궁내외를 엄중히 수비케 한 후 새로운 내각을 조직 발표했다고 했다.
「이재원나으리께서 영의정이 되셨습니다.」
「재원이가?」
대원군의 조카인 이재원이 영의정이 되고 개화당의 중심 인물인 홍영식, 박영효, 서광범, 김옥균, 서재필 등이 좌의정을 비롯한 전후영사(前後營使) 등의 요직을 각각 차지했다.
「옥균이가 나섰느냐?」
「주모자의 하나올시다.」
대원군계의 인물들이 대거 망라되었을 뿐 아니라 그들이 내건 14개 조항의 시정요강 제 1조가 괄목할 만했다.
"대원군을 불일내(不日內)로 환국케 하는 동시에 청국에 대한 조공(朝貢)의 허례(虛禮)를 폐지할 것"으로 되어 있었다.
「하지만 실패하고 말았습니다.」
「실패했어?」
실패했다. 19일부터 수구당의 남은 세력과 은밀히 손을 잡은 청군이 원세개, 오조유의 지휘하에 맹렬히 공격해 왔기 때문에 사흘 후인 20일 드디어 일본군은 패퇴하고, 따라서 개화당 정부는 불과 3일만에 신기루

와 같이 사라지고 말았다.
 이번에는 홍영식, 박영교 등이 청군의 칼을 맞고 목숨을 잃었다.
 김옥균, 박영효, 서재필, 서광범 등 개화당의 요인들은 일본군과 함께 인천에서 배를 타고 간신히 일본 나가사키로 망명하기에 급급했다.
 「모두들 많이 죽었구나!」
 대원군은 힘없이 한마디 흘리고는 연죽 물부리만 빨고 있었다.
 또하나의 피비린내 나는 싸움이 외세를 몰고 동족간에 벌어졌던 것이라고 생각하니 가슴이 아팠다.
 특히 조영하가 낙명했다는 소식은 대원군에게 남다른 충격을 주었다.
 비록 오랜 세월을 두고 끌어 온 정권 다툼의 소용돌이 속에서 조영하와는 서로 풀 수 없는 오해도 많았으나, 그러나 그의 형인 조성하와 함께 잊을 수 없는 사람이 아닐 수가 없다.
 낙척 왕족으로 척족 안동 김씨의 괄세를 받으며 상갓집 개라고까지 욕을 먹으며 거리를 방황하던 시절, 조대비와 선을 대어 준 사람이 바로 조성하, 조영하 형제가 아니었던가.
 그들 두 형제는 조대비의 친정 조카로서 끔찍이도 대비의 사랑을 받고 있었다.
 대원군은 그들을 이용해서 조대비의 환심을 샀고, 그리고 끝내는 아들 명복에게 왕좌를 따 주지 않았던가.
 그때만 해도 그들의 야망은 순수했다.
 대원군과는 뜻이 같고 배가 맞았다. 오직 나라를 구하자는 일념뿐이었다.
 그러나 대원군이 정권을 잡자, 조성하도 영하도 대원군에게 등을 돌리고 말았다.
 대원군을 그렇게도 권좌에 앉히려고 애를 써 주더니 막상 앉고 나니까 자기들에 대한 처우가 섭섭했다고 해서 이번에는 또 끌어내리는 데 그들이 앞장을 섰었다.
 (그러나 이제는 다 지나간 일! 형제가 다 세상을 떴구나.)
 대원군은 지그시 눈을 감았다.

지난 신사년이라면 1881년이다. 조성하가 갑자기 병으로 세상을 버렸다는 소식을 듣자 대원군은 몹시 마음이 상했다.

뜬세상의 덧없음이 간절하게 느껴졌던 것이다.

때마침 서장자 이재선 사건으로 마음이 상해서 대문을 걸어 잠그고 있을 때였지만, 그는 성하의 장례에만은 괴로운 마음을 이끌고 참석했다.

마지막 가는 길에나 정의(情誼)의 눈물을 보여 주고 싶었던 것이다.

그런데 이번에는 영하마저 비참하게 목숨을 잃었다는 것이다. 자객의 칼을 맞고 비명에 갔다고 한다.

대원군의 가슴에는 만감이 엇갈렸다.

「경우궁에 상감을 모셔 놓고 10여명의 장사들을 궁문 안에다 대기시킨 김옥균, 박영효 등은 어명을 빙자하고 사관생도들을 보내서 수구당의 대신들을 불러 들였답니다.」

대원군은 지그시 눈을 감고 있었다.

「조영하대감도 급거 입시라는 전갈을 받고 황급히 입궐하다가 중로(中路)에서 민태호대감을 만났는데 두 분이 다 사관생도들의 전갈이 수상하다는 데에 의견이 일치되었던 것 같습니다. 조대감께서 민대감에게 오늘 우리가 이렇게 빈손으로 입궁해도 괜찮을까, 하고 물으니까 민대감 대답이 어명이니 어찌하겠느냐고 했답니다. 결국엔 미심쩍긴 했으나 상감의 안위를 알 수 없다 해서 성명(性命)이라도 바치는 도리밖엔 다른 길이 없다는 결심들을 하고 경우궁 후문으로 들어섰다가 네 명의 자객이 달려드는 바람에 비명으로 가셨다고 합니다.」

이상지는 국내에서 들은 그대로를 과장하지 않고 자세하게 이야기했다.

대원군은 감은 눈을 뜨지 않았다. 숨도 쉬고 있는 것 같지가 않았다.

그는 한참만에야 길게 한숨을 뿜었다.

외국에 끌려와서 갇혀 있는 몸이니 아무리 나라에서 위급한 일이 있다 하더라도 속수무책이지만, 앉아서 듣고 있기만 하기에는 너무도 답답한 이야기였다.
「나라꼴이 참 너무도 어지럽구나!」
대원군은 한숨과 함께 이 한마디를 입밖에 내었을 뿐이었다.
그는 문득 운현궁에 두고 온 맏손자 준용(埈鎔)의 생각이 간절하게 떠올랐다.
(그놈들 대에나 가면 국운이 펴지려나.)
그는 뭣보다고 왕이 좀더 총명해야 되겠다는 것을 절실히 느꼈다. 그릇이 더욱 커야겠고, 안목이 확 틔어야겠다고 생각한다.
왕은 요사스러운 중전의 치마폭을 헤어나지 못하고 쩔쩔매고 있는 실정이니 딱한 노릇이었다.
「상감의 옥체는 여일하시더냐?」
그래도 아들이니 그 건강이 궁금했다.
그는 고국을 떠날 무렵, 불과 그 나이 열두 살이던 준용의 총명을 요새 와서 자주 되새겨 보는 버릇이 생겨 있었다. 확실히 왕의 어린 시절보다는 월등히 영리하고 담도 컸다.
사람은, 그 사람됨은 그 이목구비의 됨새에 달려 있다. 준용은 그 모두가 크고 굵직하게 생긴 것이 사나이다왔다.
장차 성년이 되어 골이 차면 훤칠한 대장부가 될 것을 믿어 의심치 않는다. 재면의 아들이니까 그에게는 사손이었다.
대원군은 이상지에게 물었다.
「준용이가 보고 싶군. 잘 있겠지?」
「소인이 떠나올 때도 뵙고 왔습니다. 이제는 장부다운 기상입니다. 학문도 많이 진보했습니다. 이번 개화당 내각에선 세마(洗馬) 벼슬을 시켰더군요. 그렇지만 나가시진 않았습니다.」
「세마 벼슬을 시켜?」
벌써 끌어내기 시작하는구나 싶어서 대원군은 분노를 느꼈다.
「그놈은 그런 식으로 벼슬자리에 뛰어들어서는 안 돼! 깨끗하게 조신(操身)했다가 한번 크게 앉아야지.」
분연히 소리치는 혼잣말이었다.

김응원이 얼른 받았다.
「그러하옵니다. 금지옥엽이신데 벌써부터 이 파당 저 파당에서 이용하기 시작하면 큰일입니다.」
「내야 늙었으니까 아무래도 좋지만 젊은 애들이 걱정이야.」
이상지가 그제서야 생각이 난 듯이 말했다.
「참, 부대부인께오선……」
「어떻단 말인가?」
「너무나 상심을 하셔서 바짝 늙으셨습니다.」
대원군의 얼굴에는 우수의 그림자가 스쳐 지나갔다.
「천일 기도를 하고 계십니다.」
그말을 듣자 대원군은 별안간 웃어 버렸다.
「허어, 운현궁에 열녀났네그려.」
그러나 그것은 비꼬는 말이 아니라 가슴아파서 하는 역설이었다.
그것이 역설이라는 것은 이내 대원군의 태도에 나타났다. 그의 눈에는 어쩔 수 없이 눈물이 번뜩였던 것이다.
(약해지셨구나!)
이상지는 속으로 그런 생각을 했다.
김응원은 얼굴을 돌리고 외면했다.
이상지는 그날 밤 보따리 속에서 추선이가 곱게 싸서 보낸 편지와 또다시 보내는 불상을 꺼내 대원군의 무릎 앞으로 밀어 놓았다.
이상지는 대원군의 기뻐하는 모습을 흐뭇하게 바라보면서 추선이 부탁하던 말을 기억해 냈다.
「조용한 시간을 보아 대감마님께 드려 줘요. 먼젓번 보내 드린 불상보다 내 공력이 더 든 거니까. 대감마님이 청국으로 떠나셨다는 소식을 전해 들은 그날 밤부터 온 공력을 들여서 깎기 시작했어요. 대감마님의 신변에 법력이 내리시어 가호해 주시길 빌면서.」
추선은 전에 없이 이야기가 길었다. 흥분한 까닭인 모양이었다.
「옛날에 고려 사람들은 원나라의 침입을 막기 위해 일구월심으로 대장경을 새겼다지 않아요? 부디 이 보살님을 대감마님의 신변 가까이 모시도록 아뢰 주세요..」

간곡하게 당부하며 울먹이던 추선의 말이 이상지는 귓가에 아직도 은은했다.

대원군은 말없이 그 불상을 만지작거리고 있었다.

수염이 팔분 가까이 세어 있었다. 머리털도 그렇게 세어 있었다. 이마의 주름도 눈꼬리의 잔주름도 두드러져 보였다. 이상지가 보기에 말이다.

추선이가 보낸 불상은 한뼘 남짓 크기의 관음좌상(觀音坐像)이었다.

2년을 두고 정성들여 깎고 다듬은 부처인만큼 추선의 마음이, 손때가, 체취가 배어 있었다.

대원군의 눈에도 먼젓번의 불상보다도 훨씬 정교했다. 불심의 자비가 담긴 보살상이라고 여겨졌다. 얼굴 모습은 바로 추선 자신을 옮겨 놓은 것 같았다. 들여다보고 있는 사이에 어느덧 추선을 앞에 두고 있는 착각을 일으켰다.

보일듯 말듯 미소를 머금은 그 자비로운 인상이 추선의 모습 그대로였다.

「무고하겠지?」

눈을 불상에서 떼지 않고 대원군은 혼자 뇌까렸다. 필시 이상지에게 묻고 있는 말일 것이지만 불상과의 대담과 같이 들렸다. 대원군은 그제서야 추선의 편지를 펼쳤다. 사연은 간단했다.

언제나 환국하시려나 주야로 점을 쳐 보고 있습니다. 염주알을 돌려 점을 치고 있사옵니다. 오늘 아침에도 쳐 보았습니다. 미구에 돌아오시겠다는 점괘였기로 기운을 내서 몇 자 문후를 드립니다.

옥체보전에 유념하십시오. 만백성이 기원하고, 만백성이 하루속히 환국하시기를 학수고대하고 있음을 잊지 마셔야 하옵니다. 대감께서는 대감이 아니시라 만백성이 어버이로 모시는 국태공이심을 한시도 잊으셔서는 안 됩니다.

편지의 내용은 대원군에게 용기와 힘을 내게 하려고 몸부림을 치는 추선의 모습을 그대로 그려 놓고 있었다.

대원군의 눈에는 별수없이 또 눈물이 맺혔다.

이상지는 슬며시 일어섰다.

(늙으셨구나. 저렇게 심약해지시다니…….)

뜰로 내려서면서 폐부 깊숙히 숨을 들이마셨다. 그리고는 길게 뿜어 냈다.

잠시 후에 별실에 든 이상지와 김응원은 대원군이 외어 대는 불경 소리를 조용히 듣고 있었다.

대원군은 혼자가 되자 이내 고왕경을 독송하기 시작했다. 백팔염주알이 그의 손끝에 단조롭게 돌아가고 있을 것이었다.

그리고 다른 한손에는 추선에게서 보내 온 관음상이 들려져 있을 것이었다.

「나무관세음보살, 나무관세음보살, 나무관세음보살, 나무불 나부법 나무승 불국유연 불법상인 상락아정 유연불법 나무마하반야 바라밀 시무상주 나무마하반야바라밀 시대명주 나무마하반야바라밀 시무상주 나무마하반야바라밀 시미등등주 나무정광불 비밀불 법장불 사자후신족유왕불 불고수미등왕불 법호분……」

대륙의 밤은 바닷속 같은 중압과 함께 차분히 깊어 가고 있었다.

왕비王妃, 왜 여자女子로 태어나서

서양 여자가 중전 민씨에게 인사를 올리고 자리에 앉았다. 그는 웨베르 부인이라고 불리는 여자였다.
웨베르 부인은 화사하고 긴 손가락을 날렵하게 놀리기 시작했다.
아침 햇살이 창살을 통해 찬란하게 직사해 들어오고 있었다.
웨베르 부인에 의해서 비단보가 풀렸다.
나무로 만든 네모 반듯한 상자 두 개가 아래위로 포개진 채 나타났다.
웨베르 부인은 긴 속눈썹을 까작거리며 우선 위쪽 상자를 냉큼 집어 들어서는 중전 앞에다 공손하게 밀어 놓았다.
「변변치 않습니다마는 우리나라 아라사에서 가져 온 양과자랍니다. 맛이나 봐 주시면 지극한 영광일까 해서……」
서투르지 않은 조선말로 상냥스럽게 지껄이면서 새파란 눈으로 살짝 웃음을 튀겼다.
중전 민씨의 얼굴에는 기쁨이 넘쳐 흘렀다.
「웨베르 부인은 참 고맙기도 하오. 먼젓번에도 값진 양단을 많이 보내 주더니 오늘 또 이런 귀한 음식을 가져 왔구려.」
웨베르 부인은 더욱 짙은 눈웃음을 쳤다.
「변변치 않사옵니다마는 맛은 꽤 좋습니다.」
「그게 뭐라는 음식이라 했소?」
「양과자입니다.」
「양과자? 어디 뚜껑을 열어 봐라!」

중전의 말이 떨어지기도 전에 옆에 시립했던 궁녀가 얼른 상자 뚜껑을 열었다.

그것은 웨베르 부인의 설명대로 양과자였다.

빛깔은 제각기 달랐으나 모두 아름다왔다. 밤톨같이 둥글둥글한 것도 있고, 곶감처럼 돌돌 말린 것도 있다. 세모난 것도 있고 골무쪽같이 생긴 것도 있었다.

「그거 보기에도 먹음직스럽군.」

민중전이 감탄하면서 부지중에 침을 삼켰다.

「황공하옵니다만 이런 것은 어수(御手)로 집어잡수셔도 좋습니다.」

「그래요? 손으로 집어먹는단 말이오?」

「왜, 어색하십니까?」

「아니오, 어디 하나 맛을 봐 봅시다.」

민비는 무슨 보물이라도 다루듯 소중스레 양과자 하나를 손가락으로 집어서 입으로 가져 갔다.

「참 맛이 있구려. 이렇게 값진 음식을 아라사에서까지 갖다 주다니 그 정성이 더 고맙소.」

민비는 난생 처음 먹어 보는 양과자의 맛이 꽤 괜찮다고 생각하면서,

「나만 먹을 것이 아니라 하나 들어 보오!」

웨베르 부인에게도 권했다.

「저야 많이 먹어 보았습니다. 저희 본국에서는 조석으로 흔하게 먹는 음식이니까요..」

왼손으로 입을 살짝 가리고 눈웃음을 짓는 웨베르 부인의 얼굴에는 만족해 하는 교태가 깃들었다.

「천하 일미요. 혀끝에 닿자 사르르 녹아 버리는군. 상감께두 맛을 보여 드려야겠소. 뚜껑을 덮어라!」

중전 민씨는 점잖게 목을 뽑고는 또 다른 하나의 상자에다 시선을 보냈다.

「황송하옵니다.」

웨베르 부인은 기다렸던 듯싶게 다시 그 화사한 손가락으로 또 하나

의 남은 상자를 집어 들었다.
 먼젓것보다는 좀더 무게가 있어 보였다.
「그건 또 뭐요?」
「대단한 것은 아닙니다만, 마마께 선물로 올리겠습니다.」
 웨베르 부인은 또 눈웃음을 치면서 그 상자를 민비의 무릎 앞으로 바짝 밀어 놓았다.
「대관절 뭔데?」
 민비의 눈이 또 호기심으로 빛났다.
「모두 변변치 않은 물건들이 돼서 송구하옵니다.」
「왜 그런 말을!」
 웨베르 부인이 그 새로운 상자의 뚜껑을 열자 민비의 눈은 더욱 휘둥그래졌다.
 이번에는 보기에 더 화려한 물건들이었다.
 크고 작은 병들이, 제각기 다른 형태의 병들이 여러 개가 담겨져 있다.
 모두가 크지는 않지만 유리로 만든 병이고 사기로 만든 항아리가 아닌가.
 민중전은 저절로 입이 벌어졌다.
「어서 하나 맛을 봐 봅시다. 먼젓것보다 더 값진 음식 같구려.」
 그러자 웨베르 부인이 황급히 손을 내저었다.
「아니 되옵니다. 이것은 얼굴에 바르는 화장품입니다.」
 민비는 무안했다. 그러나 당황하지 않고 태연했다.
「그러고 보니 향수로군. 그 참 고마운 일이오. 내 그렇지 않아도 그런 화장품 생각이 있었는데 어쩌면 내 마음을 그리도 잘 알아 주오.」
 상자 두 개는 시녀에 의해서 거두어졌다.
 두 여인은 아주 친밀하게 대화가 오고 갔다.
「아라사는 과연 대국(大國)이로군. 저런 진기한 음식, 좋은 향수를 만들어 내다니 말이오.」
「황송하옵니다. 우리나라 아라사에서는 촌백성들까지 그런 것에는 주리지 않고 있사옵니다. 우리 아라사는 크기로 말하면 세계에서 첫째이옵고 생산하는 물품 또한 세계 각국에서 가장 기술이 뛰어나고 품질이 좋다고 해서 미국, 영국, 독일, 불란서 등 우리나라의 물건이 안 가는 곳이 없는 실정입니다.」

웨베르 부인은 자연스럽게 자기 나라의 선전을 하기 시작했다.

주한노국대리공사(駐韓露國代理公使) 겸 총영사 웨베르의 젊은 아내다.

아름다운 여자로 사교술 좋기로 정평이 나 있는 외교관의 부인이다.

남편을 따라 지난 해에 한국으로 나왔다.

남편 웨베르는 청국 텐진주재 노국영사로 있다가 바로 지난 해니까, 1884년 5월에 한로수호통상조약(韓露修好通商條約)을 체결하는 데 주역 노릇을 한 사람이다.

청국과 일본의 틈바구니에서 이제까지는 별로 두드러진 힘을 과시하지 못하던 노서아는 일약 그 한로수호통상조약으로 한국에서 강력한 발언권을 갖게 된 것이다.

웨베르 부인은 약삭빨랐다. 남편의 그늘에서 약삭빠르게 움직이는 전형적인 외교관의 아내였다.

갸름한 얼굴에 새파란 눈알을 지닌 그네는 이름난 미모인데다가 어학과 화술이 선천적으로 뛰어나 있었다.

텐진에 있을 때도 그네는 외교가(外交街)를 휘어잡았다. 특히 허영심으로만 잔뜩 채워져 있는 청국의 귀부인들을 자유자재로 조종해서 남편의 공로를 더욱 두드러지게 한 장본인이었다.

웨베르 부인은 한국에 나와서도 어렵지 않게 왕비 민씨의 마음을 사로잡는 데 무난히 성공했다.

그네는 이제 무상으로 궁중 출입을 했고, 민비는 웨베르 부인만 보면 환한 웃음으로 맞이했다.

「아라사의 이야기는 내 늘 듣고 있었소. 전부터 목참판이 소상하게 얘기해 줘서 잘 알고 있소.」

민비는 왕비다운 언투로 말하면서 웨베르 부인을 바라봤다.

네가 누누히 설명을 하지 않아도 세계 정세며 아라사의 국세(國勢)에 대해서는 다 알고 있다는 언투였다.
「그렇겠습지요, 마마. 목참판은 우리 아라사를 너무도 잘 알고 있는 분이니까요.」
목참판이란 독일 사람 묄렌도르프를 두고 하는 말이다.
그는 청국의 실권자인 이홍장의 추천으로 우리나라에 와서 통리아문(統理衙門)의 협판(協辦)으로서 외교, 세관 업무를 담당하고 있는 외국인 고문관이다.
말하자면 외국인으로서 우리나라의 외무차관의 직책을 담당하고 있다.
그는 왕과 민비에게 친로정책(親露政策)을 건의했고 웨베르의 교섭에는 늘 앞장을 서서 주선해 주는 인물이었다.
목참판의 이야기가 나오자 웨베르 부인은 그만 그 묄렌도르프의 칭찬으로 화제를 돌렸다.
「목참판은 참 유능한 사람입니다. 세계 각국의 사정을 유리 속을 들여다보듯이 환히 알고 있고요, 어디 그뿐이옵니까. 마마께서 아시다시피 동양어에 그만큼 능통한 사람은 없지요. 청국 이홍장대신도 목참판이라면 참 기가 막히게 좋아하고 있답니다.」
「내 다 알고 있소. 그 사람은 외국인이지만 우리 조선을 위해서 매우 애를 쓰고 있는 줄로 내 다 알고 있소. 우리가 귀국 아라사와 통상을 해야 한다고 적극 주장을 한 사람도 목참판이오.」
웨베르 부인은 감격하듯 아미를 숙였다.
「다 조선의 복이며 마마의 지도력이십니다. 그리고 우리 아라사의 행운이라고 생각하옵니다. 우리 아라사 황제께서는 우리 국토처럼 워낙 마음이 넓고 크시어서 세계 각국과 교제하는 것을 아주 좋아하시고, 그리고 강한 나라에게 억압당하는 약소한 민족을 도와 주기를 즐겨 하십니다. 이번엔 다행하게도 목참판을 통해 귀국과 교제하고 통상하게 된 것을 진심으로 영광스럽게 생각하옵니다. 그 점에 대해서는 우리 황제께서도 여간 기뻐하시지 않더라는 소식이옵니다.」

묄렌도르프는 한정(韓廷)에서 벼슬을 얻자 자기 이름을 한자로 목인덕(穆麟德)이라 쓰기 시작했다.

벼슬은 참판, 그래서 목참판이라 부른다.

「고맙소, 앞으로 귀국과는 더욱 친하게 지냈으면 좋겠소. 부인께서는 잘 주선하시구려. 귀국 황제께도 잘 말씀드려 주시구.」

중전 민씨는 두번 세번 웨베르 부인에게 알맹이 없는 부탁을 했다.

실상 아라사가 이 나라에서 갑작스런 각광을 받게 된 이유는 우연이 아니다.

갑신년, 즉 지난 해에 일어났던, 개화독립당에 의한 정변이 있은 직후, 조정의 척족 권신들은 자기들의 보신책을 곰곰이 생각하고 있었다.

노호하는 군인들이 대궐로 뛰어드는 바람에 그들에게 맞아죽는 권신들이 있는가 하면, 한편 개화당의 젊은 사관생도들에 의해서 찍소리도 못하고 그 칼에 목숨을 빼앗긴 사람들도 적지 않았지 않은가.

뿐만 아니라 일본군이 들이닥쳐 하루아침에 그 아까운 권력을 잃기도 했고 청국 군대의 술수에 휘말려 하룻밤 사이에 역적으로 몰린 패도 적지 않지 않았던가. 참말로 혼란과 악순환의 연속이었다.

그런 판국이었으니 왕이나 왕비라고 불안하지 않을 수가 없었다.

민비에게는 남달리 더 불안한 나날이었다.

임오군란 때 당한 그 구사일생의 곤욕이 골수에 맺혀 있는데 또 지난 해에는 개화당한테 크게 놀랐다.

두 번씩이나 거듭된 변란으로 해서 민비는 자기 파의 세도깨나 부리던 인물들이 너무도 많이 스러지고 그 애써서 만들어 놓은 세력권의 뿌리가 너무도 크게 흔들린 데 대해서 이가 갈릴 만큼 통분해 했다.

모이면 한마디씩 했다.

「청국도 믿을 수가 없습니다.」

「일본은 더군다나…….」

청국도 믿을 수 없고 일본도 믿을 수가 없고 자기 나라는 더더구나 믿을 수가 없으니, 제3의 세력은 필요하게 마련이고, 대두하게 되는 게 순서였다.

임오군란 후 청국과 일본이 서울 한복판에서 총칼을 맞대고 으르렁거리더니 기어코 갑신정변에 이르러서 일본군이 패퇴하고 말았다.

그러나 그동안 알아 본 결론으로는 일본군이 결코 청군보다 약하지가 않단다.

그저 조선에 와 있는 그 수가 적어서 일시 물러갔을 뿐이란다.

듣자니 근대의 훈련은 일본군이 훨씬 더 잘 돼 있고, 무기도 청국보다 신식이라고 했다.

그렇다고 해서 청국을 무시할 수도 없다.

대관절 어느 쪽에 의지해야 할 것인지 분별을 할 수가 없는 실정이었다.

그러한 판국에 목인덕이 아라사를 들고 나왔다.

아라사의 존재를 과대하게 평가하고 나섰다.

「구라파와 동양, 아시아에 걸쳐 광대한 국토를 가지고 있는 아라사는 세계에서 으뜸가는 강대국입니다. 서양에 있는 영국, 미국, 덕국(독일), 법국(프랑스) 등이 크다고는 하지만 아라사는 도저히 못 당합니다.」

그는 국왕과 민중전 앞에서 어느 날 거침없이 그런 말을 꺼냈다.

「더우기 다른 강대국은 조선에 대해서 그다지 관심을 가지고 있지 않지만 아라사만은 일찍부터 조선의 존재를 인정하고, 그리고 좋아합니다. 그들은 일찍부터 서로 외교 사절을 보내어 교제하고 통상하기를 원해 온 나라가 아닙니까. 제 판단으로는 이 기회에 아라사 황제에게 조선의 왕실과 조정의 보호를 청해 두는 게 현책일 줄로 압니다. 만일 청국이나 일본이 불법한 침략을 해 오면 아라사로 하여금 적당한 수효의 군대를 조선에 보내어 한정(韓廷)을 보호해 줄 수 있도록 정식으로 친서 조약을 맺어 두도록 하심이 어떠할는지요. 만약 그 일이 성사되면 일본이나 청국은 귀찮고 겁이 나서도 감히 이 나라 조선을 불순한 마음으로 넘겨다 보지 못하게 될 것이 아닙니까.」

그는 거침없이 역설했다. 열의를 가지고 말이다.

민비가 가장 먼저 솔깃하게 귀를 기울였다.

그날 밤 중전 민씨는 금침 속에서 왕을 구슬리기 시작했다.

「상감, 아무래도 아라사가 세계에서 제일 큰 나라인가 보죠? 청국도 일본도 아라사 힘을 당하지 못한다니까.」
「나도 그런 말은 누누히 들었소.」
「들으셨죠? 그럼 어떻겠습니까? 이토록 불안하게 지낼 것이 아니라 그 아라사에게 보호를 요청해 두는 것이 좋지 않겠어요.」
그러나 왕은 과단성이 결여돼 있는 사람이다.
그는 오직 착한 반면에 강직한 일면을 가진 우국의 왕이다.
「아라사의 보호국이 되자는 말이오? 그놈들은 왜이(外夷)가 아니란 말이오?」
몹시 마땅치 않은 반항을 보였다.
그렇다고 후퇴를 할 중전 민씨인가.
「참 상감두……, 지금은 청국이나 일본의 보호국이 아닙니까? 이왕 남의 보호를 받을 바엔 좀더 힘이 센 놈의 힘을 빌리자는 게죠. 그렇잖습니까? 만약 청국이나 일본이 군대를 몰고 오면 우리는 아라사로 하여금 한발 먼저 오게 해서 우리를 보호해 주도록 하면 든든하단 말씀입니다. 일이 끝나면 철군해 갈 것을 미리 약속해 두면 되지 않습니까?」
그러나 왕은 여자의 의견에 얼른 동의하려 들지 않았다.
「안 될 소리요. 어차피 내 나라의 군사가 아닌 바에야 어찌 믿겠소? 부른다고 금방 오고 가란다고 네 네 하고 물러가겠소?」
왕의 말에 민비는 발끈 성깔을 냈다.
「상감은 그래서 답답하오. 보호국이 되고, 보호만을 해 주기로 양국의 왕이 조약으로 문서화해 두면 다 그렇게 이행하게 돼 있어요. 상감은 언제나 내 나라 군사니 내 나라 백성이니 하시오만 그렇게 사랑을 하셔서 그놈들이 모반을 하지 않았습니까? 친척붙이보다는 차라리 남이 나은 수가 많듯이, 무력한 내 나라 백성이나 군사들을 믿기보다는 강대한 아라사와 보호조약을 맺고 이열치열의 원리대로 외세를 빌어 외세의 발호를 없애는 게 상지상책이옵니다.」
「자칫하다가는 두 외세에 몰리다가 세 외세의 틈바구니 속에서 허덕거리는 꼴이 되지 않겠소?」

「그렇지가 않고 우리는 쑥 빠지게 됩니다. 저들끼리 서로 이해다툼을 하면서 우리에게 잘 보이려고 온갖 수단과 호의를 베풀게 되지 않겠습니까? 우리가 쓸개를 빼버릴 게 아니라 저들을 잘 이용하면 된단 말씀이에요..」

왕은 끈기가 부족했다.

「그도 그럴 것 같소. 중전 좋을 대로 하오.」

왕은 귀찮아지기만 하면 중전 좋을 대로 하라는 게 마지막 대답인 줄을 그의 아내는 누구보다도 잘 알고 있다.

거기다가 논리와 기지와 언변에 있어서는 언제나 자기 아내에게 무릎을 꿇는 사람이 아닌가.

결국 아라사를 끌어들이고 청국을 멀리한다는 이른바 인아배청(引俄背淸)의 정책이 채택됐다.

목인덕은 신바람이 났다. 이 나라 대신 중의 누구보다도 민비의 신임을 얻기에 이르렀다.

그는 민비의 은밀한 허락을 얻고 아라사에서 군사 교관을 초빙해 올 것을 웨베르에게 교섭하고 있었다.

군대부터 아라사 식으로 만들어 놓아야 한다는 전제하에서 말이다.

그러나 그의 그러한 움직임은 서울에 주재해 있는 청국 상무총판(商務總辦), 진수당에게 알려지고 말았다.

진수당은 펄펄 뛰었다. 그는 즉각 원세개와 만나 심각하게 논의했다.

「목참판이란 놈과 민영익이 우리 청국 세력을 조선에서 몰아낼 음모를 꾸미고 있소! 아라사 황제에게 보호국으로 삼아 달라고 밀서를 보냈다는 것이오. 그 밀서는 왕비가 국왕을 졸라 옥새까지 찍은 왕의 정식 친서라고 하니 놀라운 일이 아니냐 말이오. 이건 우리로선 사활 문제니까 지체없이 엄중한 조처를 취해야 되겠소.」

성질이 급한 원세개는 얼굴이 새파래지고 말았다.

「민영익과 목인덕이 그놈들을! 다 밟아 죽여 버려야겠습니다.」

원세개는 파르르 떨었다. 그럴 수가 없다면서 안절부절을 못했다.

진수당은 비교적 침착했다.

「빨리 북양대신께 보고 해야 하겠소. 이번 기회에 한왕(韓王)을 혼내 줄 방도를 이홍장께 강구하도록 헌책해야 할 것이오. 내 생각으로는 모두가 방자한 왕비의 간계인 성 싶으니 그 왕비한테 복수하기 위해서도 이번에는 보정부에 있는 대원군을 환국시켜서 저들의 불순한 세력을 꺾도록 했으면 어떨까 생각하는데요.」

진수당의 말에 원세개는 귀가 번쩍 띄는 모양이었다.

「그것 참 명안이십니다. 북양대신께 청해서 대원군을 하루속히 귀국시킵시다. 그가 돌아오는 길로 이 나라의 정권을 그에게 넘겨 주도록 하는 게 좋겠습니다. 이제 생각하면 그래도 이 나라에선 대원군만한 인물이 없습니다.」

원세개는 제마음대로 이 나라의 정권을 이 사람 저 사람에게 넘겨 줄 수가 있는 모양이다. 삼십이 채 안 된 그가 말이다.

그는 더욱더 할말이 있었다.

「우리가 임오년에 대원군을 잡아간 것도 민비의 요청이긴 했지만 그 때만 해도 그의 사람됨을 잘 몰랐습니다. 그 뒤 보정부에 가둬 놓고 보니 대단한 인물이라는 평판이 아닙니까.」

그들의 권세는 정말 대단했다.

그들의 결정은 조선의 판도를 좌우했다.

그들은 곧 텐진에 있는 북양대신 이홍장에게 건의했다.

　보정부에 유수돼 있는 대원군 이하응을 환국시켜 민비를 비롯한 척족 일파의 부패정치를 혁신토록 해야 하겠습니다. 그렇지 않으면 조선의 정세는 아라사에 유리해진다는 것을 통촉하시기 바랍니다.

이러한 요지의 청원문을 보냈다.

정정(政情)이 이처럼 어수선한 판국인데 민비는 웨베르 부인의 그러한 선물로 대만족이었다.

저녁 무렵이 되자 민영익이 들어왔다.

그는 민비가 가장 총애하는 민씨 중의 민씨가 아닌가. 비록 입양한 사람이지만 친정 조카다.

「좀 전에 아라사 공사의 안댁되는 사람이 다녀갔네. 좋은 양과자며 값진 향수를 가지고 왔더군. 기특한 여자야.」
 민중전은 민영익을 보자 대뜸 웨베르 부인한테 선물받은 기쁨부터 늘어놓았다.
 여자란 그럴 수밖에 없다고 해서는 안 된다.
 남자 역시 다를 게 없으니까 말이다.
 「그게 다 마마께오서 베푸신 홍덕에 감화된 탓입니다.」
 민영익은 아주 그럴싸하게 한마디 하고는 꿇어앉았다.
 실상 그는 청국인들이 짐작하고 있는 것과는 달리 이날 처음으로 인아배청 정책에 대한 의견을 민비한테서 질문받았던 것이다.
 「자네 생각은 어떤가? 청군과 일본의 거동을 믿을 수가 없으니 차라리 아라사의 보호를 받기로 했네. 상감께서도 윤허를 내리셨어.」
 「아라사의 보호를 받다뇨! 마마?」
 민영익은 뜻밖에도 놀라는 기색을 보였다.
 민비는 좀더 자세한 설명이 필요하다고 생각한 것 같다.
 「전에 목참판하고도 그런 얘기가 설왕설래했잖은가. 청국과 일본의 세력을 견제하려면 아라사의 힘을 끌어들여 그들과 보호조약을 맺는 길밖에는 도리가 없네.」
 민영익은 그래도 쉽게 승복하지 않았다.
 「마마, 그런 일은 국가 안위(安危)에 관계되는 일이오니 신중히 생각하셔야 합니다. 그렇지 않아도 우리나라에 와 있는 청국의 요로(要路) 관원들이 몹시 숙덕거리고 있다 합니다.」
 사실 민영익은 그래서 오늘 중전 침소로 들어온 것이었다.
 그는 목인덕과 자별하게 친히 지내는 사이이고, 그리고 목인덕한테서 연로거청(聯露拒淸) 정책에 대한 권유를 자주 받아 왔기는 했지만 '보호국 운운'에까지 사태가 발전한 줄은 미처 모르고 있었다.
 더군다나 그 문제에 대해서 중전이 왕의 윤허까지 얻었다는 데는 아연하지 않을 수 없었다.
 그가 아연해 한 이유는 단순했다.
 청국이 무서웠던 것이다. 그런 엄청난 사실이 명확해지면, 세상에 드러나면, 그렇잖아도 트집만 찾고 있는 청국이 가만히 있을 리가 없는 것이다.

민영익은 비로소 그 까닭이 짐작되는 것 같았다.

어쩐지 요즘 와서 진수당과 원세개의 태도가 냉랭하고 이상했다. 이쪽의 눈치만 슬슬 살피고 있는 눈치였다. 미묘한 풍문도 들려 왔다.

「원세개가 비상한 음모를 꾸미고 있는 중이랍니다.」

음모의 내막은 누구도 아는 성싶지 않지만 막연하게 그런 정보가 있어서 바로 오늘 아침 그의 동정도 살필 겸 청관(淸館)을 찾았다.

마침 원세개는 공관에 있었다. 겉보기에는 한가롭게 자기 서재에서 책을 읽고 있었다.

그는 아침이 늦지 않은데 찾아간 민영익을 보자 왠지 찌뿌둥한 얼굴을 하더니만,

「요새 중전께서는 몹시 분망하신 모양이더군요..」

밑도끝도없는 그런 말을 뇌까렸다.

민영익은 잠자코 너그러운 미소만 지어 보였다.

그의 다음 말을 들어 보자는 속셈이었다.

아니나다를까 원세개가 민영익의 눈치를 쩨려보더니 또다시 불쑥,

「중전께선 아라사라는 나라에 대해서 갑자기 흥미를 가지셨다면서요? 대감, 여자가 신정(新情)에 열을 올리면 구정(舊情) 따위는 헌신짝 버리듯 하는 수가 많지요. 내 요새 오랫동안 사귀어 온 조선 여자에게 깨끗이 채인 일이 있습니다. 목참판한테 뺏겼지요. 아하하하.」

원세개는 오만하게 몸을 뒤로 젖히면서 삐이꺼덕하고 의자를 뒷걸음질시켰다.

그는 의미심장하게 중전 민씨를 야유했다.

그러니 그런 말뜻을 못 알아들을 민영익이기야 하겠는가.

「아하하. 여자야 새로 사귀면 사귈수록 좋은 게 아닙니까. 가는 여자에 미련을 둘 필요가 있겠소? 원대인(袁大人) 같은 분이.」

「그건 그렇구, 중전께서 아라사에 대한 관심이 커졌다는 풍문은 사실

입니까 대감?」

「군자국끼리의 사귐은 담담(淡淡)하기 물과 같아서 믿음직한 게 아니오? 아라사가 요새 와서 우리나라에 추파를 보내 오고 있으나 그까짓 것들이야 작부들의 웃음 같아서 누가 믿겠습니까. 그저 고개나 끄덕거려 주는 거지요. 안 그렇소, 원대인?」

민영익의 점잖은 응수에 원세개가 능글능글한 웃음을 흘리다가, 실로 민영익에게는 청천벽력과 같은 말을 쏟아놓는 것이었다.

「글쎄요. 그렇게 믿어도 좋을까요? 나는 아무래도 대감을 믿을 수가 없군요. 이렇게 대감이나 중전이나 그리고 왕을 믿을 수가 없다면 어쩔 수 없이 우리 북양대신께 청원해서 대원군을 환국시킬까 하는데, 어떨까요. 민대감의 의사는?」

민영익은 기가 막혀서 얼굴이 노래지고 말았다.

「그럴 수야……」

「그럴 수가 없단 말이오? 대원군으로 말하면 이 나라의 왕의 생친인데 외국에다가 유수시켜 놓고 데려올 생각도 안 한단 말이오?」

이렇게 되면 민영익으로서 무슨 말을 더 할 수가 있겠는가.

사실 따지고 보면야 민영익도 심약한 사람의 하나다.

지금 비록 민비의 신임을 얻어 민문의 으뜸가는 참모 노릇을 하고 있지만 대원군을 청국으로 귀양보내 놓은 일에 대해서는 명분도 서지 않을 뿐 아니라 늘 마음에 걸려서 괴로와하고 있었다.

그렇더라도 민영익은 기가 막힐밖에 없다.

(대원군을 환국시켜 다시 부려먹을 궁리를 하고 있구나!)

큰일이었다. 그렇게 되면 그가 다시 청국의 뒷받침으로 권좌에 앉을 것이 아닌가. 민씨네들은 어떻게 될 것인가.

그래서 그는 청관을 나오자 곧장 민비의 침소로 달려온 것이다.

민영익의 그런 보고를 듣자 민비의 얼굴에서는 화색이 싹 가셔 버렸다. 눈까풀이 파르르 경련했다.

「뭐라고? 누구 맘대로 그 흥선군을 데려와? 데려갈 때는 어떻게 데려갔는데 데려올 때는 내 승락없이 데려온단 말인가?」

중전 민씨는 야무지게 소리쳤다.
당황한 것은 민영익이었다.
「마마, 고정합시오. 아직은 저네들이 우리를 협박하는 수작일 게고 또 그런 협박으로써 아라사에 대한 우리 조정의 태도를 바꿔 놓기 위한 설탄(舌彈)이 아니겠습니까? 다행히도 우리가 일찍 그런 기미를 알았으니 서둘러 대응책을 강구하면 되지 않겠습니까.」
하기는 그렇겠다고 중전 민씨는 차츰 흥분을 가라앉혔다.
중전은 눈을 가늘게 뜨고는 어깨로 숨을 쉬다가 입을 열었다.
「그래 어떻게 하면 좋단 말인가?」
민영익은 대답을 하지 못했다.
「그 늙은이는 절대로 못 데려오도록 해야 하네.」
「이를 말씀이오니까.」
「만일의 경우에 대비토록 하게.」
민비와 민영익은 한동안 침묵하고 있었다.
「마마께서 북양대신에게 사람을 보내도록 하십시오. 대원군을 환국시키면 이 나라에는 또 다른 변란이 생길 염려가 있으니까 처음 작정대로 좀더 그곳에 있게 하도록 청해 보는 게 좋을까 합니다.」
「그렇겠지?」
「그렇습니다, 마마.」
「누구를 보내면 되겠는가?」
중전의 이 물음에 민영익은 또다시 얼른 입을 열지 못했다.
고양이 목에 방울을 달아 줄 사람이 금방 생각날 리 없다.
민비가 자기의 의사를 슬쩍 비쳤다.
「나도 잘 생각이 나질 않는군. 외인(外人)을 보낸다면 묄렌도르프가 적격인데…….」
민비는 좀더 생각해 보다가,
「아무래도 자네가 그를 데리고 가야겠군. 자네 말고는 믿을 사람이 없어. 비용은 아끼지 말고 속히 텐진으로 건너가서 이홍장을 귀찮도록 하지!」

중전의 말은 영락없이 어명으로 둔갑을 하게 마련이다. 결국 민영익이 어명으로 묄렌도르프를 데리고 청국으로 떠나게 됐다.

그러나 사세는 그들의 뜻대로 되지 않았다.

한달 후에 청국 정부에서는 정식 공한을 조정으로 보내 왔다.

민문 일족에게는 기가 막히는 통보였다.

대원군 환국을 간청할 주청사(奏請使)를 즉시 텐진으로 보내라는 것이었다.

어쩌겠는가. 거부할 체면도 아니고 우물쭈물하고 있을 수도 없는 문제였다.

(할 수 없구나.)

조정에서는, 특히 민비는 울며겨자먹기로 그러한 청국의 요청을 수락해야 했다.

병조판서 민종묵을 진주사, 조병식을 부사로 지명했다.

을유년, 그러니까 1885년 6월 초였다.

정말 중전 민씨의 집념은 호락호락하지가 않았다.

민영익과 묄렌도르프를 예정대로 텐진에 보내 놓고 있는 이상, 무슨 방도가 있을지도 모른다는 생각이 머리에서 떠나지를 않았다.

다시 밀령이 내려졌다. 문의관(問議官) 김명규와 당상역관 이응준이 비밀리에 또다시 텐진으로 떠났다.

대원군의 환국을 막는 공작을 펴게 한 것이다.

따라서 텐진, 북양아문에서는 실로 기묘하고 치열한 일종의 외교적 공방전이 전개되고 있었다.

그러나 대세는 이미 결정돼 있는 게 아닌가.

텐진정부가 보내겠다면 보내는 것이고 데려가라면 데려와야 하는 게 조선 조정의 처지다.

그리고 대원군은 그 틈바구니에 끼여서 고국으로 오게 되면 오는 것이다.

기가 막힌 일이기는 하지만 그의 의사(意思)는 그의 환국 문제에 아무런 힘이 될 수 없는 답답한 처지였다.

추선秋仙은 사랑을 앓다가

사린교가 아니었다. 가마 한 채가 산길을 오르고 있었다.
「호요, 더웁구나!」
정말 어지간히 더운 날씨였다.
하늘에는 구름이 없고 공간에는 바람기가 없었다.
그런데 태양은 너무도 뜨겁게 이글거리고 있었다. 길가는 사람들은 숨이 탁탁 막히는 한낮이었다. 6월의 건조한 더위였다.
아름드리 잣나무가 두 그루 양켠에 서 있었다. 하지만 그림자는 한껏 짱아들어 있었다.
「좀 쉬어 갈깝쇼?」
약속이라도 한 듯이 두 녀석이 한꺼번에 그런 말을 하고는 가마를 나무 그늘 밑 땅바닥에다 덜컹 내려놓았다.
「어이, 지독하게 찌는구나!」
그들은 등에 땀이 흠뻑 배어 있었다. 얼굴에서도 땀이 뚝뚝 떨어지고 있었다.
줄곧 오르막 산길인데, 시오리도 안 되는 산길인데, 사뭇 달렸으니 그들은 지칠 만도 했다.
교꾼 두 사람이 역시 거의 동시에 삼베 웃도리를 훌렁 벗었다.
우람한 잣나무 밑동 옹이에다가 척척 걸쳤다.
「어, 목마르다! 이 근천 냉수가 없나?」
「있을 것 같지 않으이. 자네 침이라도 마시게나.」

그들은 한마디씩 하면서 잣나무 그늘로 들어섰다. 쭈글뜨리고 앉으려다 말고 가마 쪽을 돌아다보다가 그들은 또 거의 동시에 소리쳤다.
「마님!」
「마님 좀 나오셔서 쉬십쇼! 인제 거의 다 왔지만서두요.」
가마 속에서는 반응이 없었다.
그들은 잠깐 서로 마주본 다음 또 둘이 한꺼번에 가마 쪽으로 다가갔다.
산속인데도 바람기라곤 도통 없는데 그들은 그런 말을 하면서 교장(轎帳)을 걷어 들었다.
「좀 나와 바람을 쏘이시지요!」
백납처럼 흰 얼굴이 가마 안에 있었다. 병이 뼛속 깊이 스며든 안색이 아닌가.
눈이 아름다왔으나 정기를 잃고 있었다.
그래 그런지 옥색 모시적삼조차도 몹시 후줄근해 보였다.
「좀 나오세요. 가마 속이 그야말로 불가마속 같지 않습니까.」
그러나 여인의 얼굴에는 시원한 반응이 나타나지 않았다.
「따라 오고 있나?」
여인의 음성은 고왔으나 기운이라곤 하나도 없었다.
「곧 따라 올 테죠. 우리가 워낙 빨리 온 걸입쇼.」
교꾼들은 다시 제자리로 돌아가 두 다리를 쭉쭉 뻗고는 상을 잔뜩 찌푸리며 방금 올라온 산길을 내려다봤다. 산이라면 숲이 거해야 할 텐데 그렇지가 못했다.
골짜기엔 그래도 길(丈)이 넘는 소나무와 오리나무가 제법 거했지만 길 언저리에는 사람의 허리께를 넘지 못하는 싸리, 노간주, 떡갈나무 등속뿐이라서 그대로 땡볕을 머리에 이고 올라온 것이었다.
잠시 후에 또한 여자가 가마 앞에 나타났다. 땀을 뻘뻘 흘리며 숨을 헐떡이며 나타났다.
「아이 더워라. 마님 이젠 다 왔어요.」
윤여인이었다. 가마를 따라 오느라고 꽤 허덕인 모양이다.

윤여인을 보자 비로소 가마 안에 있던 추선은 몸을 추슬러서 밖으로 나왔다.
「예서부터는 걸어야지.」
걸을 것 같지 않은 피로한 모습인데 걷겠다고 가마에서 내린 추선의 얼굴은 하얗게 세어 있었다.
「걸으실 수 있으시겠어요?」
윤여인이 추선을 얼른 부축하면서 근심을 하자,
「왜 못 걸어, 걸을 수 있어요.」
추선은 이를 악물며 행보를 옮겨 놓기 시작했다.
언제 어떻게 무슨 병이 들었던 것인지는 알 수가 없지만 추선은 몸에 병색이 깊었다.
그 곱던 살갗에는 윤기가 없어지고 그 맑던 눈에는 정기가 스러졌다.
그리고 그 아름답던 얼굴은 투명할 만큼 핏기가 없고, 그 늘씬하던 몸매는 휘청거릴 만큼 야위어 있었다.
미인에게 병색이 짙으면 요기가 깃든다.
추선은 그렇게 병색이 짙었으나 그래도 요기로울 만큼 고혹적이긴 했다.
「큰 잣나무 두 그루가 서 있는 곳부터 절이라고 했어요. 천축(天竺) 경내로 들어섰군요.」
그런 말은 추선도 함께 들어 알고 있었다.
어제 이상지가 와서 그런 소리를 했다. 북한산 천축사로 가는 길을 소상하게 일러 주면서 두 그루 잣나무가 선 곳까지 가면 절은 이내라고 했다.
추선은 땀을 들일 생각도 않고 절 쪽을 쳐다보며 걷기 시작했다.
「그래도 아직 한참인 것 같은데, 타실걸.」
윤여인이 정성들여 그녀를 부축하면서 말했으나,
「어떻게 자비를 타고 절엘 들어가요?」
추선은 고집을 부리고 불안한 발걸음을 느신느신 옮겨놓고 있었다.
산이 깊은데 꾀꼬리도 뻐꾸기도 울지 않았다.

「반가워하실 거예요.」
「글쎄 그러실까?」
 두 여인은 꼭 한마디씩을 해 보고는 한동안 말없이 절을 향해 발길을 옮겨가고 있었다.
 교꾼들도 추선의 마음속을 헤아렸는지 어딘가 서글픈 표정으로 두 여자의 뒷모습을 멍청히 바라보다가 어슬렁어슬렁 따라서기 시작했다.
「천천히, 걸음을 떼어 놓으세요. 돌이 많군요.」
 윤여인은 조심스레 추선을 부축했다.
 절은 보이지 않았다. 차츰 소나무 숲이 울창해지고 있었다. 가르마처럼 좁은 외길만이 하늘을 향해 뚫려져 있는 것처럼 보였다.
「절까지는 꽤 걸어야 하나 봐요. 아무래도 걷기엔 좀 무린데.」
「괜찮아.」
 추선은 괜찮다면서 숨을 몰아쉬고 있었다.
 그러자 마침 어디선가 뻐꾸기가 울었다.
「반가와하실 거예요.」
 윤여인이 또 아까와 똑같은 말을 뇌까렸다.
「글쎄, 그러실까!」
 추선도 아까와 똑같은 대거리를 했다.
「천주교를 믿으시면서도 불공을 드릴 마음이 생기셨으니 얼마나 노심초사를 하시고 계시길래 그렇겠어요.」
「글쎄, 난 그 어른의 심경을 이해할 수 있어요. 수단을 가리거나 남의 이목을 꺼릴 계제가 아니니까.」
 뻐꾸기가 좀더 성벽 있게 울고 있었다.
 마침 그때 절 쪽에서 사람이 내려오고 있었다. 추선이 먼저 발을 멈춰섰다.
 윤여인도 추선을 부축한 채 걸음을 멈췄다.
「아, 오시는군요. 이 더위에.」
 건강하게 웃으며 껑둥껑둥 달려오는 사나이는 이상지가 아닌가.
「미리 와 있었군요? 부대부인께서도 와 계세요?」

윤여인이 반가와하면서 이상지에게 물었다.
이상지는 웃음을 거두었다.
「오셨어요?」
윤여인이 다시 한번 묻자 이상지는 잠자코 고개를 가로저었다.
「그럼 아직 안 오셨어요?」
그래도 이상지는 분명한 대답을 하지 않고 길을 비켜섰을 뿐이다.
「오셨어요, 안 오셨어요?」
윤여인이 따지듯이 물어 대자 비로소 이상지는 좀 쑥스러운 태도로 대답했다.
「사정이 있으셔서 못 오시게 됐습니다.」
부대부인이 못 오게 됐다는 것이다.
두 여자는 그 소리를 듣자 맥이 쑥 빠졌다.
오늘이 천축사에서 부대부인이 7일기도를 시작한다고 했다.
보정부에서 답답한 세월을 보내고 있는 남편 대원군의 무사 환국을 빌기 위해서 7일기도를 시작한다고 했다.
그 첫날이라 부대부인이 몸소 아무도 몰래 이 절에 오게 돼 있다고 했었다. 그런데 못 오게 됐다고 한다.
처음 이 소식을 추선에게 전해 준 사람이 바로 이상지였다.
청국 보정에까지 몰래 건너가 대원군을 만나고 지난 달 하순에 귀국한 이상지가 운현궁 말고 맨 처음 찾은 곳은 계동 추선의 집이었다.
추선이 보낸 정표를 내놓았을 때의 대원군의 표정이며, 말없이 한숨을 토하던 대원군의 모습이며, 그리고 추선에의 전언(傳言)이며, 추선을 생각하며 보냈다는 시화(詩畫) 한 폭을 전해 주고 그는 돌아갔다.
「대감께서는 고왕경을 십만 번을 목표로 해서 주야로 외우고 계십니다.」
이상지는 그런 말도 했었다.
「부대부인께 그 말씀을 전했더니 갑자기 불공을 들여 드리고 싶으신 생각이 드시는 것 같더군요.」
그 이상지가 며칠 전에 또 추선에게 들러 바로 오늘부터 부대부인이 천축사에서 7일기도를 드린다는 말을 전했던 게 아닌가.

그런데 헛걸음이 됐다는 것이다.

부대부인이 못 오게 됐다니 헛걸음을 한 심경들이었다.

「그럼 불공을 중지하셨단 말이에요?」

윤여인이 또 따지듯이 물었다.

「중지하셨어.」

본시 천축사란 추선으로서 처음 듣는 절이름이었다. 이상지한테 꼬치꼬치 물어서 소상하게 그 위치를 알아 두었다. 꼭 참석해야 되겠다고 그날 그 자리에서 벌써 결심했던 것이다.

추선은 초조하게 날을, 시각을 꼽아 왔다. 촌각(寸刻)이 삼추(三秋) 같다더니 그런 심경으로 불공이 시작되는 오늘을 기다렸다. 신병이 얼른 회복되지 않는 것을 조바심하면서 말이다.

부대부인도 건강이 좋지 않다는 말은 이미 듣고 있었다.

「돌아오실 때까진……..」

부대부인도, 추선 자기도 무슨 일이 있든지 살아야 된다고 이를 깨물며 병조섭을 해온 추선이다.

「왜 불공은 고만 두시기로 했나요?」

추선이 답답해서 이상지에게 직접 물었다.

「필요가 없게 됐습니다.」

두 여자는 깜짝 놀랐다.

「필요가 없다니?」

여자들은 놀라움으로 사지가 떨리는데 이상지는 빈들빈들 웃고 서 있다.

「무슨 얘기요?」

추선은 근엄하게 물었다. 순간 몸이 중심을 잃고 휘청거렸다.

이상지는 그제서야 당황하면서 다급하게 설명을 했다.

「좀 편히 앉아서 쉬시도록 하십시오. 기쁜 소식이 있었습니다.」

「기쁜 소식?」

추선은 정신이 번쩍 드는 모양이었다.

「기쁜 소식이라뇨?」
윤여인이 눈을 휘둥그렇게 뜨면서 물었다.
「대감마마께서 환국하시게 됐답니다. 이홍장이가 서둘렀다는군요. 대감마님께선 곧 텐진으로 나오셔서 배를 타신다는 얘기가 있습니다.」
자세히 보니 이상지는 몹시 흥분하고 있었다.
「정말이에요?」
「…………」
그런 말이 거짓말이거나 농담일 수는 없다.
추선은 팔다리가 덜덜 떨리고 있었다.
「관세음보살.」
추선은 눈을 감고 서 있었다. 현기증이 일어서 한동안 눈을 감고 서 있었다.
「관세음보살.」
「좀 쉬셔서 돌아가시죠.」
한참 만에 이상지가 그런 말을 했다.
모두들 울고 있었다.
울음을 터뜨리지는 않았으나 모두들 통곡들을 하고 있었다.
기뻐서 통곡을 한다는 일이 사람 한평생에 몇 번이나 있는 것인가.
모두들 기뻐서 소리없이 통곡을 하고 있었다. 그 아까운 눈물을 왜 씻을 것인가.
아무도 뺨으로 줄줄이 흐르는 눈물을 닦으려고 하지 않았다.
추선과 윤여인은 서로 손을 마주잡고 있었다.
「정말 돌아오시는 거겠죠?」
누가 누구에게 묻는 것인가, 윤여인이 추선의 손을 흔들면서 물었다.
「부처님께서 돌봐 드리고 계실 테니까, 관세음보살.」
부처님을 믿을 수밖에 없는 추선이었다.
사람 누구를 믿겠는가. 추선은 부처님을, 관세음보살을 믿었다.
「언제쯤 오실까요?」
윤여인이 또 물었다.

누가 그 물음에 대답을 할 수가 있겠는가. 아무도 대답할 사람은 없다.

「파싹 늙어 계시겠지.」

추선은 대원군의 모습을 상상하고 있는 것 같았다.

그런 소리를 하고는 좀더 많은 눈물이, 그 맑은 그러나 피로해 있던 두 눈에 왈칵 넘쳤다.

「돌아가셔서 차분히 몸조섭을 하셔야죠.」

보고 있던 이상지가 추선에게 말했다.

머리 위로 날짐승이 날아가는 모양이었다. 꺼불꺼불 날짐승의 그림자 하나가 추선의 가슴께를 지나갔다.

그래도 산속이었다. 갑자기 솔바람이 추선의 앞머리를 흩날렸다.

「일체 모르는 척하고 계셔야 합니다. 무사히 환국하시기를 마음속으로만 축원하셔야 합니다. 민씨 일파는 지금 신경이 곤두서 있을 테니까요. 퍼뜨려 줘서는 안 됩니다. 저들의 정탐꾼이 벌써 사면팔방에 진을 치고 있을 겁니다. 부대부인께서도 그들의 그런 기미를 알아채시고 근신을 하시기 위해서 오늘 여기도 오시지 못한 것입지요. 저들은 대감마님이 돌아오신다니까 후환이 될 싹을 미리 자르기 위해서 눈이 벌개져 있을 거니까요..」

추선은 현기증으로 해서 한동안 눈을 감은 채로 숨을 몰아쉬고 있었다.

정신이 들자,

「절에나 좀 들렀다 가겠어요. 예까지 왔는데…….」

입술을 파들 떨면서 조용히 일어섰다.

이상지도 윤여인도 뒤를 따랐다. 만류할 수 없다고 생각한 것이다.

천축사는 조그마한 절이었다. 맑은 물이 흐르는 계곡을 발아래 끼고 울창한 숲을 등뒤에 진 조촐한 소찰이었다.

주지승은 육순이 지난 듯한 학골(鶴骨)이었다.

그는 공손히 두손 모아 추선 일행을 맞이해 주었다. 부대부인이 직접 행차할 예정으로 되어 있었기 때문에 불공 준비는 빈틈없이 마련돼 있었다.
추선은 곧 법당에 들어 본존불 앞에 꿇어앉았다.

추선은 엉뚱한 말을 입속에서 뇌까렸다. 그것은 정말 여자다운 엉뚱한 축원이었다.
「나무관세음보살. 이제 이 몸을 서방정토(西方浄土)로 거두어 주옵시오. 이제 이 몸의 원망(願望)은 이루어졌습니다.」
엉뚱했지만 그것은 추선의 진심이었다. 늘 그런 생각을 해 왔다.
대원군이 돌아오는 모습만 먼발치에서 보면 조용히 눈을 감아 저 세상으로 떠나고 싶었다.
그때까지는 이를 악물고 살아야 한다고 안간힘을 써 왔다.
그런데 막상 그가 곧 환국한다고 들으니까 갑자기 살아야 한다는 의욕을 잃고 말았다.
(그분만 돌아오실 수 있다면 나는 죽어도 좋다. 내가 죽어서 그분이 돌아오실 수만 있다면 언제라도 죽으련만.)
오랫동안 마음속으로 생각해 온 결론이 눈앞에 현실로 나타나자 추선은 죽음에 대해서 지극히 담담해졌다.
그뿐이 아니었다.
(이 병든 몰골로 어떻게 그분을 맞으랴!)
추선의 마음속에 자리잡은 대원군은 상감의 어버이 대원군이 아니라 한 사나이로서의 대원군이다.
최근 3년을 두고 차곡차곡 쌓인 그 누우렇게 뜬 메마른 그리움의 잎새들은 이제 싱싱한 푸르름으로 변하고 있었다.
그 싱그러운 그리움의 잎새 앞에 병들어 초라한 몰골로 나타나기는 정말 싫었다. 여자의 자존심이 아닌가.
추선은 그 다음에야 대원군의 무사 환국을 빌었다.
(부처님의 자비로운 가호로 하루 속히 돌아오시게 하여 주옵소서. 부처님의 법력으로 그분에게 새로운 인생이 꽃피게 하여 주옵소서.)
추선의 간절한 마음은 언제까지나 부처님의 이마에 머물러 있었다.

부처님은 영겁의 미소를 짓고 있었다.
 주지승의 조용한 목탁소리는 대웅전에 그득히 차서 영원히 스러지지 않을 듯이 정지(静止)하고 있었다.
 이때, 이상지는 화단 옆에 웅크리고 앉아 있었다.
 선지빛 모란꽃이 활짝 피어 있었다.
 그는 오늘 아침의 부대부인이 흘리던 말을 되새기고 있었다.
「불공은 고만 두기로 했네.」
 이유를 물으니까 천축사 근처에는 벌써 민씨네가 보낸 정탐꾼들이 얼씬거리고 있다는 얘기를 들었다고 하면서 쓸쓸히 웃었다.
「나를 감시해서 무엇을 하려는 겐지.」
 그 말뿐이었다. 분노도 짜증도 섞이지 않은 말투였다. 아마도 천희연이 수집한 정보였던 것 같다.
「그럼 마마께선 못 가시더라도 불공은 드리게 하시면 되지 않습니까?」
 이상지가 그런 말을 하니까,
「그렇게 하면 중한테 화가 미치지 않겠나. 소문이 벌써 나 있는 모양이니까.」
 이상지는 그도 그렇다고 수긍할 수밖에 없었다.
「대감마님께서 환국하신다는 소문은 이제 확실한 것 같습니다. 조정에서 이미 진주사를 보냈다고도 하고 곧 떠날 준비를 하고 있다고도 합니다.」
「아직 떠나진 못한 모양이네.」
 부대부인은 이상지보다도 더 자세한 정보를 입수하고 있는 말투였다. 천희연의 제보임이 분명했다.
 그러나 부대부인의 얼굴에는 우수의 그림자가 짙었다.
「함부로 발설들을 말게. 이 집 대문 안에 들어서셔야 오신 거라고 생각하겠네.」
 부대부인은 몹시 피로해 보였다.
 이상지가, 추선도 천축사로 가게 돼 있다고 조심스럽게 알리니까 부대부인의 표정은 어쩔 수 없이 굳어졌다.
「뭣하러 간단 말인가. 그 사람까지 나설 일이 아닌데.」
역시 여자로서의 투기가 가볍게 작용한, 그러나 강한 발언이었다.
「그럼 계동마님께 가서 일러 드려야겠습니다.」
「일러 줘야지.」
추선은 어느 틈에 마님으로 불려지고 있었다. 계동마님으로 말이다.
그러나, 이상지가 계동으로 달려갔을 때는 추선은 이미 천축사로 출발한 후였다.
그는 추선 일행을 중로에서 만날 수 있으려니 하고 곧 뒤를 밟았으나 서로 길을 잘못 들었던지 끝내 만나지를 못하고 천축사 어귀에까지 왔던 것이다.
이상지가 그런 생각을 하면서 가슴을 헤친 채 부채 바람을 일구고 있는데 마침 그의 등뒤에서 인기척이 났다.
중이 다가오고 있었다. 가사를 입지 않은 삼십대의 중이 다가오고 있었다.
이마에서 머리 정수리까지가 햇빛에 번쩍거리는 몸집이 작은 중이다. 상좌인 성실이었다.
「날이 몹시 더웁습니다.」
상좌중은 뭣인가 할말이 있는 모양이었으나 우선은 그런 인사를 꺼냈다.
「더웁습니다.」
「좀 여쭐 말씀이 있습니다.」
「나한테요?」
「예에.」
상좌중은 합장을 한 채 어색한 웃음을 흘렸으나 왠가 긴장한 표정이었다.
「무슨 일입니까?」
이상지도 긴장하면서 벌떡 일어섰다.
「말씀드려서 도움을 좀 얻을 일이 있습니다.」

바로 뒷산에서 뻐꾸기가 울었다.
하늘에는 여전히 구름이라곤 없고 불볕만 계속 쏟아졌다.
「무슨 일이시오?」
이상지는 저도 모르게 사방을 둘러봤다.
상좌중도 뒷산 쪽을 돌아다봤다. 그리고 음성을 한껏 낮췄다.
「좀 도와 주셔야 하겠습니다. 이 뒷산에 올봄부터 이상한 도적이 숨어 있는 모양입니다.」
「도적이?」
「도적일 겝니다. 좀체로 눈에 뜨이지도 않고 밤만 되면 어디선가 살금살금 내려와서 음식을 훔쳐 갑니다.」
「음식을?」
「때로는 잿밥도 없어집니다.」
「음식만을 훔쳐 가나요?」
「옷이 한 벌 없어진 일이 있을 뿐 늘 음식이 주로 없어집니다.」
「배고픈 도적이군요?」
「그래 불쌍해서 꼭 잡으려고 들지는 않았습니다만, 아무래도 그 정체는 알아 둬야 할 성싶어서.」
「그래요?」
「도와 주시겠습니까?」
「도와 드려야죠.」
이상지는 호기심이 생겨 산 위를 바라봤다. 손으로 이마를 가리고 대웅전의 뒷산을 바라봤다.
「어젯밤에도 당했습죠. 오늘 아침에는 소승이 뒷산 숲속을 뒤져 봤습니다.」
「그래 뭣을 발견했소?」
「동굴이 있습니다. 그 동굴 속이 수상한데 들어가 볼 수도 없구요.」
「그래요? 불을 놔 보지요?」
「불을 놓다니요?」
「짐승굴을 뒤질려면 굴 어귀에다 불을 지르지 않소?」

「사람이 든 줄 알면서 그럴 수야 있습니까.」
「하긴 그렇군요.」
「가 보시겠습니까?」
「어디 가 봅시다.」
「조심하셔야 합니다.」
「한 놈이겠죠?」
「한 사람일 겝니다.」
「가 봅시다.」
　이상지는 큰소리를 치고 상좌중의 뒤를 따랐다.
　상좌중은 법당 뒤로 돌아가더니 박달나무 몽둥이 두 개를 가지고 나왔다.
「이걸 하나씩 들고 가시죠. 그러나 저쪽에서 온순하게 나오면 쓰지 마십시오. 사람이 상하게 하지는 마시란 말씀입니다.」
　무의미한 살상을 말아 달라는 상좌중의 부탁이었다.
　이상지는 가슴속에 손을 넣어 보았다.
　조그마한 손칼, 비수가 숨겨져 있었다. 언제고 경계 태세로 있어야 하는 운현궁 사람이다. 늘 숨기고 다니는 호신용 손칼이 있는 것이다.
　뒷산으로 들어서니까 숲이 울창했다. 제법 어둑신했다. 상수리의 거목들이 햇볕을 가려 제법 어둑신했다.
　그러나 나뭇가지가 듬성한 곳엔 햇빛이 무지개처럼 쏟아지고 있었다.
　상좌중은 될 수 있는 대로 햇빛을 피해 가며 골짜기의 깊숙한 곳으로 조심조심 들어가고 있었다.
　상좌중은 다람쥐처럼 그 동작이 민첩했다.
　산에 익숙한 중이라서 몸 놀리는 품이 달랐다.
「저길 보십시오. 커다란 바위가 있죠? 그 아래에 굴이 보이지 않습니까? 나뭇가지에 가려져 있습니다만.」
　상좌중이 손가락질을 했다.
　과연 커다란 바위가 우뚝하니 서 있는 바로 밑으로 나뭇가지에 가리워진 굴의 어귀가 보였다.

여간 자세히 보지 않고서는 그것이 굴인 줄을 알 수 없게 해 놓았다.
청솔 가지와 떡갈나무의 가지를 휘어잡아 굴의 어귀를 얼기설기 가려 놓고 있는 것이다.
「스님은 여기서 기다리시오. 내가 가 보고 올 테니!」
이상지는 품속에서 손칼을 뽑아 들었다.
상좌중이 이상지의 팔을 잡았다.
「안 됩니다. 그런 흉기를 쓰신다면.」
강경한 명령이다. 살생을 말라는 명령이다.
「죽이기야 하겠소. 염려 마시오.」
이상지는 동굴 쪽을 노려보며 대꾸했다.
「어떤 일이 있더라도 피를 봐선 안 됩니다.」
「물론이죠. 하긴 짐승이 있을지도 모르겠군. 저 굴 속엔.」
상좌중은 잡았던 이상지의 손을 놓으면서,
「짐승이라도, 미물이라도, 죽여서는 안 됩니다. 이 세상의 모든 생물은 제각기 타고난 천명(天命)으로 온전히 해야 됩지요. 누구도 남의 생명에 손을 대서는 안 됩니다. 나무아미타불.」
「스님은 여기서 기다리시오. 나 혼자서 가 보리다.」
이상지는 동굴 쪽으로 접근해 갔다. 몸을 나무 그늘과 바위 뒤로 숨겨 가며, 발소리를 죽여 가며, 조심스럽게 접근해 가고 있었다.
그러나 그는 막상 동굴 앞에 이르러서는 일부러 버적버적 발자국 소리를 내서 자기의 접근을 알렸다.
동굴의 아구리는 사람 하나가 간신히 드나들 수 있을 정도의 크기였다.
그리고 사람이 드나든 흔적이 뚜렷이 보였다. 바위옷이 문드러져 있었던 것이다.
이상지는 몸을 굽혀 굴 속을 들여다봤다. 굴 아구리가 마침 남향이라서 굴 속으로는 한줄기의 햇빛이 직사해 들어가고 있다. 무지개처럼 말이다.
그러나 보이는 것은 없었다.

이상지는 굴 속에다 대고 소리를 질러 봤다.
「그 속에 사람이 있거든 나오시오!」
산울림처럼 그의 고함은 굴 속에서 메아리쳤다.
「나오시오! 나는 천축사에 있는 중이니 안심하고 나오시오!」
그래도 반응은 없었다.
「배고프면 밥을 줄 것이고 옷이 없으면 옷을 주리다. 부처님의 자비로 당신의 어려운 일을 도우려 하니 안심하고 나오시오!」
이상지는 바위에다 몸을 착 붙이고는 귀를 기울였다.
인기척이 들린 것 같았다. 들리는 소리가 없어도, 눈에 보이는 게 없어도 사람의 육감이란 비교적 정확한 것이다.
「당신을 위해서 어서 나오시오. 이 밝은 대명천지를 두고 왜 그런 굴 속에서 살아야 하오.」
결국 이상지는 만심을 했던 것 같다.
별안간 굴의 아가리가 콱 막혔다고 생각한 순간 이상지는 이마에 호된 일격을 당하고는 뒤로 벌렁 나자빠지고 말았다.
눈에서 불이 번쩍 났다. 막대기로 이마를 얻어맞은 모양이었다. 손을 대보니까 척척한 감촉이 있었다. 손바닥을 보니까 피가, 선지피가 묻었다.
아마도 괴한은 굴 속 깊숙이 숨어 있었던 것이 아니라 어귀 바위 벽에 바짝 붙어 있다가 옆에서 이상지의 이마를 후려갈긴 모양이다.
이상지는 정신이 얼얼해서 비탈에서 뭉칫뭉칫 뒤로 물러나다가 잠간 의식이 흐릿해졌던 것 같다.
그 순간 굴속에서 튀어나온 괴한은 이상지의 가슴팍을 타고 앉았다.
그렇다고 이상지가 고스란히 당할 사람인가, 엎치락뒤치락하다가 이상지는 소스라치게 놀라고 말았다.
「어, 이게 누구야?」
이상지가 잔뜩 움켜잡았던 괴한의 멱살을 놓아 주면서,
「이게 누구야. 만복대감 아니오?」
소리친 순간 괴한은 그제서야 이상지의 얼굴을 쳐다보더니 역시 한마디 했다.
「어, 당신은 운현궁에 있는 분이 아닌가.」
두 사나이는 구면이었다. 일어나 앉으면서 상대편을 다시 확인했다.
「어, 만복대감이 이거 웬일이오?」
거지 차림에다 몰골이 말이 아니게 수척해 있었지만 그는 틀림없이 임오군란의 주모자로 몰렸던 홍만복이었다.
「아하, 당신이……」
홍만복도 이상지와의 이 어처구니없는 해후에 기가 막히는 모양이다.
두 사나이는 군란 때 실질적인 일선 지휘자가 아니었느냐 말이다.
반가워도 이만저만 반가운 사이가 아닌 것이다.
「죽은 줄 알았더니 이렇게 살아서 만날 수도 있소그려. 피신해 다니느라고 이런 곳에 와 숨어 있었군.」
이상지가 그의 손을 잡고 기뻐하자,
「아닌게아니라 죽지 못해 살아 왔소. 몇 번이나 잡힐 뻔했소. 어쩐지 천축사의 중의 목소리 같지가 않기에 한대 후려쳤더니 당신이었군 그래. 아하하. 이거 미안하게 됐는걸.」
홍만복은 이상지의 이마에 흘러내리는 피를 보고는 진심으로 미안해 했다.
「짐작이 가오, 그동안의 고생이.」
미상불 홍만복의 고생은 말이 아니었다.
대원군이 청국으로 끌려간 후 군란의 주모자들은 모조리 잡혀 능지처참이 되는 판국이 아니었던가.
청군들은 군인들이 많이 살고 있던 이태원과 왕십리 일대의 민가를 샅샅이 뒤져 사람은 잡아가고 집은 불사르고 하는 횡포를 자행했었다. 어디 그뿐이었던가.
부녀자는 겁탈하고, 울부짖는 아이들은 창으로 찔러 담장 밖에다 던져 버리는 만행을 서슴지 않았던 게 아닌가. 눈뜨고는 차마 못 볼 광경이었다.
「집안이 풍지박산이 됐소. 처자식들은 청군놈들에게 목숨을 앗기고

집은 불타 버리고, 나만 간신히 피신을 해서 이 꼴로 연명을 하고 있으니 이게 어디 죽은 것보다 나을 수가 있단 말이오?」

그 억센 홍만복의 눈에는 단박 눈물이 괴어 버렸다.

이상지는 대꾸할 말이 없어서 잠자코 고개만 끄떡거렸다.

「늙은 아버지가 저놈들한테 개 끌려가듯 끌려가는 것을 이 눈깔로 보고도 나서지 못했으니 이제는 나 혼자 목숨을 부지하고 있다는 게 하늘이 무서워서 견딜 수가 없단 말이외다.」

이상지는 손바닥으로 이마의 상처를 주근주근 누르면서 한마디 대꾸를 했다.

「집안 싸움에 그 무자비한 오랑캐 되놈들을 끌어들인 민문 일파가 죽일 놈들이지요. 천벌을 받을 게요. 이제 곧 받게 될 게요.」

또 솔바람소리가 제법 쏴아 소리를 내고 흘러갔다.

살모사 한 마리가 피냄새를 맡았는지 그들의 앞으로 유유히 지나가고 있었다.

「아시는 사이였군!」

상좌중이 그들의 앞으로 와서 고개를 끄덕거렸다.

이상지는 상좌중을 보고 말했다.

「내 다정한 친구요. 본시가 도적이 될 수 없는 분이외다. 하지만 지금은 피신을 해야 할 처지인데 어떻게 좀 도와 주시구려.」

이상지는 상좌중에게 부탁을 해서 홍만복을 우선 절 뒤켠에 있는 암자로 숨겼다.

절에서 음식을 빌어 우선 그의 배를 채워 주고 옷을 갈아입히게 하고 상좌중에게 부탁했다.

「이분을 며칠 동안만 보호해 주시오. 그 은혜는 갚으리다.」

이상지는 홍만복에게 은근히 귀띔해 주었다.

「무슨 수단으로든지 운현궁으로 오시오. 운현궁으로만 오면 옛얘기를 하면서 살 수 있을 것이오. 사실은 말이외다, 대원군께서 곧 환국하시게 될 것 같소.」

홍만복은 그 소리를 믿지 않았다.

「대원군이 돌아오셔요? 글쎄올시다. 민씨네가 그분이 돌아오시도록 버려 두겠소?」
「버려 두지 않을 수도 없게 될 겝니다.」
「설혹 돌아오신다구 해서 이제 그분이 이 나라에서 뭣을 할 수 있겠소? 영웅이란 세월 따라 흘러가게 마련인데. 대원군의 시대는 이미 흘러갔단 말이오.」
「글쎄, 그건 두고 봐야 알 일이고, 어쨌든 돌아오시는 것만은 사실이오.」
「그래요?」
홍만복은 의욕을 잃은 사람 같았다.
대원군이 돌아오거나 말거나 그에게는 하나도 반가운 소식이 못 된다는 멍청한 태도였다.
이상지가 홍만복과 그러고 있는 동안에 추선과 윤여인은 절방에 앉아서 쉬고 있었다.
추선은 누워 있었다. 정신이 가물가물해서 꽤 오랫동안을 누워 있었다.
「나는 아무래도 대감께서 돌아오시는 것을 못 볼 것 같애.」
추선은 비감에 젖은 채 그런 말을 했다.
「왜 그런 심약한 말씀을 하세요?」
「내 병은 내가 알아요. 오래 살았지.」
「마님두.」
「대감마님의 모습이나 한번 우러러뵈올 때까지 어떻게든지 살아 있어야 할텐데.」
「이를 말씀이세요.」
「언제 죽어두 한은 없지만. 한 어른을 내딴에는 진심으로 정성껏 사모했으니까 여자의 일생 그만하면 한이 없어요.」
「앞으로 그 어른을 더욱 사모해 드려야죠, 마님.」
「관세음보살.」
「대감마님께서두 마님이 계셔야 해요. 그 어른에게 마님이 안 계시다는 건 생각조차 할 수가 없어요. 오래오래 사셔야죠.」
「나두 좀더 살구는 싶소. 마지막으로 단 하룻밤이라두 좋으니까 그 어른 품에 안겨 보고 싶어요. 그때까진 살아 있어야지.」
추선은 부처님 앞에서와는 달리 살고 싶다고 했다. 추선은 이를 악물었으나 눈에 정기라고는 없었다.
한참 늘어지게 자고 난 추선은 좀은 생기가 도는 듯하더니 이내 또 정신을 잃고 말았다.
이때 이상지가 돌아왔다.
「고만들 내려가셔야 하지 않겠습니까.」
미상불 해는 기울어져 가고 있었다. 서둘러 산을 내려가야 어둡기 전까지 집에 닿을 수 있는 시각이었다.
윤여인이 대신 대답을 했다.
「마님은 아무래도 지금 기동하시기가 어려울 것 같아요. 혼자 내려가셔서 약이나 좀 지어 왔음 좋겠네요.」
「약을? 그렇게 환후가 덧들여졌단 말인가.」
「좀 다녀오세요.」
추선은 그들의 그런 대화를 들으면서도 제지하지를 않았다.
걸어서 갈 것도 아닌데 구태여 못 내려갈 정도는 아니라고 생각했지만 부처님 옆에 있고 싶었다.
내려가 덩그만 집에 혼자 누워 초조하게 기다리는 것보다는 부처님 곁에서 대원군의 무사 환국을 정성껏 빌고 있는 것이 훨씬 마음이 편할 성싶었다.
추선은 며칠이 되든지 몇달 몇해가 되든지 이 천축사에서 기다리며 빌며 살고 싶은 생각이 간절했던 것이다.
「나 주지스님께 특청해서 기거할 방 하나를 마련해 달라고 해 봐요. 교군꾼들은 내려 보내구.」
윤여인은 추선의 뜻을 헤아리고는 그네의 이마에 흐르는 식은땀을 닦아 주었다.
「대감마님이 돌아오시는 날까지 제가 마님을 모시구 있겠어요. 교군꾼들을 보내고 오죠.」

저녁 예불을 알리는 종소리가 심유(深幽)한 산간에 은은히 울려 퍼지고 있을 때 추선은 주지승이 정해 준 방으로 옮겨갔다.

그리고 잠시 후에 두 여자는 법당으로 나가 저녁 예불에 참예했다.

기원(祈願)하며 산다는 것은, 사람이 사는 방법으로서는 가장 엄숙할는지도 모른다.

더구나 자기 자신의 욕망을 충족시키기 위한 기원이 아니라 남을 사랑하며, 그 사랑하는 사람을 위해서 일구월심으로 기원을 한다는 것은 가장 아름다운 일이 아닌가 한다.

추선은 밤이나 낮이나 오직 대원군을 위해서 부처님한테 빌었다.

그 비는 모습은 정말 경건하고 아름다웠다. 너무도 경건히, 열심히 비는 바람에 그네의 육신을 결정적으로 좀먹고 있던 병마조차도 일단 뒤로 물러선 것 같았다.

날이 갈수록 건강은 차츰 회복돼 가는 것같이 보였으나 두 여자는 산을 내려올 생각을 하지 않았다.

두 여자는 이따금씩 산마루에 앉아 머얼리 서울의 하늘을 바라보며, 또는 청나라가 있다는 서녘 하늘을 바라보며 사람 그리운 정을 주체하지 못하고 긴 한숨을 뽑기가 일쑤였다.

그럴 때면 뻐꾸기가 처량하게 잘도 울어 주었다.

대문大門을 닫아 걸어야지

 청국 하북지방의 여름은 너무도 길고 무더웠다. 그리고 먼지도 많고 물것도 많았다. 독충도 많고 파리떼도 많고 거지떼도 많았다.
 보정부의 여름도 그렇게 길고 지저분하고 끈적거렸다.
 낮에는 파리떼가 극성을 부렸다. 파리떼는 거지들의 눈곱에서 아이들이 길바닥에 누어 놓은 것을 거쳐 부엌으로 드나들다가, 낮잠 자는 사람의 얼굴로 해서 음식상으로 덤볐다.
 해만 떨어지면 모기, 빈대가 제세상을 만났다는 듯이 장을 치는 바람에 집집마다의 벽은 빈대피 모기피로 붉은 지도를 그려 놓는 보정부의 여름은 무더위로 해서 밤중까지 땀이 끈적거렸다.
 대원군은 모기장 속에서 고국에서 가져온 화문석 위에 누워 있었으나 온몸은 땀과 땀띠로 끈적거리고 따가워서 좀처럼 잠들지 못했다.
 「대감마님.」
 모기장 밖에서 김응원이 조심스럽게 입을 열었다.
 그러나 대원군은 대꾸를 하지 않고 몸을 뒤척여 자지 않고 있다는 것을 그에게 알렸다.
 「내일 아침 영무처에서 또 사람이 온다고 합니다.」
 「그래?」
 대원군의 대꾸는 간단했다.
 김응원은 부채로 바람을 일구다가 말고 모기장 귀퉁이를 다독거리며 또 말했다.

「하가란 녀석이 또 오는가 봅니다.」
늘 드나드는 보정부 영무처의 책임 관원으로 하승태라는 사람이 있다.
「오거든 마음 상하지 않게 응대해 보내시지요.」
김응원은 말라붙은 입술에다 침칠을 하면서 대원군의 눈치를 살폈다.
「새삼스럽게 무슨 소리를 하고 있나?」
대원군이 눈을 뜨면서 그런 말을 했다.
「그녀석이 돌아갈 때는 늘 투덜거립니다.」
「뭐라고?」
「대감마님께서 불친절하시다고 말입지요.」
대원군은 침묵하고 말았다.
그것은 사실이었다. 대원군은 청나라 관원만 오면 너무도 거만스럽게 그들을 대했다.
민망할 정도로 냉랭하게 대하는 습관이 붙어 있었다.
김응원은 그게 늘 마음에 거리꼈다.
대원군의 착잡한 심경이야 왜 모르겠는가. 그에게 화가 돌아올까 봐 마음에 거리꼈다.
특히 요즈음에는 환국설이 제법 심심찮게 떠돌고 있다. 경호하는 저들의 군사들까지도 공공연하게 그런 소리들을 하고 있다.
그런 판국에 공연히 그들을 덧들일 필요가 없다고 생각했다.
비굴할 수도 없고 비굴하게 굴 대원군도 아니지만, 필요없이 그들의 자존심을 건드릴 까닭은 없다는 생각이었다.
그러나 대원군은 날이 갈수록 그들에게 차가운 태도를 견지했다.
누가 오든지 마지못해 응대할 뿐, 부드러운 말을 건네 주는 일이 없었다.
「대감마님의 처지를 생각하셔서 좀은 친숙하게 말씀을 걸어 주시지요. 내일 하가란 녀석이 오면 말씀입니다.」
대원군은 역시 냉연한 대답을 했다.
「그놈들을 잘 응대해 줘서 뭣하겠느냐. 보기만 해도 비위가 역해지는

데 추파를 던지란 말이냐?」

대원군은 천장을 쳐다보며 반듯하게 누운 채로 짜증을 냈다.

「그래도 어디 그렇습니까. 저들의 입에 달린 게 아니옵니까.」

「뭐가? 뭐가 저놈들 입에 달렸다는 겐가?」

「저들의 미움을 사시면 환국이 더욱더 늦어지는 게 아닌지 모르겠습니다.」

대원군은 혼잣말처럼 한참 만에 대꾸했다.

「미웁거나 곱거나 나의 환국은 저들의 정책 문제지 개인의 밉고 고운 문제가 아니다!」

하기는 그렇다. 김응원이라고 그런 줄을 모를까. 알고는 있지만 그렇게 권할 수밖에 없는 게 자기의 처지였다.

김응원은 더는 그를 심란케 해 주고 싶지 않아서 슬며시 일어나 마루로 나왔다.

달빛이 제법 밝았다. 촛불이 제법 환했다.

그는 연상을 당겨 뚜껑을 열었다.

여름 들어서는 대원군의 난초 그림을 청해 오는 청인들이 부쩍 늘어났다.

베이징(北京)이며 톈진 등지의 귀족이, 관리가, 거상(巨商)이 꽤 많은 금품을 싸들고 와서 석파란(石破蘭)을 청하곤 했다. 때로는 상하이나 샹깡(香港)의 장사치도 들렀다.

그렇지만 대원군은 좀처럼 붓을 들지 않았다.

「자네가 그려 주게나!」

본국에 있을 때도 김응원은 대원군의 그림을 많이 그려 줬다.

그림은 김응원이 그리고 낙관은 대원군이 찍었다.

그래 요새 와서는 주로 밤에 김응원이 묵화를 쳤다.

아침 일찍 대원군이 그 김응원의 그림 위에다 낙관을 찍고 시귀 한두 줄 써 넣으면 되었다.

이날 밤 김응원은 여섯 폭의 난초를 치고는 새벽녘에야 잠이 들었다.

아침이 되자 경호 군사가 와서 김응원에게 일렀다.

「영무처에서 하대인이 오셨소.」
김응원은 이미 구면이 돼 있는 하숭태를 대원군이 있는 대청 쪽으로 인도했다.
하숭태는 혼자가 아니었다. 두 사람이 왔다.
대원군은 마침 대청에 누워 있었다. 느릿느릿 부채질을 하면서 누워 있었다.
「대감마님.」
김응원이 기척을 했으나 대원군은 꼼짝도 하지 않았다. 하숭태가 왔다는 것을 알텐데도 그랬다.
「대감마님, 영무처에서 사람이 왔습니다. 일어나시지요.」
대원군은 그제서야 느릿느릿 몸을 일으켜 뜰 아래에 섰는 청인들을 내려다보고 입을 열었다.
「어서들 오시오!」
하숭태는 늘 당하는 불친절이라 미간을 찌푸리고는 동행을 돌아봤다. 그는 텐진에 있는 북양아문의 고관인 주복을 앞세우고 있었다.
주복은 이홍장이 가장 아끼고 있는 심복 막료였다.
하숭태가 가볍게 허리를 굽혔다.
「대감, 텐진에서 주대인이 몸소 오셨습니다.」
대원군은 주복을 흘끔 바라보고는 대꾸했다.
「그래요? 귀빈이 오셨군. 올라들 오시오!」
두 사나이는 검다쓰다는 말 한마디 없이 대청으로 올랐다.
김응원이 그들에게 객초를 담아 주려다가 삼갔다.
「어떻게 오셨소?」
대원군은 주복을 보고 물었다.
「북양대신의 뜻을 받들고 왔습니다.」
주복은 부리부리한 눈알을 굴리며 대답했다. 얼굴이 얽은 사람이다.
「그래요?」
대원군은 이홍장의 안부 따위는 묻지 않았다.
김응원은 부엌에다 지시를 해서 차를 끓이게 했다.

보정부에서는 아무리 여름이라도 생수를 마실 수가 없다. 잡균이 많을 뿐만 아니라 수질이 좋지 않아서 배탈이 나기 때문이다.

주복은 자진해서 이홍장의 안부를 전했다.

「이상국께서는 국사에 바쁘셔서 대감을 찾아 뵙지 못한다고 퍽 송구하게 여기시고 계십니다. 그 점 소인이 대신 사룁니다.」

주복은 의외로 정중하게 나왔다.

전에는 누구도 대원군 앞에 와서 그렇게 정중하지가 않았다.

대원군도 이번에는 어쩔 수 없이 다소 은근한 태도를 취했으나, 말에는 역시 가시가 돋쳤다.

「과분한 말씀이외다. 이 사람을 한낱 죄인으로 생각하고 계시는 이상국인 줄로 알았는데 그렇지가 않았군요.」

김응원은 그 소리를 듣자 부엌 쪽으로 가서 차를 날라왔다.

(무슨 곡절이 있는가?)

대원군은 그들에게 객초를 권하면서 그런 생각을 해 봤다.

주복은 분명히 당황했다. 옆에 있는 하숭태를 보면서 얼굴을 약간 붉혔다. 불쾌하지만, 대원군의 발언이 불쾌하지만, 어쩌겠느냐는 표정이었다.

「그래, 무슨 일로 오셨소?」

대원군이 허리를 펴면서 물었다.

「이상국께서는 요즈음 몹시 걱정을 하고 계십니다.」

「뭣을 말씀이오?」

「귀국의 국정이 날로 어지러워 가는 것을 몹시 근심하고 계십니다.」

「그래요? 내 고국의 정정(政情)이 그렇게 어지러운가요? 나는 소식을 도통 듣지 못하니까.」

대원군은 점잖게 시치미를 뗐다.

「사정이 날로 악화되어 가고 있는 줄로 압니다.」

「어떻게?」

「왕비 족척 일파가 국권을 지나치게 좌지우지하고 있답니다.」

「그게 어제 오늘 비롯된 일이 아니잖소?」

「귀국 조정은 왕비 민씨의 사주로 갑자기 인아배청(引我背淸)의 정책으로 전환하고 있는 모양입니다.」
　대원군은 놀라는 시늉을 했다.
「그래요? 그럴 수가 있나? 인아배청이라?」
「음흉한 아라사의 세력을 끌어들여 우리 대청제국을 배반하려는 움직임이 뚜렷하다 하오.」
「그래요?」
「내가 알기로는 아라사의 대리공사 웨베르가 책동해서 귀국 왕의 총명을 흐려 놓고 있소.」
　그러니 어쩌라는 말인가 싶어서 대원군은 능청을 부려 봤다.
「그런 일이 있었구만. 귀국 조정에서 어련히 잘 조처하실라구. 이상국께서 적절히 처리하시겠지요.」
　그러자 주복은 드디어 속셈을 나타내기 시작했다.
「그러나 태공께서 그런 사실을 아시고서 수수방관을 하실 수야 없는 일이 아닙니까.」
　대원군은 웃었다. 어이가 없다는 듯이 웃어 버렸다.
「괴이한 말씀을 다 하고 계시는군. 내야 죄를 져서 이방으로 끌려와 구금돼 있는 수인의 신센데 무슨 방도가 있겠소. 차라리 그런 소리는 듣지 않는 이만 같지 못하외다!」
　주복은 완연히 초조한 빛을 보였다. 말씨가 두드러지게 은근해졌다. 차로 목을 축인 다음 대원군을 정면으로 쏘아보며 입을 열었다.
「사실은 그 일로 해서 오늘 태공을 뵈오려고 왔습니다.」
　대원군은 냉연하게 반문했다.
「나를 보면 어찌 하겠소?」
　김응원이 뒤에 서서 귀를 바짝 기울였다.
「우리 이상국께서는 태공이 하루속히 귀국하셔서 조선의 정정을 바로잡으실 도리밖에는 없다는 의향을 가지고 계시오.」
　이 말에 옆에 있는 하승태조차도 놀라는 시늉을 했다.
　대원군은 어쩔 수 없이 숨을 깊게 들이마셨다.

김응원은 가슴이 두근거리고 두 다리가 덜덜거려서 민망할 정도였다. 대원군은 담배를 서너 차례 뻑뻑 빨고 나더니 대답했다.
「안 될 소리외다!」
주복이 눈을 뚱그렇게 뜨고는 오만하게 반문했다.
「안 될 소리라니, 무슨 말씀이시오?」
대원군은 고개를 느릿느릿 가로저었다.
「내가 이곳으로 온 지도 벌써 3년이오. 보시다시피 터럭이 이렇게도 백발이 되었소이다. 늙었어요. 그동안 고국의 정사를 잊고 지냈소이다. 생각하기도 싫었고 생각하지도 않으려고 귀를 막은 채 눈을 감은 채 지내 왔소. 정사란 귀찮은 일이니까. 나는 지난 날의 꿈이나 되새기며 여생을 보내기로 작심한 사람이외다. 내 호령을 조선에서는 '대원위 분부'라고 불렀지요. 대원위 분부가 한번 떨어지면 만백성이 숨을 죽이고 산천초목조차도 벌벌 떨었던 시대가 있었소이다. 몇백 년 내려온 고루한 습관을 하루아침에 바꿔 놓았고, 발호하던 유생들의 기를 꺾었고, 천대받던 상민들로 하여금 사람 구실을 하게 했고, 게으른 백성을 부지런하게 뜯어고쳤고, 침략의 독아(毒牙)를 드러낸 채 음으로 양으로 밀려오는 미국, 법국은 물론 아라사와 일본, 특히 일본놈들은 삼천리 강토에 발도 못 붙이도록 만들어 놓았었지요. 그런데, 그런 게 이제와서는 다 지난 날의 꿈이구려. 며느리 하나 잘못 얻어들인 죄로 내가 이 꼴이 됐으니 누구를 원망하겠소. 다 싫소이다. 이상국의 뜻은 고맙지만 다 싫소이다. 이대로 이곳에서 몇 해 더 여명을 부지하다가 죽으면 귀국에서 장사야 지내 주시겠죠. 내 한 가지 부탁은, 내가 여기서 죽으면 유해만은 내 고국으로 보내 주시구려. 내 선영 아래에 가서 묻히고 싶소이다.」
말하는 대원군의 얼굴은 더할 나위 없이 엄숙했다.
주복은 그에게 압도당한 태도였다.
「그러실 수는 없습니다. 환국하셔서 귀국의 누란(累卵)을 건지셔야지요.」
그러나 대원군은 잘라 말했다.
「텐진으로 돌아가시거든 이상국께 그런 내 뜻이나 전해 주시오.」

대원군은 완강한 말투로 배짱을 내밀었다.
주복은 좀더 그를 설복하려 들었으나 대원군의 선언을 듣고 단념했다.
「주대인은 이상국께 내 뜻만 전하면 맡은 바 소임을 다하는 게 아니오!」
대원군은 이미 알고 있었다.
청국 황제의 명의로 조선 조정에 대원군을 환국케 해 달라는 주청사를 보내라는 정식 문서를 발송한 사실을 알고 있었다.
그 주청사가 이미 텐진에 와 있는지도 모른다.
그 주청사가 이미 이홍장과 청국의 황제를 만나 승낙을 얻었는지도 모른다.
이홍장은 그 주청사를 이곳 보정부로 보내기 한발 앞서서 주복을 밀파해 온 것이 아닌가 하고 생각했다.
사실이 그렇다면 배짱을 내밀어 볼만도 한 일이라고 단정한 것이다.
이홍장과의 앞으로 있을 거래를 위해서도 일단 배짱을 내밀어 보는 것은 유익한 짓이었다.
그는 미리 다 계산하고 있었다.
주복은 텐진으로 돌아가서 이홍장에게 복명을 할 것이다.
「이하응은 환국하는 것을 거절하더이다.」
이홍장은 깜짝 놀랄 것이 아닌가.
「거절을 하다니?」
「정사에서 손을 떼고 여생을 살겠다고 하더군요.」
「정사에서 손을 떼, 이하응이?」
「이야기를 듣고 보니 그가 권세를 잡았던 시절에는 조선의 정정은 안정이 됐고 민심은 그에게 습복해서 태평천하였던 것 같습니다.」
「그래 진심으로 환국하기를 거절하던가?」
「거절할 뿐 아니라 자기가 죽거든 유해를 저희 나라로 보내 달라더군요.」
이홍장은 웃을까.

(큰놈이니까 웃을까.)

그리고 주복에게 한마디 할 것인가.

「네가 속았다. 그는 외교적인 농언을 부리고 있는 게다. 이미 결정된 사실인 줄을 알고 고의로 배짱을 부리는 게다.」

이홍장은 그 정도의 인물이 될지도 모른다고 대원군은 짐작했다.

그러나 밑질 것은 없다고 단정한 대원군은 주복을 떠나 보내면서,

「이상국께 내 말을 전해 주시오. 조선의 인걸은 민영익이라고.」

민영익이 지금 텐진에 와 있다는 밀보를 들었다.

이홍장은 그동안 민영익이란 사람을 여러 차례 다루어 봤을 것이다. 만약 이홍장이 인물이라면 그는 지인지안(知人之眼)이 있을 것이다. 민영익의 위인됨을 알고 있을 것이다. 민영익 일파에게 조선의 정권을 맡겨 놓고 있다가는 청국의 권익이 어떻게 될 것이며, 아라사나 일본이 조선에서 어떻게 작용하고 얼마만큼 발호를 할 것인가에 대해서 이미 알고 있을 것이다.

이러한 대원군의 계산은 적중했다.

주복은 텐진으로 돌아가 이홍장에게 보고했다.

「보정부에 있는 이하응은 정사에 흥미가 없다면서 조선의 인걸은 민영익이니, 민영익에게 수습책을 맡기라고 하더이다.」

아닌게아니라 이홍장은 그 말을 듣고 빙그레 웃었다.

「그래? 제가 여기서 죽으면 송장이나 치워 달란 소리는 안 하던가?」

그는 주복에게 그런 말을 묻고는 껄껄거리고 웃었다. 그리고 뇌까렸다.

「만만찮은 영감이야!」

이홍장은 북양아문 객관에 대기시켜 놓고 만나 주지 않았던 민영익을 불러들였다.

그는 위엄을 갖추고 조선의 사신인 민영익을 앞에 앉히자 칼칼한 음성으로 말했다.

「주청사가 아직도 오지 않으니 우리 황제께서는 너그러운 마음으로 귀국의 태공을 환국시키려는데 그럴 수가 있소! 그리고 보정부로 사람

을 보내서 태공에게 환국을 권했더니 거절을 하더라 하오.」
　민영익은 눈이 휘둥그래지고 말았다.
「거절이라니, 누가 거절을 한답디까?」
　이홍장은 미소를 흘리며 대답했다.
「귀국의 태공이 환국하기를 꺼리고 있단 말이오.」
「태공께서요?」
　민영익은 속으로 얼마나 좋을까. 기가 막히게 좋은 소식이었을 것이다.
「사실 귀방(貴邦)의 태공은 우리나라에 와서 좋은 대접을 받고 마음 편안히 소일을 하며 지냈소이다. 이번에 우리 황제의 칙지를 받들어 사람을 보정부로 보내 환국할 채비를 차리라고 전했더니만 그는 펄쩍 뛰면서, 시끄럽고 귀찮은 조선으로 돌아갈 의사는 없고, 이곳에서 여생을 보내다가 죽을 것이니 유해나 고국 선영 아래로 보내 달라는 뜻을 완곡하게 밝히더라 하오. 유감된 일이나 아마 대감께선 태공을 환국시킬 뜻을 버리는 게 좋겠소.」
　대원군 환국을 방해하러 온 사람에게 이홍장은 그런 엉뚱한 말을 했다. 그러니 얼마나 바람직한 소식이냐 말이다. 민영익의 처지로서는 기가 막히게 기쁜 소식이다.
　그는 얼떨한 정신을 가다듬고는 떨리는 목소리로 이홍장에게 말했다.
「매우 섭섭한 말씀인 줄로 아룁니다.」
「섭섭해요?」
「섭섭합니다, 우리나라의 태공의 태도가 섭섭합니다. 아무리 대국과 이상국에서의 대접이 융숭했다 하더라도, 또 아무리 이곳 생활이 마음 편했다 하더라도 자기 나라로 돌아가기를 꺼려하다니 매우 섭섭하게 들리는 말입니다. 그는 소방(小邦)의 왕친이올시다. 한 나라의 왕친이 왕을 저버리고 외방 생활에 연연한 나머지 환국하기를 거절한다니, 불충망국(不忠亡國)의 태도가 아니겠습니까.」
　민영익은 저도 모르게 열변을 토하고 있었다.
　그는 대원군이 환국을 하지 않고 이곳에서 여생을 보낸다면 얼마나 좋은 일인가 싶어 저절로 신바람이 났던 것이다.
 그러자 이홍장은 완연히 조소의 빛을 얼굴에 흘리면서 민영익을 지그시 쏘아봤다.
「나도 동감이오!」
 그는 오연히 소리쳤다. 다시 말을 잇는다.
「그런 불충망국하는 위인을 나는 우리 청국땅에다 둬 두고 국빈 대접을 했었소. 이제는 그러기가 싫어졌소.」
 이홍장은 눈을 가늘게 뜨고는 민영익의 눈치를 살폈다.
 민영익의 얼굴은 단박 새파랗게 질리고 말았다. 눈을 내리깔았다. 수염끝이 벌벌 떨리고 있었다.
 이홍장은 화가 난 사람처럼 소리쳤다.
「나는 당장 귀방의 태공을 귀방으로 환국시킬 작정이오.」
 민영익도 일국의 세도 재상이다. 이홍장의 술수에 일단은 속았었지만 그에게라고 권모와 웅변의 술수가 없겠는가.
 그는 허리를 깊숙히 굽히며 이홍장에게 반격을 시도했다.
「대인의 큰 은혜에 감읍(感泣)할 따름이옵니다. 실인즉슨 혹시나 우리의 태공을 환국시키기를 꺼려 하실까 해서 그런 말씀을 올렸는데 그처럼 쾌히 승낙해 주시니 그 은혜는 너무도 큰가 하옵니다. 소방의 국왕을 비롯해서 조정 대신들은 물론이고 만백성이 태공의 환국을 학수고대하고 있는 실정인즉, 이제야 소인의 소임도 다하게 되었고 우리 국왕과 왕비의 책망도 모면하게 되었습니다.」
 어차피 그렇게 될 바에는 그렇게 이야기해 두는 게 훗날을 위해서도 좋다.
 이번에는 이홍장의 얼굴이 핼쓱하게 핏기를 잃었다.
 그는 점잖게 고개를 끄덕이며 민영익을 내려다보더니,
「그 참 고마운 말이오.」
 가슴을 쭉 펴고는 찻종을 집어 들었다.
 그는 목을 축이고 나자, 만면에 웃음을 흘렸다.
「고마운 말이오. 내 생각하기를, 그를 환국케 한다면 귀방의 왕과 왕비와 그리고 조정대신들 중에서 반대하는 사람들이 있지 않을까 걱정을 했는데, 그렇지가 않고 그의 환국을 한결같이 학수고대하고 있다니 이제는 기꺼이 서둘러서 그분을 돌려보내 드리리다.」

이홍장은 한마디 덧붙이기를 잊지 않았다.

「귀방 태공이 끝내 환국하기를 꺼려한다면 내 직접이라도 보정부로 가서 그분의 의사를 굽혀 놓고 말겠소이다.」

민영익이 대답했다.

「그렇게 힘써 주신다면 더욱 감사하겠습니다. 상감의 생친이신 대원군의 환국을 기뻐하지 않을 사람은 없는 줄로 압니다. 오직 환국의 절차와 시기에 대해서 조속한 책정을 내려 주시기만 바랄 뿐입니다.」

「절차라?」

「비록 작은 나라일망정 한 나라의 국태공의 환국이니까 절차가 있어야 할 줄로 아룁니다. 가령 군함 몇척과 경호 군사 몇백이 그 어른의 환국을 돕겠다는 그런 절차 말씀입니다.」

민영익은 고개를 숙인 채 자기 할말만 하고 있었다.

「그리고 환국 시기에 대해서도 책정되는 바가 있어야 할 줄로 아룁니다.」

「어떻게 책정을 하면 좋겠소?」

이번에는 이홍장이 휘말려들고 있었다.

민영익은 여전히 고개를 숙인 채 그를 쳐다보지 않고 말을 했다.

「이상국께서도 알고 계시다시피, 지금 우리 조정은 여러 가지로 중대한 난관에 부딪치고 있는 중입니다.」

「어떠한 난관이오?」

「임오, 갑신 두 변란을 겪고 난 후 아직도 역도(逆徒)들을 완전히 뿌리 뽑아 소탕하지 못하고 있는 처지이옵고, 그리고 일본과의 국교 문제도 일단은 해결을 본 듯하오나 저들의 성정이 섬나라의 풍토에 연유했음인지 표독하기 이를 데 없은즉, 언제 어디서 또 무슨 트집을 잡아 올지 예측을 불허하는 형편입니다. 만큼 대원군의 환국은 빠르면 빠를수록 좋은 줄로 아룁니다.」

이홍장은 또 고개를 끄덕여 수긍하는 체했다.
「그러니까 내 듣기로는 귀국이 근래에 와서 아라사한테 접근하고 있는 듯싶은데 그것이 대원군 환국과 무슨 관련이 있는 게요?」
민영익은 속으로는 웃었으나 겉으로는 여일하게 어수룩한 체 고개를 숙이고 자기 할말만 했다.
「아라사한테 접근하고 있는 게 아니라 저쪽에서 우리에게 접근하려고 혈안이 돼 있을 뿐이지요. 대원군을 환국시켜 주시면 그 아라사의 접근을 방지할 수가 있다고는 생각하시지 않습니까?」
이홍장은 시치미를 뗐다.
「아라사의 세력을 대원군이 어찌 막을 수가 있겠소?」
이홍장은 좀더 능글맞았다. 그의 능청을 들어 보면 기가 막힌다.
「대원군이 지금 곧 환국해서 귀방의 그런 어지러운 정정에 관여한다면 아마 더욱 혼란을 일으키게 될 것입니다. 임오군란의 뒷수습은 이미 끝났겠으나 갑신정변의 뒷수습은 아직 완전치가 못한 듯하고, 더구나 일본과의 국교 문제에 있어서도 그는 완강한 반대론자니까 큰 혼란을 가져올 우려가 있소. 그런저런 일을 생각하면 그를 좀더 이곳에 머물러 있도록 하는 것도 귀방을 위해서는 좋은 일이겠으나, 이왕 귀방의 왕을 비롯해서 조정 대신들과 온 백성이 그분의 시급한 환국을 바라고 있다니 부득이 곧 환국케 하리다. 사실 나는 더도 말고 한 3,4년만 더 그분을 이곳에 있도록 하고 싶었는데 유감이오.」
대원군을 3,4년 더 청국땅에 있게 하고 싶었던 것은 이홍장이 아니라 민영익이었다.
그런데 서로 속셈들을 감춘 채로 서로 엇갈린 묘한 말씨름을 하다 보니까, 이쪽이 할말을 저쪽이 하고, 저쪽이 할말을 이쪽이 하면서 결국은 대원군을 마지못해 환국시키는 게 저쪽이고 그를 얼른 데려가려는 게 이쪽인 것처럼 되고 말았다.
누구의 화술이 이긴 것인지 얼른 보기에는 분간을 할 수가 없을 정도였다.
이홍장은 몸을 일으키려다가 말고 한마디 매듭을 지어야겠다고 생각한 것 같다.

그는 무서운 눈초리로 민영익을 쏘아보면서 대청제국의 권위와 북양대신 이홍장의 위신으로 이제까지의 이야기를 결론지었다.

「내 대청제국 황제의 뜻을 받들고 대감께 분명히 말하겠소.」

그는 민영익을 제압하듯 내려다보면서 야무지게 말했다.

「대원군은 이국에 와서 많은 고생을 하셨소. 대감은 그게 누구의 뜻이었는지 짐작을 하시지요? 대감께 부탁하겠소. 귀국으로 돌아가시거든 왕비 민씨에게 정사에서 손을 떼도록 권하시오. 여자는 역시 여자의 할 일이 있는 게지 섣불리 정사에 관여하는 것은 좋지가 않은 것 같소이다.」

이것이 이홍장의 말이고 보면 뭣인가 색다른 뜻이 풍기는 것이었다.

그와 서태후(西太后)를 연상하지 않을 수 없는 것이다.

그는 멍청하니 말을 못하고 있는 민영익에게 분명한 어조로 선언했다.

「대원군이 환국하거든 극진히 접대하시오. 역시 거인입디다. 귀방에는 인재가 많은 줄로 듣고 있소만, 글쎄 대원군만한 거인이 달리 또 있을는지 모르겠소.」

이홍장은 자리에서 일어섰다.

민영익은 어떻게 해야 하는가. 일어설 수밖에 없었다.

뭣인가 그는 이홍장에게 해야할 말이 많은 것 같았으나, 미진한 대로, 불만스러운 대로 일어나는 도리밖에는 없었다.

「대원군의 환국 절차는 내 곧 결정하리다.」

이홍장은 물러나는 민영익을 보고 거만스럽게 그런 말을 했다.

민영익이 북양아문에서 물러간 다음, 이홍장은 측근 막료 한 사람에게 물었다.

「저 사람 말고도 색다른 사람들이 와 있다고 했나?」

막료 한 사람이 대답했다.

「두 사람이 더 와 있습니다만.」

「그 자들의 성명은 알 만하던가?」
「글쎄올시다. 알려진 인물들은 못 되는가 싶습니다. 김명규, 이응준 두 사람입니다.」
「그자들의 소청도 들어 봤나?」
「그들도 역시 대원군의 환국을 방해하려고 온갖 책략을 다하고 다닙니다. 그들은 요로에 쫓아다니며 대원군이 귀국하면 조선에는 또 큰 혼란이 일어난다고 나팔을 분다는군요.」
물론 과장된 표현이긴 했지만 실태를 파악한 말이었다.
다른 또하나의 막료가 이홍장에게 자진해서 보고했다.
「그들은 제게 이런 말을 했습니다. 이상국께서 정 그를 환국시키겠다고 하신다면 저들은 어쩔 수가 없으나 그 대신 몇 가지 조건을 허락해 달라더군요.」
「조건이라니?」
「환국 후의 대원군에 대해서 그 주거를 한정(限定)시키게 해달라고 합니다.」
「주거를 한정시키다니?」
이홍장의 언성은 높아지고 말았다.
「한양부에서는 살지 못하게 하고 멀리 떨어진 조용한 전원에서 여생을 보내도록 하게 해 달라는 것이었습니다.」
「미친 놈들!」
이홍장은 씹어 뱉았다.
그는 주먹으로 탁자를 탕 치면서 한 막료에게 명령했다.
「이하응의 환국 절차를 조속히 세우도록 하라. 융숭하게!」
1885년 6월 10일 아침이었다. 텐진에서 보정으로 역마가 달려왔다.
두 필의 말이 먼지를 뽀오얗게 일구며 보정부를 향해 급히 달려오고 있었다.
석양 무렵에 도원 허영신이 대원군이 유폐되어 있는 고옥의 문 앞에서 말을 내렸다.
허영신은 급히 대원군 앞으로 가서 허리를 넙죽 꺾었다.

「소인 허영신이 북양대신의 분부를 받고 왔습니다.」
 허영신은 전에도 여러 차례 이홍장의 명령을 받고 대원군을 만나러 온 지면(知面)의 인물이었다. 그는 눈이 사팔뜨기인 게 특색이었다.
 대원군은 그때 마침 마당가에서 늦핀 모란그루에다 물을 주고 있다가 그를 맞이했다.
 대원군은 침착하게 물에다 손을 씻고는,
「올라오시오.」
 앞장을 서서 대청으로 올라갔다.
 그는 뒤따라 대청으로 올라온 허영신에게 근엄한 표정으로 말했다.
「우선 시원한 냉수에 얼굴이나 씻으실걸.」
 허영신은 그렇게 시치미를 떼는 대원군 앞에서 어쩔 수 없이 위축됐다.
「대감, 텐진으로 나가시어 환국하실 채비를 차리셔야 하겠습니다.」
 대원군은 허영신을 힐끗 쏘아봤을 뿐 대답을 하지 않았다.
 뒤에 서 있는 김응원의 입술에서는 핏기가 싹 가셔 버렸다.
 보정부의 하늘은, 산천은, 새와 짐승들은 숨을 죽인 채 조용했다.
「곧 텐진으로 떠나실 준비를 하시기 바랍니다.」
 허영신은 다시 한번 말했다.
 대원군은 그제서야 입을 열었다.
「글쎄…….」
 글쎄라니 있을 수 없는 대답이 아닌가.
「글쎄라니 무슨 말씀이십니까, 어서 준비를 하셔서 내일 아침에는 이곳을 뜨시도록 하십시오.」
 대원군은 그러나 고개를 가로저었다.
「귀인은 모르는가? 내가 이곳에 와 머물고 있는 것은 오로지 청국황제의 칙명이거늘 어찌 북양대신이 보낸 일개 심부름꾼의 근거도 없는 말만 듣고 경솔하게 행동을 한단 말이오?」
 그는 냉담하게 허영신한테 쏘아붙였다.
 그렇다고 허영신이 할말을 못하기야 하겠는가. 배알이 났는지 언투가 강경했다.

「태공께서는 어찌 대청제국 북양대신의 분부를 믿지 못하시고 그런 말씀을 하시오? 북양대신 이상국께서는 우리 황제의 칙지를 받들어 소인을 이곳으로 보낸 것입니다. 어서 채비를 서두르도록 하시오.」

그렇다고 이왕 꺼내 놓은 대원군의 고집이 쉽게 스러지기야 할 것인가. 그는 완강하게 고개를 가로흔들었다.

「그렇다면 북양대신이 귀인을 사자로 보낸다는 징표라도 있어야 할 게 아니오. 내 귀인의 말을 믿을 만한 징표를 아직 보지 못했소.」

대원군의 생각은 꽁했다.

(이놈들, 제멋대로 잡아 올 때는 언젠데, 이제 저희들이 아쉬우니까 또 가라고 해?)

허영신이 아니꼬운 듯한 얼굴로 지껄이고 있다.

「황망히 오느라고 징표라는 것은 가지고 오지 못했습니다만 소인이 텐진 북양아문에 있는 사람임은 태공께서 이미 잘 아시는 터이옵고, 그리고 저기 보정부 영무처의 책임자인 허숭태가 시립해 있을 뿐 아니라 외정(外庭)에는 북양대신 이상국께서 보내신 은자(銀子) 일천 냥과 환국 준비에 쓰실 수 있도록 주과, 의류 등속을 말에 싣고 왔사온즉 다른 말씀은 말아 주시는 게 어떠하올는지.」

그래도 대원군은 한마디 하고야 말았다.

「정 그런 사정이라면 내 이번에는 청국 관원들의 말을 믿어 보겠소.」

끝내 청국을, 청국 관리를 불신한다는 말이었다.

그것은 청국 황제를, 북양대신 이홍장을, 믿지 못한다는 말로도 되는 것이다.

그날 밤 대원군은 일찌감치 잠자리에 들었다. 잠을 못 이룰 텐데 코를 드르렁드르렁 골면서 깊은 잠에 떨어졌다.

김응원만이 밤을 밝혀 가며 떠날 준비를 하기에 여념이 없었다.

대원군은 이튿날 아침, 3년 동안을 갇혀 살던 보정부의 낡은 집을 떠나면서 이홍장이 보냈다는 노비 일천 냥 중에서 적지 않은 액수를 꺼내 그동안 자기를 경호해 준 청국 군사들에게 후히 나누어 주었다.

어떻게 소문이 퍼졌던지 연도에는 보정부의 주민들이, 남녀노소 주민들이 늘어서서, 고국으로 떠나게 됐다는 대원군에게 허리를 굽히며 합장을 하며 손을 흔들며 석별의 정의를 표시했다.

어떤 노인은 깃대까지 만들어 가지고 나와 흔들어 댔다.

'조선국 국태공 환국 만세'

기치에 써 있는 그런 글발이 대원군의 눈에도 띄었다.

(산천은 달라도 인정은 닮았던가.)

김응원은 그런 감회에 젖으며 눈이 빨개져 가지고 수레 뒤를 묵묵히 따랐다.

대원군은 끝내 돌과 같이 감정을 겉으로 표시하지 않았다.

수레 위에 단정한 자세로 앉은 채 고개를 꼿꼿하게 가누고는 앞만 바라보고 있었다.

그러나 그의 시계(視界)는 흐려 있었다. 고국산천이 눈앞에 어른거리고 동포의 얼굴들이 뇌리에 명멸해서 감회가 더할 수 없이 착잡하고 무량했다.

그는 욕된 땅을 벗어나려는 이 순간에 무엇을 생각하고 있었는지 그 자신 이외는 아무도 알 길이 없었다.

대원군 일행은 6월 19일에야 텐진에 도착했다.

일행이 북양아문에 이르렀을 때는 제법 의식이 갖추어진 환영을 받았다. 이홍장의 막료들이 도열해서 정중하게 대원군을 맞아들였다.

주복과 원보령의 모습이 보였다. 기가 막힌 것은 그 틈에 정여창이 어색한 미소를 흘리며 서 있었다.

대원군은 그들을 거들떠보지도 않았다. 아주 도도한 자세로 그들의 인사를 받으면서 며칠 동안의 여장을 일단 풀었다.

그들의 태도는 정말 돌변해 있었다.

3년 전에 잡혀 올 때와는 너무도 판이하게 융숭한 대접을 대원군에게 베풀었다.

밤에는 진수성찬이 나오고 기녀들이 술을 따르고 가무음곡으로 대원군을 즐겁게 하려 했다.

군대 1개소대가 대원군 숙소의 주변을 경호하는 판국이었다.
그러나 이홍장은 끝내 거만했다. 그날밤은 대원군과 만나지를 않았다.
「이상국께서는 국사에 바쁘셔서 내일 아침에나 태공을 만나뵙겠다고 하셨습니다.」
정여창이 아첨을 떨듯 그런 말을 일러 줬을 때 대원군은 못 들은 체하고 말았다.
대원군의 거만도 이홍장만 못지않았다.
저들이 홀대를 한다고 해서 풀이 죽거나 비굴하거나 짜증을 부린 일이 없었으며, 갑자기 환대를 한다고 해서 좋아하지를 않았다.
그는 끝내 냉연하고 의연한 몸가짐으로써 청국 관원을 제압했다.
이튿날 아침에 이홍장을 만났다.
이홍장은 친밀감을 표시하려는 것인지 대원군의 손을 잡고 만면에 웃음을 피우며 지껄였다.
「그동안 고생이 많으셨을 줄 압니다. 모두가 오해로 빚어진 지난 일이니 관용하셔야죠. 아하하.」
대원군은 빙긋이 웃었을 뿐이었다.
「그러나 이제 모든 오해는 풀렸습니다. 귀국에 돌아가시거든 어지러워진 정정을 바로잡으시고 세계 대세를 모르면서 경솔하게 날뛰는 척족의 무리들을 엄히 견제하셔야 될 줄로 알고 있소이다.」
대원군은 그제야 입을 열었다.
「오해랄 거야 있습니까. 세상엔 이런 일 저런 일 다 있게 마련이지요. 이제 내 나이 칠순이 멀지 않았습니다. 세상사가 뜬구름임을 비로소 깨달을 나이인데, 새삼스럽게 다시 정사에 관심을 가지고 싶은 마음은 없습니다.」
이홍장은 웃으며 말했으나 대원군은 굳은 표정으로 그런 대꾸를 했다.
이홍장은 측근을 물러가게 하고 대원군과 단독 회담을 시도했다.
「고국에 돌아가시면 하셔야 할 큰일이 많습니다.」

「다행히 전원에 마련해 둔 별장이 한두 개 있습니다. 조용히 누워 하늘과 구름이나 바라보면서 기구다난했던 나의 칠십 평생을 나대로 정리해 볼까 합니다.」

동문서답이었다. 초조해진 것은 이홍장이었다.

「어느 나라고 왕비가 정사에 지나친 관여를 하게 되면 국정이 어지러워지는 법입니다. 귀국은 그런 폐단이 너무 큰 줄로 알고 있는데 태공께서 광정(匡正)하셔야 합니다.」

말은 부드러웠으나 그것은 이홍장이 대원군에게 내리는 지시였다.

대원군은 어쩔 수 없이 웃었다.

「그 점은 일찍부터 본인이 통탄하던 바가 아닙니까. 다행히 이상국께서도 그런 실정을 잘 알고 계시니까 잘 처리해 주시기 바라오.」

이홍장은 실로 중대한 발언을 했다.

「왕비 민씨로 하여금 우리 청국을 방문해서 한가롭게 유람이나 할 기회를 만드시는 것도 좋을 듯싶소이다.」

대원군은 안면이 일그러졌다.

「왕비와 나를 번갈아 가며 귀국에 유폐시킬 작정입니까?」

「아하, 그런 뜻이 아니라…….」

이홍장은 면구스러워 했다.

대원군은 강경하게 반박했다.

「폐방을 돌봐 주시는 것은 고맙게 생각합니다만, 지나친 내정 관여는 두 나라 사이의 오랜 정의를 깰 우려가 있습니다. 한청 양국의 정의가 깨어지면 좋아할 사람들이 많습니다. 우선 일본이 좋아하고 아라사가 좋아하고 그밖에 서구 열강이 쌍수를 들어 환성을 올릴 것입니다. 서로 자중해야 될 처지가 아닙니까?」

「태공과 나의 뜻은 같습니다. 아하하, 그럼 텐진에서 좀 휴양을 하시다가 한더위나 가시거든 출발을 하시지요.」

대원군은 두 달 가까이 텐진에 머물렀다.

놀기 위해서가 아니었다. 그들은 두 달 가까이 대원군을 텐진에다 잡아 놓고는 그를 세뇌하기에 여념이 없었다.

이홍장은 직접 나서지 않았으나 주복, 정여창, 원보령 등이 대원군 숙소에 번갈아 드나들면서 조선에 대한 정견(政見)을 교환했다. 열강의 동방 진출 정책에 대해서 검토했다.

그동안 본국에서는 많은 사람이 바다를 건너와 대원군을 만났다.

민비 일파가 파견한 사람들이 더 많았다.

청국의 속셈과 대원군의 복안을 미리 탐색해서 '대원군 환국'에 대비하기 위해서였다.

8월 초순이 되어서야 정식 진주사로서 정사(正史) 민종묵과 부사(副使) 조병식이 북양아문에 나타났다.

조정은 진주사를 임명해 놓고도 망설이고 망설이던 끝에 그제서야 그들을 텐진으로 보냈던 것이다.

진주사 일행은 이홍장에게 내의(來意)를 고하자 곧 베이징으로 가서 청황에게 조선왕의 자문(咨文)을 바쳤다.

즉일로 청황은 대원군의 환국령을 내렸다.

8월 25일 아침에야 대원군은 진주사 일행을 어쩔 수 없이 거느린 채 텐진을 떴다.

이홍장이 직접 항구에까지 나와 대원군을 환송했다.

그들은 일반 민중까지 동원해서 대원군을 떠들썩하게 환송했다.

그들의 고의인지 우연인지는 모르나 대원군은 3년 전에 타고 갔던 배에 다시 올랐다.

북양함대의 군함 '비호'와 '진해'가 양측에서 호위하고, 다른 사람이 아닌 원세개와 총병 왕영승이 북양수군 40여 명을 이끌고 같은 배에 탔다.

그것은 이홍장의 특별한 배려였다.

대원군은 서해를 건너는 동안 단 한번도 갑판 위로 나와 원한이 서린 바다를 보지 않았다.

그는 누구와도 만나지 않고 혼자 선실에 누워서 잠든 체하고 있었다.

이날, 서울의 남대문 안에는 국왕이 대원군을 영접해 들이기 위한 막차(幕次)가 세워지기 시작했다.

대문大門을 닫아 걸어야지 299

이날, 추선은 이상지와 윤여인의 도움을 받아 가며 병든 몸을 이끌고 천축사에서 내려오고 있었다.
이날 밤이 늦어서야 대원군은 제물포에 도착했고, 이튿날인 27일 아침에는 서울로 향했다.
「교동에서 재동으로 이르는 거리는 어제 아침부터 인파에 덮여 있습니다. 남대문에서 제물포까지의 연도에서 백성의 무리가 물결치고 있습니다. 아버님의 환국을 만백성이 눈물 흘리며 기뻐하고 있습니다.」
제물포 객사로 달려온 이재면이 대원군에게 자랑하듯 아뢰었다.
대원군은 말없이 그 어리숭한 맏아들을 바라봤다.
「준용이 인사 여쭙니다.」
애띤 목소리와 함께 손자 이준용이 할아버지한테 절을 했다.
「어허, 그동안 네가 몰라보도록 컸구나!」
대원군은 오래간만에, 실로 3년 만에, 아니 10여 년만에 활짝 웃었다.
「할아버지! 할머니가 할머니의 인사도 대신 여쭤 달라고 하셨습니다.」
대원군은 손자의 손을 끌어당기며 빙그레 웃었다.
그는 할머니 소리를 듣자 추선을 생각했다. 추선을 생각하니 마음 한 구석이 허전했다. 허전했으나 곧 만나게 된다는 생각에서 소년처럼 가슴이 뛰었다.
몸은 늙었으나 추선에 대한 붉은 마음은 그를 소년처럼 흥분시켰다.
아닌게아니라 연도에는 백성들이 진을 쳤다.
「대원위대감 만세, 만만세.」
언제부터 만세를 부르는 습관이 생긴 것인지 대원군은 어리둥절했다.
3년이 아니라 13년 만에 돌아오는 고국산천인 것 같아 그의 눈에는 눈물이 글썽했다.
양화진 나루터에 이르기까지 행차 뒤에는 수천 수만 명의 군중이 뒤따르고 있었다.
그러나 3년 만에 돌아오는 그를 진심으로 환영하는 것은 연도에 뒤따르는 순수한 백성들뿐이었다.

그는 자기의 정적이 그렇게까지 할 줄이야 미처 상상도 하지 못했다.
민씨 정부는 실로 악랄하고 대담한 방법으로 이 왕친을 환영했다.
그들은 실로 푸짐한 제물(祭物)을 노상에다 차려 놓고 대원군이 입성하기를 기다렸다.
대원군 일행이 양화진 나루를 건너 남대문을 향해 접근해 온다는 소식이 전해지자 무교동 일대는 갑자기 소란해졌다.
길을 메운 환영 인파가 이리 몰리고 저리 몰리면서 군사들이 소리소리쳤다. 길을 트고 정리하느라고 날뛰었다.
거기 참혹한 몰골로 포박된 죄인들이 끌려 나왔다.
군중은 웅성거리고, 군사들은 고함을 치고, 죄인들은 초죽음이 돼서 질질 끌려 나왔다.
「군기시(軍器寺) 앞에서 죽인다오.」
「하필이면 왜 오늘 죽여?」
「죽일 놈들!」
낌새를 눈치챈 사람들은 한마디씩 하면서 가래침을 땅바닥에 뱉어 댔다.
사실이었다. 중전 민씨는 환국하는 대원군의 간담을 서늘케 해 주기 위해서 대원군이 입성하는 순간을 택해 임오군란 때의 수괴로 지목, 체포했던 김춘영, 이영식 등 여섯 명의 죄수를 군기시 앞에서 처형하기로 했던 것이다.
사실이었다. 대원군이 남대문 밖에 도착해서 마악 아들인 국왕의 영접을 받으려는 순간 무교동 군기시 앞에서는 덩덩덩 울리는 북소리를 신호로 망나니 두 사람이 칼춤을 추기 시작했다.
「저 죽일 놈들이 천벌을 받지!」
「악독한 계집 같으니.」
사람들은 의분을 참지 못해 거의 공공연하게 씹어뱉었다. 민중전을 욕했다.
망나니의 칼춤은 점점 신이 올랐다.
8월의 햇빛이 번쩍번쩍 칼날에 부딪쳐 살기가 더욱 등등했다.

쨍 책, 쨍 책, 칼이 서로 부딪기 시작하면 사형수의 목은 경각에 달려 있는 찰나가 아닌가.

먼저 김춘영의 목이 뎅겅 땅으로 떨어졌다. 그의 잘려진 목줄기에는 시뻘건 피가 분수처럼 푸른 공간으로 쭉 뻗쳐 오르다가 콸콸 마른 땅을 적셨다.

귀국하는 대원군을 환영하기 위해서 거리로 나왔던 군중은, 부녀자들은, 비명을 지르며 오만상을 찌푸리며 그 잔혹한 장면을 보지 않으려고 고개들을 돌렸으나 눈앞에서 벌어지는 광경이라 안 볼 수도 없었다.

삽시간에 여섯 명의 목잘린 시체가 길거리에 나뒹그러졌다.

목만 자른 게 아니었다. 육시처참이라던가, 시체는 팔이 잘리고 다리가 잘리고 허리가 동강이 났다. 여섯 번을 잘려 육시처참이 되었다.

군노들은 명령대로 그 참담한 시체를 치우지 않고 거리에다 방치해 뒀다.

잠시 후에 그 앞으로 지나게 될 대원군에게 보이기 위해서임이 분명했다.

남대문 안에는 호사스런 막차가 마련돼 있었다.

왕이 아버지의 환국을 영접하기 위한 호화찬란한 막차가 마련돼 있었다.

왕은 미리 거기에 나가 기다리고 있었다.

대원군은 남대문 바로 밖에서 자비를 버리고 보행으로 막차에 접근했다.

그는 정면에 황금색 곤룡포를 입고 서 있는 아들을 보았다.

그는 3년 만에 보는 아들인 왕을 똑바로 쏘아볼 뿐 일체의 감정을 얼굴에 나타내지 않았다.

왕은 대원군의 그 눈총을 보자 황급히 눈을 내리깔았다.

왕은 절을 했다. 일국의 왕이 누구에게 절을 하는 게 아니라, 한 아버이의 아들이 그 아버지에게 하는 착잡한 심경의 절이었고 인사였다.

대원군은 그래도 표정을 허물지 않았고, 고개조차도 숙이려 하지 않았다.

그는 오직 절하고 있는 아들을 묵묵히 내려다보고 있을 뿐이었다.
「아버님!」
아들이 목메인 소리로 이 한마디를 하는 것을 보자 그는 오히려 고개를 번쩍 들었다. 소리없는 한숨을 토해 냈다.
그는 북악을, 인왕을, 남산을 바라봤다. 그리고 고국의 하늘을 쳐다봤다. 그리고는 다시 아들을 내려다봤다.
「돌아왔소이다.」
그는 아들이 아니라 왕에게 꼭 그 한마디를 했다.
너무도 짧은 왕에의 인사였다.
잠시 후에 행차는 다시 떴다.
아버지와 아들이 동반을 한 거둥 행차가 인파로 뒤덮인 거리를 누비고 있었다. 무교동 쪽을 향해 누벼 가고 있었다.
왕은 모르고 있었다. 거둥 행차가 지날 군기시 앞에 여섯 명의 시체가 서른 여섯 토막이 난 채 뒹굴러 있는 사실을, 엄연한 사실을 모르고 있었다.
대원군도 모르고 있었다. 이날 아침에 운현궁을 지키고 있던 이상지가, 오늘을 맞기 위해서 온갖 정성을 다 기울여 온 이상지가, 조반을 먹고는 펄펄 뛰다가 피를 토하고 죽어간 사실을 모르고 있었다.
그들 부자는 아무것도 모르는 체 무교동 군기시 앞으로 서서히 다가가고 있었다.
대원군은 또 한가지의 사실을 모르고 있었다. 알았더면 감개가 더욱 컸을 텐테 모르고 있었다.
남대문 밖에서부터 연도에 도열한 군중을 정신없이 비집어 가며, 대원군의 모습을 보려고 발돋움을 해 가며, 행차의 움직임을 따라 허위단심 달음질을 치고 있는 두 여자가 있는 사실을 모르고 있었다.
눈물이, 먼지가 핏기 없는 얼굴에 뒤범벅이 된 추선이었다.
그 추선을 부축해 주는 윤여인이었다.
「대감, 대감, 대감…….」
실성한 듯이 입속으로 대감을 불러 대는 추선의 외침이 행차의 뒤를 집요하게 따르고 있는 사실을 대원군은 모르고 있었다.

운현궁으로 돌아온 구름재의 주인은 그날 밤 첫 분부를 내렸다.

「대문을 굳게 닫아 걸어라!」

그의 환국 후의 첫 분부는 듣는 사람에 따라서 묘하게도 착잡하게도 들렸다.

굳게 닫아 걸라고 한 운현궁의 대문에 대해서 언제 열겠다는, 열라는 암시가 전연 없었다.

어쩌면 오늘 밤만을 굳게 닫아 걸라고 한 말 같기도 했으나 또 어쩌면 자기가 세상을 하직할 때까지는 굳게 닫아 걸고 열지 말라는 뜻으로도 들렸다.

아소당我笑堂 주인主人은 웃음이 없었다

언제부터 그런 습관이 생겨 있었던지 모른다.

추선은 대원군이 보고 싶으면, 미칠 듯이 보고 싶으면 칼을 숫돌에다 갈기 시작한다. 마냥 갈기 시작한다. 칼날이 새파랗게 설 때까지 마냥 갈고 앉았기가 일쑤였다.

추선은 지금도 칼을 갈고 앉아 있다. 숨소리도 내지 않고, 숫돌에다 물을 흠씬 칠해 가며 칼을 갈고 있다. 조각칼을 말이다.

대원군이 청국에서 돌아온 지도 벌써 오늘이 닷새째가 아닌가. 5년 만큼이나 지루한 닷새였다. 보정부 3년보다도 이번 닷새가 더욱 지루한 세월이었다.

그날, 그가 돌아오던 날, 남대문에서 운현궁까지 먼발치로 사뭇 그의 모습을 따랐기 때문에 그 그립던 사람을 아직 못 본 것은 아니다.

그러나 어떻게 먼발치로 바라본 것으로만 만족할 수가 있겠는가.

여자고 남자고 정(情)이란 별것이 아니다. 가깝게, 지극히 가깝게 두고 다뤄 보고 싶어하는 욕망이 남녀의 정이다.

(한번쯤은 찾아 주시겠지.)

기다려 보는 수밖에 없었다. 그런데 환국한 지 닷새가 되도록, 운현궁에서는 아무런 소식이 없는 것이다.

(몸이라도 편치 않으신가?)

아니면 미처 일개 아녀자한테까지 신경을 돌릴 처지가 아닐까.

추선은 지루하고 답답하고 그리워서, 칼을 갈기 시작한 것이다. 시간을 메꾸기 위해서 조각칼의 날을 세우고 있었다.

칼날이 날카롭게 서자, 추선은 벽장에서 불상 하나를 꺼냈다.

박달나무로 깎은, 섬세하고 교묘하게 깎은, 관음입상(觀音立像) 하나를 손에 집히는 대로 꺼내 치마폭에 놓고는 합장을 했다. 그리고는 칼을 들었다.

칼끝에서는 사각사각 소리가 나기 시작했다. 대좌(臺座)의 연화(蓮花)는 방금 활짝 핀 순간처럼 그 양감이 싱싱했고, 그 선이 부드러웠으나 그네는 거기에다 칼끝을 대고 있었다.

늦여름의 밤은 조용히 깊어 가고 있었다.

어디선가 벌써 귀뚜라미가 울어 대고 있었다.

한식경이나 지났다. 추선의 콧등에는 땀방울이 송알대고 있었다.

그 얼굴빛은 달빛처럼 창백했다. 그 눈은 무엇에 씌인 사람처럼 초점을 잃고 있었다. 그 손끝은 간단없이 움직이고 있었다. 그 칼끝은 단단한 나무를 자꾸 깎아 내고 있었다.

만약 누가 보고 있는 사람이 있었다면 기가 막혀서 소리를 질렀을 것이다.

「그 불상을 어쩌자구!」

어이가 없는 짓을 추선은 저도 모르게 저지르고 있었다.

더는 칼끝을 대서 안 될 그 정교한 불상에다 자꾸 칼을 대고 있으니 그것이 어떻게 되겠는가.

허리가 개미허리가 되고 말았다. 허리가 그렇게 가늘어지니까 둔부를 깎았다. 너무 지나치게 깎았다. 민패가 되고 말았다. 지체(肢體)부분이 너무 굵어 보이니까 또 거기를 깎았다. 그렇게 되니 하반신이 지나치게 빈약했다. 가슴을 깎아 냈다. 또 지나치게 깎았다. 등 쪽도 깎았다. 널판처럼 되고 말았다. 얼굴이 커 보였다. 역시 칼을 대다가 지나쳤다.

결국 불상 하나를 망가뜨리고 있으면서, 추선은 자기의 행동에 대해서 깨닫지 못하고 있었다.

추선의 머릿속은 대원군만으로 꽉 차 있었던 것이다.

손이 무슨 짓을 하고 있는지, 불상이 어떻게 돼 가고 있는지 전연 깨닫지를 못하고 있었던 것이다.
 추선은 시간을 메우기 위해서, 오직 무엇인가를 하고 있을 뿐이었다.
 아마 자기 자신의 살점을 저미고 있었다 하더라도 아픔을 느끼지 못할 것만 같은 행동이었다.
 정말 그랬다. 추선은 자기의 살점을 저미고 있었다.
 불상의 살점을 저미는 게 아니라 자신의 살점을 얇게 얇게 저미고 깎으면서, 행여나 행여나 하고 대원군의 비밀 행차가 대문 밖에 이르기를 기다리고 있었다.
 그러는 사이에 그 아름답고 정교하던, 그리고 자비롭기 그지없던 관음입상 하나는 완전히 망가지고 말았다.
 그것은 추선 자신의 육신이 망가진 것과 다름이 없었다.
 사실 그랬다. 추선은 무슨 병이 들었는지 이제는 오직 그 의지력이 그 육신을 간신히 버티고 있었다.
 사랑하는 사람을 만나 보고야 죽겠다는 그 의지력이 쇠약해질 대로 쇠약해진 그 육신의 기능을 간신히 유지시켜 주는 원동력이었다.
 청각만이 한껏 예민해져 있었다. 대문께에 새앙쥐 한 마리가 지나가도 추선은 알 수가 있을 만큼 온 신경이 청각으로 몰린 채, 그리운 사람의 출현을 기다리고 있었다.
 드디어 추선의 손에 들려 있던 관음상의 한쪽 귀가 싹둑 잘려지고 말았다.
「어머나!」
 그제서야 추선은 참혹한 몰골이 돼 있는 불상을 들여다보면서 놀랐다.
「문 열어라!」
 그제서야 추선은 대문 밖에서 들려 온 듯한 문 열라는 소리를 듣고는 깜짝 놀랐다. 추선은 가슴이 너무 뛰는 바람에 현기증을 느꼈다.
 불상이고 칼이고 치마폭에다 놓은 채로 벌떡 일어섰다.
 칼과 칼밥과 나무때기가 돼 버린 불상이 방바닥에 와르르 떨어졌으나 개의치 않으면서 추선은 장지를 드르륵 열고는 찬모방에다 대고 소리쳤다.
「밖에 누가 오셨나 보다!」
얼마나 기다린 내객(來客)인가. 내객이라면 어색할까. 얼마나 지루하게 초조롭게 기다린 낭군의 출현인가.
버선발로 뛰어나가 손수 대문을 열어야 하겠지만, 하인들이 따라 왔을 것이니 그래서는 체모가 서지 않는다.
「얼른 나가 대문을 열어!」
추선은 찬모를 재촉하면서 섬돌 아래로 내려섰다.
대청에는 초저녁부터 촉롱(燭籠)을 밝혀 놓고 있다.
추선의 그림자가 늘씬하게 섬돌 아래로 뻗었다.
풀기가 빳빳한 항라겹적삼으로 밤바람이 스몄던지 추선은 어깨를 으스스 떨고는 삐이꺼덕 열리고 있는 대문 쪽을 향한 채 가볍게 입속으로 뇌까렸다.
「어서 들어오세요, 대감.」
그러나 다음 순간, 추선은 온몸에서 맥이 싹 빠져 버렸다.
장순규가 굽신 허리를 꺾으면서 뜰아래에서 소리치는 바람에 추선은 온몸에서 맥이 싹 빠져 버렸다.
「마님, 어서 채비를 차리시오. 소인이 모시러 왔습니다.」
대원군이 온 게 아니잖은가. 지금 대문을 들어섰어야 할 사람은 대원군인데 장순규라는 사람이 아닌가.
추선이 미처 대꾸를 못 하니까 장순규는 지체없이 말을 이었다.
「대방마님께오서 모셔 오라는 분부를 받잡고 왔습니다. 어서 채비를 차리시지요!」
추선은 허물어질 듯한 육신을 간신히 가누고서 안간힘을 쓰듯 물었다.
「왜? 무슨 일이라도 생겼소?」
장순규는 빙긋이 웃고는 대답했다.
「아니올시다. 인자하신 부대부인께오서 아씨의 심정을 헤아리시구 오늘밤 조용한 틈을 타서 아씨로 하여금 대감마님을 만나 뵙게 해드리려는가 싶습니다, 헤.」
「그래?」
「그런 줄로 압니다, 마님.」
 추선을 보고 마님이랬다, 아씨랬다, 하는 장순규는,
「그렇잖아두 제가 대감마님을 모시구 내일 저녁쯤엔 오려구 했었는데, 대방마님보다 한 수 늦었습니다요, 헤.」
 부대부인을 대방마님이라고도 부르는 장순규는 이제 중늙은이가 돼 있었지만, 그 입담은 예나 이제나 다름이 없었다.
 추선은 옷을 갈아입고 얼굴을 매만졌다. 어쨌든 대원군을 만날 수 있다는 사실만이 고마워서 가슴이 마구 설레이고 기운도 나는 것 같았다.
 잠시 후 추선을 태운 사린교가 날듯이 운현궁을 향해 달렸다.
 추선은 뒷문으로 해서 내실로 인도됐다.
 부대부인 민씨는 얌전하게 절을 하는 추선을 눈여겨보고는 인자스럽게 말했다.
「어째 몸이 그렇게 수척했나? 원 사람두.」
 그것은 빈정거림이 아니라 진정에서 우러나오는 위로였다.
 부대부인은 정말 동정적인 발언을 했다.
「원 사람두. 병색이 아주 박여 있군 그래. 대감을 위해서도 몸을 소중히 해야지. 대감을 진심으로 아껴 드리는 사람은 자넬 텐데.」
 추선이 얼굴을 못 들고 있으니까 부대부인은 혼자 고개를 끄덕거리며 말했다.
「대감께선 안사랑에서 쉬시고 계시네. 들어가 뵙도록 하지 그래. 돌아오시자마자 여러 가지로 참혹한 꼴도 많이 보시고 해서 몹시 상심(傷心)중에 계시니 위로도 좀 해 드리구.」
 대원군은 환국하던 날, 무교동 거리에 참담하게 죽여진 시신들과, 그리고 이상지의 독살 등을 보았으니 그 심정이 얼마나 아프겠느냐는 말이었다.
 추선은 곧 안사랑으로 안내되어 들어갔다.
 대원군은 마침 홀로 누워 있다가 추선이 들어서는 것을 보고 벌떡 일어나 앉았다.
「오, 자네가 어떻게.」
 대원군이 놀라는 것을 보면 그는 추선이 운현궁에까지 올 줄은 전연 예기하지 못했던 것 같다. 순전히 민부인의 마음씀으로 추선은 대원군 침소에 들게 됐던 성싶었다.
 대원군은 어지간히도 반가워했다.
 추선의 손을 덥석 잡으면서 눈물이 글썽해지는 것을 보면 그도 추선을 꽤나 그리워했던 게 분명했다.
「그래 별일은 없고? 왜 자네 모습이 그리도 수척해졌느냐? 왜 어디가 아픈 게로구나? 이리 가까이 온!」
 추선은 백발이 성성한 그를 보자 눈물이 왈칵 쏟아지는 바람에 눈앞이 캄캄했다.
「대감마님!」
 간신히 한마디 하고는 왈카 그의 무릎으로 쓰러지려다가 말고 몸을 가눠서 공손히 절을 올렸다.
「그래 그동안 몸은 성했느냐? 왜 그리 얼굴이 못됐어? 이리 가차이 오지 그래.」
 손을 내미는 대원군의 음성은 떨리고 있었다.
 음성뿐만 아니라 내민 그의 손도 떨리고 있었다. 그리고 턱수염도 떨렸다.
 추선은 한마디의 인삿말도 입에서 나오지가 않았다. 목이 콱 메이고 눈물만이 쏟아지는 바람에 고개를 푹 숙이고 있었다.
「이리 가차이 오라니까.」
 대원군이 추선의 손을 잡아 끌었다.
 추선은 그제서야 그의 무릎에 엎드러졌다. 어깨를 들먹이면서 울었다.
 얼마나 초조롭게 기다린 이 순간인가. 실컷 소리내서 울어야만 직성이 풀릴 듯싶었으나 그럴 수도 없어서 이를 악물자니 어깨며 허리가 쉴 새없이 들먹였다.

「보고 싶었다!」
 대원군의 이 한마디를 듣자, 추선은 사지가 나른할 만큼 행복했다.
「대감!」
 간신히 입밖에 내 본 대감 소리에는 온 우주가 담겨 있는 것 같았다.
「자네가 이토록 야위다니…….」
 대원군의 손길은 추선의 등을, 허리를, 볼기를 느릿느릿 소요하면서 그동안의 흐른 세월을 셈하고 축적된 정(情)을 발효하고, 의욕의 입김을 솔솔 불어 사그라져 가던 불씨에다 힘찬 활력을 넣었다.
「자네가 큰맘을 먹었군.그래 이렇게 찾아온 걸 보니.」
 대원군은 운현궁 안에서 추선을 안을 수 있는 게 아무래도 이상한 모양이었다.
「대방마님께서…….」
「자네를 불렀단 말인가?」
「예에.」
 추선의 대답은 뜨거운 입김이었다.
 그 뜨거운 입김에 대원군의 젊음이 소생했다.
「대감마님!」
 추선은 그 뜨거운 입김으로 오래간만에, 실로 오래간만에 대원군을 직접 불러 보았다.
「왜?」
 귓밥에 물렸던 대원군의 입술에서 '왜' 소리가 새어 나왔다.
「이제부턴 제발 국정(國政)에 관여 마세요. 하실 만큼 해 보셨고, 또 저 사람들의 극성을 꺾기엔 대감의 시운(時運)이 모자라는 것 같사옵니다.」
「그래?」
「그렇습니다.」
「여생은 자네하고나 이렇게 지낼까?」
「저는 그런 외람된 욕심은 없습니다. 다만 대감의 여생이 편안하시기를 부처님께 축수할 뿐이에요.」

「그래? 부처님두 그렇게 해 주시겠다던가?」

대원군은 농담으로 얼버무렸기 때문에 추선은 그의 진의를 파악할 길이 없었다.

「대감 한분의 힘으로는 이 나라가 바로잡히지 않습니다.」

「그럼 자네와 힘을 합하면 되겠나?」

「오랜 세월을 두고 이 나라 백성의 마음보와 관습과 지식을 바꿔 놔야 합니다.」

「어떻게? 누가?」

「현인이 나타나서 훈도를 해야지요.」

「율곡(栗谷)이나 퇴계(退溪)같이 말인가?」

「백성을 어린 시절부터 가르쳐서 우선 사심사욕을 없애도록 할 것이며, 올바로 노력하는 기풍을 길러 줘야 하지 않겠습니까.」

「백년하청(百年河淸)이구나?」

「근본은 힘을 기르는 데 있습니다. 잘 살 수 있는 힘과 사리를 바르게 판별할 수 있는 지혜로운 힘을 길러 줘야 하지 않겠습니까.」

「그런데 나더러 죽치고 들어앉아 있으란 말인가?」

「대감의 시절은 지났습니다.」

「봄은 다시 돌아오더라, 꽃도 다시 피고.」

「적(敵)이 너무 많으십니다. 너무 강대하구요.」

「음…… 네 입김이 몹시 뜨겁구나. 어디 나 좀 보자!」

남녀가 정이 샘솟을 때 입과 입을 마주대는 습성은 언제부터일까. 그것은 누가 가르쳐 주지 않아도, 보고 듣고 배우지 않아도, 본능적으로 접촉이 되는 것을 보면 태초의 인간 역사에서부터 연면히 이어내려오는 사랑의 방법인 모양이었다.

나이가 늙었다 해서 다르지 않았고, 지체가 귀한 사람들이라 해서 입맞춤을 삼가하는 것은 아니었다.

여자는 남자의 수염이 따갑다는 사실을 모르는 법이다. 그 순간에는 말이다.

남자는 손을 단정하게 뒤두지 못하는 법이다. 그 순간에는 말이다.

우주란 하나가 아니잖은가. 하늘과 땅을 우주라고 부르지만 자기 자신도 우주라고 불러 마땅하다.

그러나 남녀가 사랑에 도취되었을 순간에는 그 두 우주 말고 또 하나의 우주가 있음을 깨닫는다.

사랑하는 상대가 또 하나의 우주인 것이다.

누구든지 사랑하는 사람과 입을 맞춰 보면 안다.

사랑이 승화되었을 때, 입맞춤이 절정에 있을 때, 상대편의 우주가 온통 자기 자신에게로 흡수돼 오는 것을 깨닫는다.

그렇게 되면 그것은 하나의 우주로 합일(合一)되는 것이다.

그 순간은 불교에서 말하는 열반의 세계와 같다. 오로지 평화가 있을 뿐이다.

감정에 색깔이 없는 것이다. 팽창하는 의식세계가 있지만 이미 그것은 오욕(五慾) 육정(六情)에 속하는 게 아니었다.

추선의 얼굴은 더할 수 없이 평화로웠으나 신열(身熱)이 대단했다. 그런 때 반드시 눈을 감고 있어야 하는 것은 아니지만 감겨 있었다. 그러나 귀는 열려 있었던 것 같다.

추선은 장지문 밖에서 인기척이 난 것을 깨닫자 소스라치게 놀라면서 하늘보다 넓은 사나이의 가슴을 밀어 버렸다.

「게 누구냐?」

소리를 친 것은 추선이 아니라 대원군이었다.

「아씨!」

장지문 밖에서 운현궁 노비의 음성이 들렸다.

추선이 벌떡 일어나면서, 옷매무새를 고치면서, 현기증을 느끼면서 장지문을 열었다.

「아씨만 가만히 보시래요.」

추선은 운현궁 노비가 디민 착착 접힌 종이 쪽지를 받았다. 펼쳐 보고는 얼굴을 붉혔다.

―오늘밤에는 대감을 모시고 그곳에서 쉬도록 하게.

누구의 필적이며 어느 누구의 지시겠는가. 부대부인 민씨의 착한 마음씨였다.

추선은 부대부인의 그 착한 호의를 순수하게 받아들였다.

추선이 이날 운현궁 안사랑에서 마음놓고 하룻밤을 지낸 것이다. 대원군과 함께 그 쌓이고 쌓였던 정회를 풀었다.

대원군은 청국에서 돌아온 이후, 거의 한 달이 가까워 올 무렵까지도 휴양을 핑계삼아 운현궁에서 두문불출을 했다.

그는 일체의 접객을 삼가하면서 운현궁의 대문을 굳게 닫아 건 채 침묵을 지키고 있었다.

지금은 비록 강자가 아니지만 대원군의 존재는 척족 민씨네에겐 아직도 엄청난 위압이었다. 그의 침묵은 그들에게 엄청난 불안 의식을 갖게 했다.

「흥선이 또 무슨 흉모를 꾸미고 있을 게다.」

민비를 중심으로 한 척신들은 그런 불안에 사로잡히기 시작했다.

어느 날 그들은 한자리에 모였다. 재동(齋洞)에 있는 민영익의 안사랑에 은밀히 모였다.

네 사람이 자리를 함께 하고 있었다. 주인 민영익을 비롯해서 민영환, 민응식, 민병석이 자리를 함께 했다. 오붓한 여흥 민씨 집안들이 아닌가. 그리고 현 척족 세도의 쟁쟁한 두뇌들이 아닌가.

중전 민비의 친정 오라버니였던 민승호로부터 시작된 여흥 민씨의 세도는 10년을 넘기자, 이제 완전히 그 세대가 교체돼 있었다.

그 10년은 정말 피비린내 나는 전쟁의 연속이었다.

그동안 권세를 잡았던 사람들은 거개가 자기 천수를 누린 사람이 없이 정적의 칼에 맞았거나 폭탄 세례를 받았거나 아니면 난군(亂軍)의 손에 잡혀 비참한 최후를 마쳤다.

그러나 그들이 목숨보다도 사랑하고 집착을 가진 권세만은 아직도 다부지게 움켜쥐고 있었다. 바통을 넘겨 아들 조카의 세대로 옮겨지긴 했으나 권력은 여전히 그들의 것이었다.

당대의 세도이며 병조판서인 민영익은 횡사한 민태호의 아들이 아니던가.

그는 폭사한 민승호의 뒤를 이어 민비의 친정으로 입양을 해서 그네의 조카가 된 사람이다.

그 민영익이 먼저 입을 열었다.

「요새 흥선이 외국 신사들을 자주 찾아다니며 환국 인사라는 것을 한다고 하는데 아무래도 수상하지 않소?」

어디서 누구에게 무슨 소리를 들었는지 민영익은 그런 이야기를 꺼냈다.

그들은 모이기만 하면 대원군의 동태에 대해서 화제를 삼았다.

대원군이 환국한 지 벌써 한 달이 가깝지만 그들은 철저하게도 운변(雲邊)을 감시해 왔다.

그들은 누구라도 운현궁과 접근하려는 기색만 보이면 가차없이 잡아 처단했다. 덮어씌울 죄목은 얼마든지 있었다.

임오잔당이다, 갑신잔배다 하고 몰면 죄목이 얼마든지 있었고, 처단하는 방법이 얼마든지 있었다.

그러나 대원군 장본인만은 건드릴 길이 없어서 온갖 지혜를 짜왔다. 그리고 이미 그 올가미를 씌워 놓았다.

민응식이 입을 열었다.

「그분이 무슨 짓을 하고 다녀도 염려할 건 없습니다. 이미 예조(禮曹)에서 존봉 절차를 반포하지 않았습니까. 그 절차에 따라 운현궁의 대문만 꽉 봉해 두면 됩니다. 움트는 싹이나 자라나는 가지가 있으면 즉각 즉각 잘라 버리면 되구요.」

민응식은 현직 좌영대장(左營大將)이었다. 임오군란 때, 충주로 도망쳐 갔던 민비를 숨겨 준 공로로 해서 큼직한 감투를 쓴 것이다.

「그렇습니다. 자라나는 가지만 싹뚝싹뚝 가위질을 해 버리면 이제 늙어빠진 대원군이 어떻게 용을 쓰겠습니까.」

나이는 민영익이나 민영환보다 위지만 항렬이 아래라서 민병석은 가장 손아랫사람이었다.

그들은 아직도 대원군을 한 그루의 거목으로 알고 있었다.

그러나 아무리 거목이라도 가지가 자라지 못하도록 자꾸 잘라 버리면 그 밑둥은 시들어 버릴 게 아니냐는 논리였다.
그래서 그들은 없던 법을 만들어 놓았다.
―태공(太公)이 무사히 환국하였으니 그 기쁨은 헤아릴 길이 없다. 청나라의 황제께서는 아직도 우리나라가 편안치 않은 것으로 걱정하고 있는 듯 들리니 그 점은 섭섭하기 이를 데 없다. 허나 지난 일이야 더 말해서 무엇하랴. 필시 잡인(雜人)들이 운현궁에 출입하면서 허망한 일을 조작함으로써 그 누를 태공에게 끼친 것으로 짐작이 된다. 이제 나라의 예모(禮貌)로 보아서도 태공은 극진하게 존봉해야 할 것이다. 예조에서는 속히 그 절차를 책정하도록 하라.
예조에서는 지체없이 대원군의 존봉 절차라는 것을 만들어 반포했다.
―대원군 처소에는 모든 잡인의 출입을 일절 금한다.
이 조항이 핵심이 아니겠는가. 그를 왕부(王父)로 높이 받든다는 명목으로 운현궁에다 유폐해 두고 외부와의 접촉을 막으려는 목적이었다.
그러니까 대원군에게 접근하려는 인물들은 모조리 잡아 없앨 수 있는 근거를 만들어 놓았다.
민영환은 말수가 적은 사람인데다가 경하지가 않았다. 그도 한마디 했다.
「그분은 이제 늙었습니다. 아무리 영걸이라도 늙으면 패기가 줄어드는 것이니까, 아마 조용히 여생이나 즐길 속셈이겠지요.」
민영환은 임오군란 때 선혜청 당상으로 있다가 난군에게 맞아죽은 민겸호의 아들이다. 그러나 그는 신중한 사람이었다.
민응식이 핏대를 올렸다.
「거 무슨 말씀이오. 홍선이 나이먹었다고 가만히 엎드려 있을 사람인가요. 도끼날을 갈고 있을 겝니다. 그 성품으로 봐서.」
가장 강경파에 속하는 게 민응식이다. 계산이 있었다. 민비의 사랑을 받으려면 대원군을 선두에 나서서 배척해야 했다.
민영환은 고개를 가로저었다.
「글쎄, 쭉지를 꺾인 그분을 경계하느라고 신경을 곤두세우고 있을 때가 아니란 말이오. 보다는 나라의 앞일을 생각하고 백성들의 살길을 강구해 주는 일이 더 시급하단 말이지. 정권만 쥐고 있으면 뭘 하자는 게요. 선정을 베풀어야 치자(治者)의 도리고, 상감을 받드는 일이 아니겠소.」

민영환은 민영익을 바라봤다. 자기보다 한 살 위인 민영익에게 하는 말 같기도 했다.

그러나 민영익은 묵묵부답이었고, 그 말을 받은 사람은 역시 민응식이었다.

「하긴 역적 김옥균의 목을 잘라 올 일이 더 다급하긴 하죠만.」

나이는 월등히 많지만 그 역시 항렬이 낮아 민영환에게도 깍듯한 존대를 했다.

이번에는 민병석이 나섰다.

「참, 장갑복이한테서 밀서가 왔습니다.」

「밀서가?」

민영익이 민감한 반응을 보였다.

「그 내용이 끔찍스럽습니다.」

「어떻게?」

장갑복이라면 모두 다 알고 있었다.

장은규라고도 하는 사람인데, 그들이 김옥균을 살해하기 위해서 일본으로 밀파해 둔 자객이었다.

김옥균은 그들의 부숙(父叔)을 죽인 불구대천의 원수다.

갑신정변을 일으킨 주모자였고, 정권을 뺏으려는 수괴였고, 민태호, 조영하, 민영목, 윤태준 등 수구파의 주력을 살해했을 뿐 아니라 민영익 자신도 그의 부하에게 칼을 맞고 간신히 도망쳐서 목숨을 건졌다.

민병석이 민응식과 의논해서 궁녀 장씨의 오라비라는 장갑복을 일본으로 보낸 것은 바로 지난 봄이었다.

김옥균의 목만 베어 오면 십만금(十萬金)의 상금을 주기로 했다.

그 장갑복의 밀서를 민병석은 품속에서 꺼내 여러 사람 앞에 공개했다. 내용이 맹랑했다.

역적 옥균은 일본에 온 후, 일본 정계의 거물들과 사귀는 한편, 소위 재야협객(在野俠客)들과 연결하여 그 기세가 자못 등등한 형편입니다. 저는 아직도 역적 옥균과 친숙할 기회를 얻지 못하고 있는데, 그 이유인즉 그의 주위를 둘러싸고 있는 일본 낭인(浪人)들의 경계가 예상 외로 엄합니다. 다행히 지난 8월 3일(1885년)에 고오베(神戶)라는 곳에서 옥균을 잠깐 만나 보긴 했습니다만 척살할 틈은 얻지를 못했습니다. 그러나 안심하십시오. 저는 기필코 그놈의 목을 가지고 돌아가 성은에 보답하겠습니다.

장갑복은 이렇게 큰소리를 쳐 놓고는,

그동안 제가 수집한 정보에 의하면, 역적 옥균은 오오이(大井憲太郞)와 고바야시(小林樟雄)라고 하는 패거리들과 교우 관계를 맺어 민간 낭인 1천여 명을 이끌고, 우선 우리의 강화도로 쳐들어간다는 계획을 세우고 있다 합니다. 그들의 강화도 침공이 성공한다면 신식 무기로 무장한 일본군 3만 명이 뒤이어 제물포로 상륙하여 곧장 한성으로 쳐들어가, 무엄하게도 대궐을 범하겠다는 흉계입니다.
이는 정확한 정보이오니 철저히 대비하시기 바랍니다.

이쯤 되면 누가 봐도 기가 막히지 않겠는가. 모였던 민문들은 아연실색해서 대책을 강구하기에 부심했다.
민영익이 민응식에게 지시했다.
「속히 일본공사를 만나 엄중한 항의를 하게.」
민응식은 빙그레 웃었다.
「그렇잖아도 아까 만나고 온 길입니다.」
그는 일본의 대리공사 다카히라(高平蔡郞)를 벌써 만나고 왔다는 것이다.

「그래 뭐라던가?」
「일본의 대리공사는 펄쩍 뛰면서 그런 일이 없다고 하더군요. 그래도 본국 정부에 조회해 보라고 하니까 있을 수 없는 일을 조회해 볼 필요가 없다면서, 한다는 소리가, 대일본제국이 한낱 망명객인 김옥균을 상대로 해서 외국 침범을 하겠느냐고 껄껄 웃습디다만, 글쎄 그렇다고 장갑복이의 정탐 내용을 일소에 붙일 수도 없는 노릇이니 답답합니다.」
그러자 민영환이 언성을 높였다.
「저들이 뭐라고 하더라도 그대로 믿을 수는 없어. 일본인들이란 교활하기가 짝이 없으니까. 무슨 핑계, 무슨 수단으로든지 우리에게 트집을 잡아 저들의 침략 근성을 노출시킬 속셈일 게요. 내 알기로는 옥균이 그들을 업고 역모를 하고 있는 게 아니라, 저들이 옥균을 꼬여 앞장 세우려고 할는지도 몰라요.」
민영환이 김옥균을 변호하는 듯한 발언을 하자 좌중은 어이없는 얼굴로 그를 바라봤다.
바로 그때였다. 문 밖에 늙은 청지기가 나타나서 주인 민영익에게 알렸다.
「대감마님, 방금 대궐에서 사람이 다녀갔습니다. 급히 입궐하시라는 어명이 계셨다 하옵니다.」
좌중은 일제히 긴장하면서 서로 얼굴들을 마주 봤다.
「어명이?」
「예에.」
「어명을 전하러 온 사람이 나를 보지 않고 그대로 돌아갔단 말이냐?」
「다른 데 다녀갈 일이 있다고 하면서 그대로 갔습니다.」
민영익은 자리를 차고 일어섰다.
오늘까지 중전 민씨가 입시하라는 전갈은 자주 보내왔지만 왕이 직접 부른 일은 흔치가 않았다.
「무슨 심상치 않은 일이 있는 모양이니, 우리 모두 이길로 함께 입궐하도록 하지 그래.」
네 사람은 분주하게 각기 자기의 교자를 타고 대궐로 향했다.

왕은 희정전에 있었다. 뜻밖에도 왕 앞에는 강화유수 이재원이 서 있었다.

왕은 민영익을 보고도 덤덤한 표정이었다.

얼핏 보기에도 무슨 중대한 고민거리가 있는 얼굴이었다.

민영익은 우선 이재원의 동정을 살폈다. 무슨 일이냐고 눈짓으로 물었다. 그럴 수가 없는 것이다.

이재원이 아무리 왕의 사촌형이 되는 신분이라도 관직은 강화유수다. 그가 아무리 종친 중에 인망이 있다 해서 갑신정변 3일천하 때에 영의정을 지냈다 하더라도 지금은 강화유수다. 마땅히 처벌의 대상이었으나 왕족이라는 점을 참작, 강화유수로 보낸 일개 외직(外職)의 신분인데, 세도 재상이 모르게 입궐해서 왕과 마주 섰다면 심상치가 않다.

「어찌된 일이시오?」

병조판서를 겸직하고 있는 민영익은 우선 강화유수 이재원에게 나직히 물었다.

그러나 이재원은 그에게 대답하지 않고 왕에게 말했다. 대화가 끊어졌다가 이어지는 모양이었다. 반복하는 말 같기도 했다.

「신(臣)이 강화에 부임한 이래로 항상 망극한 성은에 보답하기 위해서 주야로 심노하고 있던 중이온데 이번에 왜토(倭土)에 있는 역적 옥균이 놀랍고도 무엄한 서찰을 전해 왔사옵니다.」

민영환에게도 들으라는 듯이 그는 음성을 높여 그런 말을 하고 있었다. 육십을 바라보는 나이라 그의 말소리는 어딘가 허했다.

이재원은 품속에서 김옥균이 보내 왔다는 편지를 꺼냈다.

「병판(병조판서)이 읽어 보게나.」

왕이 별안간 그런 명령을 했다.

민영익은 이재원의 손에서 편지를 받아 그 피봉의 글씨를 보았다.

틀림없이 김옥균의 필적이었다. 3년 전까지만 해도 그는 김옥균과 가까이 지낸 사이다. 그도 글씨를 잘썼고 김옥균도 서도에는 일가를 이룬 사람이다.

나이야 김옥균이 아홉 살이나 손위지만 아무래도 민영익이 세도가라

나이야 김옥균이 아홉 살이나 손위지만 아무래도 민영익이 세도가라서 그랬던지 그는 늘 인간적으로 사양했었다. 그러면서도 꽤 친숙한 사이였다.

실상 민영익도 한때는 개화(開化)의 필요성을 주장한 사람이다. 일본에도 미국에도 중국에도 가 본 전위적인 정객이었다.

그러나 그는 결국 그의 일족이 사대수구(事大守舊)라서 그쪽으로 기울 수밖에 없었다. 이것이 김옥균과 이념이 갈라진 이유였다.

민영익은 김옥균의 필적을 보자 가슴이 쩌릿했다.

다른 사연이야 면밀하게 읽어 뭣하겠는가. 고약한 말을 함부로 하고 있다. 아무리 저들끼리 주고받은 편지의 사연이지만 말이다.

……민문(閔門)에게 농락당하고 있는 국정은 날로 부패일로에 있고 동양의 대세는 그러한 내 나라의 형편을 그대로 보고만 있을 형세가 아니니 딱한 노릇입니다. 모두들 어쩔 작정인지 모르겠습니다. 옥균은 결심했습니다. 일본의 열혈 협객들의 힘을 사사로이 이용해 볼 결심입니다. 그들의 도움을 얻어 조국으로 돌아가면 대원군의 과단력을 빌어 개화독립정부를 수립할 작정입니다. 대감께서는 일찍부터 저희와 뜻을 같이 하신 바 있으니 강화영(江華營) 군사를 일으켜 저희들의 거사를 도와 주시기 바랍니다.

민영익의 손은 부들부들 떨리고 있었다. 읽고 싶지 않았지만 눈길은 편지의 사연을 더 더듬고 있었다.

조국을 멀리 떨어져 있으니까 기울어져 가는 내 나라의 가련한 모습이 더욱 뚜렷하게 보입니다. 아직 피끓는 젊음을 가지고 있는데 어떻게 보고만 있을 수가 있습니까. 요컨대, 일시적 방편으로나마 외국의 힘을 빌어서라도 내 조국의 비운을 바로잡아야 하겠습니다. 대감, 사심이 아니오니 사심없이 도와 주셔야 하겠습니다.

민영익은 눈을 감았다. 분한 마음이 앞섰다. 오늘날까지의 국정을 모두 다 잘했노라고 장담할 수는 없지만 김옥균의 생각은 제멋대로이며 선동적이며 과장된 표현이라고 그는 생각했다.
「죽일 놈같으니!」
그는 속으로 부르짖었다.
「뭐라고 쓰여 있나?」
왕이 직접 물었다.
민영익은 허리를 굽혔다.
「전하, 옥균은 허장성세, 맹랑한 말을 늘어놓고는 일본 부랑배들의 힘을 빌어 강화영으로 쳐들어오겠으니 강화유수에게 협력해 달라고 하고 있습니다. 황공하옵니다. 전하.」
왕은 눈만 껌벅거리고 있었다. 어이가 없다는 눈치였다.
이재원이 꽤 야무지게 말했다.
「신의 미련한 생각으로는, 역적 옥균을 강화영으로 유인해 볼까 하옵니다.」
「유인을 해? 그렇게 어리석은 옥균이오?」
왕은 이재원을 믿지 않는 말투였다.
「신이 거짓 좋은 말로 답장을 써 보내서 옥균으로 하여금 강화로 건너오게 하면 어떨까 합니다. 미리 계책을 세워 뒀다가 그가 오는 대로 포박해서 서울로 압송할까 하옵니다.」
「일군을 몰고 와도 포박할 수가 있단 말이오?」
왕은 역정 섞인 말투로 반문했다.
「강화영에는 강력한 포대가 있습니다. 뜻대로 생포가 안 되더라도 능히 저들의 설계를 부셔 버릴 수가 있는 줄로 아룁니다.」
「병판의 생각은 어떤가?」
왕은 민영익에게 물었다.
「일단 강화유수에게 그 책임을 맡겨 보는 것도 한 방도인 줄로 아옵니다, 전하.」
「병판은 병판으로서 달리 좋은 생각이 없단 말인가?」

민영익은 대답했다.

「아직 옥균의 진의를 분명히 알 수가 없어서 그러하옵니다. 신의 생각으로는 옥균이 이쪽의 반응을 보려고 그런 편지를 보내 온 것인지도 모릅니다, 전하.」

그들은 그 이상 사태를 판단할 수가 없어서 한동안 서로 얼굴들만 바라봤다.

희정전에는 왕을 비롯해서 중신들이 이렇게 심각한데 마침 왕비 민씨의 침전에는 실로 엉뚱하고 기가 막힌 일이 벌어지고 있었다.

중전 민씨는 궁녀 강(康)씨를 침전으로 불러들였다.

궁녀 강씨는 스물 하나의 젊음과 미모를 자랑하는, 중전 민씨의 시녀였다.

「너 오늘은 꼭 청을 들어 줘야겠다. 여자로서 좀 어려운 일이긴 하지만.」

민비는 궁녀 강씨에게 어려운 청이라고 전제하면서 남달리 염염(艶艶)한 얼굴을 가지고 있는 시녀를 지그시 쏘아봤다.

「마마, 무슨 분부시오니까?」

중전 민씨는 호흡을 조절하고는 말했다.

「너와 나만이 알고 있어야 할 일이다.」

「예에.」

「실은 세자의 보령이 벌써 열두 살이 넘었고, 세자빈을 책봉한 지도 이태나 되었는데 아직도 남녀간의 거래를 모르고 있는 것 같구나.」

궁녀 강씨는 얼른 그 말뜻을 알아듣지 못했으나 우선 얼굴을 붉혔다.

중전 민씨는 거침없이 또 말했다.

「물론 보령이 아직 미흡하긴 하다마는 그래도 그렇게 남자가 양도(陽道)를 모를 수는 없다. 아마도 세자빈이 재주가 모자라는 것 같구나.」

궁녀 강씨는 더욱 얼굴을 붉히며 고개를 숙였다.

사실 그렇다는 소문이었다. 세자는 나이 여섯 살이 됐을 무렵까지도 고추가 해삼처럼 흐늘거렸다고 했다. 앉아서, 서서, 오줌을 줄줄 흘렸다는 궁중의 소문이었다.

중전 민씨는 그것이 근심이 돼서 어느 궁녀를 시켜 밤마다 그 시답잖은 고추를 입으로 흡인시켰다는 것이다. 힘을 길러 주기 위해서인데, 그것이 오히려 탈이 되었는지도 모른다는 궁녀들의 화제가 아직도 궁중에서는 심심치 않았다.

어쨌든 세자는 키만 멀쑥하게 컸을 뿐 올차지가 못했다.

그것이 어머니 민비의 가장 초조하고 가슴 아픈 걱정거리였다.

지지난 해가 아닌가. 친정 쪽인 민태호의 딸을 세자빈으로 들여앉혀 민문의 권세도 굳히고 아들이 사내구실 하는 것도 보려고 했는데 그가 도무지 오늘날까지도 시원치가 않았다.

나이 열두 살의 아들이 색(色)을 모른다고 조바심하는 모정을 탓할 것은 못 된다.

현왕도 열두 살에 왕위에 오르고 이듬해부터는 벌써 스스로 궁인 이씨에게 포태를 시켰지 않았는가.

중전 자신이 혼인을 했을 때도 왕은 열네 살이 아니었던가. 그때 그는 벌써 왕성하고 완전한 사나이의 구실을 할 줄 알았을 뿐 아니라 궁인 이씨와 더불어 두 여자를 거느렸다.

「어떠냐? 네가 한번 세자의 양도를 일깨워 줄 수가 없겠느냐? 남자란 여자보다 지각이 늦게 나는 법이니까 여자가 앞질러 가르쳐 줄 수도 있는 게다.」

중전 민씨는 궁녀 따위의 승낙 여부는 도외시했다.

「세자를 별실에 들도록 하겠다. 별실에는 좀 색다른 진미(珍味)도 마련해 둔 바 있으니 세자를 모시고 네 재주껏 그 춘정을 일깨워 드리도록 해라.」

왕비되는 어머니의 명령이기도 하지만 세자와 교정(交情)할 기회를 공공연히 가질 수 있다면 궁녀의 몸으로서는 최대의 영광이며, 출세의 길이 아닌가.

모정과 여정이 일치됐다. 두 여인은 소근소근 이야기가 길었다.

일찍이 현왕은 귀인(貴人) 장씨를 사랑해서 의화군(뒤에 의친왕) 강(堈)을 낳았다.

그 말을 들은 중전 민씨는 칼을 들고 귀인 장씨에게로 달려가 남편 시앗의 그 소중한 곳을 도리려고 했다는 말이 아직도 궁중의 심심찮은 화젯거리가 돼 있는 게 아닌가.

그러한 민씨였으나 지금은 오로지 모정이었다. 그리고 연연히 이어져야 할 권세에의 집념이었다.

이날 중전 민씨는 최음제가 든 음식을 아들에게 먹이고는 궁녀 강씨를 시켜 아들의 양도를 조련시키고 있었다. 왕은 무치(無恥)라니까 장차 왕이 될 세자에게도 수치란 없었다.

중전 민씨는 스스로 장지문 밖에서 숨을 죽이고 그 경과를 초조롭게 관찰했다.

그러나 온갖 노력을 다 해보던 강궁녀는 실패하고 혼자 열띤 숨만 토해 냈다.

「아이구 내 팔자야!」

중전 민씨는 자기의 가슴을 주먹으로 치면서 자기 침전으로 돌아와 다시 한탄했다.

「더 자란다고 굳어질 뼈도 아닌데. 그동안 먹인 인삼 녹용의 진이 엉켰어도 그보다는 단단할 게다!」

중전 민씨가 이렇게 한탄하고 있을 무렵에 희정전에서 그의 남편은 민영익에게 소리치고 벌떡 일어섰다.

「일국의 병조판서가 일개 망명 역도 한 놈의 편지 한 장으로 그렇게 막막한 얼굴을 하고 있으면 과인은 누구를 믿고 이 나라를 다스려 갈 것인가. 알아서들 처리하라!」

하오의 햇살이 희정전 뜨락에 찬란히 부숴지고 있었다.

수염이 탐스러운 별감(別監) 한 사람이 어깨를 축 늘어뜨리고는 한가롭게 월대 아래를 서성대고 있었다.

계절의 발걸음은 너무도 정확하다.

흐르는 물은 구비를 돌고 돌에도 부딪치고, 때로는 새로운 장애물로 해서 그 방향이 바뀌기도 하고, 속도가 빠르기도 했다가 늦어지기도 할 때가 있지만 때맞춰 영락없이 찾아드는 계절의 촉수는 어지간히도 정확하다.

　운현궁 앞뜰에도 여름이 가고 가을이 오고가고 어느새 초겨울의 입김이 제법 싸늘해졌다.

　벽오동이 으스스 떨고 있었다.

　낙엽진 느티나무의 누우런 이파리들이 담밑으로 몰리고 쌓이고 있었다.

　석류는 벌써 캐내어 분에 옮겼고, 해묵은 모란 그루에는 짚으로 옷을 입혀 놓았다.

　쓸쓸한 초겨울의 풍정(風情)이 아닐 수 없다.

　잠시 아재당의 미닫이를 열고 그러한 뜨락의 풍경을 넋없이 바라보던 대원군은 몸을 홱 돌리면서 방문을 드르륵 닫아 버렸다.

　그는 연죽에 담배를 담아 피워 물면서 두 눈을 지그시 감았다.

　초췌했다. 하관이 눈에 띄게 마른 것을 보면 보정부에 있을 때보다도 더욱 여위어 있었다.

　환국한 지가 벌써 두 달이 넘었다. 차라리 외국에 끌려가 갇혀 있는 때는 모든 일에 체념이 돼서 마음이 편했다.

　그러나 내 나라에 돌아와 보니 욕망은 다시 고개를 들었는데, 마음 상하는 일이 하도 많아서 하루하루 살이 내렸다.

　(이토록 외로울 수가 있나!)

　운현궁 주변에는 아무도 접근을 못 하게 하는 바람에 찾아 주는 사람이라곤 없다. 모두 몸을 사리는 것이었다.

　(이대로 살다가 죽어가야 하는가?)

　그는 오늘따라 아침부터 그런 비감(悲感)에 젖은 채 아재당에 홀로 앉아 있었다.

　그런데 이례적으로 대문이 활짝 열리더니 원세개가 들이닥쳤다.

　대원군은 우선 반가웠다. 운현궁의 대문이 활짝 열린 게 반가웠고, 미운 녀석이지만 외부 사람을 만나게 된 것이 반가웠다.

　「어떻게 이렇게?」

　대원군은 벌떡 일어나서는 방으로 들어오는 그를 맞았다.

「환국하신 이래 안후를 듣지 못했기로 오늘은 별러서 왔습니다.」
「고맙소이다.」
고마울 까닭이 없다. 방자하기로 이름나 있는 원세개다. 고마울 까닭이 없다.
「신관이 수척하셨습니다, 대감.」
원세개는 대원군의 얼굴을 빤히 보면서 그런 말을 꺼냈다.
「그래요?」
대원군은 자기의 얼굴을 두 손으로 가볍게 문대 보면서 날카로운 눈치로 그의 내의(來意)를 그의 표정에서 읽으려고 했다.
(이녀석이 왜 나를 찾아왔을까?)
원세개는 대원군이 보정부에서 돌아올 때 호송 책임자로 따라 왔다가 일단 귀국하더니 바로 며칠 전에 다시 건너왔다는 소식은 누군가에게서 들은 바 있었다.
그는 대원군을 저희 나라로 잡아가게 한 장본인이다.
「언제 다시 돌아오셨소?」
「예, 지난 11일엔가 돌아왔소이다.」
10월 11일에는 또다시 이 나라로 왔다는 것이다. 1885년이다.
「참, 진대인의 후임으로 오셨다지요.」
대원군이 연죽을 입에 물면서 물었다.
그러나 원세개는 야릇한 웃음을 흘렸을 뿐 그렇다고 대답은 하지 않았다. 아마도 후임이라는 말이 비위에 안 맞는지도 모른다.
실상 그동안에는 진수당이 청국의 대한 외교의 실권자로서 이 나라에 와 있었다.
그 진수당이 가고 이번에는 다시 원세개가 어마어마하게 긴 직함을 가지고 돌아온 것이다. 정말 그의 직함은 길었다.
주찰조선총리교섭통상사의(駐紮朝鮮總理交涉通商事宜)라던가.
그 직함만 봐도 강력한 권한과 탐욕스러운 임무를 가지고 왔음이 분명했다.
그는 이번에 부임해 오자 정말 안하무인격의 방자한 행동을 거침없이 해대고 있었다.
 그는 이 나라에 와 있는 다른 어느 외교 사절에게도 없는 특권을 자기 스스로 행사했다.
 그는 일상생활에 쓰는 일용품과 비품을, 그리고 거마(車馬)를 이 나라의 국왕과 겨룰 만큼 호사스럽게 바꿨을 뿐 아니라, 어느 누구도 대궐에 들려면 궐문 밖에서 자비를 내려 전각까지 걸어가야 하는데, 유독 그만은 수레에 탄 채 대궐문을 오연히 드나들기 시작한 것이다.
 국왕 앞에서도 그는 너무 방자했다.
 이 나라의 예법은 국왕이 나타나면 모두가 기립을 해서 경의를 표해야 하는데도 원세개 그만은 의자에 버티고 앉아 있었다.
 그래 사람들은 그의 그런 행동이 필시 정치적인 속셈에서 나오는 고의적인 것이라고 수군거렸다.
 그는 무슨 음흉한 속셈을 가지고 다시 이 나라에 왔는지 사람들은 그 판단에 혼돈을 일으켰다.
 대원군은 이 군인 출신인 젊은 야심가의 뱃속을 꿰뚫어보려는 듯이 날카롭게 쏘아봤다. 그리고 엉뚱한 한마디를 던졌다.
「참 원대인의 춘추가 올해 어떻게 되셨던가?」
 우선 연배 차이로 그를 위압하려는 질문 같았다.
「스물 여섯이지요.」
 원세개는 자랑스럽게, 그러나 좀은 아니꼽다는 듯이 대답했다.
「허어, 참 좋은 나이시오..」
 그러나 원세개는 촌각의 여유도 없이 정치적인 화제를 꺼냈다.
「참, 내가 텐진에서 듣기로는 이 나라 척신들의 횡포가 대단하다 하더군요. 태공께서는 일체 외부와의 접촉을 금하고, 심지어는 하인배까지 잡아다가 문초하기를 일삼는다니 그게 사실입니까?」
 사실이었다. 사실이지만 원세개가 그것을 따지고 덤비면 어쩔 작정인가.
 대원군은 그런 생각을 하면서 대답했다.
「어허, 그런 소리가 들립디까? 다 헛소문이외다. 다만 임오, 갑신 양정변의 잔당이 남아 있어서 가끔 조사를 하는가 보오.」

아무리 척족 권세들이 자기를 학대한다 하더라도 이번에만은 원세개나 청국에게 업힐 심산이 추호도 없는 대원군이다.

원세개는 지극히 마땅찮은 표정으로 대원군을 노려봤다.

「대감, 내가 알기로는 댁의 청지기도 독살을 당하고, 우리나라에까지 데리고 다닌 통역 김병문까지 잡아갔다는데 그래도 그렇게 태연하시오?」

「그야 죽을 죄를 진 사람은 죽는 게고, 잡혀 가야 할 사람은 잡혀 가게 마련이 아니겠소?」

「대감, 어쨌거나, 민비의 횡포나 간계는 막아야 합니다. 대감, 나는 우리 황상(皇上)과 북양대신의 특별한 분부를 받고 왔습니다. 태공을 도와 귀국의 국정을 쇄신하는 게 이 사람의 책임이외다.」

「책임이라니?」

대원군은 격앙되는 감정을 감추려 하지 않았다.

「책임이지요!」

원세개는 당당하게 책임이라고 선언했다.

내정 간섭을 하겠다는 공공연한 선언이 아닌가. 스물 여섯 살짜리 중국 청년이 말이다.

「이것은 이 사람의 사안(私案)입니다만.」

그는 자기의 사안이라는 것을 전제하더니 뱃속을 털어놓기 시작했다.

「태공께선 이 나라 정권을 맡으면서 누란(累卵)의 위기에 있는 귀국의 국정을 쇄신하셔야 합니다.」

민비를 중심으로 한 척족 정권이 아라사공사 웨베르와 결탁해서 청국을 배척하고 있으니 뒤집어 놓아야 하겠다는 것이었다.

대원군은 오연히 소리쳤다.

「내 나라의 일은 내 나라 사람들이 처리하고 해결하게 버려 두시오. 단지 내가 확언하고 싶은 말은, 이 나라는 절대로 배청친아 정책으로 바뀌지는 않으리다. 원대인은 나더러 다시 나서라고 하지만 내 나이 이미 70을 바라보고 있는 몸, 이제 나선들 무슨 일을 할 수가 있겠소. 조용히 풍월이나 벗하며 여생을 보내고 싶소이다.」
 그러나 원세개는 빈들빈들 웃었다. 말은 그렇게 하고 있지만 대원군 당신은 결국 나설 것이라는 그대로의 자신인 것 같았다.
 그는 대원군 앞으로 무릎을 당겼다. 음성을 낮췄다.
「대감, 이 사람이 돕겠습니다. 나서셔야 합니다. 내 그동안 생각해 둔 복안을 말씀드리지요.」
 원세개는 서슴없이 실로 기가 막히는 말을 털어놓는 것이었다.
「우리 북양 해군과 북양 육군 각 1개 대대씩을 파견받아 올 작정입니다.」
「그건 뭣하려고?」
 대원군은 그의 그런 말이 떨어지기가 무섭게 반문했다.
 원세개는 역시 거침없이 말했다.
「귀국의 왕과 왕비와 그리고 척신 일파를 몰아낼 작정이지요.」
「무슨 소릴 하시오?」
「그런 뒤에는 태공의 장손인 준용(埈鎔)공을 세자로 옹립하고, 태공 께선 섭정공이 되셔서 이 나라의 비정을 바로잡으시다가 민심이 일단 안정되면 세자를 왕위에 오르게 할 계획입니다. 대감, 어떻게 생각하십니까?」
 어떻게 생각하긴, 기가 막히게 귀가 솔깃한 이야기가 아닌가. 대원군 의 처지에서 보면 그보다 더 눈이 번쩍 뜨이는 이야기는 없다.

 대원군은 입에 물었던 연죽의 옥물부리를 조용히 뽑았다.
 그는 아주 침착하게 원세개를 한참 동안이나 묵묵히 바라보고 있다가 점잖게 입을 열었다.
「내 칠십 평생에 처음 들어 보는 해괴한 말이오. 원대인은 알아야 하오. 하늘에 해가 둘이 없듯이 한 나라엔 임금이 둘이 있을 수 없는 것이오.」
 대원군은 원세개를 지그시 노려보고는 벌떡 일어섰다.
 주인이 손[客]과 대화를 하다가 먼저 일어서는 것은 그에게 가라는 게 아닌가.
 원세개는 어색한 표정으로 대원군을 노려보고는 일어섰다.
 그러나 그는 여전히 얼굴에 빈들빈들 웃음을 흘렸다.
 「대감, 며칠 여유를 가지시고 잘 생각해 보시지요. 내 다시 찾아뵙겠습니다.」
 대원군은 딴전을 보면서 대답했다.
 「원대인은 그런 말 안 한 것으로 하고, 나는 그런 말 듣지 않은 것으로 해 둡시다. 영원히.」
 대원군의 입은 굳게 닫혀졌다. 누구도 접근할 수 없을 만큼 근엄했다.
 그날 밤 그는 손자 준용을 불러 앉히고는 타일렀다.
 「듣거라. 너도 이제 장성했구나. 지각이 났을 게다. 내 말을 명심해야 한다. 왕가에 태어난 자는 왕가의 금도를 지켜야 한다. 어떤 경우에도 주견(主見)이 뚜렷해야 하고, 어떤 자리에도 나가고 물러나는 데에 명복과 때를 찾아라. 의(義)롭다고 인정하거든 목숨을 걸고, 사(邪)하다고 생각되거든 비록 천하가 손에 들어온대도 단연코 물리치는 게 왕가에 태어난 자의 취할 바 체통이다. 경솔해서는 안 되고 무능해서는 더욱 안 된다.」
 그는 자기의 말뜻을 알아듣지 못하고 눈만 껌벅거리고 있는 손자에게 한마디 더 일러 줬다.
 「어느때고 한 나라에 왕좌는 오직 하나뿐이다. 누가 앉느냐를 다투기 전에 누가 앉아야 하는가를 올바르게 판단해야 한다. 그것은 남이 앉히는 것도 아니고 내가 스스로 앉기를 원할 것도 아니다. 내가 지금 왜 너에게 이런 말을 하고 있는가는 언젠가 너도 깨달을 날이 있을 게다.」
 대원군은 뭣을 생각하고 손자에게 그런 말을 하고 있는지 알 수가 없었다.
 그것은 듣기에 따라 해석이 다를 수도 있었다.
 이 나라에 왕은 오직 자기의 아들인 현왕 한 사람뿐이라는 말로도 들렸고, 또 어쩌면 경우에 따라 그 왕좌에는 손자 준용이 앉아야 될 날이 있을지도 모른다는 말로도 해석이 됐다.

미상불 그는 그 두 가지의 경우를 신중히 생각하고 있었을지도 모른다.

운현궁에 자객이 들었다는 풍문이 바로 그 며칠 후에 항간에 떠돌았다.

대원군은 무사했지만 왕은 엄한 왕명을 내렸다.

—태공의 목숨을 노린 자를 철저히 수색해서 백일하에 처단하라.

명분은 근사했지만 엉뚱한 사태가 벌어졌다.

천희연, 하정일이 의금부로 잡혀가 호된 국문을 받은 것이다.

그들은 쉽게 무죄방면이 되지도 않았고, 죄인으로 단정이 돼서 처단되지도 않았다. 소식이 묘연했다.

그런 일이 있은 지 달포 뒤에는 운현궁 아재당이 요란한 폭발음과 함께 연기에 휩싸였다.

화약 냄새가 구름재에 자욱했다. 폭발물이 터진 것이다.

아직 터지지 않은 또 다른 두개의 폭발물이 운현궁 작은사랑의 부엌 바닥과 뒷켠으로 떨어져 있는 산정(山亭) 부엌 아궁이에서 폭발 직전에 하인들에 의해서 발견이 됐다.

아재당은 대원군이 거처하는 곳이었다.

작은사랑은 그의 큰아들 이재면이 기거하는 방이었다.

산정은 대원군의 장손인 준용이 공부하는 별실이었다.

대원군은 이튿날 찾아든 위문객들을 앞에 놓고 껄껄거리며 웃어 댔다.

「아하하, 내 집안은 이제 3대가 동갑이 됐소이다. 어제 섣달 보름날 우리 3대가 함께 동시에 태어났어. 어허허허.」

부(父) 자(子) 손(孫)이 다 함께 죽고, 다시 한날 한시에 태어났다고 했다.

그는 특히 위문 온 조정의 대신들을 둘러보고 호탕스럽게 말했다.

「이제는 나도 천수(天壽)를 다하고 죽을 거야. 죽을 고비를 이렇게 여러 번 넘겼는데, 민심이 두려워서도, 사필(史筆)이 무서워서도, 어느 미련한 사람들이 이 늙은 목숨을 또 노리기야 할라구!」

그는 79세의 자기 천수를 다할 수 있을 것을 미리 알고서 그런 말을 한 것은 아니었을 것이다.
「내일이라도 아소당으로 옮길까 하는데…….」
그는 갑자기 쓸쓸하게 혼자 중얼거렸다.
아소당(我笑堂)은 공덕리에 있는 그의 별장이 아닌가.
당우(堂宇)의 마룻장 밑에는 자신이 묻힐 광(壙)을 파놓아 두었다.
그는 그리로 옮겨 한가로이 여생을 보내고 싶다는 뜻을 비치고는 얼굴을 치켰다.
그의 이마에는 살아 온, 살아 갈, 기구한 세월이 담긴 가닥가닥의 주름살이 너무도 깊고 굵었다.
대원군이 그런저런 착잡한 심경을 이기지 못하고 안석에다 몸을 기대려고 할 때였다.
「대감마님!」
별안간 뜰 아래에서 소리치는 안필주의 음성이 심상찮게 다급했다.
좌중은 일제히 긴장하면서 바깥에다 신경을 썼으나, 대원군은 그대로 안석에 몸을 뉘었다.
「대감마님!」
안필주의 음성이 좀더 다급해지자, 창가에 앉아 있던 누군가가 미닫이를 드르륵 열고,
「무슨 일이냐?」
주인 대신 소리치니까,
「대감마님! 교동 작은마님께서…….」
안필주는 섬돌 위로 성큼 올라서면서 그런 말을 했다.
대원군은 그래도 몸을 일으키지 않고, 그러나 이번에는 입을 열었다.
「어쨌다는 게냐?」
「세상을 버리셨답니다.」
추선이 세상을 버렸다는 것이었다.
「오늘 새벽녘에 운명을 하셨다는 전갈이 왔습니다.」
안필주의 말소리에는 울음이 섞였다.

대원군의 눈꼬리는 경련을 일으켰고 얼굴 전체가 참혹하게 일그러져 가고 있었다.

소리없이 통곡을 삼키려는지 터뜨리려는지, 그의 이마에는 힘줄이 불끈 돋아났다.

얼굴을 가린 우람한 손의 손가락이 고물거리며 그 사이사이로 눈물이 줄줄이 새어 나와 떨어지고 있었다.

좌중은 숙연했다. 숨을 죽인 채 오직 숙연했다.

대원군이 우는 것을 사람들은 난생 처음으로 목격했다.

낙척 시절에 안동 김씨네한테 그 말못할 수모를 당하면서도 눈물이라 곤 남에게 보인 일이 없는 그였다.

아들인 국왕한테, 며느리인 중전한테 배신을 당해서 권좌에서 쫓겨났을 때도 그는 남에게 눈물을 보이지 않았다.

보정부로 잡혀갈 때도, 가서도, 돌아와 야속한 아들을 만났을 때도, 운현궁의 대문을 들어설 때도 그는 남에게 눈물을 보이지 않았다.

그러한 그가 지금 추선의 부음을 듣자 만좌중에서 거리낌없이 눈물을 보이고 있다.

1885년 12월 16일. ●